G.P. Taylor

Der Schattenbeschwörer

G.P. Taylor

Der Schattenbeschwörer

Aus dem Englischen von
Ursula Höfker

Arena

Die Originalausgabe erschien 2003 unter dem Titel
»Shadowmancer« bei Faber & Faber Ltd., London

In neuer Rechtschreibung

2. Auflage 2004

Aus dem Englischen von Ursula Höfker
Einbandillustration: Dieter Wiesmüller
Gesamtherstellung: Westermann Druck Zwickau GmbH
ISBN 3-401-05649-2

INHALT

1.

Der Sturm

Es war eine stille Nacht im Oktober. Oben auf den Klippen hatte man die Ernte eingebracht und die Getreidegarben waren zu eigentümlichen Strohfiguren aufgetürmt worden. Ein heller silbriger Mond beschien das Meer. In der Ferne hob sich die Silhouette der *Friendship*, eines Kohleschiffs, gegen die sanften Wellen ab. Die Segel der Brigg sahen aus wie die Flaggen einer kleinen Armee, die sich auf einen Krieg vorbereitet.

Der Vollmond beschien auch den Wald, der einen Teil der Klippen bedeckte. Plötzlich entstand hier Unruhe. Eine kleine, dunkel gekleidete Gestalt in einem Gehrock und kniehohen Stiefeln und mit einem länglichen schwarzen Lederkoffer in der Hand stolperte unsicher hinter einem großen Mann mit langem weißem Haar her.

Ganz in der Nähe brach ein Reh in Panik aus dem Schutz eines Stechpalmengestrüpps und stob tiefer in die Dunkelheit von Wyke Wood hinein.

»Was war das?«, fragte der kleine, untersetzte Mann erschrocken. Seine Stimme war hoch und zitterte. Er ließ den Lederkoffer fallen und griff instinktiv nach der Gestalt im Umhang, der er dicht auf den Fersen gefolgt war. »Da ist es!«, quiekte er. »Ich kann es sehen, es ist auf dem Baum dort!«

Sein Begleiter packte ihn am Ohr. »Sei still, Beadle. Die Welt kann gut auf deine Stimme verzichten.«

Der Kleine versuchte mit zusammengekniffenen Augen in die Dunkelheit zu spähen und sich gleichzeitig im Umhang seines Begleiters zu verstecken. Beadle mochte die Dunkelheit nicht und er hasste die Nacht. Mut war etwas für die anderen und die Nacht war dazu da, im Gasthaus am Kamin zu sitzen, warmes, schäumendes Bier zu trinken und Geschichten von fernen Orten zu lauschen, vom Krieg in anderen Ländern oder vom Schmuggelgeschäft.

Das hier im Wald auf den Klippen war eine ganz andere Welt und es war gewiss nicht seine. Der Wald gehörte den Glupschaugen und Heckenhexen, den Hobs und den Thulak. Die Thulak fürchtete Beadle mehr als alles andere. Es waren unsichtbare Wesen der Dunkelheit. Sie konnten sich bei Nacht an einen Menschen heranschleichen, ihn in einen dichten Nebel einhüllen und ihm den Lebenswillen nehmen. Man erzählte sich, dass sie durch offene Fenster in die Häuser eindrangen und sich wie eine dunkle Decke über ein ahnungsloses, schlafendes Opfer legten. Hatten sie das Opfer einmal in ihrer Gewalt, konnte es sich nicht mehr rühren. Dann nahmen sie ihm seine gesamte Kraft und gaben ihm Furcht erregende Gedanken ein. Es waren die so genannten thulakischen Träume, die das Opfer sein Lebtag nicht mehr losließen. Von Stund an wirkten die Geplagten teilnahmslos und erschöpft und hatten dunkle Ringe unter den Augen, weil sie aus Angst vor ihren Träumen keine Nacht mehr schlafen konnten.

Eine sanfte Brise strich raschelnd durch das trockene Laub der Bäume und Beadle klammerte sich noch fester an den Umhang seines Begleiters.

»Ist es ein Mensch oder . . . sind *sie* es?« Er brachte die Worte kaum heraus. Sein rechtes Bein zitterte, sein Mund wurde trocken und die Zunge klebte ihm am Gaumen.

»Sie?«, zischte sein Begleiter. »Wer sind *sie?* Kannst du sie nicht beim Namen nennen? Wovor hast du Angst?«

Beadle zog den Kopf ein. »Thulak«, flüsterte er in die Falten des muffigen schwarzen Umhangs hinein, damit ihn die unheimlichen Wesen ja nicht hörten.

Sein Begleiter legte die Hände wie einen Trompetentrichter um den Mund, holte tief Luft und schrie mit einer Stimme, die tief aus seinem Bauch kam: »Thulak! Thulak! Thulak!« Die Worte hallten als Echo im Wald wider. Ein Schwarm pechschwarzer Krähen flog aus den Bäumen über ihnen auf. Ihr *Krak-krak-krak* erfüllte die Nacht, als sie im Mondlicht über den Wipfeln kreisten.

». . . Nein«, wisperte Beadle in heller Panik. »Bitte, Pfarrer Demurral, sprecht das Wort nicht aus, sie werden es hören und kommen und uns schnappen – das hat meine Mutter gesagt . . .«

Er wurde barsch unterbrochen. »*Uns*, Beadle? Hast du uns gesagt?« Demurral stand hoch aufgerichtet vor seinem verängstigten Diener. »Ich fürchte nichts und niemanden und sie haben allen Grund der Welt, mich zu fürchten. Heute Nacht, mein kleiner Freund, wirst du erkennen, wer ich wirklich bin, und du wirst zu keinem ein Wort sagen. Unter meinem Befehl stehen Wesen, die weit Furcht erregender sind als die Thulak. Ein Wort über das, was du heute Nacht siehst, und du wirst es nicht mehr wagen, die Augen zu schließen oder die Sonne untergehen zu sehen. Und jetzt komm, wir haben zu tun. Ein Schiff erwartet sein Schicksal und ich erwarte meines.«

Demurral packte Beadle am Kragen, drückte ihm den Koffer wieder in die Hand und zerrte ihn dann den Pfad zum Meer hinunter. Beadle konnte sich nicht wehren. Seit zwanzig Jahren war er nun der Diener des Vikars von Thorpe. An seinem elften Geburtstag hatte man ihn ins Pfarrhaus geschickt, damit er für einen Penny pro Woche dort arbeitete. Außerdem standen ihm ein Bett in der Scheune und frisches Stroh und ein freier Sonntag im Monat zu. Die Leute fanden, er hätte Glück gehabt – verwachsen, ein Bein verkrüppelt, sei er ohnehin zu nicht viel zu gebrauchen. Demurral war ein strenger Herr: Er hatte einen harten Ton an sich und eine noch härtere Hand. Gelegentlich schlich sich Beadle hinter die Kirche und hörte zu, wenn er von der Kanzel herunterpredigte und den Ungläubigen das Höllenfeuer, ewige Verdammnis, Kessel mit kochendem Blut, Schlangen und was es sonst noch an Schrecken gab in Aussicht stellte.

»Himmel und Hölle, das ist doch keine Arbeit! Zu dunkel, zu kalt, zu viele . . .«, murmelte Beadle vor sich hin.

Demurral unterbrach ihn. »Hör auf zu jammern, wir haben zu tun. Zieh dein lahmes Bein ein bisschen schneller nach, dann kommen wir vielleicht zu dem Fels, bevor das Schiff vorbeifährt!« Beadle rutschte im Schlamm aus, als er sich bemühte dem Befehl seines Herrn nachzukommen. »Gib auf den Koffer Acht, ich habe viel Zeit und viel Geld investiert, um zu finden, wonach ich gesucht habe. Und jetzt pass auf, wo du hintrittst. Wir müssen am Wasserfall hinunter, um zum Felsen zu kommen.«

Beadle wusste, dass der schwarze Koffer nicht mit Demurrals Geld gekauft worden war, sondern mit dem, was der Pfarrer den Dorfbewohnern Sonntag um Sonntag als Pacht und Zehnten abknöpfte.

Die Nacht fiel ihm wieder ein, in der der längliche schwarze Lederkoffer ins Pfarrhaus gebracht worden war. Die Tür zum Arbeitszimmer hatte einen Spalt weit offen gestanden und Beadle hatte verstohlen hineingeschaut. Zum ersten Mal in seinem Leben hatte er einen Mann gesehen, dessen Haut so schwarz war, dass sie glänzte. Ein solcher Händler war noch nie in der Gegend gewesen. Der Wirt vom *Hart Inn* hatte gesagt, dass er mit der Kutsche von Whitby herübergekommen war – als einziger Passagier von der Brigg *Whitehall*, die tags zuvor aus Spanien gekommen war.

Beadle hatte genau hingeschaut, als der Mann den Koffer geöffnet hatte und im flackernden Kerzenlicht eine lange goldene Metallstange zum Vorschein brachte, beinahe so groß wie Beadle selbst. Anschließend hatte der Mann eine tiefschwarze, steinerne Hand aus dem Koffer geholt, die die Form einer geballten Faust hatte. In die Faust hatte er einen silbernen Dolch mit zwei eingelegten Pechkohlesteinen geschoben.

Und dann hatte Beadle etwas so Schönes gesehen, dass sich das Bild für immer in seine Seele eingebrannt hatte. Der Mann hatte einen schwarzen Samtbeutel unter seinem Umhang hervorgezogen und vorsichtig auf den Schreibtisch gelegt. Als er den Beutel öffnete, erblickte Beadle eine wundervolle kleine Statue mit zwei glänzenden goldenen Flügeln. Ein paar Sekunden nur – denn in diesem Moment war Demurral aufgestanden und hatte die Tür zugeworfen.

Beadle hatte sein linkes Ohr an die Tür gepresst und hatte weitergelauscht. Demurral und sein Gast sprachen im Flüsterton miteinander.

»Ich habe viel riskiert und bin viele Meilen gereist, um Euch das zu bringen«, sagte der Besucher. »Es besitzt große Zauberkraft und sie werden vor nichts zurückschrecken, um es wieder in ihren Besitz zu bringen. Ihr seid ein tapferer Mann, Demurral. Entweder das oder ein reicher Dummkopf.«

Beadle hörte seinen Herrn lachen. »Ich bin, was ich bin. Nehmt Euer Geld und verschwindet und kein Wort zu niemandem. Fürchtet nicht das, was den Leib bedroht, sondern das, was die Seele vernichtet.« Demurral hielt kurz inne, dann fragte er: »Wann kommt der andere Keruvim?«

Sein Gast antwortete leise: »Es wird nicht mehr lange dauern; sie können nicht getrennt bleiben. Der Keruvim wird Euch finden.«

Als Beadle Schritte gehört hatte, die sich der Tür näherten, hatte er sich rasch hinter dem langen Vorhang im Flur versteckt.

Jetzt, viele Nächte später, kamen Beadle und Demurral aus dem Wald, der die Klippen bedeckte. Das Donnern des Wasserfalls und der Geruch des Meeres erfüllten Beadle mit banger Erwartung. Demurral kletterte die Strickleiter am Rand des Wasserfalls hinunter und trat dann auf den Kieselstrand. Beadle band einen Hanfstrick an den Koffer und ließ ihn vorsichtig zu seinem Herrn hinunter.

»Komm!«, rief Demurral. »Es ist gleich so weit. Beeile dich, ich sehe schon die Segel!«

Beadle wäre fast die zwanzig Fuß zum Kieselstrand hinuntergefallen, so eilig hatte er es. Auf keinen Fall wollte er allein am Waldrand zurückbleiben. Eiskalt lief es ihm über den Rücken. Thulak konnten überall sein . . .

Demurral ging zu einem großen, flachen Felsen, der nur wenige Fuß von den sacht ans Ufer schlagenden Wellen entfernt war. Im Licht des Vollmondes war alles mit einem blausilbernen Schimmer überzogen und wirkte seltsam kalt. Beadle fiel auf, dass der Felsen die Form einer offenen Hand hatte, die bereit schien das Meer aufzunehmen. In der Mitte war eine kleine Vertiefung und seitlich führten drei Stufen zu dem Felsen hinauf. Die Stufen waren zu klein für seine Füße, weshalb er auf Händen und Knien hinaufkrabbelte.

»Komm schon!«, rief Demurral. »Wir haben nur ein paar Minuten, dann ist es zu spät.« Zum ersten Mal erlaubte er Beadle einen Blick auf die Gegenstände, die im Koffer waren. »Komm nicht zu dicht heran, Beadle, hier geht es um heilige Handlungen.«

Demurral holte den goldenen Stab heraus und steckte ihn in das Loch in der Mitte des Felsens. Beadle sah nur, dass der Stab aus bestem Akazienholz geschnitzt und mit gehämmerten Goldbändern umwickelt war. Rasch schraubte Demurral die schwarze Steinhand darauf und schob den silbernen Dolch hinein. Dann kniete er sich hin, öffnete einen verborgenen Deckel innerhalb des Koffers und holte eine geflügelte, massiv goldene Figur aus dem mit weichem Wollstoff ausgeschlagenen Fach. Beadle kicherte vor Aufregung. Im Licht des Vollmonds leuchtete die Figur geheimnisvoll.

Demurral sah Beadle an. »Das ist ein Keruvim. Auf der ganzen Welt gibt es nur zwei davon. Einen habe ich schon, den zweiten werde ich heute Nacht noch bekommen.«

Beadle betrachtete die herrliche Statue, die Demurral in den Händen hielt. Sie hatte die Größe einer kleinen Eule und den Kopf eines wunderschönen Kindes mit Augen aus reinstem Perlmutt. Die goldenen Flügel streckten sich über den gesamten Rücken nach hinten.

»Geh ein Stück zurück, Beadle, unsere Arbeit beginnt«, sagte Demurral. Er trat zu dem goldenen Stab und legte die linke Hand auf die steinerne Faust. Mit der rechten Hand hob er den Keruvim hoch und richtete ihn so aus, dass er zu dem Schiff hinüberschaute, das ihnen mit vollen Segeln entgegenkam. Beadle sah die roten und grünen Laternen an Backbord und Steuerbord auf und ab wippen, während das Schiff sich auf dem ruhigen Wasser hob und senkte.

Demurral rief in die Nacht hinaus: »Wogen und Wind, Feuer und Wasser, Donner, Blitz und Hagel, hört auf meinen Wunsch und Willen. Kommt herbei von Norden und heraus aus den Tiefen. Unwetter, Sturm und verheerende Winde, lasst dieses Schiff an der Küste zerschellen, bringt den Keruvim zu mir.«

Ein einzelner Blitzstrahl aus hellstem, reinstem Licht schien aus dem Mund des Keruvim zu schießen. Er traf auf das Wasser und wurde von dort nach oben gelenkt, bis er den Himmel berührte. Dabei ertönte ein lautes Krachen, als schlüge ein Blitz ein.

Erschrocken sprang Beadle zurück und fiel von dem Felsen auf den Kieselstrand. Mit einem dumpfen Aufschlag landete er auf dem Rücken und blieb sekundenlang reglos liegen.

»Was tust du, Beadle? Keine Zeit zum Ausruhen! Steh auf, steh auf«, befahl Demurral barsch.

Beadle lag auf den Kieseln und stöhnte leise. Er steckte die Hand in die Tasche seines Gehrocks und spürte die zerbrochene Schale und das zerdrückte Weiche des gekochten Eis, das er zum Abendbrot hatte essen wollen.

Zunächst tat sich nichts. Nichts rührte sich, alles blieb ruhig wie zuvor. Das Segelschiff glitt majestätisch durch die Wellen, immer weiter nach Norden.

Dann fing es an. Zuerst leise, dann immer lauter war aus den Tiefen des Meeres ein durchdringendes Singen zu hören. Am Anfang so schwach wie ein Flüstern, wurde es stärker und immer stärker. Nicht die Ohren schienen es zu hören, sondern eher ein inneres Wahrnehmungsorgan. Aus den Tiefen des Meeres stiegen die Selothen auf, ein ganzer Chor anmutiger weiblicher Wesen. Singend schwebten sie um das Schiff, vom Ruf des Pfarrers erweckt. Durch die Takelage, zwischen den Segeln und Tauen hindurch zogen sie ihre Kreise. Ihr langes meergrünes Haar flatterte hinter ihnen her, mit leeren Augen starrten sie in die Nacht.

Beadle hörte den Furcht einflößenden, nicht endenden Singsang, hatte jedoch zu große Angst, um hinter dem Felsen hervorzukommen. Er versuchte sich die Ohren zuzuhalten, damit der Gesang der Selothen ihn nicht in den Wahnsinn trieb.

»Was singen sie? Es bohrt sich wie ein Messer in mein Gehirn«, schrie er. »Sagt ihnen, sie sollen aufhören.« Beadle drückte das Gesicht in einen Haufen feuchten Seetang. Am liebsten hätte er sich ganz darin versteckt.

»Es ist das Lied der Tiefe. Sie rufen die Toten zum Fest. Die Selothen hören nicht auf, bevor das Schiff nicht an den Felsen zerschellt ist. Sie wollen ein Opfer, keine Gnade«, rief Demurral über den Lärm von Wind und Wellen hinweg, den Blick ganz auf das Schauspiel vor seinen Augen gerichtet.

Die Wellen schlugen immer höher; sie schlugen selbst gegen die Klippen von Baytown, das drei Meilen nördlich lag. Die dort in der Bucht ankernden Fischkutter wurden gegen die Felsen geschleudert, die unterhalb der Klippen aus der Brandung ragten. Die Helling der Stadt wurde überspült. Bis weit in die Hauptstraße hinein schlugen die Brecher an die Türen der Häuser wie die Fäuste der Männer von der Presspatrouille, die nach Mannsvolk für die Marine suchten.

Als das Meer sich gegen die steilen Felsen warf, gaben die Klippen plötzlich nach und Tonnen von Erde und Fels stürzten in das aufgewühlte Wasser. Unter dem Wüten des Sturms fielen die Häuser und Läden der King Street in sich zusammen und purzelten ins Meer. Die Männer, Frauen und Kinder in den Gebäuden wurden aus dem Schlaf gerissen. Im Dunkel der Nacht riefen sie um Hilfe, doch ihre Schreie wurden übertönt vom schrecklichen Donnern des Meeres.

Blaue und graue Feuerzungen zuckten durch die anschwellende Brandung. Geisterhafte Gestalten erhoben sich aus den Wellen und der Himmel wurde immer dunkler. Dicke schwarze Wolken verdeckten den Mond, Blitze zuckten ins Meer und explodierten im Wasser. Ein Blitz traf das Schiff wie ein Schwert. Das Großsegel brach, stürzte aufs Deck und ließ die erschrockenen Seeleute aus ihren Hängematten springen.

Als sie an Deck eilten, brach ein zweiter Mast. Er teilte das Deck in zwei Hälften. Ganze Wolken von zersplittertem

Holz stoben in die Luft. Ein Matrose wurde emporgeschleudert und fiel ins eiskalte Wasser.

»Volltreffer!«, rief Demurral von seinem Felsen aus. Er lachte und rieb sich die Hände. »Noch so ein Treffer und der Keruvim gehört mir.«

Er hob die Statue hoch und beschwor weitere Kräfte herauf: »Wind, Hagel, Blitz, Donner und Wellen.« Das Meer erhob sich auf seinen Befehl hin, jede Woge stieg höher hinauf. Wie schwarze Hände griffen die Brecher nach dem Schiff und versuchten es zu verschlingen.

Auf dem Schiff rief der Kapitän der Mannschaft zu: »Festbinden! Alle Mann festbinden! Wir halten auf den Strand zu. Das ist unsere einzige Chance.« Er warf das Steuerrad herum und die Brigg machte einen Satz Richtung Ufer.

Der Erste Offizier kämpfte sich durch die Wellen, die auf Deck schlugen. Er stolperte über zerbrochenes Takelwerk, zog sich an der Reling entlang zur hinteren Luke und öffnete sie. Er sah hinunter in die Dunkelheit. Ein junger Mann mit dunkler Haut und Augen, in denen das Weiße leuchtete, schaute zu ihm herauf.

»Nimm ein leeres Fass und binde dich daran fest, wir sinken.«

Der Erste Offizier war über dem Tosen des Meeres und dem Singen der Selothen gerade noch zu hören. Er wollte noch etwas sagen, doch eine Welle traf das Heck des Schiffes und schleuderte ihn hinunter in den Laderaum. Ein dicker Balken rutschte von einer Seite des Laderaums auf die andere und drückte ihn gegen einen Spind. Als er das Bewusstsein verlor, war sein Kopf unter Wasser.

Der junge, dunkelhäutige Mann holte ein leeres Fass und band den Ersten Offizier mit Tauresten aus dem Spind des Segelflickers daran fest. Salzwasser umspülte seine Füße; literweise regnete es durch die offene Luke auf ihn herunter.

»Alles in Ordnung da unten?«, brüllte der Kapitän in den Laderaum hinunter. Als er sich umdrehte, sah er eine riesige Welle. Das Meer türmte sich auf wie ein Berg, immer höher, und es kam immer näher.

Es war zu spät. Die Riesenwelle hob das Heck und wirbelte das Schiff durch die Gischt Richtung Strand. Sie schleuderte es auf die Felsen, wo es mit ohrenbetäubendem Krachen in zwei Hälften zerbarst.

Als Demurral das Schiff so sah, sprang er auf dem Handfelsen auf und ab. »Es gehört mir, alles mir, noch heute Abend ist es mein. Heute Abend, Beadle . . . Heute Abend gehört der Keruvim mir.« Beadle blickte zu Demurral auf und sah, wie sich dessen Gesicht verzerrte und wie seine Augen leuchteten.

»Ich werde beide Keruvim besitzen. Sie sind mein«, wiederholte der Pfarrer ein ums andere Mal. Die schwarze Hand auf dem Akazienstab strahlte heller und heller.

Demurral deutete auf den Stab. »Siehst du, Beadle? Die Hand sagt mir, dass der Keruvim näher kommt. Sobald ich auch ihn besitze, habe ich die Allmacht des Schöpfers. Kein Betteln mehr um einen Gefallen, nie mehr gackern wie ein

Huhn an seinem Altar. Wenn ich den Keruvim habe, wird er auf mich hören müssen!« Demurral riss den Akazienstab an sich und sprang vom Felsen hinunter auf den Strand. »Komm, Beadle, warten wir auf die Ankunft des Keruvim.« Damit packte er seinen Diener und zog ihn den Strand entlang.

In der Ferne lag die *Friendship* zerborsten auf den Felsen. Die Masten waren gebrochen, wie Galgen hingen sie in dem ruhiger werdenden Wasser. Segel und Takelwerk waren abgerissen und das Schiff war der Länge nach aufgebrochen.

Der Kapitän trieb im Wasser, sacht gewiegt von den Wellen. Er war tot, ebenso wie die gesamte Mannschaft, einschließlich des Ersten Offiziers, obwohl dieser durch das Fass über Wasser gehalten worden war. Der Gesang der Selothen verlor sich in der Nacht. Die dunklen Wolken teilten sich und der Mond verblasste, bis er hinter den Hügeln im Westen verschwand.

In der Bucht spülten die inzwischen schwach gewordenen Wellen Teile der *Friendship* an Land. Demurral ging am Ufer auf und ab und wurde von Minute zu Minute wütender.

»Komm zu mir, mein Schöner, komm zu mir«, brüllte er aufs Meer hinaus. In der Hand hielt er den Akazienstab. Das Leuchten der Hand, die einer Wünschelrute glich, ließ langsam nach.

Beadle folgte seinem Herrn auf Schritt und Tritt. »Woher

wollt Ihr wissen, dass er auf dem Schiff war? Woher wollt Ihr wissen, dass er jetzt hier ist?«

»Er muss hier sein. Und es muss heute Nacht sein. Im ganzen Universum gibt es nur zwei Keruvime und sie müssen zusammen sein. Sie finden sich immer, so steht es geschrieben.« Demurral schaute hinaus zu dem Schiff.

»Was ist, wenn er mit dem Wrack untergegangen ist? Gold schwimmt nicht«, bemerkte Beadle.

»Dann wirst du schwimmen lernen müssen, mein Freund, oder die Selothen werden sich auch an deiner Seele gütlich tun.«

Mit einem langen, knochigen Finger wies Demurral auf das Schiff, das wie ein ausgeweidetes Tier auf den Felsen lag. »Wo bist du? Komm zu mir! Komm zu mir!«, rief er den Wellen zu.

Das Meer gab keine Antwort. Der Wind hatte sich gelegt und die Wellen plätscherten über den Kies. Beadle und Demurral suchten das Wasser vergeblich ab. Der Keruvim war nirgends zu sehen.

2.

Der vergiftete Engel

Am nächsten Morgen, als die Wogen sich rauschend an den Strand wälzten, erschien im Norden ein heller bernsteinfarbener Schimmer über dem Horizont. Die Wolken trugen einen grünen Rand und mit einem Mal leuchtete die Morgensonne blutrot.

Die Bewohner von Thorpe hatten sich am Strand versammelt, begutachteten die Wrackteile und nahmen sich, was sie für brauchbar hielten. Obadiah Demurral, Vikar von Thorpe und dem gesamten Gebiet südlich des Dorfes, eilte mitten unter die Leute und sprang auf einen Felsbrocken. Jetzt überragte er die Menge, die die Kisten, Segel und zerschmetterten Fässer durchsuchte, die auf dem Strand lagen. Beadle, sein Diener, folgte ihm, aber nach dem Sturz in der Nacht fiel ihm das noch schwerer als sonst. Die *Friendship* lag zerborsten ungefähr hundert Meter vor der Küste.

»Gentlemen, Ladys, wir stehen hier inmitten einer großen Tragödie. Viele brave Männer haben ihr Leben auf diesem Schiff verloren und wir müssen die Toten von Baytown begraben. Lasst uns nicht zu Grabräubern werden.«

Es war offensichtlich, dass sein Mitgefühl nicht echt war. Die Menge versammelte sich um ihn und begann zu murren. Demurral sprach umso lauter weiter: »Als Vikar des Pfarrbezirks steht mir das Bergerecht zu. Dies alles gehört mir.«

»Die ganze Welt gehört doch Euch, Vikar«, rief ein Junge aus der Menge, lachte und duckte sich hinter einen stämmigen Fischer.

Der Fischer packte ihn am Kragen seiner zerschlissenen Jacke, hob ihn hoch und ließ ihn in der Luft baumeln. Der Kragen riss halb ab und auch der Jackenstoff riss am Rücken ein. Der Junge kickte dem Fischer gegen die Beine. »Lass mich runter, du Fass voller Fischgräten!«, rief er.

Der Fischer drehte sich mit dem Jungen um und ließ ihn dann so los, dass er auf den Strand plumpste und rückwärts in eine Pfütze direkt vor Pfarrer Demurral kullerte.

»Thomas Barrick«, polterte der. »Das hätte ich mir denken können. Du bist nicht nur feucht hinter den Ohren, sondern auch am Allerwertesten.«

Die Menge lachte den Jungen aus, als er aufstand und sich den nassen Sand von der Hose klopfte. Zornig wandte er sich ab.

Demurral sprach weiter: »Freunde, lasst uns würdevoll mit diesen Dingen umgehen. Bringt alles, was ihr findet, ins Pfarrhaus. Ich werde dann eine genaue Aufstellung machen und am Abend vor Allerseelen wollen wir am Kai von Whitby einen Wrackverkauf machen. Den Erlös teilen wir unter den heute Anwesenden auf.« Demurral lächelte, aber sein Gesicht wirkte verschlossen.

Als gehorsame Gemeindemitglieder nickten die Dorfbewohner. Der Fischer meldete sich zu Wort: »Ich stimme dem Pfarrer zu. Sammeln wir ein, was wir finden, und verkaufen es am Kai.«

In diesem Moment drehte sich Thomas um und rief: »Du würdest auch noch dem Scharfrichter zustimmen, bevor er dich durch die Luke rasseln lässt. Aber was du abgibst, wird längst nicht das sein, was du gesammelt hast.« Dann schaute er den Vikar an. »Werdet Ihr auch hier den Zehnten für Euch stehlen wie bei allem anderen?«

»Beachtet das Würmchen nicht. Er ist doch nur zu faul zum Arbeiten und zu stur, um es überhaupt zu wollen. Er wird hier der Verlierer sein – wenn er mal nichts mehr hat als sein Armenbrot.« Beadle hatte sich selbst überrascht. Er hatte nicht vorgehabt den Mund aufzumachen. Die Worte waren einfach so herausgepurzelt. Die Menge johlte und Beadle drückte die Brust heraus, weil er sich plötzlich wichtig vorkam. Seine Ohren begannen zu glühen und stolz blies er die Nasenflügel auf.

Thomas hob einen glatten, runden Kiesel vom Strand auf. »Ich habe nichts gegen Arbeit, Beadle. Noch ein Wort und ich schieße dir die Warze von deiner Nasenspitze. Wo warst du eigentlich in der Nacht, als meiner Mutter das Dach über dem Kopf abbrannte?« Er hob die Hand mit dem Kieselstein, kniff ein Auge zu und zielte.

Eine alte Frau gebot ihm mit der Hand Einhalt. Leise sagte sie: »Fort mit dir, Thomas. Das ist nicht der rechte Ort und es ist nicht die rechte Art und Weise. Lass den Vikar seine Arbeit machen oder du stehst vor dem Richter, bevor du dich versiehst.«

»Ich gehe, aber lasst euch eines gesagt sein: Dieser Mann führt etwas im Schilde und es kommt nicht von Gott. Es wird jeden Einzelnen von euch mehr kosten als nur das Leben.« Tränen der Wut stiegen Thomas in die Augen und er schmiss den Stein an die Klippen.

Demurral lächelte Beadle selbstgefällig zu und sagte leise: »Er mag Steine werfen, aber bald wird er merken, dass ich Schatten über ihn werfen kann. Es wird nicht mehr lange dauern, bis sich Dunkelheit über sein Leben legt.«

Thomas drehte sich um und ging über den Kiesstrand auf einen Landfinger zu, der von den Klippen ins Meer hinausragte und die Bucht von Beastcliff trennte. Er kletterte über Schiefer und Fels nach oben und trat dann in den Schutz des Waldes. Heiße Wut stieg in ihm auf und er schluckte Tränen hinunter, die er nicht weinen wollte.

Thomas Barrick war dreizehn Jahre alt. Er hatte sein ganzes Leben in Thorpe verbracht und war noch nie weiter als bis Whitby gekommen. Sein Vater war bei einem gewaltigen Sturm auf dem Meer umgekommen, als Thomas sieben war. Er und seine Mutter hatten weiter in dem Häuschen gewohnt, das sie von der Kirche gemietet hatten. Es waren eher zwei übereinander gestapelte Zimmer als ein Haus, mit einem Plumpsklo im Garten, das sie mit den Bewohnern von drei anderen Häuschen teilen mussten.

Die beiden Dörfer Peak und Thorpe gehörten praktisch dem Vikar. Für jedes Haus, jedes Gasthaus, jeden Hof und jeden Laden bekam er Miete und den Zehnten. Ein Zehntel von allem floss Demurral zu und die Dorfbewohner sahen niemals auch nur einen Penny davon wieder.

Inzwischen hatte Thomas kein Zuhause mehr. Durch den Tod seines Vaters und die Krankheit seiner Mutter hatten sie die Miete nicht mehr bezahlen können und Demurral kannte keine Gnade. Als Thomas durch Beastcliff ging, musste er wieder daran denken, wie Demurral und seine Männer seiner Mutter gedroht hatten, dass sie binnen einer Woche aus dem Haus sein müsste, falls sie nicht zahlen könne.

Zwei Nächte später war er kurz nach Einbruch der Dunkelheit aus dem Haus gegangen, um am Strand Kohle zu sammeln. Vom Ufer aus hatte er dann den Rauch bemerkt. Er war zum Dorf zurückgerannt und hatte gesehen, wie ihr Häuschen in hellen Flammen stand. Demurral und Beadle waren wie zufällig vorbeigekommen. Seine Mutter lag, in eine Decke gewickelt, auf Leadleys Karren.

Mrs Leadley war bei ihr gewesen. »Keine Angst, Tom, es geht ihr gut. Wir bringen sie zur Krankenstation. Dort kümmert man sich um sie«, hatte sie gesagt.

Und Demurral hatte hinzugefügt: »Tut mir Leid, Thomas, du hättest besser auf mein Eigentum aufpassen müssen. Ich fürchte, das ist ein eindeutiger Verstoß gegen das Wohnrecht. Ihr werdet euch beide ein neues Dach über dem Kopf suchen müssen.« Er hob eine Augenbraue. Ein Mundwinkel zuckte amüsiert. »Bei meinen Schweinen ist immer noch Platz.«

»Schweine!«, hatte Thomas gerufen. »Hier gibt es nur ein Schwein und das ist der Vikar selber!«

Jetzt zog sich Thomas an einer alten Brombeerranke hoch. Die Dornen stachen ihn in die Handfläche, doch seine rasende Wut betäubte den Schmerz. Er fand den Pfad, der über die Rückseite des Nab hinunter in die Bucht führte.

Thomas liebte die Bucht. Sie war ein Platz für Abenteuer, bedeckt mit feinstem Sand statt Kieseln, und hatte die Form eines riesigen Hufeisens, das sich zum Meer hin öffnete. Bei Ebbe gab es da herrliche Tümpel voller Tang, kleiner Fische und roter Krabben. Die Bucht war ein Ort der Legenden, eingerahmt vom Hochmoor und dem Meer. In ihr hätten viele der gruseligen Geschichten spielen können, die zurückreichten zum Anbeginn der Zeit – Geschichten von König Heinrich und Robin von Loch Sly.

Während der letzten Wochen war die Bucht sogar noch mehr für Thomas gewesen: Sie war sein Zuhause. Seit dem Brand hatte er in einem Hob-Loch gelebt, einer großen Höhle, in der – so glaubten die Dorfbewohner – der Hob von Thorpe hauste. Jedes Dorf hatte seinen eigenen Hob, einen Geist, der die Gestalt eines klein gewachsenen Mannes annahm. Hobs waren kleine dunkelbraune Wesen mit großen Augen, kleinen Ohren und Büscheln von schwarzem, struppigem Haar – genau wie Beadle. Sie besaßen

Zauberkräfte und spielten unvorsichtigen Zeitgenossen oder solchen, die ihnen nichts zu essen oder Geld da ließen, Streiche. Die Leute aus Peak behaupteten, Beadle sei der Sohn eines Hobs; er sei empfangen worden, als seine Mutter auf den Klippen von Beastcliff eingeschlafen war.

Hobs lebten immer in einem Loch oder einer Höhle in den Klippen. Man sagte, dass sie jede Krankheit heilen konnten, von Pocken bis Keuchhusten. An Keuchhusten war Thomas' ältere Schwester gestorben, als sie zwei Jahre alt war. Nächtelang hatte sie gekeucht, bis sie schließlich gestorben war. Seine Mutter hatte gesagt, der Husten habe ihr alle Energie geraubt. Das nächste Mal würde sie ihr Kind ganz sicher zum Hob bringen.

Als Thomas fünf war, hatte er sich durch seinen vierten Winter und seinen fünften Geburtstag an Mariä Verkündigung gehustet. Bis Gründonnerstag war er so krank gewesen, dass er sich nicht mehr auf den Beinen halten konnte. Da hatte sein Vater sich an die Worte der Mutter erinnert und wollte ihn zum Hob in der Bucht von Runswick tragen.

Man hatte ihn mit Gänseschmalz eingerieben und in Papier und eine dicke Decke eingewickelt. Der Vater hatte sich Thomas vor die Brust gebunden und sich zu Fuß auf den elf Meilen langen Weg gemacht. Bis er die Runswick Bay erreichte, war es später Nachmittag. Der Vater hatte sich vor das Hob-Loch an den Strand gestellt und die Beschwörungsformel in die Dunkelheit gerufen: »Hob! Hob! Hob! Der Junge Husten hat. Nimm ihn weg, nimm ihn weg, nimm ihn weg!« Dabei warf er einen Penny in das Loch, nahm Thomas ab, klopfte ihm dreimal auf den Rücken und steckte dann seinen Kopf in das Loch.

Thomas konnte sich noch immer an den ekligen, modrigen Gestank erinnern. Das Loch war dunkel und feucht und es war fast bis zum Rand mit verfaultem Essen angefüllt gewesen, das die alte Frau hineingeworfen hatte, die sich um den Hob kümmerte. Thomas hatte tief Luft geholt und dann gehustet und gehustet. Er hatte das Gefühl, keine Luft mehr zu bekommen. Er hustete, bis er sich übergeben musste. Und danach nie wieder.

Damals hatte sich Thomas betrogen gefühlt. Alles hatte er über sich ergehen lassen, doch der Hob hatte sich ihm nicht gezeigt. So klein konnte er nun auch wieder nicht sein. Als der Karsamstag kam, war Thomas davon überzeugt, dass Hobs gar nicht existierten – allerdings hatte er keine Antwort auf die Frage, warum er nicht mehr husten musste.

Nun war er auf dem Weg zu seinem behelfsmäßigen Zuhause in einem echten Hob-Loch und an die Stelle der Erinnerungen an seine eigene Krankheit traten Erinnerungen an die Krankheit seiner Mutter. Thomas besaß jetzt alles, was er brauchte: Treibholz für ein Feuer, Farnkraut für ein Bett, Kerzenstummel, die er Demurral gestohlen hatte, und seine Brotration von der Armenspeisung. Als Bettelknabe durfte er sich sein Brot in St. Stephan abholen: Jede Woche lag ein Laib für ihn in einem Schrank im hinteren Teil der Kirche bereit. Das war die einzige milde Gabe, die er erhielt; die einzige, die er wollte. Thomas schwor sich, dass er jetzt, wo er ein Dach über dem Kopf hatte, auch seine Mutter besuchen würde.

Er wusste, dass sich aus Angst vor dem Hob bis Allerseelen kein Dorfbewohner in die Nähe der Höhle trauen würde. Zufrieden lief er den Pfad hinunter und durch den Wald. Der Weg fiel sacht zum Strand hin ab. Bald würde er den Schutz der Bäume verlassen und dann hatte er freien Blick auf Baytown und die Küste.

Plötzlich hörte Thomas ein Kratzen. Es klang, als wetze ein großes Tier seine Krallen. Es kratzte und scheuerte an der Rinde eines Baums zu seiner Rechten, ein Stück weit die Klippen hinauf. Thomas schaute hoch, sah aber nichts. Er wusste, dass es in diesem Wald keine wilden Hunde gab, doch da war das Geräusch wieder, diesmal hinter ihm, und es kam näher. Was immer es war, es bewegte sich von Baum zu Baum und kratzte im Vorbeigehen an jedem. Es klang wie eine Hofkatze, die an der Scheunentür scharrt, weil sie Mäuse riecht, nur dass das Geräusch lauter war und es sich hier um ein sehr viel größeres Tier handeln musste.

Thomas zuckte mit den Schultern und schlug seinen zerrissenen Kragen hoch, da der Wind heftig durch die Bäume blies. Dann hörte er einen Schrei. Es war ein Schrei, der ihm den Atem stocken ließ und sein Herz zum Rasen brachte. In panischer Angst lief Thomas Richtung Höhle.

Was immer hinter ihm her war, kam näher. Der Weg über die Klippen von Beastcliff war glatt vom morgendlichen Raureif. Als es abwärts ging, lief er immer schneller und sprang über die knotigen Baumwurzeln, die den Pfad aufgebrochen hatten. Zwanzig Meter vor ihm gabelte sich der Weg. Rechts ging es hinunter zum Strand und zu den Höhlen, geradeaus zum Gipfel des Nab und dann zum Meer. Er packte den Stamm eines jungen Baumes und schwang sich daran auf den Weg zum Strand.

Mich kriegt keiner, dachte er, weder Mensch noch Tier.

Plötzlich hörte er nur wenige Schritte vor sich auf dem Weg erneut den Schrei. Riesige, unsichtbare Krallen kratzten in rasender Geschwindigkeit an einer Eiche zu seiner Linken; Rindenstücke flogen durch die Luft. Um ihn herum wurde es Nacht. Das Tageslicht wurde von der dunklen Gestalt aufgesogen, die ihm nun den Weg versperrte. Thomas fühlte sich in einen schwarzen Schatten hineingezogen, der quälend langsam die Gestalt eines großen schwarzen Tieres annahm. Er konnte sich nicht mehr rühren vor Angst, war wie an den Boden festgenagelt. Schweißtropfen rannen ihm über die Stirn. Die Umrisse des Tieres wurden immer klarer, die Gestalt kompakter. Fast wie aus Fleisch und Blut stand es erschreckend groß vor ihm, umgeben von einer machtvollen Aura.

In einer letzten Kraftanstrengung riss sich Thomas los und rannte Richtung Nab. Bald hatte er den Wald hinter sich gelassen und lief auf den schmalen Pfad zu, der über die Felsnase führte, die die Klippen von Beastcliff von der Bucht trennte. Er schaute hinunter auf das Wrack des Schiffes. Der Strand war inzwischen leer, bis auf eine einzelne Gestalt im schwarzen Talar. Sie hielt die Arme hoch über dem Kopf und in ihren Händen glänzte eine kleine Statue im Licht der Morgensonne.

Vom Wald her hörte Thomas wieder den Schrei und das Kratzen und begriff, dass das Schattenwesen erneut näher kam.

Es gab kein Entrinnen. Auf den Klippen saß er in der Falle. Hinter ihm waren das Wesen und der Wald und vor ihm, dreißig Meter tiefer, lag das Meer. Weiter oben konnte er die Dachspitze des Pfarrhauses erkennen, in dem Demurral wohnte.

Die Büsche am Wegrand begannen zu zittern, als Zweige abgerissen und in die Luft geworfen wurden. Das Wesen hatte den Waldrand erreicht und war nur noch wenige Meter von Thomas entfernt. Er spürte, wie alles Leben und alle Energie aus seinem Körper rannen. Ein dichter Nebel hüllte ihn ein und legte sich immer enger um ihn. Seine Lider wurden schwer und er wollte nur noch eines: schlafen. Er begann mit offenen Augen zu träumen, sah die Welt nicht mehr und hörte das Meer nicht mehr rauschen. Dunkle Schatten tauchten auf und verschwanden wieder. Gesichter unter schwarzen Kapuzen wandten sich ihm lachend und schwatzend zu; wenn sie den Mund öffneten, sah er ihre abgebrochenen Zähne.

In seiner Panik hatte er das Gefühl, vom Nebel hochgehoben zu werden. Er bekam kaum noch Luft. Dann sah er wie im Traum seinen Vater am Tag des großen Unwetters. Er sah ihn kämpfen, als die Wellen über ihm zusammenschlugen und ihn immer weiter in die Tiefe rissen.

Plötzlich sah er, wie aus der Schwärze heraus etwas nach ihm griff.

»Komm, Thomas, komm zu mir. Nimm meine Hand, sie wird dich aus der Dunkelheit herausführen.« Es war die tiefe, liebevolle Stimme seines Vaters. »Kämpfe, Thomas, so wie ich es dich gelehrt habe.«

Thomas hob kraftlos die Hand, versuchte gegen die schwarzen Nebelbänder anzukämpfen, die seinen schwachen Körper umfingen.

»Ich kann nicht . . . Ich möchte schlafen. Nur schlafen.« Seine Stimme wurde immer leiser. Das Schattenwesen wirbelte um ihn herum, band ihn fester und fester und presste alles Leben aus ihm heraus.

In diesem Moment hörte Thomas einen explosionsartigen Donner. Der Nebel verzog sich und er spürte seine Arme herunterfallen. Er sah den Himmel, dann das Meer, dann die Klippen. Er fiel, stürzte dreißig Meter tief den Felsen entgegen.

Das Meer verschluckte ihn und das eiskalte Wasser brannte auf seiner Haut. Immer tiefer hinab sank er, umgeben vom wirbelnden Grün des Seetangs. Seine Lunge drohte zu platzen, als er in panischer Angst mit Armen und Beinen um sich schlug, um an die Oberfläche und an die frische Luft zu gelangen. Doch er schaffte es nicht. Seine Füße hatten sich in einem Knäuel Seetang verfangen, das den felsigen Meeresboden bedeckte. Er hielt den Atem an, solange er konnte. Als es nicht mehr ging, schloss er die Augen und atmete in dem Wissen aus, dass es keine Luft zum Einatmen gab. Er hörte auf gegen den Tang zu kämpfen und übergab sich den Wellen. Sein langes Haar bedeckte sein Gesicht wie eine wässrige Maske.

3.

Das Triptychon

Thomas erwachte in seiner Hob-Höhle. Ein warmes Feuer brannte in der Dunkelheit und der Duft von gekochtem Fisch begrüßte ihn. An der Wand hingen seine Kleider, damit sie in der Wärme des Feuers trocknen konnten.

»Wie?«

Er fragte es leise und suchte mit den Augen die Höhle ab, in der er während der letzten Monate gelebt hatte und die er so gut kannte.

»Wer?«

Der Kies am Höhleneingang knirschte und leise Schritte näherten sich. Ein dunkler Schatten glitt über die Höhlenwand und wurde größer. Thomas schlüpfte unter die zerschlissene graue Pferdedecke und legte schützend die Arme über den Kopf.

»Du bist wach, nicht wahr?« Es war mehr eine Feststellung als eine Frage.

Thomas zog sich langsam die Decke vom Gesicht und

starrte in die Augen eines jungen Mannes mit tiefschwarzer Haut und schulterlangen, glänzenden Locken.

»Wer bist . . .?«

Der junge Mann unterbrach Thomas sofort. »Ich bin Raphah. Ich sah dich ins Meer fallen und wusste, dass du Hilfe brauchst. Ich habe dich aus dem Tang gezogen.« Seine Stimme klang warm und angenehm. Er hielt kurz inne, lächelte und sagte: »Willkommen in meinem Heim.« Dabei ließ er den Blick durch die Höhle gleiten.

»Das ist nicht dein Heim«, schnauzte Thomas ihn an. »Es ist meine Höhle. Ich habe sie vor dir entdeckt. Ich komme schon jahrelang hierher.« Er zog die Decke enger um sich und starrte Raphah aus zusammengekniffenen Augen an.

»Vielleicht hätte ich dich dem Meer überlassen sollen, dann könnte ich allein hier leben. Ich hoffe, dass nicht alle Menschen hier so undankbar sind wie du. Oder sind sie noch schlimmer?« Raphah lachte und drehte den Fisch, der an einem langen Stock über dem Feuer briet. »Hast du Hunger oder hast du den Bauch noch voller Tang?«

Thomas war einfach nur froh am Leben zu sein. Er dachte an das, was er am Morgen erlebt hatte, und an die Kräfte, die ihm das Leben hatten nehmen wollen. Er dachte an das Wesen, das ihn durch den Wald verfolgt hatte, und an den Anblick von Pfarrer Demurral am Strand.

Raphah fiel sein abwesender Blick auf. »Für jemand, der so jung ist wie du, bist du ziemlich nachdenklich. Warum lebst du hier und nicht bei deiner Familie?«

Thomas spürte, wie ihm Tränen in die Augen stiegen.

»Ich kann nicht. Ich habe kein Zuhause mehr, keine Familie und kein Geld, deshalb bin ich hier.« Er barg das Gesicht in der Pferdedecke. Der strenge Geruch stieg ihm in die Nase.

Jemanden wie Raphah hatte Thomas noch nie gesehen. Der Fremde mochte 14 Jahre alt sein oder 20. Er hatte etwas Jugendliches an sich und ein unglaubliches Lächeln, das alles um ihn herum strahlen ließ. Er trug eine grobe schwarze Jacke, ein weißes Hemd und kniehohe Stiefel und sah aus wie ein Wegelagerer oder Schmuggler.

»Woher kommst du? Ich habe noch nie einen . . .« Thomas hielt inne, da ihm kein passendes Wort einfiel, mit dem er den Fremden hätte beschreiben können.

Raphah war das gewohnt. Er kannte diesen verlegenen Blick, mit dem andere ihn wegen seiner Hautfarbe bedachten, bevor sie entweder in schroffem Ton etwas zu ihm sagten oder ihn vollkommen ignorierten.

»Ich mag äußerlich nicht so sein wie du, aber ich spreche deine Sprache . . . und viele andere.« Er überlegte kurz. »Ich komme aus dem Land Kusch. Das liegt auf einem Erdteil, den ihr Afrika nennt, und ich möchte so schnell wie möglich dorthin zurück.«

Er drehte den Fisch auf dem Spieß. Zischend tropfte Fett von der Haut in die Flammen. »Ich bin hier, weil ich etwas suche, das meiner Familie gestohlen wurde. Sobald ich es gefunden habe, kehre ich zurück. Euer Meer ist kalt und eure Sonne zu schwach. Das ist sicherlich der Grund, weshalb du so blass bist. Iss den Fisch, dann zeige ich dir etwas.«

Während Thomas aß, zog Raphah aus seinem Hemd einen

bestickten, goldfarbenen Beutel, den er an einer Kordel um den Hals trug. Er öffnete ihn und nahm vorsichtig ein kunstvoll bearbeitetes Stück Pechkohle heraus, das die Form eines mandelförmigen Auges hatte. Er hielt es Thomas hin.

»Da, wo ich herkomme, sagt man, wenn wir den Geist von Riathamus kennen, werden unsere Alten Träume träumen und die Jungen Visionen haben. Schau hinein, kleiner Fisch, und sag mir, was du siehst.«

Thomas schaute konzentriert auf den Stein. Er sah, wie das Schwarz sich langsam in ein leuchtendes Blau verwandelte – ein Blau wie der Nachthimmel, wenn der Morgen dämmert.

Sein Blick wurde tiefer hineingezogen, bis die goldenen Ränder des Steins zum Horizont einer neuen Welt wurden. Ganz deutlich erkannte er große, aus Stein gemauerte Gebäude, die sich wie Kathedralen aus dichten Wäldern erhoben. Über den Bäumen zogen riesige rote und grüne Vögel unermüdlich ihre Kreise. Hunderte von Menschen, die alle aussahen wie Raphah, waren auf den Stufen des größten Gebäudes versammelt. Sie trugen weiße Leinengewänder und funkelnde Goldbänder um den Hals. Schimmerndes Öl glänzte in der Morgensonne in ihren Haaren.

»Das ist mein Volk«, erklärte Raphah mit sanfter Stimme. »Sie haben sich beim Tempel versammelt, um Riathamus zu hören. Er leitet uns in allen Dingen. Er ist es, der mich hierher gebracht hat, und er hat mir dich geschickt, damit du mir hilfst. Wie einen Fisch im Netz.« Sein Lachen wurde als Echo von den Höhlenwänden zurückgeworfen.

Erschrocken wandte Thomas den Blick von dem Augen-Stein und dem Bild darin ab und sah Raphah an.

»Was bist du? Ein Hexer? Nur Hexer bringen so etwas fertig.« Er richtete sich auf. »Woher weißt du, dass ich dir helfen werde? Und helfen wobei? Mit Hexerei will ich nichts zu tun haben. Sie werden dich dafür hängen.« Thomas fühlte sich plötzlich sehr mutig. Raphah mochte zwar älter sein als er, doch das kümmerte ihn nicht.

Sollte er tatsächlich ein Hexer sein, würde er aus der Höhle fliehen, wenn es sein musste ohne seine Kleider. Er hatte langsam das Gefühl, dass dieser Tag ein Traum sein musste, aus dem er bald erwachen würde. Man hatte ihn verfolgt und versucht ihn zu ertränken – was sicher auch gelungen wäre, wenn ihn nicht ein Fremder gerettet hätte, der Menschen in einem Stück Pechkohle erscheinen lassen konnte. Das konnte nur ein Traum sein.

Raphah lächelte wieder. »Ich bin weder ein Hexer noch ein Zauberer. Die sind voller Lug und Betrug. Ich habe nur das, was mir von Riathamus gegeben wurde.« Er sah Thomas in die Augen. »Schau noch einmal hin, mein kleiner Fisch. Das ist die Macht des Guten. Der, der ist, wird es dir beweisen.«

Thomas konnte nicht wegsehen. Das Feuer wärmte stärker, das Treibholz brannte heller. Das warme Schwarz des Steins zog seine Blicke an. Und da, inmitten dunkler Nebelschwaden, sah er zwei Männer, einer weiß, der andere schwarz. Sie rannten aus dem Tempel, die Stufen hinunter und in den Wald hinein. Der Weiße trug die schönste goldene Statue, die Thomas je gesehen hatte. Im Laufen wickelte er die Figur in sein verschwitztes Hemd und drückte sie an die Brust. Dann wurde der Wald von weißem Schaum überspült und die Szene veränderte sich. Jetzt sah Thomas die Segel eines großen Schiffs, die sich im Sturm blähten. Das Schiff hatte hohe, schwankende Masten und die Wellen griffen bis hinauf zur Reling. Die beiden Männer kauerten in einer Kabine unter Deck und hielten sich aneinander fest, während der Sturm wütete. Wieder veränderte der Stein die Szenerie. An Stelle der Kabine war nun ein von Kerzen erleuchtetes Arbeitszimmer zu sehen. Thomas zog scharf die Luft ein. Da, in dem steinernen Auge, erschien ein Gesicht, das er nur zu gut kannte.

»Demurral!«, rief Thomas laut und sah auf. »Das ist Demurral!«

»Du kennst den Mann?« Etwas Drängendes lag in Raphahs Stimme. »Sag es mir – ich muss es wissen. Kennst du ihn?«

Zum ersten Mal, seit sie sich begegnet waren, stellte Thomas eine Veränderung bei dem Fremden fest. Raphah sah aus, als erwarte er wichtige, wenn auch unliebsame Neuigkeiten.

»Er ist der Mann, den ich suche. Er hat etwas, das meinem Volk gestohlen wurde.« Raphah bemühte sich gelassen zu bleiben, doch Thomas spürte seine Unruhe.

»Ich kenne ihn«, sagte Thomas. »Er hat schon so viele Leute so oft bestohlen, dass es ihm zur Gewohnheit geworden ist.« Seine Stimme klang bitter, da er an die Jahre des

Elends denken musste, die seine Familie wegen Demurral durchlebt hatte. »Ich hasse ihn. Ich hasse ihn so sehr, dass ich ihn umbringen könnte. So wie er versucht hat, meine Mutter umzubringen. Er sagt, er sei ein Gottesmann, doch keiner, der Gott kennt, würde so handeln. Bei all seinen Betrügereien und Lügen ist er für mich eine Ausgeburt des Teufels. Er hat das ganze Dorf in der Hand und will über jeden Einzelnen von uns bestimmen.«

»Er will noch viel mehr als nur die Macht über das Dorf«, erwiderte Raphah. »Wenn es nach ihm geht und wenn er das, was er gestohlen hat, einsetzen kann, könnte er bald die ganze Welt befehligen und selbst Riathamus' Macht für seine Zwecke missbrauchen.«

Thomas wusste nichts von Riathamus und es interessierte ihn auch nicht. Doch er hatte lange darauf gewartet, es Pfarrer Demurral heimzahlen zu können, und jetzt witterte er eine Gelegenheit, sich rächen zu können. Thomas war stolz darauf, dass er kämpfen und Fische fangen konnte und dass er die Verstecke der Schmuggler von Baytown ausräumen konnte, ohne erwischt zu werden. Er kannte jeden Winkel des Dorfes und die Geheimgänge unter dem Pfarrhaus. Was immer Demurral gestohlen hatte, er würde es zurückholen.

Thomas starrte in die Glut des heruntergebrannten Feuers; der Fremde brauchte nicht zu wissen, was er dachte.

»Dann wirst du mir also helfen!« Raphahs Stimme klang fest. »Wer ist dieser Demurral? Erzähle mir alles über ihn. Danach werden wir einen Plan machen.« Er packte Thomas am Handgelenk, bevor dieser etwas sagen konnte, und schaute ihm in die Augen. »Als Erstes verpflichten wir uns ganz unserer Sache. Dieser Demurral ist kein Diener Gottes und er wird alles tun, was in seiner Macht steht, um uns beide zu vernichten. Wir werden kämpfen müssen – gegen Obrigkeiten und Gewalten, Geister und Dämonen. Demurral ist mehr als ein Mensch. Er ist einer, der mit den Toten spricht – er ist ein Schattenbeschwörer.«

Raphah verstärkte den Griff um Thomas' Arm und lächelte. »Jetzt werde ich mit Riathamus sprechen. Mach die Augen zu.«

Thomas hatte keine Wahl. Das war ein Befehl und keine Bitte. Raphah hatte etwas Kraftvolles an sich, etwas, dem Thomas sich nicht widersetzen konnte und wollte. Er hatte nur Gedanken für seine Hand, die zunehmend tauber wurde unter Raphahs Griff, und für seine Hose, die wohl zu dicht über dem Feuer hing und schon brenzlig roch. Gehorsam würde bedeuten, dass er seine Hand retten konnte und mit etwas Glück auch seine Hose. Er kniff die Augen zusammen, versuchte aber trotzdem noch zu sehen, was passierte.

Raphahs Stimme war tiefer und kräftiger als vorher, als er zu sprechen begann: »Großer Riathamus . . . Schöpfer aller guten Dinge . . . erfülle uns mit deinem Geist.«

Die machtvollen Worte wurden als Echo von den Höhlenwänden zurückgeworfen. Thomas öffnete die Augen ganz und sah Lichtblitze ähnlich züngelnden Flammen durch die Kammer huschen. Ein Wirbelwind blies um die Höhle und plötzlich wurden seine Bettstatt und seine Vorräte in die Luft gerissen. Es war, als stünde er mit einem Mal im Auge des Sturms, während alles um ihn herum in Chaos versank. Das Feuer in der Mitte der Höhle brannte wieder, sogar heller als zuvor, während um ihn herum Bücher, Kerzenstummel, Brot und Decken durch die Luft flogen. Thomas klammerte sich, solange es ging, an Raphah, dann trat er, ohne nachzudenken, in den Tornado. Er wurde hochgehoben und gegen die feuchte, glitschige Höhlenwand geworfen, wo er zitternd liegen blieb.

Tränen stiegen ihm in die Augen und er begann zu schluchzen. Während er so reglos auf dem Höhlenboden lag, war es, als lösten unsichtbare Hände den Knoten aufgestauter Gefühle in seiner Brust, den er so viele Jahre mit sich herumgetragen hatte. Die ohnmächtige Wut über den Tod seines Vaters, seinen Hass auf die Welt und seine Angst vor dem Sterben – das alles begann sich aufzulösen und aus ihm herauszufließen. Thomas verstand nicht, was geschah. Der modrige Geruch nach Seetang, feuchten Wänden und Fischhäuten wich dem überwältigenden Duft der Heuernte. In der dunklen Höhle hatte er das Gefühl, sanft von der Sommersonne gewärmt zu werden.

Er hörte, wie Raphah von weit her etwas zu ihm sagte.

»Kämpfe nicht dagegen an. Erlaube Riathamus dein Herz anzurühren. Er weiß um deine Verletzungen. Er kennt dein trauriges Leben. In Riathamus können wir alle Frieden finden.«

Thomas spürte Raphahs warme Hand auf seiner Stirn. Sie

tat gut wie die Nesselumschläge, die seine Mutter machte. Die von Raphahs Handfläche ausgehende Wärme wurde immer intensiver und erfüllte bald Thomas' ganzen Körper. Er kämpfte nicht. Er ließ die Erfahrung zu und genoss Stunden, so schien es ihm, voll paradiesischen Friedens. Ist das wieder Zauberei?, fragte er sich halb im Traum.

Als könne er Thomas' Gedanken lesen, erwiderte Raphah: »Nein, hab keine Angst. Das ist nicht von Menschen gemacht und kommt auch nicht aus der Dunkelheit. Ich selbst habe keine Macht. Das ist ein Geschenk an dich. Nimm es an . . . atme es ein . . . erlaube der Zeit stillzustehen.« Seine Worte erfüllten Thomas ganz. Sie waren beruhigend, brachten ihm Schlaf und sanfte Träume.

Raphah legte die Pferdedecke über ihn, legte neues Treibholz aufs Feuer, lehnte sich zurück und schloss die Augen.

Das Rauschen der Wellen holte sie aus ihren Träumen. Thomas erwachte als Erster und zog sich im schwachen Licht der Glut an. Seine Hose war steif und warm und roch nach Salzwasser.

Raphah öffnete die Augen und lächelte ihn strahlend an. »Hast du geträumt?«

Thomas fühlte sich ganz warm und glücklich und konnte das nicht für sich behalten. »Ja, von allem Möglichen, von meinem Vater . . . meiner Mutter . . . von dem, was gestern war. Es war alles so wirklich. Es ist, als hätte ich Flügel.« Er hielt inne und sein Lächeln verschwand, als er an eine andere Vision denken musste. »Ich habe auch von Demurral geträumt. Ich weiß jetzt, wer du bist und wonach du suchst. Er hat die Figur, die ich in deinem Stein gesehen habe ... Er hat versucht sie gegen dich zu verwenden.«

»Hab keine Angst, es war nur ein Traum. Doch Träume warnen uns vor dem, was vor uns liegt, und auch vor dem, was in unseren Herzen ist.« Raphah erhob sich von seinem provisorischen Bett aus Farnkraut, das er sich auf dem Höhlenboden zurechtgemacht hatte. »Träume sind ein Schatten der Zukunft oder unserer selbst; man braucht sie nie zu fürchten, sondern soll sie willkommen heißen und sich zu Nutze machen.« Er legte Thomas eine Hand auf die Schulter. »Wo wohnt Demurral? Hier in der Nähe?«

Thomas überlegte, welches der schnellste Weg von der Höhle zum Pfarrhaus war. »Er wohnt ungefähr drei Meilen von hier, aber wenn du dich vor der Dunkelheit nicht fürchtest, können wir zwei daraus machen. Dann gehen wir vom Wald aus durch den unterirdischen Gang.«

Er kannte das Tunnelsystem von den Nächten, in denen er seinem Vater geholfen hatte Fässer mit geschmuggeltem Brandy, Seide und Tabak abzuladen, die von kleinen Booten an Land gebracht worden waren. Sein Vater war Fischer gewesen, aber er hatte sein schmales Einkommen durch gelegentliche Fahrten zu einem französischen Schoner aufgebessert, der vor der Küste ankerte. Von diesen Fahrten war er immer mit wundervollen Dingen zurückgekommen. Demurral hatte sich selbst davon seinen Anteil genommen. »Lagergebühr«, nannte er es. Und doch akzeptierte der

Pfarrer keinen Brandy und keinen Tabak. Nein. Demurral verlangte seinen Anteil in barer Münze, in Gold oder Silber.

Heute Nacht, Demurral, wird dir deine Gier zum Verhängnis werden, dachte Thomas.

»Dann nehmen wir den Tunnel«, entschied Raphah. »Wir haben keine Zeit zu verlieren.«

Das sanfte Licht des Mondes beschien die Steine, die vom Höhleneingang zum Sandstrand führten. Am nördlichen Himmel sah Thomas den gelblichen Schimmer. Er empfand ihn zwar als hell, doch verbreitete er kaum Licht, sodass die Nacht trotzdem dunkel und bedrohlich war.

Die Luft war frisch und sauber – was für ein Unterschied zu der modrigen, verräucherten Höhle! Schweigend gingen sie durch den Wald. Thomas mied den Pfad, auf dem er dem Thulak begegnet war, und führte Raphah am Klippenrand entlang. Das Meer lag jetzt zu ihrer Linken und der dichteste Teil des Waldes zu ihrer Rechten.

Sie stiegen den Abhang hinauf, der Richtung Pfarrhaus führte, das an der Landspitze von Peak ganz oben auf den Klippen saß. Die Bäume griffen über ihren Köpfen ineinander wie gekrümmte Finger. In der sanften Brise fiel trockenes Laub von den Ästen und raschelte unter ihren Füßen.

Thomas verließ den Pfad und sprang in einen schmalen Graben, wo ihm ein Stechpalmenbusch den Weg versperrte. Er zog das stachlige Grünzeug weg und stand vor dem Eingang zu einem Tunnel. Er war gerade so breit in den Fels gehauen worden, dass ein Mann ein Brandyfass hindurchtragen konnte, ohne sich die Handrücken aufzuschürfen.

»Hier geht's rein.« Thomas sprach so leise wie möglich, doch eine Eule flog mit einem lauten Schrei von ihrem Baum auf. Ohne Vorwarnung sprang eine schmächtige Gestalt aus der Dunkelheit heraus und riss Thomas und Raphah zu Boden. Mit dem Gesicht nach unten lagen sie nebeneinander im nassen Farn und Gras. Der Geruch von kalter Erde stieg ihnen in die Nase und sie spürten jeder etwas Hartes im Nacken. Man hatte ihnen aufgelauert und sie waren in die Falle getappt.

»Geld oder Leben! Messer oder Kugel, was wollt ihr haben?« Thomas hörte das ihm bekannte Klicken, als der Hahn einer Pistole zurückgezogen wurde, und spürte das kalte Ende des Stahlrohrs an seinem Hinterkopf.

»Rück dein Geld raus, Barrick, oder dein Freund frisst Blei.« Es war eine Mädchenstimme, und eine, die Thomas kannte.

»Runter von mir, Kate Coglan, oder ich vertrimme dich von jetzt bis nächsten Freitag, und zwar schlimmer als dein Vater es je tun könnte.« Er wollte aufstehen, doch das volle Gewicht des Mädchens hielt ihn am Boden.

»Wo warst du, Thomas? Es ist Montag und montags bringe ich dir immer etwas zu essen. Ich habe stundenlang auf dich gewartet.«

Thomas hörte wieder ein Klicken, als der Hahn der Pistole zurückfiel, ohne einen Schuss ausgelöst zu haben.

»Ich hatte Besuch. Wir sind auf dem Weg zu Demurral. Lässt du mich jetzt endlich aufstehen?«

Kate Coglan sprang zur Seite und setzte sich auf ein zertretenes Farnbüschel. »Wer ist dein Freund? Er ist keiner von uns.«

Raphah rappelte sich auf und klopfte sich den Schmutz vom Mantel. »Allerdings, und ich bin froh darüber. Ich bin noch keinen Tag in diesem Land, und die Art, wie ich bisher willkommen geheißen wurde, war weder liebenswürdig noch angemessen.« Er schaute sie von oben bis unten an. »Für ein Mädchen siehst du sehr nach einem Mann aus, wenn ich das so sagen darf.« Er wies auf die Hosen und die Stiefel, die sie trug. Kate Coglan war ohne Frage ein Mädchen, ein aufsässiges und verwildertes Mädchen zwar, aber trotz allem ein Mädchen.

Thomas stellte sich zwischen die beiden. Er wusste, dass Kate in null Komma nichts auf den Beinen sein und der dunklen Haut dunkle Flecken beibringen konnte.

»Was soll die Pistole, Kate? Bist du jetzt unter die Wegelagerer gegangen?«

»Ich hab sie von meinem Vater geborgt. Er ist inzwischen sicher sturzbetrunken und wird gar nicht merken, dass sie ihm fehlt. Ich hab sie dabei, um damit sämtliche Schatten und Glupschaugen oder was sich mir sonst noch in den Weg stellt, in Schach zu halten.« Sie zielte auf Raphah. »Bist du ein Schatten oder wäschst du dich nicht? So einen wie dich hab ich noch nie gesehen.«

»Er ist ein Fremder und er hat mir das Leben gerettet, also halt gefälligst dein loses Maul.« Thomas wusste, wie sehr Kates Worte verletzen konnten; manchmal trafen sie wie ein Schwerthieb. Er schaute Raphah an.

»Mach dir nichts draus, Thomas, ich habe schon viel Schlimmeres gehört und von viel gefährlicheren Leuten als einem Mädchen in Männerkleidern.« Raphah grinste. »Hab Mitleid mit ihr. Nach der Art und Weise, wie sie sich kleidet, hat sie genug eigene Probleme.« Er zwinkerte Thomas zu und sie verbeugten sich beide vor Kate.

»Das reicht«, rief Kate. »Lasst uns noch Mal von vorn anfangen.« Sie machte eine kleine Pause und lächelte. »Ich bin Kate. Thomas kennst du schon. Und wer bist du?« Sie stand auf, steckte die Pistole in den Gürtel und streckte Raphah die Hand hin.

»Ich heiße Raphah und komme aus Afrika. Noch einmal neu anzufangen ist eine gute Idee.« Er gab ihr die Hand. Kate spürte ihre Wärme und ihre Blicke trafen sich.

»Wir beklauen Demurral«, unterbrach Thomas die beiden. »Er hat etwas, das Raphahs Familie gehört, und ich helfe ihm es zurückzuholen. Kommst du mit? Deine Pistole könnte hilfreich sein. Du könntest hier Wache schieben, damit uns keiner den Rückweg abschneidet.«

Kate griff in den Stechpalmenstrauch und warf Thomas einen Stoffbeutel zu. »Vielleicht. Aber hier ist erst mal dein Abendessen. Brot, Käse und Ingwerkuchen. Esst besser jetzt als später.«

Sie setzten sich in den Graben und teilten das Essen. Raphah erzählte von seiner Reise und dem Schiffbruch. Kate unterbrach ihn immer wieder mit Fragen.

Der Vollmond senkte sich langsam hinter die Hügel in der Ferne. Thomas erhob sich, ging zu dem Strauch und bohrte die Stiefelspitze in den Boden. Unter der Erde lugte Holz hervor. Er legte den Deckel eines Fasses frei, das neben dem Tunneleingang vergraben war.

»Wir brauchen Licht, also werde es Licht.« Er bückte sich, drückte den fest sitzenden Deckel mit beiden Händen auf und griff in das Fass.

»Tut mir Leid, Kate, es sind nur zwei Lampen drin. Aber du hast ohnehin Augen wie eine Katze, da spielt es keine Rolle.« Er richtete den Docht der Zunderbüchse auf, die er auf dem Fassboden gefunden hatte, und schlug den Feuerstein an. Das bernsteinfarbene Licht von zwei Sturmlaternen flammte auf.

Kate legte den Deckel wieder auf das Fass. »Wir wollen keine Spuren hinterlassen und mein Vater braucht nicht zu erfahren, dass ich hier war.« Ihr Vater war der Steuereintreiber. Er patrouillierte an der Küste zwischen Whitby und Hayburn Wyke und hielt Ausschau nach Schmugglern – zumindest nach denen, die vergessen hatten ihm seinen Anteil an Brandy zu zahlen. So war das Leben im Moor und an der Küste. Ein schmaler Spalt trennte Gesetz von Anarchie, Gut von Böse und diese Welt von der nächsten. Zumindest für diese Nacht war Kate sicher, dass ihr Vater zu betrunken war, um zu wissen oder wissen zu wollen, wo sie war.

»Bewegt euch. Ich will nicht die ganze Nacht hier rumstehen«, sagte Kate ungeduldig und wedelte mit der Hand Richtung Tunneleingang. Dann zog sie die Pistole aus dem Gürtel und legte den Hahn zurück.

»Sieh zu, dass dein Pulver trocken bleibt«, meinte Thomas. »Und schieß auf jeden, der hinter uns hereinwill.« Langsam wurde ihm bewusst, dass dies kein Spiel mehr war. Es war ernst. Es ging um Leben und Tod.

Raphah und Thomas betraten den dunklen Tunnel. Sie hörten das Wasser von der Decke tropfen. Mit jedem Schritt wurde es kälter. Das Licht der Sturmlaternen reichte nur wenige Fuß weit und warf gespenstische Schatten an die Wände. Thomas lauschte auf jedes Geräusch, voller Angst, dass der Thulak aus dem Wald auftauchen oder er das Versteck eines Hobs oder eines glupschäugigen Boggles aufspüren könnte.

»Kennst du den Weg, kleiner Fisch?«, fragte Raphah im Flüsterton.

»Wir halten uns links. So gehen wir immer, wenn wir Demurral das Geld bringen. Es gibt da eine Eisentür mit einem leeren Steinkrug daneben. Wenn wir die finden, haben wir den Eingang zum Keller des Pfarrhauses gefunden. Dann fangen unsere Probleme erst richtig an.«

Ohne zu zögern, erwiderte Raphah: »Eines steht fest: Die Bösen werden nicht ungestraft davonkommen, die Rechtschaffenen dagegen werden frei sein.« Obwohl er im Flüsterton geredet hatte, hallten die Worte von den Tunnelwänden wider.

Zehn Minuten lang gingen sie schweigend durch die eisige Kälte. Der modrige Geruch wurde immer intensiver. Unter Thomas' Stiefeln knirschte etwas. Als er nach unten schaute, sah er, dass er über das Gerippe eines Hirsches ging. Der Kopf mit dem Geweih lag an der Tunnelwand.

»Das Tier muss sich verirrt haben. Die Tunnel und Höhlen hier gehen über viele Meilen. Deshalb nutzen auch die Schmuggler sie. Wer hier drin ist und sich auskennt, wird nie geschnappt.«

»Das mag sein, aber wer sich nicht auskennt, ist vielleicht bald so tot wie der Hirsch hier«, bemerkte Raphah und hoffte nur, dass seine Worte nicht auf sie zutreffen würden. Er hatte die Verantwortung für Thomas übernommen und jetzt auch noch für Kate. Sie waren in sein Leben getreten, um ihm zu helfen. Er musste dafür sorgen, dass ihnen nichts zustieß.

Oben im Pfarrhaus saß Obadiah Demurral in seinem Arbeitszimmer an dem großen Eichenschreibtisch, umgeben von staubigen Büchern. Am vorderen Rand des Schreibtischs lag der mit Bändern aus purem Gold umwickelte Akazienstab. Zu seiner Rechten stand die Figur des Keruvim. Die Hand aus Pechkohle begann im sanften Kerzenlicht, das den Raum erhellte, zu leuchten – zunächst nur schwach und kaum sichtbar, doch von Minute zu Minute heller.

Es klopfte an der Tür. Demurral fuhr aus seinem Schlummer hoch. »Ja, komm rein.«

Beadle erschien mit einem Tablett mit Fleischscheiben, Käse, einem Kanten Brot und einem außerordentlich großen Krug mit Rotwein. »Euer Abendessen, Herr.«

»Stell es auf den Tisch da drüben und verschwinde«, kam die barsche Antwort.

»Herr Pfarrer?«, flüsterte Beadle.

»Hinaus mit dir, Beadle, sofort!«

»Herr . . . die Hand.«

»Mit meiner Hand ist alles in Ordnung. Verschwinde, bevor ich sie auf deinem Kopf tanzen lasse.« Demurral nahm den Kanten Brot vom Tablett und waf ihn Beadle an den Kopf, dass die Krumen durchs Zimmer flogen.

Unbeirrt versuchte Beadle es noch einmal, allerdings legte er jetzt beide Arme schützend über den Kopf, falls der Weinkrug oder Käse geflogen kamen. »Herr . . . die . . . schwarze . . . Hand . . . leuchtet.«

»Was?«, brüllte Demurral. Er hatte den Krug schon schwungvoll hochgehoben, doch jetzt drehte er sich zu der Hand um, die inzwischen fast weiß glühend war.

Er lief zu Beadle und drückte ihn kurz an sich. »Schnell, wir wollen unserem Gast ein Willkommen bereiten. Ich wusste, dass er nicht mit dem Wrack untergegangen ist. Und jetzt ist er hier – gewiss kommt er durch den Tunnel! Gelobt sei Pyratheon, der finstere Gott des Universums.«

»Was soll ich machen, Herr?« Beadle huschte durchs Zimmer, sammelte die Brotbrocken und versuchte damit den verspritzten Wein aufzutupfen.

»Lauf in den Keller und bring mir die Glorreiche Hand. Schnell, wir haben nicht mehr viel Zeit!«

Demurral konnte nicht warten und so liefen sie beide in den Keller. Beadle holte die in ein schwarzes Seidentuch eingeschlagene Hand aus einem großen Eichenschrank. Es war die abgeschlagene Hand eines Mörders, der gehängt worden war. Sie war in Wachs getaucht worden und jetzt konnte man die einzelnen Finger wie Kerzen anzünden. Wenn sie brannten, fiel einem alten Zauber zufolge jeder im Haus in einen tiefen Schlaf, bis die Kerzenfinger ausgeblasen wurden. Jeder, mit Ausnahme desjenigen, der die Hand trug. Demurral nahm sie und zündete den kleinen Finger an. »Geh, Beadle, sonst fällst du auch unter den Zauber.«

Demurral wandte sich der Eisentür zu, die zum Tunnel führte. An einer Kerze an der Wand entzündete er den Daumen und die restlichen Finger der Glorreichen Hand. Es zischte und knisterte, als der Zauber seine Wirkung entfaltete. Der Pfarrer öffnete die Eisentür und das Licht der Hand erhellte die Dunkelheit auf der anderen Seite. Er trat in den Tunnel.

»Willkommen, meine Freunde, willkommen in meinem Zuhause. Kommt, esst mit mir und wir werden die Wunder dieser Nacht gemeinsam erleben.«

Thomas und Raphah drückten sich an die Tunnelwand und versuchten mit dem feuchten Fels zu verschmelzen.

Demurral redete weiter: »Kommt nur, kommt, seid nicht so schüchtern. Ich weiß, dass ihr ganz in der Nähe seid. Ich werde euch gewiss nichts tun.« Er zog eine Augenbraue hoch und lächelte schief, um die Lüge zu überdecken. Die beiden trauten sich nicht zu atmen aus Angst, er könne sie hören.

»Wenn ich euch nicht finden kann . . .« Demurral machte eine Pause und überlegte. ». . . zieht euch womöglich der Thulak aus eurem Loch.«

Trotz der Kälte im Tunnel traten Thomas die Schweißperlen auf die Stirn. Raphah spürte seine Angst und griff nach seiner Hand. Dabei bemerkte er, dass die Sturmlampen schwächer wurden. Bald würden sie im Dunkeln stehen.

4.

Der Eichenkönig

Kate Coglan saß versteckt im Stechpalmengestrüpp am Eingang des Tunnels und wartete in der Dunkelheit, dass Thomas und Raphah zurückkamen. Sie hatte immer behauptet, sie würde sich vor nichts fürchten. Sie glaubte weder an Geister noch an Nachtgespenster oder an einen Gott. Ihr Vater hatte jeden Glauben aus ihr herausgeprügelt. Für ihren Vater musste sie den Sohn ersetzen. Den Sohn, der zwei Jahre vor Kates Geburt gestorben war. Es war ein Tod, über den nie geredet wurde, auf den lediglich ein kleiner Stein auf dem Friedhof hinwies: Mutter und Sohn, vereint im Tod wie im Leben.

Kate trug derbe Kniehosen, hohe Stiefel, eine schwere Jacke und dazu einen Dreispitz. Ihr langes Haar hatte sie zu einem Pferdeschwanz zusammengebunden, doch die großen blauen Augen und die zarte Haut verrieten, dass sie ein Mädchen war.

Geistergeschichten hielt Kate für Ammenmärchen. In

den 14 Jahren ihres Lebens hatte sie noch kein einziges übernatürliches Wesen gesehen, und was sie nie gesehen hatte, konnte ihr auch nichts tun. Weshalb sollte sie das Unsichtbare fürchten, wenn alles Leid und aller Schmerz in ihrem Leben von den sichtbaren Menschen um sie herum ausgingen? Sie hatte ihren Vater oft nach dem Leben und dem Tod gefragt. Er hatte die Fragen entweder ignoriert oder mit der flachen Hand beantwortet. Wieder und wieder hatte er ihr eingebläut, dass am Leben nicht mehr dran sei als das, was man sehen könne. Als sie ein kleines Mädchen war, schüttelte er sie jedes Mal heftig, wenn sie nach ihrer Mutter fragte. »Sie ist tot«, sagte er dann. »Das war's, aus und vorbei, sie kommt nicht mehr wieder, liegt unter der Erde und ist Futter für die Würmer. Wenn es einen Gott gibt«, rief er, »warum hat er mir meinen Sohn genommen und dann auch noch meine Frau? Der liebende Gott . . . Herr über alles Vorstellbare . . . Trost der Schwachen . . .«

Kate kauerte sich dann in eine Ecke des Zimmers und legte schützend die Hände über den Kopf, denn es konnte sein, dass er in seiner Wut auch mit dem, was sie an Möbeln hatten, um sich warf. Danach schluchzte er jämmerlich und klammerte sich verzweifelt an Kate, doch die konnte nicht weinen. Ihre Tränen waren wie weggeschlossen, tief in ihrer Seele begraben, wie die verschwommenen Erinnerungen an ihre Mutter.

Kates Gesicht zeigte auch jetzt keine Regung. Nichts und niemand konnte ihr etwas antun, das ließ sie nicht zu, und mit der Pistole in der Hand war sie bereit es mit der ganzen Welt aufzunehmen.

Sie schaute hinter dem Stechpalmenbusch hervor und zielte mit der schussbereiten Waffe in die Dunkelheit. Sie hörte die gedämpften Rufe Demurrals, die in der undurchdringlichen Schwärze des Tunnels widerhallten. Sie kannte seine Stimme nur zu gut. In ihrem sicheren Versteck dachte sie an Thomas und Raphah und mit jedem Ton aus der Tiefe des Labyrinths wuchs ihre Sorge.

Plötzlich war ihr, als sähe sie um sich herum merkwürdige Gestalten. Ein Baum schien sich in den Kopf eines Riesen zu verwandeln, eine Wolke sah aus wie ein an einem Stern festgebundener Schwan und aus einem Grasbüschel wurde ein Igel, der durch den Wald zu laufen schien. Kate starrte in die Nacht und wollte schon an ihrem Verstand zweifeln. Da zuckte sie zusammen. Die Nacht starrte zurück!

Da auf der Lichtung, kaum zwei Meter von ihr entfernt, blickten fünf leuchtend rote Augenpaare zum Stechpalmenbusch herüber. Kate merkte, wie ihre Handflächen feucht wurden und eine plötzliche Panik sie erfasste. Sie wagte es nicht, sich zu bewegen, aus Angst, sie könnten sie sehen. Sie wagte nicht zu schlucken, aus Angst, sie könnten sie hören. Selbst auf die geringe Entfernung konnte sie die Gestalt der Wesen nicht erkennen; sie sah nur die roten Augen, die zu ihr herüberschauten. Falls es Schmuggler waren, hatten sie die beste Tarnung, die sie je gesehen hatte. Und sie hatte sie nicht kommen hören; sie waren einfach da gewesen.

Während sie gebannt hinüberschaute, sah sie, wie zu jedem Augenpaar silberne Umrisse erschienen, wie Millionen winziger Funken, die in einem Feuer tanzen. Immer heller leuchteten sie. Dann verdichteten sie sich und wirbelten umeinander herum. Es war, als sei ein Wind in die Glut des Feuers gefahren. Im Hellerwerden veränderte sich auch ihre Farbe von Silber über Rot und Grün zu Blau. Danach verschwanden die Funken wieder, so schnell, wie sie gekommen waren. Voller Angst starrte Kate in die Nacht. Sie konnte den Blick nicht von dem, was sich vor ihr abspielte, abwenden.

Auf der Lichtung standen nun fünf hoch gewachsene Gestalten, die von Kopf bis Fuß in Rüstungen steckten. Jede trug einen glänzenden Helm in der Form eines Schlangenkopfes mit Augen, die wie Diamanten glitzerten. Aus jedem Helm ragten vorne zwei lange Fangzähne aus Elfenbein wie die Säbelzähne längst ausgerotteter Tiere.

Die Brustplatte der Rüstung zeichnete jeden Muskel nach. Metallstäbe liefen rechts und links bis zum Ellbogen, wo sie mit einem dicken, ledernen Panzerhandschuh verbunden waren. Zwischen den einzelnen Metallstücken konnte Kate die Haut der Kreaturen erkennen. Sie war dunkelgrün und hatte einen gespenstischen Schimmer, der sie fast mit der Nacht verschmelzen ließ. Um die Taille trugen sie breite Ledergürtel, an denen eine Art kurzes Schwert mit schwarzem, lederumwickeltem Griff hing. Das kleinste der fünf Wesen trug einen Schild, der mit Silber beschlagen und mit leuchtend roten Edelsteinen besetzt war.

Ihre Gesichter konnte Kate von ihrem Versteck aus nicht erkennen. Sie sah nur die leuchtend roten Augen, die weiter zu ihr herüberstarrten. Kate zielte mit der Pistole direkt auf den Kopf der größten Gestalt. Langsam und lautlos zog sie die Luft ein. Sie hatte entsetzliche Angst. Eine Stimme in ihrem Kopf schrie: *Drück ab!* Doch sie konnte sich nicht rühren, war vor Angst völlig erstarrt.

Drück ab!, rief die Stimme erneut.

Es ging nicht. Die Pistole in ihrer Hand wurde immer schwerer; es war, als versuchte jemand sie ihr zu entwinden. Kate wollte nur eines: schreiend weglaufen. Doch sie wusste, dass sie keine fünf Schritte weit käme, bevor sie geschnappt würde. Sie wusste, wenn sie die Hand bewegte und die Pistole senkte, würden die Wesen sie hören. Also konzentrierte sie alle Kraft darauf, die Pistole im Anschlag zu halten. Ihre Armmuskeln begannen zu schmerzen; der Schmerz ging von den Fingerspitzen bis in die Schultern. Sie wollte weinen, sie wollte nach Hause. Wieder war die Stimme in ihrem Kopf.

Drück ab . . . Drück ab.

Zitternd vor Angst, versuchte Kate den Abzugshebel zu ziehen, doch ihre Finger gehorchten ihr nicht. Eine Taubheit und Kälte stieg ihr den Arm hoch, als würde sie langsam zu Stein.

Die Wesen steckten die Köpfe zusammen und begannen in einer Sprache zu reden, die sie nicht verstand. Sie schnaubten und fauchten, während sie einen kleinen Kreis bildeten.

Kate wusste, dass es nur noch Sekunden dauern würde, bis sie die Pistole fallen ließ. Plötzlich drang aus der Tiefe des Tunnels ein ohrenbetäubender Schrei. Er kam von Thomas. Dem Schrei folgte augenblicklich das Geräusch schneller Schritte, die zum Tunneleingang zurückhasteten.

»Nein, nein, nein!«, schrie Thomas immer wieder. Es waren die Schreie eines Menschen, der um sein Leben fürchtet, und sie kamen immer näher.

Kate war nicht die Einzige, die die Schreie hörte. Die Wesen wandten sich dem Tunneleingang zu; mit jedem Atemzug bliesen sie grüne Rauchwolken in die Luft. Ohne dass ein Befehl erschollen wäre, zogen sie alle gleichzeitig das Schwert. Dann verschmolzen sie lautlos mit dem dichten Gestrüpp, das die Lichtung umschloss. Nur die roten Augen sah man wie große Glühwürmchen durch die Zweige leuchten.

Kate hörte, wie Thomas auf sie zurannte, aber es gab keine Möglichkeit, ihn vor dem zu warnen, was ihn erwartete. Er fällt von einem Alptraum in den nächsten, dachte Kate. Und da stolperte Thomas auch schon aus dem Tunnel und fiel ins feuchte Gras. Er rollte sich herum, stand auf und keuchte: »Kate, schnell! Demurral kommt. Er spricht irgendeine Zauberformel. Schnell!«

Kate antwortete nicht. Von da, wo sie stand, sah sie die Augen, die aus dem Gestrüpp heraus auf Thomas gerichtet waren. Sie wollte etwas sagen, aber die entsetzliche Angst drückte ihr wie eine kalte Hand die Kehle zu. Reglos stand sie da und beobachtete Thomas, der nur wenige Schritte von ihr entfernt war. Er war ihr Freund; sie kannte ihn von Kindheit an. Sie waren zusammen aufgewachsen, hatten miteinander gespielt und gekämpft. Er stand ihr näher als jedes andere lebende Wesen. Und auf der anderen Seite der Lichtung sah sie die Wesen, die nur auf den günstigsten Moment zum Zuschlagen warteten.

»Komm raus, Kate. Lass den Quatsch. Ich weiß, dass du dich versteckst«, rief Thomas. »Uns bleibt nicht viel Zeit, Demurral ist direkt hinter mir. Komm raus, Kate.« Thomas versuchte verzweifelt die Lage zu überblicken. Am Rand der Lichtung sah er hinter einem Busch eine dunkle Gestalt. Er erkannte eine Schulter und einen Arm. Im Licht der Sterne sah er Metall glänzen.

»Komm raus, ich hab dich gesehen. Steck die Pistole weg. Ich weiß doch, dass du es bist.«

Die Gestalt antwortete nicht und rührte sich nicht. Thomas ging einen Schritt auf sie zu und trat gegen den Busch.

»Steh auf, du Rumtreiberin, wir müssen los, und zwar flott. Er ist mir dicht auf den Fersen. Wir müssen zum Pfarrhaus hinauf.« Wie zur Bekräftigung trat Thomas noch einmal ungeduldig gegen den Busch.

Zwei rote Augen blitzten ihn an. Die Gestalt in der Rüstung erhob sich langsam, wurde größer und größer. Thomas folgte den Augen gebannt, während das Wesen sich zu seiner vollen Größe von fast zweieinhalb Metern vor ihm aufrichtete. Er hörte, wie die anderen Wesen aus ihrem Versteck im Gebüsch kamen und durch das von Raureif bedeckte Gras auf ihn zutraten. Er sah, dass das, was er für eine Pistole gehalten hatte, ein kurzes Schwert war. Die Erscheinung hob das Schwert über den Kopf und stieß ein schauerliches Brüllen aus. Thomas spürte, wie eine unsichtbare Macht ihn ins Gras stieß. Er wartete nur noch darauf, dass das Schwert auf ihn heruntersauste.

Im Wald wurde es still. Eine nie gekannte Ruhe hüllte Thomas ein. Mit einem Mal hatte er keine Angst mehr. Er wollte nicht mehr davonlaufen und auch nicht kämpfen. Er senkte den Kopf und wartete auf den Hieb. Der Augenblick zog sich eine Ewigkeit hin. Er hätte nie gedacht, dass er im Wald sterben würde. Für ihn war klar gewesen, dass er dem Meer übergeben würde wie sein Vater und so viele andere aus seiner Familie. Er hatte es für seine Bestimmung gehalten, auf hoher See zu sterben. Von Kindheit an hatte er einen Glücksbringer getragen, den seine Mutter ihm gegeben hatte und der vor dem Ertrinken schützen sollte. Es war das einzig Wertvolle, das Thomas besaß. 120 Schilling war es wert und keinen Penny weniger. Doch wie konnte ein silbernes Amulett mit einem getrockneten Stück seiner Fruchtblase ihn vor Schwertern schützen?

Er hörte die kurzen Atemzüge der unheimlichen Wesen und war umgeben von dem kalten Nebel, den sie ausatmeten. Es war fast, als warteten sie darauf, dass jemand in die Stille hinein den Befehl gab, ihn umzubringen. Auch Thomas wartete. Er sah, wie das feuchte Gras um ihn herum sich mit dickem Raureif überzog. Bald waren jedes Blatt und jeder Halm mit weißen Eiskristallen bedeckt.

Thomas glaubte zu spüren, wie die Feuchtigkeit in seinem Hals gefror. Er konnte kaum noch atmen. Er fiel vornüber, dem Anführer direkt vor die Füße. Instinktiv streckte er die Hände nach dem gebogenen Beinschutz aus. Und in dem Augenblick, in dem er das Wesen berührte, bekam er einen Einblick in seine Welt. Es war, als habe ein unsichtbarer Schlüssel seinen Geist geöffnet.

Plötzlich wusste Thomas, wie diese Wesen hießen und was ihre Bestimmung war. Es waren die Varrigal! Vor seinem geistigen Auge sah er das kalte, kahle Land, aus dem sie kamen, ein Land, in dem Dunkelheit und Unwetter herrschten, eine graue, konturenlose Welt des Wartens. Diese Wesen waren weder tot noch wirklich lebendig. Sie *waren* einfach und warteten auf die Befehle eines unbekannten Herrn. Die Varrigal waren Krieger, für alle Zeiten gebunden an den Erwecker der Schatten, unter dessen Bann sie standen. Gebunden an den, der die vergessenen Beschwörungsformeln kannte.

Eine Explosion riss Thomas aus seiner Trance. Das donnernde Grollen wollte überhaupt nicht mehr aufhören. Heiße Luft wurde ihm in den Nacken geblasen und gleißendes Licht fuhr durch die Dunkelheit. Er hörte, wie Blei auf Eisen traf, und spürte ein Beben, das den Varrigal von Kopf bis Fuß erzittern ließ. Das kurze Schwert fiel zu Boden, nur wenige Zentimeter an Thomas' Kopf vorbei, und bohrte sich mühelos in die inzwischen gefrorene Erde. Das Wesen wankte und fiel nach vorn.

»Thomas, lauf!«, rief Kate aus ihrem Versteck hinter der Stechpalme.

Thomas konnte sich gerade noch zur Seite rollen, bevor der Varrigal zu Boden stürzte. Mit starren Fingern griff er nach dem Schwert und rappelte sich auf. Blindlings schlug er mit der Waffe um sich und traf einen der Krieger, der auf Kates Versteck zugegangen war, am Rücken. Das Schwert durchschnitt die Rüstung wie ein heißes Messer Butter. Heulend und zischend stürzte der Varrigal zu Boden. Die übrigen Erscheinungen wandten sich Thomas mit erhobenem Schwert zu.

»Komm, Kate, zur Boggle-Mühle«, rief Thomas, als Kate aus ihrem Versteck kam. »Lauf!«

Thomas begann zu rennen. Er packte Kate am Arm und zog sie mit. So schnell waren sie noch nie in ihrem Leben gelaufen. Wie mit eisigen Fingern schien das Farnkraut nach ihnen zu greifen.

Sie hörten noch, wie die Varrigal sich auf der Lichtung etwas zuriefen. Dann war alles ruhig. Nur das Trappeln ihrer Füße durchbrach die Stille, als sie tiefer in den Wald hineinflohen. Sie folgten einer Schneise, die von der Lichtung Richtung Mühle führte. Sie waren fast eine Meile gelaufen, als Thomas stehen blieb. Keuchend rang er nach Luft; er konnte nicht mehr weiter.

Unter einer großen Eiche ließen sie sich auf den Boden fallen und lehnten sich an den Stamm. Thomas hörte nur das laute Klopfen seines Herzens. Er sah Kate an, die gleichzeitig zu lächeln und die Tränen zurückzuhalten versuchte.

»Wer waren sie, Thomas? Ich war wie gelähmt«, flüsterte sie atemlos und voller Angst, man könnte sie hören.

»Wer immer sie waren – ich weiß nur, dass Demurral etwas damit zu tun hatte.« Auch Thomas versuchte ein Lächeln. »Das war ein guter Schuss, er hat mir das Leben gerettet.« Sacht berührte er ihr Gesicht. Es war immer noch entsetzlich kalt. »Komm, es sind nur noch ein paar Meilen bis Boggle Mill. Da können wir uns verstecken.«

»Und was ist mit Raphah? Willst du ihn zurücklassen?«

»Nein, das gehört alles zu unserem Plan. Als wir zu dem geheimen Eingang zum Pfarrhaus kamen, war plötzlich Demurral da. Er trug etwas vor sich her, das aussah wie eine brennende Hand, und murmelte Verwünschungen vor sich hin. Unsere Lampen waren fast heruntergebrannt. Raphah versteckte sich und ich machte so viel Lärm wie möglich, um den Alten dazu zu bringen, dass er mich verfolgt. Mit etwas Glück ist Raphah jetzt im Pfarrhaus und hat gefunden, was er sucht. Wenn er bis morgen nicht zurück ist, schau ich nach ihm.«

Kate griff nach seiner Hand. »Ich hab Angst, Thomas. Etwas wie sie habe ich noch nie gesehen. Und ich habe einen davon . . . erschossen.«

Thomas wusste, dass er jetzt keine Angst zeigen durfte. »Unser Leben hat sich verändert, Kate. Vielleicht wird es nie mehr so sein wie vorher. Wir können nicht zurück, und was heute Nacht passiert ist, kann niemand mehr ungeschehen machen. Irgendetwas Verrücktes verändert die Welt. Im Tunnel konnte man es fast spüren. Es war etwas sehr Unrechtes. Mir wurde richtig übel davon.«

Thomas nahm das Schwert wieder auf, das er dem Varrigal abgenommen hatte, und drehte es zwischen den Händen. An der Klinge klebte purpurfarbenes Blut.

»Was machen wir jetzt?«, fragte Kate im Flüsterton. »Mein Vater wird mich morgen früh suchen. Ich kann nicht zur Mühle mitkommen – ich muss nach Hause.«

»Nach Hause? Wenn es nach Demurral geht, hat keiner von uns mehr ein Zuhause. Als ich dieses Wesen berührte, sah ich, woher es kommt. Ich konnte in seinen Kopf sehen.« Er hielt kurz inne und schaute Kate an. »Du hast es noch nicht begriffen, Kate. Demurral hat einen Plan für die Zukunft. Wenn er erreicht, was er will, wird sich diese Welt in einer Art und Weise verändern, wie wir uns das nicht einmal vorstellen können. Raphah sagte mir, dass Demurral die Macht hat, Tote aus ihren Gräbern zu rufen, über den Wind und das Meer zu befehlen und die rotäugigen Krieger von der Lichtung dazu zu bringen, dass sie ihm aufs Wort gehorchen. Wir können nicht zurück; es übersteigt unsere Kräfte. Wir müssen Raphah helfen, denn er ist der Einzige, der Demurral aufhalten kann.«

«Woher weißt du das? Du hast ihn doch gerade erst kennen gelernt.« Kate begann zu schluchzen. »Ich will, dass es aufhört. Ich will, dass alles wieder so wird, wie es war. Wenn ich Raphah bloß nie kennen gelernt hätte, ihn und sein blödes Gerede. Hat er dich auch verhext?«, fragte sie unter Tränen. »Ich habe heute Nacht etwas umgebracht . . . ich hab es sterben sehen. Es wollte *dich* umbringen. Bitte, Thomas, mach, dass es aufhört!«

Sie zog die Knie an die Brust und machte sich so klein wie

möglich. Wenn ich die Augen zumache, dachte sie, ist vielleicht alles vorbei, wie ein schlechter Traum, der im Morgengrauen verfliegt.

Thomas legte den Arm um Kate. Er hatte sie noch nie weinen sehen. Sie war immer so stark gewesen, hatte alle ihre Gefühle unter Kontrolle gehabt. Jetzt weinte sie wie ein kleines Kind, wie jemand, der sich seiner Stärke gerühmt hat und nun von jemand Stärkerem und Mächtigerem besiegt worden war. So saßen sie im Wald und hielten einander fest. Auch Thomas hatte Angst, doch er wagte es nicht zuzugeben. Wie konnten sie sich gegen Demurral wehren? Er war Vikar, Besitzer des Alaunbergwerks und Friedensrichter. Er besaß alle Macht in der Welt, in der Thomas lebte. Thomas dagegen war machtlos, zu jung, heimatlos und arm und so gut wie vogelfrei.

Er lehnte sich an den Stamm der Eiche und schaute durchs Geäst in den Himmel hinauf. Der Eichenkönig war seiner Herrlichkeit beraubt, denn jetzt war die Zeit der Stechpalmen. Die Kraft der Eiche war wieder in die Erde zurückgeflossen. Ringsum lag vermoderndes Laub und die Eicheln warteten darauf, dass der Frühling sie aufwecken würde und dass er die Flagge des neuen Lebens über das Land wehen ließ – als Botschaft der immer neuen Schöpfungsgeschichte.

In Kates leises Schluchzen hinein sagte Thomas: »Wir bleiben hier, bis es hell wird, dann gehen wir zur Mühle. Versuch ein bisschen zu schlafen. Ich bleibe wach.«

Kate antwortete nicht, doch sie legte den Kopf an seine

Schulter, um sich zu wärmen. Thomas zog den rauen, zerrissenen Kragen seiner Jacke hoch. Er hielt das Schwert umklammert und starrte in die Nacht. Durch die Bäume hindurch sah er im Norden unter einer glühenden Wolke die Lichter von Baytown. Er versuchte wach zu bleiben, doch der Schlaf schloss seine Lider und verdrängte die Schrecken des Tages aus seinem Kopf. Seine Gedanken wollten zu Träumen werden und die Wirklichkeit wich der Phantasie.

Die Erde glich einem weichen Bett am Ende eines langen Weges. Das sanfte, rhythmische Knacken der Äste beruhigte Thomas. Er kuschelte sich an Kate und drückte sein Gesicht in ihr Haar. Sie roch nach Seife, Erde und Schießpulver. Thomas atmete gleichmäßig. Er fühlte sich sicher, denn er wusste, er hatte eine Freundin.

5.

Der goldene Altar

Thomas träumte. Es war stockdunkel. Er befand sich in einem kalten, gemauerten Raum. Die Dunkelheit erdrückte ihn fast, aber in einer entfernten Ecke wurde eine Kerze angezündet, die ihr flackerndes Licht in den Raum schickte. Jetzt sah er, dass er in einem großen, überwölbten Saal war, größer als jedes Gebäude, das er bisher gesehen hatte. Die Decke war hoch über ihm und wurde von sieben steinernen Säulen getragen, die mit Widderhörnern geschmückt waren. Am hinteren Ende sah Thomas einen goldenen Altar mit einem großen, mit Edelsteinen verzierten Kreuz darauf. Die Steine – Jasper, Karneol, Sardonyx, Topas und Goldstein – bedeckten die gesamte Oberfläche. Hinter dem Kreuz schien ein goldener Reif in der Luft zu schweben. Er war mit sieben herrlichen Smaragden geschmückt.

Thomas ging auf den Altar zu. Der große blaue Stein in der Mitte des Kreuzes wurde schwarz, und als er näher trat, verwandelten sich sämtliche Edelsteine in intensiv blaue Menschenaugen, die jedem seiner Schritte folgten.

Sieben geflügelte Gestalten in langen, fließenden weißen Gewändern lösten sich von der Wand. Während sie auf den Altar zuschritten, bogen sie die Flügel nach vorn und bedeckten ihre Gesichter. Sie hatten langes goldenes Haar, jede Strähne davon glänzte. Als sie die Flügel zurückschlugen, schimmerte ihre Haut in einem warmen dunklen Braunton. Sie wirkten stark und selbstbewusst mit breiten Schultern und einer Größe von über zwei Metern. Sie gingen im Gleichschritt und begannen zu singen. Ihre kräftigen Stimmen erfüllten den Saal; die Musik pulsierte auf und ab, hallte von den Wänden wider und erfüllte den ganzen Raum mit tiefem Frieden. Thomas begann zu beben, als die Klangwellen seinen Körper durchdrangen und seine Seele berührten. Er legte die Hände zusammen, damit sie nicht mehr zitterten, schlang die Finger ineinander und presste die Handflächen zusammen. Er lauschte auf jedes Wort.

»Heilig, heilig, heilig. Herr der Heerscharen.
Himmel und Erde sind deines Ruhmes voll.«

Die Worte vibrierten in Thomas' Körper. Die Gestalten wiederholten sie ein ums andere Mal, während sie zum Altar schritten. Eine der Gestalten trug ein großes Schwert, eine andere einen Schild, eine dritte einen Helm. Thomas fühlte sich ebenfalls zum Altar hingezogen, ganz so, als habe er ein Anrecht darauf, an der Zeremonie teilzunehmen. Ihm war, als komme er zu einem Punkt in seinem Leben, der ihn für immer verändern sollte. Er wusste nicht, ob die

Gestalten ihn sehen konnten, aber es kümmerte ihn auch nicht.

Sie waren halb menschlich und halb etwas anderes. Ihre weißen Gewänder waren von einer Reinheit, die Thomas nie zuvor gesehen hatte. Er konnte nicht glauben, dass es ein Traum war; alles war so wirklich, so echt. Eine Stimme in seinem Kopf rief ihm zu: Wach auf! Wach auf!

Dabei hatte er sich noch nie so wach, so lebendig gefühlt. In diesem Saal und in der Gegenwart der geflügelten Wesen war mehr Leben, als er je für möglich gehalten hätte.

Plötzlich hatte Thomas das Gefühl, als beobachte ihn jemand, als sei er nicht der Einzige, der die Zeremonie verfolgte. Er drehte sich halb um und sah einen Mann an seiner rechten Seite stehen. Er trug eine Tunika aus Leinen, lange, weite Hosen und die schönsten, wenn auch seltsamsten Schuhe, die Thomas je gesehen hatte: mit aufgebogenen silbernen Spitzen. Der Mann war weder weiß noch farbig; seine Haut war sonnengebräunt und glänzte. Das Haar war sehr dunkel, lockig und so wirr wie eine Rotdornhecke.

Der Mann lächelte und redete in einer tiefen, warmen Stimme zu Thomas. Er nannte ihn beim Namen: »Thomas, das alles ist für dich.« Er wies auf den Altar. »Fürchte dich nicht, Thomas. Die Mächte, gegen die du kämpfen wirst, sind nicht aus Fleisch und Blut. Es sind die Beherrscher der Dunkelheit und die Geister des Bösen.«

Der Mann ergriff Thomas' Hand. Der sah ihm in die Augen und erkannte, dass es die Augen des Kreuzes waren, tiefblau, warm und wissend. Er fühlte sich nackt vor dem Mann, so als wüsste dieser alles über ihn. Als läge jedes Geheimnis, jede Lüge, jeder hässliche Gedanke offen da – und würde doch mit einem Lächeln aufgenommen.

Der Mann drückte leicht Thomas' Hand und sagte noch einmal: »Fürchte dich nicht. Was immer du getan hast, kann wieder in Ordnung gebracht werden.«

Thomas wandte das Gesicht ab. Er schämte sich. Zum ersten Mal wurde ihm bewusst, dass er schmutzige Lumpen trug, die an ihm herunterhingen wie an einer Vogelscheuche. Verlegen ließ er den Kopf hängen, es war ihm nicht mehr möglich, aufzuschauen.

»Wer seid Ihr?« Er brachte die Frage kaum heraus. Während er auf die Antwort wartete, hielt er den Blick auf das Muster des Steinfußbodens gerichtet.

»Ich bin ein König. Hast du noch nicht von mir gehört? Kennst du meine Stimme nicht?«

»Unser König ist dick, habgierig und verrückt«, erwiderte Thomas, ohne den Blick zu heben. »Mit einem Taugenichts wie mir würde er nie im Leben reden. Ihr könnt nicht mein König sein.«

»Ich bin ein König, doch nicht von deiner Welt. Du brauchst nur an mich zu glauben, Thomas, dann kann ich dein König sein.« Er berührte Thomas leicht an der Stirn und der Junge sah zögernd auf.

»Wie kann ich nicht glauben, dass es Euch gibt, wenn Ihr vor mir steht? Ich sehe Euch doch mit meinen eigenen Augen, und was ich sehe, kann ich nicht anzweifeln.«

»Glaubst du nur, was du sehen kannst? Das Leben hat mehr zu bieten als das, was unsere Augen uns sagen. Ich kenne dich, seit du im Bauch deiner Mutter zusammengefügt wurdest.« Er sah Thomas an und lächelte. »Du kannst an gewisse Dinge glauben, ohne sie befolgen zu müssen. Es ist nicht schwer, an mich zu glauben, wenn du in meiner Welt bist. Doch an was wirst du glauben, wenn du in deine Welt zurückkehrst? Was wirst du glauben, wenn du mich nicht mehr siehst?« Der König legte Thomas die Hand auf die Schulter.

»Ich werde an Euch glauben, hier und in der anderen Welt.« Thomas streckte die Hand nach dem König aus und dieser ergriff sie.

»Thomas, wenn du an mich glaubst, wirst du mir auch nachfolgen?«

Thomas konnte kaum sprechen. Er hatte noch nie vor einem Mann wie diesem gestanden. Er spürte die unausgesprochene Majestät und Autorität. Das Gesicht des Mannes begann reines weißes Licht auszusenden, das den Saal erfüllte. Es war so hell, dass Thomas den Kopf wieder abwandte und die Augen schloss.

»Mein Herr, Ihr sollt mein König sein. Ich werde euch nachfolgen«, sagte er langsam, den Kopf tief gesenkt.

»Bist du dir darüber im Klaren, was du sagst, Thomas?«

»Ja.« Thomas war sich seiner Sache sicher.

»Dann hebe die Augen.« Der Mann legte die Hand unter Thomas' Kinn und hob seinen Kopf. »Mach sie auf. Das Licht hat noch keinen geblendet, der es ehrlich meint. Es ist das

Licht der Welt. Ein Licht, das die Dunkelheit nie verstehen wird.«

Thomas öffnete die Augen. Der Saal war voller geflügelter Gestalten, die sich singend vor dem Mann verneigten:

»Heilig, heilig, heilig. Herr der Heerscharen.

Alle Lande sind deiner Ehre voll.«

Thomas verstand nichts mehr. »Wer sind sie?«, fragte er misstrauisch.

»Sie sind die Seruvim, die Armee des Mulkuth. Komm zum Altar. Es gibt etwas Wichtiges zu tun.«

Er begleitete Thomas zum Altar. Der Saal erstrahlte im Licht des Königs. Es gab keine Schatten, keine dunklen Ecken, keine Geheimnisse. Die Seruvim umringten Thomas und den König, ihr Gesang wurde immer lauter. Als Thomas vor dem Kreuz auf dem Altar stand, strahlten die Edelsteine bis in seine Seele. Zu seinen Füßen lag ein altes Buch, der Deckel war aus gehämmertem Gold, die Seiten aus dickem Pergament. Es öffnete sich von selbst und Thomas sah, dass es voller Namen war. Eine Seite nach der anderen wurde umgeblättert und da, auf der letzten Seite, erschien sein Name, geschrieben von einer unsichtbaren Hand ohne Feder und Tinte.

»Dies ist das Buch des Lebens. Alle, deren Namen hier geschrieben stehen, brauchen den Tod nicht zu fürchten.« Der König lächelte, als er dies sagte. »Thomas, ich werde dir heute zwei Dinge mit auf den Weg geben. Trage sie immer bei dir. Sie werden dir von Nutzen sein bei allem, was kommt.«

Ein Seruvim trat vor und reichte dem König einen breiten Ledergürtel mit goldener Schnalle.

Der König legte ihn Thomas um die Taille. »Das ist der Gürtel der Wahrheit. Dein Feind wird lügen und betrügen. Er ist der Vater aller Lügen. Nimm dich in Acht. Er ist ein hungriger Löwe, der deine Seele vernichten will. Halte dich an meine Wahrheit und du wirst nicht scheitern.«

Der König schaute den größten und kräftigsten Seruvim an und gab ihm ein Zeichen, zu Thomas zu kommen. Das Wesen war schöner als alles, was Thomas bisher gesehen hatte. Es war weder männlich noch weiblich, weder jung noch alt. Seine Gesichtszüge waren fast transparent und strahlten doch eine große Kraft aus.

Thomas fiel auf, dass das weiße Gewand des Seruvim aus einem Faden gewoben war, der golden und silbrig glänzte. Es wurde von einem breiten Gürtel aus frischen Zweigen zusammengehalten. Knospen und grüne Schösslinge waren mit dunklen Ebereschenzweigen verwoben und bildeten eine kräftige Schnalle und an der Seite eine Scheide für das Schwert, das an dem Gürtel hing. Die Flügel des Seruvim glänzten. Es waren keine Vogelflügel oder irgendetwas Vergleichbares. Sie wirkten passend für ein so menschliches Wesen und schienen zu pulsieren und dabei kaum merklich die Größe zu verändern, als durchströme jeder Atemzug des Seruvim sie mit Leben.

Der Seruvim zog das Schwert aus der Scheide, hielt es an der Klinge über seinen Kopf, senkte es langsam wieder und reichte es Thomas.

Der König schaute Thomas an. »Azrubel wird dir sein Schwert geben. Denke, bevor du es annimmst, an die Schlacht, die du schlagen musst. Lege nicht die Hand darauf, bevor du nicht bereit bist zu kämpfen. Heute wirst du erwachsen, heute wirst du ein Mann. Denke daran, Thomas, es ist schwerer, mir nachzufolgen, wenn du allein auf dich gestellt bist. Denke an diese Nacht. Du brauchst mich nur anzurufen und ich werde dir antworten. Ich werde immer bei dir sein, bis ans Ende der Zeit.«

Ohne zu zögern, streckte Thomas die Hand aus und nahm das Schwert von Azrubel mit festem Griff.

Plötzlich war der Saal wieder in Dunkelheit gehüllt. Ein kalter Wind blies und Thomas spürte das Abfallen der Temperatur. Seine Augen suchten verzweifelt nach einem Fünkchen Licht, doch er sah nichts. Um ihn herum war vollkommene Dunkelheit . . . vollkommene Stille.

Dann begann das Flüstern. Zunächst hörte es sich an wie das Huschen von Ratten in einer entlegenen Ecke des Saales. Dann waren es Kinderstimmen, die lachten und spotteten. Er hörte, wie ein Kind in der Dunkelheit zu schluchzen begann und dann nicht mehr aufhören wollte zu weinen.

Ganz langsam bewegte Thomas sich über den Steinboden. Er spürte die Feuchtigkeit unter seinen bloßen Füßen. Ringsherum hörte er ein Trippeln und Kratzen. Er konnte niemanden erkennen, hörte aber wieder verzweifelte Stimmen, die schluchzend um Hilfe flehten. Eine Hand berührte in der Dunkelheit sein Gesicht, eine packte ihn am Fuß, andere zogen ihn am Haar. Das war es, vor dem Thomas am meisten Angst hatte, ein Alptraum, wie er ihn sich schlimmer nicht vorstellen konnte. Alles in ihm verkrampfte sich.

Er hörte das Klicken einer Zunderbüchse und sah in einiger Entfernung eine Kerze aufflammen. Er sah keinen Altar, keine Seruvim, nur die einzelne Kerzenflamme. Langsam ging er darauf zu, das Schwert vor dem Körper. Es wog nichts und schien selbst in der Dunkelheit zu strahlen. Dann sah er bei der Kerze eine zusammengekauerte Gestalt.

»Wer bist du?«, rief er, bekam jedoch keine Antwort. »Wer bist du?« Wütend warf er das Schwert auf den Steinboden. Ein Erdbeben erschütterte den Raum und warf Thomas um.

Der Boden brach auf und aus dem Geröll tauchte das dunkle Holz einer Kanzel auf. Sie bohrte sich durch die Steinbrocken und stieg dann weiter nach oben, bis sie einen Meter über Thomas schwebte. Von einer einzelnen roten Kerze auf dem Kanzelrand tropfte Wachs auf den Boden.

Auf der Kanzel stand Demurral, blickte auf Thomas herunter und sprach: »Ich werde die Himmel erobern und mehr Einfluss haben als der Schöpfer. Ich werde über die Erde richten. Ich werde über allen Wolken schweben. Ich werde der Höchste sein. Die ganze Welt wird mich anbeten.« Und Demurral begann zu lachen.

Thomas schaute zum unteren Teil der Kanzel und sah, dass Kate und Raphah mit Seilen daran festgebunden waren. Die Seilenden bewegten sich, ringelten sich um ihre

Füße und Handgelenke und banden sie noch fester an die Kanzel. Thomas trat näher und hieb mit dem Schwert auf die Kanzel ein. Sie zerbarst wie schwarzes Glas; scharfkantige Kristallsplitter fielen klirrend auf den Boden.

Demurral fiel herunter und war augenblicklich von mehreren schwarzen Füchsen umgeben, die aus der Dunkelheit hervorsprangen und sich wie Wächter schützend um ihren Herrn stellten.

»Komm, Junge. Wenn du kämpfen willst, komm noch einen Schritt näher, falls du dich traust.« Es war klar, dass er sich über Thomas lustig machte, und die Füchse knurrten und bellten dazu.

Thomas ging noch einen Schritt weiter, hob das Schwert und zielte auf Demurrals Kopf. Der Stein unter ihm verwandelte sich in Sand. Er spürte, wie er den Halt verlor, als sich unter ihm eine Höhle öffnete. Er fiel.

»Thomas!« Irgendetwas hatte Kate aufgeweckt. Jetzt sah sie einen Varrigal aus dem dunklen Wald kommen. Er baute sich vor ihnen auf und hob den Arm, um Thomas mit dem Schwert niederzustrecken. »Nein!«, schrie Kate.

Thomas wurde aus seinem Traum in die Wirklichkeit zurückgeworfen. Ohne nachzudenken, riss er sein Schwert hoch, und nur wenige Zentimeter über seinem Kopf krachte Metall auf Metall.

»Lauf, Kate. Zur Mühle!«

Kate schoss unter der Eiche hervor und rannte hügelabwärts.

Der Varrigal holte erneut aus, doch Thomas sprang zur Seite und das Schwert blieb im Stamm der Eiche stecken. Der mächtige Baum erstarrte im Eis, jede Unebenheit in der Rinde war sofort von weißen, glitzernden Kristallen überzogen. Als der Varrigal an dem Schwertgriff zerrte, erkannte Thomas seine Chance zur Flucht und lief hinter Kate her.

Thomas rannte so schnell er konnte Richtung Mühle und nach einer halben Meile sah er Kate vor sich. Die Welt schien in graues Licht getaucht. Es war die Zeit kurz vor Sonnenaufgang, eine Zeit ohne Schatten und ohne Farbe. Er schaute sich um. Offenbar folgte ihm niemand. Er ärgerte sich über sich selbst, weil er eingeschlafen war, weil der Varrigal ihn überraschen konnte und weil Kate ihn wieder einmal gerettet hatte.

»He, Kate!«, rief er keuchend. »Warte! Ich bin nicht so schnell wie du!«

»Du würdest schneller laufen, wenn du wüsstest, dass der Teufel hinter dir her ist«, erwiderte sie atemlos und lief weiter den Weg entlang, der zum Mühlbach führte.

»Er ist hinter uns her, Kate, er ist es. Aber er kriegt uns nicht.« Thomas packte Kate an der Schulter. »Bleib stehen, wir müssen reden.«

»Jedes Mal, wenn ich mit dir rede, läuft es darauf hinaus, dass jemand versucht mich umzubringen.«

»Hör mir zu.« Thomas legte eine Hand über ihren Mund, damit sie still war. In der Ferne hörte man das Getrappel von Pferden, die vom Strand zum Moor heraufkamen.

»Schmuggler! Schnell, in den Wald! Sie brauchen uns

nicht zu sehen.« Thomas schubste Kate ins Farnkraut am Wegrand. Sie krochen durchs Unterholz, bis sie vom Weg aus nicht mehr zu sehen waren.

Eins nach dem anderen trotteten nun Pferde vorbei. Neben jedem ging ein Mann zu Fuß. Angeführt wurde die Prozession von einem Reiter auf einem großen Rappen.

Thomas linste über das Farnkraut hinweg. »Es ist Jacob Crane«, flüsterte er Kate zu. »Es ist aus Holland zurück.«

»Sag doch gleich Killer Crane, der wieder mal vom Galgen gehüpft ist.« Kate war nicht gut auf Schmuggler zu sprechen. Sie wusste, das man ihnen nicht trauen konnte und dass sie für eine Flasche Gin ihre eigene Mutter verkaufen würden. »Kopf runter, sonst sieht er dich noch«, flüsterte sie und zog Thomas an der Jacke.

Jacob Crane war ein gut aussehender Mann und immer bestens gekleidet. Weiche schwarze Reitstiefel aus Leder, die weißesten Hemden, gut sitzende Jacken und darüber immer den schwersten Mantel aus geölter Baumwolle, den man mit Geld kaufen konnte. Er hatte zwei der besten Steinschlosspistolen dabei, beide geladen, eine mit Schrot, die andere mit einer einzelnen Bleikugel.

Er war sich nicht sicher, ob er Stimmen gehört hatte, und schaute sich um. Er hielt sein Pferd an und sah hinüber zu dem Nebel, der aus dem Unterholz aufstieg.

Der Mann, der das zweite Pferd am Zügel führte, erkannte, wohin Cranes Blicke gingen. »Drachenatem, Mr Crane, das ist Drachenatem. Kommt jeden Morgen aus der Erde, steigt bei Morgengrauen auf. Kommt vom Erddrachen.« Er nickte Crane beim Sprechen zu und versuchte dessen Zustimmung zu erlangen.

»Drachenatem? Wir leben im 18. Jahrhundert. Es gibt keine Drachen mehr und die einzigen Geister in diesem Wald sind die, die in unseren Fässern gluckern. Und jetzt komm. Es sind noch zwanzig Meilen bis zum Gasthof und der Brandy wird warm.«

Doch nach ein paar Schritten ließ Crane sein Pferd wieder anhalten und schaute noch einmal hinüber zu der Stelle, wo Thomas und Kate sich versteckten. Die Spitzen der Farnwedel wiegten sich vor und zurück.

»Mr Agar, ich glaube, wir werden beobachtet.« Er zog eine Pistole aus dem Gürtel und zielte in den Farn. »Komm raus oder ich puste dich aus deinem Versteck!«

Thomas und Kate schauten sich an. Thomas bedeutete seiner Freundin sich nicht zu rühren.

»Du bist tapferer, als ich es bin. Das ist deine letzte Chance, bevor ich schieße.« Er drehte sich zu Mr Agar um. »Wenn es Captain Farrell ist, hängen wir ihn am nächsten Baum auf. Ist es der Drache, könnt Ihr ihn zum Frühstück haben.«

In diesem Augenblick sprang etwas aus dem Farn. Crane drückte ab, der Schuss hallte durchs Tal Richtung Meer. Das Reh schrie und schlug mit den Hinterläufen aus. Dann preschte es durchs Unterholz und in den Schutz der Bäume in einer Senke.

»Da habt Ihr Euren Drachen, Mr Agar, mit dem Hintern voll Schrot.« Crane lachte und ließ sein Pferd anreiten.

Agar schaute lächelnd zu der Stelle, wo Thomas und Kate

sich versteckt hielten. Seine Antwort hörte nur er selbst: »Da ist dein Steuereintreiber, Mr Crane. Jemand, der so klug sein will wie du, hätte die beiden Kitze nicht übersehen.« Dann schlug er seinem Pferd mit der flachen Hand aufs Hinterteil, worauf es sich wieder aufmachte und weiter bergauf trottete.

Thomas und Kate lauschten in ihrem Versteck auf das Geräusch der sich entfernenden Hufe. Auf der anderen Seite des Mühlbachs stand die Boggle-Mühle. Aus dem Kamin quoll Rauch von einem frisch entfachten Feuer.

Kate sprach als Erste: »Er hätte uns erschossen.« Sie sah Thomas böse an und kniff ihn ins Bein.

Thomas versuchte ihre Besorgnis zu übergehen. »Er hätte nie getroffen.«

»Es war Jacob Crane. Er ist ein Mörder und ein Schmuggler. Er will nicht, dass jemand Bescheid weiß über das, was er tut.« Kate war wütend. Sie kniff Thomas noch einmal, damit er endlich reagierte.

»Er ist kein Schmuggler, er ist ein Freihändler und daran ist nichts Unrechtes.« Thomas lugte über den Farn hinüber zur Mühle, bevor er weitersprach: »Aber er ist jetzt unsere kleinste Sorge.« Er lauschte.

»Ja, was ist mit Raphah? Was ist, wenn Demurral ihn schnappt?« Kate kniff Thomas zum dritten Mal, noch stärker als vorher.

»Hörst du jetzt auf!« Thomas schlug ihre Hand weg und lauschte wieder.

»Du hörst mir überhaupt nicht zu. Du denkst an etwas

ganz anderes.« Sie bohrte ihm den Zeigefinger in die Brust. »Was ist los, Thomas, warum hörst du nicht zu?«

»Ich höre doch zu, nur nicht dir. Hörst du es nicht auch?«

Kate lauschte. Nach und nach stiegen die ersten Geräusche des neuen Morgens aus den Bäumen. Ein Specht klopfte an den Stamm einer hohen Esche, eine Drossel schmetterte ihr Lied vom Ast einer Eiche.

Thomas sah Kate an und lächelte. »Es ist Morgen. Wir haben die Nacht überlebt, es gibt uns noch.« Er begann zu lachen, hörte aber abrupt wieder auf, als er das Schwert zu seinen Füßen liegen sah. Kate folgte seinem Blick. Das purpurfarbene Blut des Varrigal klebte noch an der Klinge. Auch noch im ersten Licht des Morgens jagte es ihnen Angst ein.

Kate griff nach Thomas' Hand. »Glaubst du, sie greifen noch einmal an?« Die Sorge stand ihr ins Gesicht geschrieben.

»Sie werden es noch einmal versuchen, aber nicht bei Tag.«

6.

Boggle Mill

Die alte Mühle am Bach stand schon seit hundert Jahren da. Das dreistöckige Gebäude aus grob behauenen Steinen trug ein rotes Ziegeldach, das an manchen Stellen von dicken Moospolstern bedeckt war. Aus der an den Bach angrenzenden Hausseite ragte die Achse des großen, hölzernen Mühlrads, das sich langsam drehte. Knarrend ließ es sich vom Wasser antreiben und stöhnte über die Arbeit, die es verrichten musste. Es drehte sich ununterbrochen und die neue gusseiserne Nabe brachte den Mühlbach zum Schäumen.

Jedes der 20 Fenster an der Stirnseite des Gebäudes schmückte ein Frosch, der in die Ecke des Rahmens geschnitten war. Ein seltsamer Schmuck. Die Fenster reflektierten das Gold der Morgensonne und so war es fast, als hingen zwanzig große, viereckige Goldplatten an der steinernen Wand. Es roch nach frisch gemahlenem Mehl, Viehfutter und geräuchertem Fleisch.

Auf der anderen Seite des Mühlbachs stand etwas weiter oben am Hang und somit weiter vom Wasser entfernt ein kleineres Haus, ebenfalls aus Stein. Auf einer Seite lag ein Gemüsegärtchen und etliche Hühner scharrten im Dreck. Ein dickes schwarzes Kalb drückte die Nase an den niederen Flechtzaun, der es kaum noch auf seiner Weide halten konnte. Die Tür zu dem Cottage war so niedrig, dass ein erwachsener Mann sich hätte bücken müssen, um hineinzugelangen. Sie bestand aus einem einzigen, massiven Eichenbrett. Das dunkle, verwitterte Holz war stark gemasert und die Maserung bildete seltsame Muster, in denen man alle möglichen Formen entdecken konnte.

Boggle Cottage sah einladend und freundlich aus. Eine dünne Rauchfahne verhieß ein warmes Feuer im Herd. Im Licht des frühen Morgens versprach es Kate und Thomas Sicherheit. Von drinnen hörten sie einen Mann singen – ein Lied, das vom Meer, von Abenteuern und großem Reichtum handelte.

Der Mann sang mit starkem ausländischem Akzent und näselte wie jemand, der erkältet ist. Seine Stimme hob und senkte sich wie das Meer bei hohem Seegang. Sie verstummte kurz und begann gleich darauf von neuem; manchmal fehlten ein paar Worte von einem Vers und wurden später an einer Stelle eingefügt, wo sie gar nicht hingehörten. Der Mann sang eindeutig falsch und sein Gesang wurde gelegentlich von lautem Lachen unterbrochen, als habe er sich gerade selbst einen Witz erzählt.

Dann wurde der Takt dazu geschlagen, wahrscheinlich

mit einem Holzlöffel an einen Topf. Die Hühner und das Kalb versammelten sich vor der Tür, als erwarteten sie einen großen Auftritt.

Und mit einem Mal wurde tatsächlich der Riegel zurückgeschoben, die Tür schwang auf, und heraus trat ein Mann. Nach einem lauten »Huhu!« schüttete er den Inhalt des Topfes, den er trug, in den Garten. Die Hühner und das Kalb kämpften um die besten Brocken. Das Kalb steckte die Nase in die Mischung aus Körnern, Brot und Milch, während die Hühner ihm auf Rücken und Kopf flatterten und ihm auf der Nase herumpickten, damit es endlich Platz machte.

Der Mann bemerkte Thomas und Kate, die am Zaun standen, gar nicht. Er kratzte den Rest des Hühnerfutters aus dem Topf und begann wieder zu singen. Dann ging er zurück ins Haus und schloss die Tür hinter sich.

Thomas ging hin und klopfte dreimal an das dunkle Holz. Von drinnen kam keine Antwort. Er klopfte noch einmal – oder besser: Er hämmerte mit der Faust an die Tür.

»Hallo! Habt Ihr etwas Brot?«, rief er.

Das kleine Fenster neben der Tür ging auf, der Mann steckte den Kopf heraus und schnupperte in die Luft. »Tot? Wer ist tot?«, fragte er in einem tiefen, kehligen Tonfall.

»Niemand ist tot«, meldete sich nun Kate zu Wort. »Könnten wir bitte etwas Brot haben?«

Der Mann musterte sie sehr genau von oben bis unten. »Nun, wenn ihr nur Brot wollt, sollt ihr Brot haben. Ausgeschlossen, dass jemand in eine Mühle kommt und dort kein

Brot findet. Und ein bisschen Fleisch dazu. Wie steht es mit Tee?«

Das Fenster flog zu und die Tür ging auf. Dem Mann war offensichtlich nicht entgangen, wie schmutzig Thomas und Kate waren und dass ihre Kleider grüne Flecken vom Farnkraut hatten. Natürlich fiel ihm jetzt auch Kates ängstlicher Gesichtsausdruck auf. Thomas versteckte rasch das Varrigal-Schwert neben dem Flechtzaun.

»Kommt rein, kommt rein, ihr könnt doch nicht den ganzen Tag auf der Schwelle herumstehen. Kommt aus der Kälte und wärmt euch am Feuer auf.«

Der Mann redete schnell und schob die beiden in eine große Küche. Herd und Arbeitsbereich waren an der Rückwand und alles war sauber und ordentlich. Am Kamin standen zwei Ledersessel; auf einem hing über der Lehne eine Hose zum Trocknen. Ein Torffeuer tauchte das ganze Zimmer in ein warmes orangefarbenes Licht und erfüllte das Haus mit dem rauchigen Duft nach fetter Erde. Darüber lag noch der Geruch von Hefe, Früchtekuchen und frisch gebackenem Brot, der Thomas an die Weihnachtsvorbereitungen seiner Mutter erinnerte. Die Küche war lang und niedrig mit dunklen Deckenbalken und weiß gekalkten Wänden.

Über ihren Köpfen hingen an einem Haken zwei tote Fasane von einem der Balken; ihre roten, braunen und goldfarbenen Federn leuchteten in der Morgensonne, die durchs Fenster schien. Neben den Vögeln baumelte ein großes Stück gepökelter Schinken, der aussah, als sei er mit einer dicken braunen Wachsschicht überzogen.

»Setzt euch. Ihr seht aus, als hättet ihr die Nacht im Freien verbracht. Was macht ihr hier so früh am Morgen?« Der Mann hielt inne und schlug die Hand vor den Mund. »Wie unhöflich von mir. Ich bin Reuben Wayfoot, der Müller, und das ist mein Zuhause. Willkommen.« Er streckte ihnen beide Hände hin zum Zeichen der Freundschaft.

Reuben Wayfoot war ein Mann wie ein Bär. Er hatte kräftige Arme und breite Schultern. Seine Hände waren groß wie Kohleschaufeln und doch streckte er sie ihnen fast anmutig entgegen. Trotz seiner Bulligkeit schien er kein Tollpatsch zu sein. Alles an ihm war sehr ordentlich.

Obgleich seine Kleider abgetragen und mehrfach gewendet waren, wirkte er wie ein Gentleman. Er trug alte Kammgarnhosen, ein ehemals weißes Hemd und eine dicke Lederschürze voller Mehlstaub. Wenn man es genau nahm, war alles an Reuben Wayfoot voller Mehlstaub: das lange weiße Haar, die großen Ohren und selbst die dichten, buschigen Augenbrauen. Alles schien wie von frisch gefallenem Schnee bedeckt. Doch es waren die großen grünen Augen, die am meisten auffielen. Sie blickten sanft, lächelnd und gütig. Es waren die Augen von jemandem, dem man vertrauen konnte.

»Und jetzt will ich euch den Tee und das Brot bringen. Ihr seht beide so aus, als könntet ihr etwas zum Aufwärmen gebrauchen. Ich habe selbst zwei Söhne. In etwa einer Stunde stehen sie auch auf. Ein bisschen jünger als ihr beide, aber schon groß für ihr Alter.« Reuben öffnete die Ofentür und nahm etliche dicke Scheiben Braten heraus. Er legte das heiße Fleisch auf einen Teller und stellte ihn vor Kate und Thomas hin.

»Fangt an, das Brot kommt gleich. Dann könnt ihr mir erzählen, was euch hierher geführt hat. Wir bekommen selten Besuch. Zu einer Boggle-Mühle verirrt sich kaum jemand.« Reuben griff nach einem Laib Brot und brach ihn mit seinen großen Händen in zwei Hälften. »Hier. Es gibt nichts Besseres als warmes Brot am Morgen.« Er legte das Brot ebenfalls auf den Teller und klatschte in die Hände. Eine Mehlwolke stieg auf.

Thomas und Kate begannen zu essen, füllten sich den Magen mit warmem Fleisch und Brot, während Reuben seinen morgendlichen Pflichten nachging. Sie schauten zu, wie er den Boden fegte und den langen Holztisch vor dem kleinen Erkerfenster für vier Personen deckte. Reuben sah, dass Kate jede seiner Bewegungen verfolgte. Sie wollte gerade etwas sagen, als er ihr zuvorkam.

»Bevor du fragst – ich habe eine Frau. Sie heißt Isabella und sie ist draußen im Wald und sammelt Holz, solange die Zwillinge schlafen.« Er sah die nächste Frage in ihrem Blick. Ihr voller Mund machte ihr das laute Fragen unmöglich.

»Sie heißen Bealda und Ephrig. Bevor ihr sie seht, hört ihr sie schon.« Er schaute zur Decke. »Und jetzt beantwortet ihr mir eine Frage: Was macht ihr so früh hier in der Gegend?« Mit seiner tiefen Stimme und dem starken Akzent gab er sich als Fremder in diesem Teil der Welt zu erkennen.

Thomas und Kate hatten natürlich beide schon von

Boggle Mill gehört, doch die Leute kamen nur selten hierher und keiner wollte so richtig darüber reden. Man glaubte, dass Boggles im Mühltal hausten. Boggles oder Glupschaugen waren seltsame Wesen, die Menschen- oder Tiergestalt annehmen konnten. Sie taten niemandem etwas zu Leide, aber jeder wusste, dass sie einem alles klauten, was sie kriegen konnten.

Wenn man sich verirrt hatte und einen Boggle nach dem Weg fragte, schickte er einen garantiert in die falsche Richtung. *Frag einen Boggle nach dem Weg zum Meer und er schickt dich ins Moor* war schon ein geflügeltes Wort geworden. Da allerdings niemand wirklich sicher sein konnte, ob er einen Boggle gesehen hatte, konnte auch keiner mit Sicherheit sagen, wie einer aussah. Was man sich über die Glupschaugen erzählte, genügte aber, um Dörfler wie Fremde von Boggle Mill und dem lang gestreckten Tal fern zu halten, das die Mühle bei Boggle Hole mit dem Meer verband.

Reuben zog sich einen Stuhl ans Feuer und setzte sich. Erwartungsvoll schaute er die beiden an. Kate schluckte und wollte gerade zu erzählen beginnen, als Thomas ihr zuvorkam.

»Ganz einfach: Wir haben uns in der Dunkelheit verlaufen. Haben den falschen Weg erwischt und nicht mehr zurückgefunden.« Er sah Kate an, damit sie die Geschichte bestätigte. Thomas belog den freundlichen Reuben nur ungern, aber die Wahrheit wollte er in diesem Fall auch nicht sagen. Kate nickte zaghaft, spürte aber, wie sie rot wurde.

Reuben fiel ihre Verlegenheit auf. »Nachts ist im Wald allerhand los. Für zwei junge Burschen ganz allein kann das ziemlich gefährlich werden«, meinte er in gedämpftem Ton.

»Ich bin kein Junge«, stellte Kate rasch richtig. »Ich bin ein Mädchen. Ich heiße Kate und das ist Thomas. Wir haben uns auch nicht verlaufen, wir sind geflohen vor . . .«

». . . Freihändlern, Schmugglern«, unterbrach Thomas sie. »Wir waren auf dem Schmuggelpfad und da kamen sie uns auf dem Weg zum Leuchtturm entgegen. Wir haben uns versteckt, weil wir ihnen nicht in die Quere kommen wollten. Wir wollten nicht, dass sie uns sehen.« Zufrieden mit sich und seiner Antwort, lehnte er sich im Sessel zurück.

Reuben nickte wie zur Bestätigung. Thomas seufzte erleichtert und nahm sich noch etwas Brot.

»Ist das nicht Alaun-Erde an deinen Schuhen?« Reuben zeigte auf die dicken rötlichen Erdklumpen, die an Thomas' Stiefeln klebten. »Die gibt's hier in der Gegend nicht. Ihr müsst von der anderen Seite der Bucht kommen. Das ist ein weiter Weg in der Dunkelheit, vor allem wenn man nicht weiß, wohin man geht.«

Dazu fiel Thomas nichts ein. Er holte tief Luft und schaute sich im Zimmer um, als könne er dort eine Antwort finden. Lügen hatten bisher ganz selbstverständlich zu seinem Leben gehört, sie waren ihm von den Lippen geflossen wie Honig. Jetzt überlegte er fieberhaft, was er sagen könnte, etwas, das die Wahrheit vertuschte.

Plötzlich wurde es vor der Tür laut. Man hörte die Hühner aufgeregt gackernd durch den Garten laufen. Das Kalb muhte und es klang, als wollte es den Flechtzaun durchbrechen. Als die Haustür aufflog, war es, als sei ganz unerwartet ein Sturm aufgekommen. Reuben sprang auf, breitete die Arme aus und rief: »Isabella! Isabella!« Er nahm ihr den großen Korb ab, den sie über einem Arm trug. Thomas und Kate mussten fast lachen über die laute, poltrige Begrüßung.

»Isabella, wir haben zwei Gäste. Das ist Kate und das ist Thomas. Sie haben sich im Wald verirrt und schließlich hierher gefunden.« Er wies mit der Hand auf die beiden. »Ich habe ihnen etwas zu essen gegeben, damit ihnen warm wird.« Reuben sprach aufgeregt und wirkte unendlich glücklich über die Rückkehr seiner Frau. Seine Augen glänzten und er schien ganz erfüllt von Freude. Er nahm sie in den Arm und sie drückten sich gegenseitig, wobei Reuben Isabella vom Boden hochhob.

Thomas fiel auf, dass Reuben an der rechten Hand fünf Finger und einen Daumen hatte. Ungläubig zählte er seine eigenen Finger. Hatte er sich vertan? Aber nein, Reuben hatte tatsächlich fünf davon. Thomas blickte zu Kate hinüber in der Hoffnung, dass es ihr auch aufgefallen war, doch die sah verlegen zu Boden. Genau wie er hatte sie noch nie eine solche Art von Liebe zwischen zwei Menschen erlebt.

Thomas musste an seine eigenen Eltern denken. Sein Vater war die meiste Zeit auf See gewesen, und wenn er nach Hause gekommen war, hatte er immer den Umweg über die drei Kneipen *Dolphin, Old Mariner* und *Nag's Head* genommen. Danach erst hatte er ihr winziges, unordentliches, voll gestopftes Cottage betreten und Thomas wie einem jungen Hund den Kopf getätschelt, bevor er im Sessel am Kamin in einen tiefen Gin-Schlaf gefallen war.

Reuben und Isabella lösten sich aus ihrer Umarmung und wandten sich Thomas und Kate zu. Isabella war genauso groß, wenn nicht noch zwei, drei Zentimeter größer als Reuben und anders als alle Frauen, die Thomas oder Kate je gesehen hatten. Sie trug ein langes grünes Kleid mit einer weißen Schürze und darüber einen schwarzen Baumwollmantel. Ihr langes Haar glänzte wie reinstes Silber, wie vom Frost überzogene Spinnenfäden. Ihre Haut war tief gebräunt, vermutlich weil sie den Sommer über viel draußen gearbeitet hatte. Um die Augen und um den Mund herum hatte sie Lachfalten, aber Thomas hätte nicht sagen können, wie alt sie war. Einträchtig standen Isabella und Reuben nebeneinander im Licht der Sonne, die durch das Erkerfenster schien.

Isabella sah Kate an. »Mir scheint, dass du deine Kleider schon lange nicht mehr gewechselt hast. Komm mit, vielleicht finden wir etwas Warmes, das du anziehen kannst.«

Sie nahm Kate am Arm und führte sie nach oben. Das Cottage musste größer sein, als es aussah. Thomas fiel erst jetzt auf, dass von der Küche aus zwei Treppen ins erste Stockwerk hinaufführten.

Reuben wandte sich wieder an Thomas. »Es muss eine lange Nacht gewesen sein, so allein im Wald.«

Thomas wollte nichts Unüberlegtes sagen. »Ich bin es gewohnt. Ich wohne schon seit einiger Zeit nicht mehr daheim.« Er hielt inne und sah aus dem Fenster, spürte aber gleichzeitig, wie seine Lippen zu zittern begannen und ihm Tränen in die Augen stiegen. Er holte tief Luft und bohrte die Fingernägel in die Handflächen.

»Mein Vater ist tot. Und Mutter ist im Krankenhaus.« Er hielt die Hände übers Feuer, um sie zu wärmen.

»Traurige Geschichte«, sagte Reuben. Und nach einer kurzen Pause: »Ich glaube, ich habe von dir gehört. Du musst der Junge aus Baytown sein. Ein paar Freihändler haben mir von dir erzählt. Du sollst ziemlich schnell mit den Fäusten sein, wie ich hörte.« Da er sah, dass Thomas den Tränen nah war, lachte er leise, um ihm ebenfalls ein Lächeln zu entlocken. »Was treibt dich in den Wald? Ich dachte, du wärst ein Seebär?«

»Ein Freund.« Thomas überlegte kurz. »Wir haben uns mit einem Freund getroffen.«

»Und dieser Freund ist immer noch im Wald?« Reuben rückte seinen Stuhl näher zu Thomas' Sessel und beugte sich vor. »Ein gefährlicher Ort. Du weißt nie, was dich dort erwartet. Es sind nicht nur Schmuggler, die dir in der Dunkelheit den Garaus machen können.« Thomas spürte Reubens Atem auf seinem Gesicht. »Sag es mir, Thomas«, beharrte Reuben. »Wen habt ihr heute Nacht gesehen?«

»Wir haben niemand gesehen. Ich sehe niemand, den ich nicht sehen soll. Ich habe gelernt zur rechten Zeit den Kopf wegzudrehen und einen anderen Weg einzuschlagen, wenn die Freihändler kommen.« Er rutschte auf seinem Sessel nach hinten, um sich etwas mehr Platz zu verschaffen.

»Gut. Manchmal ist es das Beste, nichts zu sehen und nichts zu hören, vor allem um Boggle Mill herum. Wir hatten noch nie Besuch vom Steuereintreiber und ich hoffe, das bleibt auch so, junger Mann.«

Plötzlich hörte man oben Füßegetrappel und Gekreische. Staub fiel von der Decke. Offenbar war ein Streit ausgebrochen. Ein Poltern war zu hören und ein lauter Schrei, gefolgt von einem Klirren.

»Meine Söhne sind wach«, erklärte Reuben. »Sie sind bestimmt gleich hier.«

Das Geschrei wurde lauter. Die beiden Jungen, noch in ihren Nachthemden, purzelten ineinander verkeilt die hintere Treppe herunter.

»Der rechte ist Bealda, der linke Ephrig«, kommentierte Reuben ungerührt.

Die beiden Jungen traten und schlugen blindlings um sich; jeder wollte als Erster unten sein. Sie brüllten und stießen wilde Drohungen aus.

»Lass los oder ich zieh dir dein Hirn durch die Nase raus – wenn du überhaupt eins hast«, rief Bealda.

»Du hältst dich wohl für witzig, was? Dann kannst du ja auch darüber lachen«, erwiderte Ephrig und holte zum nächsten Schlag aus.

»Aufhören!«, befahl Reuben. Seine Stimme dröhnte in einer ungeheuren Lautstärke durch die Küche. Die beiden Jungen rappelten sich auf und wiesen mit dem Finger aufeinander.

»Er war's!«, riefen sie gleichzeitig und fast im selben Tonfall.

Bealda protestierte: »Ich hab ihn erwischt, wie er versucht hat mir einen Zahn zu ziehen, während ich schlief. Und das schon zum dritten Mal in dieser Woche!«

»Genug, ihr zwei. Seht ihr nicht, dass wir Besuch haben?« Reuben trat einen Schritt zur Seite, damit sie Thomas sehen konnten, der am Kamin stand. »Setzt euch an den Tisch, dann bringe ich euch das Frühstück. Und seid vorsichtig, was ihr sagt – es ist eine junge Dame im Haus.«

»Für mich sieht er wie ein Junge aus«, rief Ephrig und stieß Bealda den Ellbogen in die Rippen. Sie lachten beide.

Reuben hieß sie mit einer Geste still zu sein und sich an den Tisch zu setzen. »Das ist natürlich kein Mädchen, das ist Thomas. Das Mädchen ist oben mit eurer Mutter und zieht sich um. Die beiden sind unsere Gäste, seid also nicht zu frech.«

»Ja, und versuch nicht ihm einen Zahn zu ziehen, Ephrig.« Bealda stieß seinen Bruder Richtung Tisch.

Reuben hatte Mühe, sich das Lachen zu verkneifen. Die beiden Jungen hüpften auf die lange Bank hinter dem Tisch und warteten. Bealda schenkte Thomas ein Zahnlückenlächeln.

Reuben kümmerte sich weiter um das Frühstück und holte noch ein paar Scheiben Fleisch aus dem Ofen. »Keine Bange, Thomas, sie klauen dir deine Zähne nicht. Deine können sie der Alten Nan nicht verkaufen.«

Thomas betrachtete die beiden Jungen. Sie glichen sich fast wie ein Ei dem anderen. Bealda war ein kleines Stückchen größer als Ephrig und hatte ein breiteres Gesicht und längeres Haar. Sie waren groß für ihr Alter. Auch wenn sie nicht älter als neun oder zehn sein konnten, hätte man sie von der Größe her ohne weiteres für sechzehn halten können. Sie trugen dieselben knielangen Nachthemden aus grober Baumwolle, die sie bis zum Hals zugeknöpft hatten. An den Füßen trugen sie Bettschuhe aus Schaffell, die bis zum Knöchel reichten, und darunter grüne, selbst gestrickte Strümpfe. Es sah ganz so aus, als würde gut für sie gesorgt und als würden sie sehr geliebt.

Reuben sah Thomas an. »Komm und trink eine Tasse heißen Tee mit uns. Er ist frisch aus Holland gekommen.«

Das brauchte er nicht zweimal zu sagen. Thomas liebte Tee. Um dieses Getränk wurde gekämpft und sogar gemordet. Fast jede Unze Tee, die in der Gegend getrunken wurde, war ins Land geschmuggelt worden, um die Steuern zu umgehen. Viele Männer hatten ihr Leben verloren bei dem Versuch, eine Kiste Tee an Land zu bringen. Thomas liebte es, zuzuschauen, wie der frisch gebrühte Trank in der Kanne dampfte, und noch mehr, den ersten, bittersüßen Schluck zu trinken.

Er setzte sich an den Tisch und lächelte den Jungen zu. Bealda und Ephrig saßen nebeneinander, aßen das heiße Fleisch mit den Fingern und tunkten das Fett auf dem Teller mit Brot auf.

»Verkaufst du der Alten Nan wirklich Zähne?«, fragte er Ephrig. »Ich dachte, sie sei eine Hexe.«

Isabella antwortete von der Treppe her: »Sie verkaufen ihr ihre Milchzähne und ja, sie ist eine Hexe.«

Thomas schaute auf und traute seinen Augen kaum. Vor ihm stand nicht nur Isabella, sondern auch eine vollkommen verwandelte Kate. Das Haar hing ihr offen über die Schultern und es war gebürstet worden. Sie trug ein dunkelblaues Kleid mit weißem Kragen und darüber eine kurze rote Jacke. Sie lächelte. Thomas war sprachlos. Kate hatte noch nie so gut ausgesehen.

»Wenn du es wirklich wissen willst, Thomas: Wir verkaufen die Milchzähne der Jungen, wenn sie ihnen ausgefallen sind. Die Alte Nan glaubt, dass sie gewisse Kräfte besitzen . . .«

»Sie hält uns für Boggles«, erzählte Ephrig eifrig.

Da erst fiel Thomas auf, dass die Jungen dieselbe Anzahl Finger hatten wie ihr Vater. »Und – seid ihr Boggles?«, fragte er, wobei er sich nicht sicher war, ob er es tatsächlich wissen wollte.

Isabella antwortete als Erste: »Ich glaube nicht, dass es eine Rolle spielt, was wir sind. Geh einfach davon aus, dass wir deine Freunde sind.« Sie trat zum Tisch und stellte sich neben Reuben. »Die Leute halten uns für alles Mögliche. Wo immer unser Volk war, wurde es verfolgt und vertrieben. Sie machen uns sogar für schlechtes Wetter verantwortlich, für den niedrigen Weizenpreis und dafür, dass ihre Kühe keine Milch mehr geben.« Sie verstummte und schaute Reuben an.

»Meine Frau hat Recht mit dem, was sie sagt. Wir sind anders und doch wie ihr. Über die letzten zweitausend Jahre wurde unser Volk in alle vier Himmelsrichtungen verstreut.

Wir arbeiten, wo wir können, tun niemandem etwas zu Leide und versuchen in Frieden zu leben. Das Problem ist, dass die Leute neidisch werden, wenn es uns gut geht, Thomas. Da wir anders aussehen und unsere eigene Sprache haben, beschuldigen sie uns oft, auch wenn uns keine Schuld trifft. Ich behaupte nicht, dass wir perfekt sind, aber sehen wir wirklich aus wie Ungeheuer?«

In Thomas' Augen war Reuben Wayfoot kein Ungeheuer. In der kurzen Zeit, in der er die Familie kannte, waren alle ausgesprochen nett gewesen. Reuben klopfte Thomas auf den Rücken und fuhr ihm durchs Haar.

Isabella legte den Arm um Kate und zog sie näher zu sich. »Nach dem, was Kate mir erzählt hat, seid ihr die halbe Nacht auf gewesen. Ihr könnt euch erst mal im Zimmer der Jungen schlafen legen. Danach könnt ihr entscheiden, was ihr tun wollt.«

Isabella ging zum Kamin und zog einen Topf mit kochendem Wasser aus der heißen Glut. Dann holte sie aus einem Schrank zwei einfache Becher und von einem Haken an einem der Deckenbalken ein Sträußchen getrocknete Kräuter. Sie rieb in jeden Becher einige Blätter hinein, übergoss sie mit heißem Wasser und reichte sie Thomas und Kate. Der Duft von Minze, Lavendel und Kamille stieg ihnen in die Nase. Thomas atmete den intensiven Geruch tief ein. Er schloss die Augen und gab sich ganz dem überwältigenden Duft hin.

»Trinkt das. Es wird alle Gedanken verscheuchen, die euch am Schlafen hindern. Keine Angst, es ist nicht giftig. Ich bin nicht die Alte Nan.«

Thomas und Kate wussten, dass es keinen Sinn machen würde, sich zu weigern. Außerdem wollte Thomas Isabella vertrauen. Er hatte immer geglaubt, er könnte die Leute nach ihren Augen beurteilen, und Isabella hatte die Augen einer liebevollen Frau.

»Hinauf mit euch«, sagte Isabella jetzt lächelnd und drehte die beiden Richtung Treppe. »Wir müssen noch arbeiten. Wir wecken euch, wenn es Zeit zum Aufstehen ist.«

Thomas folgte Kate zum Zimmer der Jungen. Es war groß und sauber und zwei breite, selbst gezimmerte Betten standen darin. Was für ein Unterschied zu der Ecke in der Höhle, in der Thomas auf einer alten Rosshaarmatratze unter einer zerschlissenen Pferdedecke schlief. Er trank einen Schluck aus seinem Becher und schaute sich dabei im Zimmer um. Nichts entging ihm.

Die Wände waren wie im übrigen Cottage weiß verputzt und die Holzbalken lagen frei. In jedes verputzte Viereck war ein Lämmchen oder ein Fuchs gemalt worden und an die Wand um das Fenster herum ein Baum, dessen Wurzeln sich tief in den Fußboden zu senken schienen und dessen Äste das Fenster einrahmten. Die saftig grünen Blätter sahen aus, als könnte man sie abpflücken.

An jedem Ast hingen goldene Kugeln wie Früchte. In jeder Kugel stand, mit blauer Farbe geschrieben, ein Wort aus einer Sprache, die Thomas nicht verstand. Es fiel ihm manchmal schon schwer, englische Wörter zu entziffern, doch diese hier sahen aus, als kämen sie aus einer anderen Welt. Das Bild bedeckte die ganze Wand und gab ihm das

Gefühl, Teil des Baumes zu sein. Das leuchtende Gold, Grün, Gelb und Blau schienen zu vibrieren.

Die goldenen Kugeln waren durch eine silberfarbene Kette aus Weinblättern miteinander verbunden. Auf der linken Seite stand der Vollmond über den Hügeln, rechts stieg eine goldene Sonne aus dem Meer auf. Unter dem Baum standen ein Mann und eine Frau, die sich an den Händen hielten. Zwischen ihnen lag ein kleines Lämmchen. Durch das gemalte Gras kroch ein schwarzes Tier, halb Eidechse, halb Schlange. Seine roten Augen starrten Kate und Thomas an und folgten ihnen durchs Zimmer.

Die beiden standen gebannt vor dem Bild und betrachteten jede Einzelheit, die sie entdecken konnten. Hinter den Blättern versteckt waren Kindergesichter. Jeder Ast war voll mit kleinen Vögeln und Früchten. Mit jeder Sekunde, die sie das Bild anschauten, entdeckten sie mehr. Es war fast so, als würde es vor ihren Augen gemalt.

Thomas konnte es nicht verhindern: Er war neidisch auf die beiden Jungen, die ein so schönes Zimmer hatten. Neben jedem Bett stand ein kleiner Tisch mit einer Kerze in einem selbst geschnitzten Halter, der die Form eines Bootes hatte und grün angemalt war. Der Fußboden bestand aus Dielen und im Kamin brannte ein kleines Torffeuer.

Weder Thomas noch Kate sprachen ein Wort. Sie setzten sich jeder auf ein Bett und ließen sich dann auf die weichen Matratzen zurückfallen. Es dauerte keine Minute, bis sie eingeschlafen waren.

Reuben und Isabella saßen in der Küche und warteten, bis von oben nichts mehr zu hören war. Bealda und Ephrig aßen weiter an dem Tisch beim Fenster ihr Frühstück. Isabella schaute Reuben an und machte ihm ein Zeichen, näher zu rücken.

»Sie sind in Schwierigkeiten, Reuben. Das Mädchen hat mir erzählt, dass sie im Wald von merkwürdigen Gestalten verfolgt wurden. Sie hat eine Pistole bei sich, die sie ihrem Vater gestohlen hat, und als ich aus dem Wald kam, fand ich beim Zaun ein Schwert.« Sie sprach so leise, dass die Jungen es nicht hören konnten, aber Reuben merkte, wie aufgeregt sie war. »Sie erzählte noch von einem anderen Jungen, der versuchte ins Haus von Obadiah Demurral zu kommen. Der Junge soll schwarz sein wie die Nacht. Aus Afrika. Er heißt Raphah. Du weißt, was der Name bedeutet. Er ist einer aus dem Buch der Bücher. Kate sagte mir, er sei hierher gekommen, weil er nach etwas sucht, das Demurral gestohlen hat.«

Reuben rieb sich die Hände, schaute kurz zu den Jungen hinüber und dann wieder zu Isabella. »Raphah ist der Name eines Heilers. Hoffen wir, dass der Junge seinem Namen gerecht wird. Ich wusste, dass hinter der Angst in Thomas' Augen mehr steckt als die Furcht vor Schmugglern. Wenn der alte Esel Demurral mit der Sache zu tun hat, ist sie eine Nummer zu groß für zwei Jungen und ein Mädchen, aber wir können sie nicht aufhalten. Schließlich wollen wir nicht, dass jemand erfährt, was wir hier tun. Wir können ihnen helfen, Isabella, doch wir können es uns jetzt nicht leisten, mit Demurral und seinen Machenschaften in Verbindung gebracht zu werden.«

Reuben stand auf und stellte sich mit dem Rücken zum Feuer. »Sie werden sich von ihrem Vorhaben nicht abbringen lassen. Wir müssen für sie beten, denn bei einer Auseinandersetzung mit dem Pfarrer werden sie den Himmel an ihrer Seite brauchen.« Er nahm Isabellas Hand. »Lass uns die Pistole und das Schwert wegpacken. Wenn sie aufwachen, werden wir hören, was sie vorhaben. Jacob Crane kommt heute Nacht noch einmal her, bis dahin müssen sie weg sein.«

7.

Dagda Sarapuk

Das Pfarrhaus wirkte immer düster. Selbst am strahlendsten Herbstmorgen erweckte es den Eindruck, als hielte sich die Nacht noch an den Türen fest. Es war von einer eigentümlichen, finsteren Schönheit und sah aus, als sei es aus dem Fels der Landspitze hoch über der Bucht herausgehauen worden.

Demurral hatte sich seinen Posten als Pfarrer von Thorpe durch Betrug erschlichen. Vor vielen Jahren war er einmal Gast beim damaligen Pfarrer Dagda Sarapuk gewesen. Demurral war als Wanderprediger durchs Land gezogen und hatte sich seinen Lebensunterhalt mit Predigten verdient, die er von Heuballen oder Karren herunter hielt, wo immer er ein paar Zuhörer zusammentrommeln konnte. Von dem Moment an, als er im Garten des Pfarrhauses auf den Klippen stand und hinüberschaute ins drei Meilen entfernte Baytown, hatte ihn die unwiderstehliche Schönheit dieses Anblicks in ihren Bann gezogen. In der Bucht donnerten die

Wellen gegen die Felsen, das von der Morgensonne rot gefärbte Heidekraut erstreckte sich weit in die Ferne und die sanften grünen Hügel wellten sich wie ein dichter, weicher Teppich bis zum Horizont. Er wusste, dass er hier nie mehr wegwollte. Was immer geschah, er musste dieses Anwesen besitzen, jeden Stein, der zum Pfarrhaus gehörte, und jeden Grashalm im Garten.

Als er so vor Dagda Sarapuks Haus gestanden und übers Meer geblickt hatte, hatte ihn eine plötzliche Gier überkommen. Dunkle Begehrlichkeiten griffen nach ihm und drängten alles Helle und Mildtätige aus ihm heraus. Von einem Augenblick zum nächsten war Demurral ein anderer Mensch geworden. Jede Unze Güte, jeder Tropfen Mitleid und jeder Funken Freude waren in ihr Gegenteil verkehrt worden.

In seiner ersten Nacht als Gast von Dagda Sarapuk hatte Demurral den Pfarrer nach etlichen Gläsern Wein zu einer Wette überredet. Er hatte ihn dazu gebracht, alles, was er besaß, auf den Ausgang eines Kakerlakenrennens über den langen Küchentisch zu setzen. Sarapuk hatte den größten und dicksten Kakerlak gewählt, den er finden konnte. Demurral hatte aus den vielen Kakerlaken, die über den Steinfußboden huschten, den mickrigsten herausgepickt; einen anderen hatte er in seinem Rausch nicht erwischt. Die kleinen Biester wurden nebeneinander auf den Küchentisch gesetzt und Sarapuk gab mit seinem Taschentuch das Startzeichen. Demurral schloss die Augen und betete. Zum ersten Mal in seinem Leben spürte er eine Kraft, die aus seinem Inneren kam. Er hatte das Gefühl, nicht allein in seinem Körper zu sein, sondern ihn mit einem anderen Wesen zu teilen. Er kam sich vor wie ein Gott, dem die vier Elemente Erde, Wind, Feuer und Wasser gehorchten.

Zu seiner eigenen Überraschung griff sein dürrer, langbeiniger Kakerlak seinen fetten Rivalen an, biss ihm den Kopf ab und ließ ihn wie eine umgedrehte schwarze Untertasse mit sechs Beinen liegen. Dann spazierte der siegreiche Kakerlak zum anderen Ende des Tisches und gewann für Demurral die Pfarrstelle und die Pfründe und die Ländereien, soweit das Auge reichte. Sarapuk hatte angefangen zu weinen, als ihm aufging, was für eine Dummheit er gemacht hatte. Aber es war zu spät: Er hatte alles verloren.

Demurral war mit dem siegreichen Kakerlak in der Hand von seinem Stuhl aufgesprungen. »Gepriesen seist du! Gepriesen seist du, mein kleines schwarzes Tierchen«, rief er, hüpfte durch die Küche und wedelte mit den Armen, bis er bäuchlings über den Küchentisch fiel. Wieder überkam ihn diese jedes andere Gefühl verdrängende Gier. Er schaute Sarapuk an und begann zu lachen. »Und du, mein dummer Freund, bist morgen früh von hier verschwunden!«

Demurral hielt Sarapuk den Kakerlak unter die Nase. »Willst du dein Glück noch einmal versuchen? Hier, nimm ihn. Ich trete noch einmal gegen dich an, auch wenn du mit dem hier klar im Vorteil bist«, spottete er.

Sarapuk stieß einen spitzen Schrei aus, Tränen schossen ihm in die Augen und seine Lippen begannen zu zittern. Mit bebenden Händen wollte er nach dem Kakerlak greifen. Demurral zog die Hand zurück und zerquetschte das Tier zwischen den Fingern. Es knirschte, als der harte Panzer auseinander brach.

Das war fünfundzwanzig Jahre her und mit jedem Jahr war Demurrals Niedertracht gewachsen.

Im feuchten Keller des Pfarrhauses hatte Raphah sich inzwischen bei den vollen Apfelsteigen versteckt, die mit Sackleinen abgedeckt waren. Er hatte sich zwischen zwei der Kistenstapel gequetscht und das modrig riechende Tuch über sich gezogen. Da kauerte er nun schon etliche Stunden, versuchte so ruhig wie möglich zu atmen und hoffte, dass er nicht entdeckt wurde. In fast vollständiger Dunkelheit hatte er gehört, wie Demurral und Beadle in den unterirdischen Gängen nach ihm gesucht hatten. Nach einer halben Ewigkeit waren sie wiedergekommen, hatten die Metalltür zugeknallt und geflucht, weil sie ihn nicht gefunden hatten.

Raphah hatte keine Ahnung, ob es schon Morgen war. Über ihm musste die Küche sein, denn er hörte Töpfe klappern und jemanden – vermutlich die Köchin – hin und hergehen. Die Art und Weise, wie sie ging, sagte ihm, dass sie stark humpelte und sehr schwer war. Er lauschte auf ihre ungleichen Schritte und das Knarren der Dielen über seinem Kopf und hörte schließlich auch ihre schrille Stimme, mit der sie Beadle ankeifte, er solle aus ihrer Küche verschwinden und sich nie mehr blicken lassen.

Die Geräusche hatten vor ungefähr einer Stunde eingesetzt, weshalb er annahm, dass wohl früher Morgen war. Den größten Teil der Nacht hatte er mit Beten zugebracht. Lautlos hatte er darum gefleht, dass Thomas vor Demurral bewahrt würde. Ihr Plan hatte funktioniert: Er war im Pfarrhaus. Doch was aus Thomas geworden war, wusste er nicht. Er hatte ihn zuletzt gesehen, als er auf den Tunneleingang zugelaufen war, Demurral dicht auf seinen Fersen. Danach war Raphah in den Keller geschlüpft und hatte sich versteckt.

Da saß er nun und dachte an das, was er zu tun hatte. Er wusste, dass es nicht einfach sein würde, den Keruvim zurückzuholen. Die Figur war zu wertvoll, als dass alles glatt gehen konnte. Und er wusste, dass Demurral so versessen auf sie war, dass er vor nichts zurückschrecken würde, um sie zu behalten.

Er konnte nicht sagen, ob die Kellertür abgeschlossen war; dass ein Schlüssel umgedreht worden wäre, hatte er jedenfalls nicht gehört. Ihm war klar, dass er sich bald hinauswagen und nach dem Keruvim suchen musste.

Raphah griff in eine Apfelkiste und holte einen großen, festen Apfel heraus. Er biss hinein, doch der Apfel schmeckte nach feuchtem Holz. Er spuckte den Bissen aus und legte die Frucht wieder in die Kiste zurück.

Vorsichtig stand er auf und schlich sich an der Wand entlang zur Tür. Durch einen Spalt am Boden drang Licht herein. Ein Schlüssel steckte nicht im Schlüsselloch. Raphah griff nach der Klinke und drückte sie langsam nach unten. Es gab ein lautes Klicken, als die Tür aufsprang.

Zehn Steinstufen führten von der Kellertür zu einem hell erleuchteten Flur. Vorsichtig stieg er hinauf, wobei er auf jeder Stufe stehen blieb und lauschte. Er hörte wieder die Stimme der Frau, die sich über ihr erbärmliches Leben beklagte und Demurral alles erdenklich Schlechte wünschte. Von der obersten Treppenstufe aus sah Raphah, dass die Küchentür offen stand. Es roch nach gekochtem Fisch und Kohl. Die Köchin stand mit dem Rücken zu ihm vor einem großen Fenster und wusch am Spülstein Töpfe ab. Sie war groß und dick und trug ein dunkelblaues Kleid und darüber eine graue Schürze, die mit einer Schleife auf dem Rücken gebunden war.

Raphah schlich sich an der Küchentür vorbei und den Flur entlang. Am Ende war die breite Eingangstür. Darüber hing ein goldgerahmter Spiegel, der vom Sturz bis zur Decke in dreieinhalb Metern Höhe reichte. In den Rahmen des Spiegels war ein Rabe geschnitzt, der gut eineinhalb Meter groß war. Die scharfen Krallen schienen das Bleiglas festzuhalten und die ausgebreiteten Flügel hingen zu beiden Seiten herunter. Die aufgemalten grünen Augen schienen Raphah bei jedem Schritt zu folgen. Er schaute noch einmal hoch. Hatte der Rabe sich bewegt? Einen Augenblick lang dachte er tatsächlich, er hätte seine goldenen Federn geschüttelt und sei dann wieder in seine Ausgangsposition zurückgefallen. Raphah hatte das Gefühl, als könne sich der riesige Vogel in Sekundenschnelle auf ihn herabstürzen und ihn mit seinen starken Krallen ergreifen.

Dennoch schlich er weiter. Er wusste, dass jeden Augenblick eine der schmutzigen Eichentüren aufgehen und Demurral ihn entdecken konnte. Er lauschte auf das leiseste Geräusch, auf einen sich drehenden Türknauf oder das Knarren einer Diele. Hinter sich hörte er immer noch die Köchin murren und mit Töpfen klappern – dann erreichte er die Vordertür. Rechts von ihm war eine weitere Tür und links eine Treppe, die zum oberen Stockwerk hinaufführte. Raphah schloss die Augen und atmete tief ein. Er wurde ruhiger und flüsterte: »Riathamus, leite mich.«

Als er die Augen wieder öffnete und über den Flur schaute, quoll unter der Tür rechts von ihm eine dicke Staubwolke hervor. Da wusste er, dass er es mit dieser Tür versuchen musste. Er legte die Hand auf den großen Messingknauf und drückte dagegen. Die Tür öffnete sich. Keinen Augenblick dachte Raphah daran, dass in diesem Zimmer jemand sein könnte. Er wusste ganz einfach, dass er dorthin geführt wurde.

Drinnen stand ein großer Schreibtisch. Brotkrümel lagen auf dem Boden, auf einem Beistelltischchen stand ein Krug Wein und auf dem Schreibtisch selbst lagen mehrere Bücher. Ein großes Erkerfenster mit verblichenen grünen Vorhängen dominierte den Raum. Von der Tür aus sah Raphah das Meer und in der Ferne Baytown. Es war heller Tag, doch das Zimmer lag in tiefem Dunkel.

Es war ein wunderschönes Zimmer, das durch Vernachlässigung und die Besitztümer seines Bewohners düster geworden war. Raphah suchte es mit den Augen nach dem Keruvim ab, konnte ihn aber nirgends entdecken. Er durchsuchte die Schubladen von Demurrals Schreibtisch und einen großen Überseekoffer im Alkoven beim Kamin – aber vergeblich. Plötzlich hörte Raphah jemand die Treppe herunterkommen. Er wusste, dass es keine Fluchtmöglichkeit gab. Entschlossene, lange, selbstbewusste Schritte kamen den Flur entlang. Bei jedem Tritt klickten die Absätze auf den Dielen. Raphah hatte nur noch wenige Sekunden Zeit, um sich zu verstecken.

Die Tür flog auf. Demurral trat ein und ging zu seinem Schreibtisch. Er setzte sich auf den Stuhl, legte die langen, dürren Beine auf die Tischplatte, zog seinen seidenen Morgenmantel um sich und lehnte sich zurück. Beadle erschien, stellte sich wie ein gehorsamer Hund neben ihn und wartete auf Befehle. An seinen Stiefeln klebte noch der Schmutz von seinem nächtlichen Ausflug und er rieb sich die ungewaschenen Hände, während er ungeduldig wartete.

»Sie sind dir entkommen, Beadle. Jetzt werden wir nie wissen, wer sie waren.«

»Oder weshalb sie hergekommen sind«, ergänzte Beadle. »Doch, das wissen wir. Sie sind wegen dem Keruvim gekommen. Sie wollten meinen kleinen goldenen Engel stehlen.« Er rieb sich das Kinn und sah sich im Zimmer um. »Sie werden es wieder versuchen, deshalb müssen wir herausfinden, wer sie sind und wer sie schickt.« Er versetzte dem Schreibtisch einen Tritt, worauf etliche Blätter auf den Boden segelten.

»Wo sollen wir anfangen zu suchen? Wir haben die ganze

Nacht gesucht und sie nicht gefunden«, erwiderte Beadle und sammelte die Blätter auf.

»Es wird nicht allzu schwer sein, sie zu finden. Keiner außer ihnen weiß, was wir hier haben, es sei denn, du hast wieder geplaudert.« Tadelnd schaute er Beadle mit hoch gezogenen Brauen an. »Wenn du dich verplappert hast, als du betrunken warst, kostet es dich das Leben. Was wir haben, müssen wir beschützen und kleine Leute können zu diesem Zweck geopfert werden.«

Beadle schluckte sichtbar. Er wusste, dass Demurral Wort halten und nicht zögern würde ihn auf die erstbeste Art und Weise, die ihm gerade einfiel, umzubringen.

»Bring die Wahrsageschale. Vielleicht kann Pyratheon uns weiterhelfen.« Demurral nahm die Füße vom Tisch, stand auf und wickelte die Ärmel hoch. Beadle ging zu einem kleinen Tisch und holte einen schwarzen Beutel aus der Schublade. Daraus brachte er eine grüne Porzellanschale zum Vorschein, in die Schlangen eingeritzt waren, die sich um den Fuß ringelten und von dort hinauf zum Rand. Er stellte sie auf den Tisch. Demurral griff in die oberste Schreibtischschublade, holte eine Kristallflasche mit einer klaren Flüssigkeit heraus und goss sie in die Schale. Dann schaute er Beadle an.

»Blut, Beadle. Wir brauchen Blut.«

Beadle ließ den Blick ziellos durchs Zimmer gleiten, dann schaute er Demurral ängstlich an.

»Dein Blut, Beadle. Ich brauche dein Blut.« Demurral winkte Beadle zu sich heran.

»Aber was ich habe, reicht nur für mich selber – ich kann nichts abgeben – sonst trockne ich aus«, jammerte Beadle und trat einen Schritt zurück.

Demurral holte ein kleines Messer aus der Schublade und zeigte damit auf seinen Diener. »Ich will ja keinen Eimer voll, nur einen Tropfen. Und ich verspreche dir, dass es nicht wehtut.«

Mit einem Sprung war er bei Beadle und packte ihn am Arm. Er zog ihn zum Schreibtisch, hielt seine rechte Hand über die Schale und stach mit der scharfen Klingenspitze in Beadles Daumen. Dann drückte er zwei große Tropfen Blut in die Flüssigkeit und rührte mit dem Messer um. Der entsetzte Beadle sprang zurück und kreischte wie eine Eule.

»Ihr habt gelogen! Es hat wehgetan. Und Ihr habt mehr als einen Tropfen genommen«, quiekte er und steckte den Daumen in den Mund.

»Komm, mein Freund, und schau ins Wasser.«

Demurral legte die Handflächen über das wirbelnde Wasser, schloss die Augen und begann mit einer Stimme, die nicht seine eigene war, zu sprechen: *»Pyratheon–Kaikos–Theon–Anethean.«*

Während er sprach, wurde das Wasser schwarz und kreiste in der Schale wie ein gefangener Sturm. »Zeige sie mir, Pyratheon, Herr der Dunkelheit, zeige sie mir.« Das Wasser nahm einen erst dunklen, dann silbernen Glanz an und gefror zu Eis. Beadle sah, wie auf der Oberfläche ein Haus erschien, ein kleines Cottage im Wald bei einem Bach.

»Schau, Beadle, da sind sie – oder besser: Da werden sie sein. Kennst du das Haus?«

»Es ist das Haus des Müllers, wo jetzt der Boggle wohnt.« Beadle warf noch einmal einen Blick in die Schale. »Zu Fuß sind es zwei Stunden dorthin. Wie ist es möglich, dass wir es hier sehen?«

»Das ist Zauberei. Pyratheon hat sie gewirkt. Ich habe so viele Jahre verplempert, weil ich dem falschen Weg gefolgt bin. Ich habe mich wirklich bemüht zu verstehen, was mir als Kind beigebracht wurde, doch am Ende hat es mir nichts genützt. Keine Macht, kein Ruhm, nur leere Worte. Ich wollte, dass Gott mir ein Zeichen gibt, Wasser in Wein verwandelt, nur für mich, aber nichts geschah. Man lehrte mich Gott von ganzem Herzen zu lieben und meinen Nächsten wie mich selbst. Doch wie kann man jemanden lieben, der gegen den wahren Fürsten der Welt ist? Wie kann man seinen Nachbarn lieben, wenn man sich selbst nicht liebt?«

Beadle schaute ihn entgeistert an. Demurral starrte aus dem Fenster und fuhr fort: »Eines Tages verstehst du mich vielleicht. Diese kleine Schale mit Blut und Wasser hat mir gezeigt, wo sie sind. Jetzt kann ich sie aufhalten. Es gibt nur eines auf dieser Welt, für das es sich zu sterben lohnt, und das ist Macht. Macht über Menschen, Macht über die Elemente und schließlich die Macht, gottgleich zu sein. Mit einem Keruvim beherrsche ich die Elemente. Wenn ich sie beide habe, werde ich die Welt verändern und den Schöpfer richten. Dieses Mal wird er für immer ans Holz genagelt werden.«

Demurral ließ die Faust auf die Schreibtischplatte krachen. Das Wasser in der Schale schwappte fast über. Das Eis war geschmolzen und das Bild vom Cottage war verschwunden. Demurral tauchte den Finger ins Wasser und bekreuzigte sich, doch statt des Kreuzzeichens deutete er ein Pentagramm an. Die letzten Wassertropfen schnippte er in Beadles Richtung.

Dann hielt er plötzlich mitten in der Bewegung inne und schaute auf den Überseekoffer. Es schüttelte ihn und er sagte mit tiefer Stimme: »Beadle, bring den Koffer raus, verschließe ihn und verbrenne ihn.« Eindringlich schaute er seinen Diener an. »Jetzt sofort, hörst du!«

Beadle durchquerte das Zimmer, packte den Messinggriff an der Schmalseite des Koffers und versuchte ihn über den Boden zu ziehen. Er war schwer und ließ sich kaum bewegen. Beadle brauchte alle Kraft, um ihn über die Dielen zu zerren. Demurral kam ihm zu Hilfe und gemeinsam schoben und zogen sie ihn zur Tür und hinaus auf den Flur. Sie schleiften ihn zur Vordertür und auf die Eingangstreppe. Mit einem Mal konnte Beadle ihn nicht mehr halten, der Koffer entglitt ihm und polterte die Steintreppe hinunter.

Raphah kullerte, ganz benommen von dem Sturz, aus dem Koffer auf den Weg. Wie ein Wirbelwind stürzte Demurral sich auf ihn, packte ihn an der Gurgel und hob ihn hoch.

»Vor mir kann sich keiner verstecken. Hast du gedacht, ich bewahre den Keruvim da auf, wo du ihn findest?«

Raphah brachte keinen Ton heraus, da der Pfarrer ihm

die Kehle immer fester zudrückte und ihn gleichzeitig in der Luft baumeln ließ.

»Ihr bringt ihn um, Herr!«, rief Beadle.

»Er war in dem Augenblick, als er das Haus betrat, ein toter Mann. Aber vielleicht ist jetzt nicht die richtige Zeit und hier nicht der richtige Ort. Man kann nie wissen, Beadle, möglicherweise nützt er uns lebendig mehr.«

Mit diesen Worten stieß er Raphah zu Boden. »Du bist eine Erklärung schuldig. Steh auf, aber bilde dir nicht ein, dass du davonlaufen kannst. Wir haben Hunde, die keine zwei Minuten bräuchten, um dich einzuholen.«

Raphah rappelte sich aus dem Staub auf und wurde von Beadle zurück zur Eingangstür des Pfarrhauses gezerrt. Er redete nicht mit seinen Bewachern und versuchte sie nicht anzuschauen, als sie ihn wieder in Demurrals Arbeitszimmer schafften. Beadle schloss die Tür ab und holte aus einer hohen Bodenvase einen Spazierstock. Er schraubte ihn auf und zog ein langes, scharfes Messer aus dem Rohr.

Demurral setzte sich in einen ramponierten Ledersessel vor seinen Schreibtisch und schaute Raphah an. Er ließ den Blick über jeden Zentimeter seines Körpers gleiten, nahm jede Einzelheit seiner Erscheinung auf und suchte nach Hinweisen darauf, wer er war und weshalb er hier war. Nach etlichen Minuten erst begann er zu sprechen.

»Wie heißt du?«, fragte er.

Raphah gab keine Antwort.

»Es wäre klüger, wenn du mir sagen würdest, wer du bist. Dann könnten wir wenigstens zivilisiert miteinander umgehen.« Er rang sich ein Lächeln ab. »An deiner Hautfarbe sehe ich, dass du nicht von hier bist. Bist du ein Sklave?«

Raphah hielt den Blick auf den Boden gerichtet. Der Raum roch nach Schweiß und klammen Büchern. Er war unaufgeräumt, kalt und wirkte ausgesprochen unfreundlich. Der Boden sah aus, als sei er seit Jahren nicht mehr geputzt worden, und war übersät mit Glas- und Tonsplittern und Brotresten. Auf sämtlichen Oberflächen lag der Staub wie eine winterdicke Decke aus grauem Schnee.

»Jetzt sag mir endlich, wer du bist, Mann«, raunzte Demurral ihn an. Das Lächeln war verschwunden. »Ich kann dich mit Mitteln zum Reden bringen, die dir nicht gefallen werden. Wenn es etwas gibt, das ich wirklich hasse, ist es die Arroganz des Schweigens. Bist du gekommen, um den Keruvim zu stehlen?«

Raphah holte tief Luft und schaute Demurral an. »Stehlen? Ich bin nicht gekommen, um zu stehlen, sondern um zurückzuholen, was mir gehört. Das ist die Wahrheit.« Zum ersten Mal sah er bewusst in Demurrals Augen.

»Die Wahrheit? Was ist schon Wahrheit? Es ist alles relativ. Du bist hier, versteckst dich in meinem Überseekoffer und spionierst mich aus. Das einzig Wertvolle, das ich besitze, wurde mir von einem aus deinem Volk gebracht. Und ich kann dir versichern, dass ich einen guten Preis dafür bezahlt habe. Also muss ich annehmen, dass du hier bist, um es zu stehlen. Hat Gebra Nebura dir gesagt, dass ich es habe?«

Demurral griff in die Schublade seines Schreibtischs, holte ein Messer heraus und zeigte damit auf Raphah.

»Nebura ist ein Dieb«, erwiderte Raphah. »Er stahl seinen Namen und er hat den Keruvim gestohlen. Er wird keine Ruhe finden, nicht einmal im Tod.«

Bei seinem scharfen Ton sprang Beadle herbei und hieb mit dem Stockdegen nach ihm. Er verfehlte ihn nur um wenige Zentimeter.

»Spiel keine Spielchen mit mir«, warnte Demurral. »Diebe werden bei uns gehängt und am Galgen ist noch genügend Seil, um es dir um deinen hübschen, kleinen Hals zu legen. Jetzt will ich die Wahrheit wissen: Wer bist du und was willst du hier?« Wütend stach Demurral das Messer in die Schreibtischplatte.

»Ich will das, was mir gehört. Dann könnt Ihr tun und lassen, was Ihr wollt. Gebt mir den Keruvim und ich verschwinde. Ich werde euch keine Scherereien mehr machen«, erwiderte Raphah.

»Du gehst nirgendwo hin, mein Freund. Du wirst hier bleiben, bis du stirbst. Das kann morgen sein oder übermorgen, auf jeden Fall aber sehr bald. Ein Keruvim ist schon jetzt in meinem Besitz und es wird nicht mehr lange dauern, dann gehört mir auch der zweite. Dann wird sich die Welt verändern, wie du dir das in deinen kühnsten Träumen nicht vorstellen kannst.« Er wies aus dem Fenster zum Himmel. Seit dem Sturm hatte er in ungewohnten Farben geglüht, die im Norden aus dem Meer heraufgequollen waren. Noch jetzt leuchtete der Horizont orangefarben und grün in der Morgensonne.

»Schau es dir an. Die Welt beginnt sich schon jetzt zu verändern. Der Keruvim besitzt eine Kraft, die du nie verstehen wirst. Wir gehen einer Zeit entgegen, in der Zeichen am Himmel erscheinen werden, die die stärksten Männer um ihr Leben fürchten lassen. Nicht einmal dein Gott kann aufhalten, was geschehen wird.« Demurral stand auf, kam hinter seinem Schreibtisch hervor, ging an Raphah vorbei und stellte sich an das Erkerfenster. »Und das alles, weil ich es so will!«

Raphah blieb weiter dem Schreibtisch und Demurrals leerem Stuhl zugewandt, während er sprach. »Ihr macht Euch etwas vor. Wisst Ihr nicht, dass Ihr die Macht des Gottes, gegen den Ihr kämpft, nie begreifen werdet? Merkt Ihr nicht, dass er Euch nur dieses winzige Stückchen Eitelkeit erlaubt? Ihr sprecht vom Strick, doch der Einzige, der hängen wird, seid Ihr. Gott wird kommen, aber er kommt, um zu richten, und Ihr wurdet gewogen und für zu leicht befunden.«

Demurral griff nach einer leeren Flasche, die auf dem Boden stand. Mit zwei Schritten war er bei Raphah und schlug sie ihm von hinten auf den Kopf. Der Schlag kam lautlos und unerwartet. Raphah fiel zu Boden, landete im Staub und Schmutz, zwischen trockenem Brot und Mäusekot.

»Schaff ihn raus, Beadle. Das ganze Gerede von Gott macht mich krank. Aber vorher bringst du mir das Brandeisen. Ich werde ihm eine Erinnerung verpassen, die er nie mehr vergessen wird.«

8.

Schwefel und kalter Kohl

Der beißende Geruch, der ihm in die Nase stieg, überzeugte Raphah, dass er nicht tot sein konnte. Es war ein ätzender Gestank nach Schwefel und verbranntem Tang, der ihm Tränen in die Augen trieb und einen Würgereiz auslöste.

Er lag da, mit dem Gesicht nach unten in vollkommener Dunkelheit, und kämpfte nicht nur um jeden Atemzug, sondern auch darum, bei Bewusstsein zu bleiben. Die Wunde an seinem Hinterkopf pochte und der Schmerz brachte jeden Nerv in seinem Körper zum Vibrieren. Seine rechte Schulter tat entsetzlich weh. Solange ich Schmerzen habe, lebe ich noch, dachte er und versuchte etwas feuchtes Stroh und Erde auszuspucken, die ihm irgendwie zwischen die Zähne geraten waren. Jetzt hatte er den intensiven Geschmack von Ammoniak im Mund. Er unterdrückte das Bedürfnis, sich zu übergeben, und da merkte er, dass ihm die

Hände fest auf dem Rücken zusammengebunden worden waren.

Von draußen drangen das Geräusch von fließendem Wasser und Männerstimmen herein. Ein Mann mit einer tiefen, barschen Stimme bellte Befehle; er klang wie ein eifriger Wachhund. Raphah hörte, wie der Wind an Fensterläden zerrte und sie mit lautem Rumsen auf und zu schlug. In der Ferne erklang der kalte Ton eines Hammers, der auf Metall geschlagen wurde. Raphah öffnete die Augen und suchte in der Finsternis nach einem Lichtstrahl. Die Dunkelheit umgab ihn wie ein dichter, undurchdringlicher Nebel.

Raphah wälzte sich herum und es gelang ihm, aufzusitzen und sich mit dem Rücken an die kalte Mauer zu lehnen. Er presste die Hände auf den feuchten Boden und versuchte herauszufinden, wie seine Handgelenke zusammengebunden waren. Aus der Schwärze des Raumes drang plötzlich ein leises Geräusch an sein Ohr. Jemand weinte.

»Friede sei mit dir«, rief Raphah. »Sprich und sage mir, wie du heißt.«

Er erhielt keine Antwort, doch das Schluchzen ging weiter. Kurz darauf wurde es übertönt vom Klimpern von Metallketten, die über eine Steintreppe gezogen wurden. Die Tür flog auf und zwei Männer in hohen Stiefeln und langen dunklen Gehröcken kamen herein. Einer war klein und mager. Er hatte O-Beine und trug eine Sturmlaterne. Der andere, groß, dick und ungepflegt, trug eiserne Handfesseln und einen Nietenhammer. Im Licht der Laterne sah Raphah, dass das Schluchzen von einem Jungen gekommen war, der im feuchten Stroh in einer Ecke kauerte. Er trug ein zerrissenes Hemd und zerlumpte Hosen; das schmutzverkrustete Haar klebte ihm am Kopf.

Der Mann mit dem Hammer und der Kette packte Raphah und zog ihn an den Haaren auf die Beine. Er roch nach Bier und kaltem Kohl und hatte ein grobes rötliches Gesicht und silberne Bartstoppeln am Kinn.

»Komm, Junge, Demurral will, dass wir dir die Dinger anlegen, damit du ihm nicht wegläufst.« Er lachte und klimperte mit der Kette. »Mach bloß keine Dummheiten. Der einzige Weg nach draußen führt durch die Vordertür und die ist abgeschlossen.«

Der Mann schleifte Raphah durch den Raum, stieß ihn gegen die Wand und versetzte ihm dann einen Stoß, dass er umfiel. Raphah schrie vor Schmerz, als die Wunde an seiner Schulter an der Mauer entlangschrammte.

»Ach du liebe Zeit. Hat wohl zu viel getrunken, der Junge. Eine kleine Abkühlung wird ihm gut tun.«

Damit griff der dicke Mann nach einem Schmutzeimer und goss eine eklige Flüssigkeit über Raphahs Kopf aus.

»Damit du gut riechst für die Damen. Und jetzt komm, damit wir die Dinger an dich rankriegen.«

Der kleine, magere Mann schaute Raphah angewidert an, aber dann ging sein Gesichtsausdruck in Verwunderung über, als er bemerkte, dass Raphah ganz still war und sich nicht wehrte und ihn trotz seiner Schmerzen noch anlächelte.

Die beiden Männer sahen sich an. Es war offensichtlich,

dass sie dem Fremden eine Reaktion entlocken und hören wollten, wie er um Gnade wimmert. Aber bevor sie etwas tun konnten, sprang der Junge in der Ecke auf. Mit seinem bloßen Fuß trat er dem dicken Mann ins Hinterteil. Der kippte vornüber und versank mit dem Kopf im Schmutzeimer. Er rappelte sich wieder auf und fuhr herum, den Eimer auf dem Kopf. Mit einem Wutschrei schüttelte er ihn ab.

Der Junge gab ein zufriedenes Grunzen von sich, bevor der Dürre ihm eine Ohrfeige verpasste, die ihn umwarf. Reflexartig kauerte sich der Junge in der Ecke zusammen, machte sich so klein wie möglich und presste die Arme an die Seiten. Er wusste, dass es jeden Augenblick Fausthiebe und Tritte regnen würde, sah aber die ganze Zeit hinüber zu Raphah. Die erwarteten Hiebe kamen rasch hintereinander und mit Macht. Beide Männer traten und schlugen auf den Jungen ein, der hilflos am Boden lag.

»Aufhören – sofort!«, rief Raphah so laut, dass seine Stimme als Echo von den Wänden zurückgeworfen wurde. »Wenn ihr euch mit jemandem schlagen wollt, schlagt euch mit mir. Oder könnt ihr nur gegen Kinder gewinnen?«

Der Dürre trat ein letztes Mal nach dem Jungen, dann drehten sich die beiden Männer zu Raphah um. Der hatte sich aufgerappelt und versuchte so aufrecht wie möglich zu stehen.

Der Dürre lachte. »Liebend gern würden wir dir ein Andenken verpassen. Das Problem ist nur, dass Pfarrer Demurral andere Pläne mit dir hat. Er will nicht, dass dir auch nur ein Haar gekrümmt wird. Deshalb dürfen wir dich nicht anfassen.« Er hielt kurz inne und sah Raphah mit einem boshaften Grinsen an. »Noch nicht, jedenfalls.«

Die beiden kamen auf Raphah zu. Der Dicke ließ die Kette kreisen. Raphah senkte den Kopf und wartete darauf, dass sie ihn traf. Doch der Dicke packte ihn nur am Hals und drückte ihn an die Wand. Er blies Raphah seinen Bieratem ins Gesicht und seine Bartstoppeln streiften fast die weiche Wange des jungen Mannes.

»Hör zu, Junge, wenn ich könnte, würde ich dir mit dem größten Vergnügen die Seele aus dem Leib prügeln, aber du bist ein Lamm, das zur Schlachtbank geführt werden soll, und er will dich ohne Makel.«

Raphah spannte die Halsmuskeln an, damit die kräftige Hand ihm nicht die Luft abdrücken konnte. »Warum vergreift ihr euch an Kindern? Weil sie sich nicht wehren können?«, keuchte er. Der Druck wurde noch stärker.

»Was kümmert dich so einer? Er kann dich nicht hören. Er kann nicht sprechen. Er ist taubstumm. Er ist zu nichts nütze. Man hätte ihn schon bei der Geburt ertränken sollen.« Er hielt inne, überlegte, lächelte und sagte: »Genau … wie … dich.«

Damit ließ der Mann los und Raphah sackte zu Boden. Er holte tief Luft und versuchte die Tränen hinunterzuschlucken.

»Ihr wisst nicht, was ihr tut. Ihr seid wie Schafe ohne Hirte. Ihr wisst nicht einmal mehr, was gut und richtig ist.« Raphah schaute zu dem Jungen hinüber. »Was hat er euch getan, dass ihr ihn so behandelt?«

Der Dicke griff sich wortlos an den Gürtel und zog ein schmales, langes Messer heraus. Er drückte Raphahs Gesicht ins Stroh und schnitt ihm rasch die Fesseln auf. Die beiden Männer packten ihn und stellten ihn auf die Beine. Sie schoben die Handfesseln über seine Handgelenke und klopften die Nieten hinein, mit denen sie verschlossen wurden. Der Dürre nahm das lose Ende der Kette.

»Komm, mein Lämmchen. Komm und schau dir die anderen Lämmer an, die geschlachtet werden. Wir nehmen auch deinen kleinen Freund mit, dann könnt ihr zusammen Schiefer ausbuddeln. Dann werden wir ja sehen, wie sehr ihr euch liebt.«

Er führte Raphah aus dem Raum und eine Steintreppe hinunter. Der Dicke folgte und zerrte den Jungen hinter sich her. Sie wurden aus einem Haus in den hellen Nachmittag hinausgestoßen.

Das Alaunbergwerk, das nun vor ihnen lag, glich einem kleinen Dorf für sich. Es lag auf einem flachen Landstück zwischen dem Meer und den Klippen, 200 Fuß unterhalb des Pfarrhauses und war umgeben von dichtem Wald. Zwei große, zerklüftete Steinbrüche beherrschten die Landschaft nach Westen hin. Millionen schwieliger Hände hatten hier in den vergangenen hundert Jahren den Alaunschiefer abgebaut. Wie zwei riesige Wunden in der Erde verschandelten die Steinbrüche die Schönheit des Tales. Die schmutzigen roten Steinnarben passten nicht zu den sanften Grün- und Brauntönen der baumbestandenen Hügel. Die Luft war erfüllt vom schweren Rauch aus den schwelenden Röstbühnen, der sich mit dem Gestank von verbranntem Seetang und Schwefel mischte. Raphah und der Junge waren bisher offensichtlich im Siedehaus gewesen.

Raphah starrte auf die verheerenden Schäden, die dem Land hier zugefügt worden waren. Er spürte Wut in sich aufsteigen, als er an der Reihe heruntergekommener Bergarbeiterhäuschen mit ihren eingeschlagenen Fensterscheiben und den schmutzstarrenden Wänden entlangschaute. Alles, was er sah, war schmutzig und verkommen.

Oben in den Steinbrüchen erinnerte das Geräusch der Spitzhacken unermüdlich an den Grund für die Verwüstung. Während er den schlammigen Weg hinuntergezerrt wurde, musste Raphah nur immer an Demurrals unersättliche Gier denken. Als die Kälte des Herbsttages ihm unter die Haut drang, wurde der Schmerz in seiner Schulter noch schlimmer. Er wusste nicht, was den Schmerz verursachte, doch er spürte, wie er bis auf den Knochen drang. Der dürre Mann, der die Kette hielt, ging schneller und Raphah stolperte. Der Mann drehte sich zu ihm um und schaute ihn an. Raphah lächelte, erntete dafür jedoch nur einen verächtlichen Blick.

Am Ende der Häuserreihe stand ein großes, gemauertes Gebäude mit drei Stockwerken und einem grauen Schieferdach. Es wirkte düster und unfreundlich. Die Fenster im obersten Stockwerk waren geschwärzt worden. Vor der verblichenen grünen Haustür lagen die Reste verschiedener Mahlzeiten. Zwei dicke Krähen pickten daran herum und flogen widerstrebend auf, als die Männer sich näherten.

Einer der Männer trat die Tür mit dem Fuß auf, dann stießen sie Raphah und den Jungen ins Haus. Sie standen in einem großen Raum mit einem langen Holztisch und Bänken. In die Rückwand war ein Kamin eingelassen, in dem ein kleines Feuer brannte. An der Längswand standen hölzerne Stockbetten, immer vier übereinander mit gerade genügend Platz dazwischen, um sich hineinzuquetschen. Auf jedem lagen eine schmutzige Decke und eine Strohmatratze über schmalen Holzlatten.

An der Schmalseite des Tisches saß eine drahtige, rothaarige Frau. Auf dem langen, schmalen Gesicht lag eine dicke Schicht Bleiweiß. Die Lippen waren mit Koschenille grell rot geschminkt; an den Mundwinkeln hatte die Farbe geschmiert. Am Kinn war ungeschickt, fast als hätte ein Betrunkener es gemacht, ein Schönheitsfleck aufgemalt worden. Raphah kam er vor wie eine große schwarze Fliege, die auf dem Gesicht der Frau saß.

Sie lümmelte mit einer brennenden Tonpfeife in der Hand auf einem viel zu großen Stuhl und hatte die Füße auf den Tisch gelegt. Rauchkringel tanzten um ihr Gesicht und verfingen sich in den roten Haarsträhnen, die ihr über die Augen fielen. Neben ihren Füßen stand eine kleine dunkelgrüne Flasche aus dickem Glas. Sie war halb voll.

Ein Beben ging durch ihren Körper und sie sprang unsicher auf die Beine. Aufgeregt strich sie ihren langen Rock glatt und zupfte den Blusenkragen zurecht.

»Mr Consitt, Mr Skerry, welchem Umstand verdanke ich diese unerwartete . . . Freude?«

Mr Consitt, der Dicke, lächelte und deutete eine Verbeugung an, wobei er seine Stirnlocke berührte. Er dachte immer, er könnte mit seinen guten Manieren Eindruck schinden.

»Nur das Übliche, Mrs Landas. Dieser junge Mann würde gern die beste Unterkunft mit der hübschesten Wirtin in der ganzen Gegend genießen.« Er strich sich die wenigen verbliebenen Haarsträhnen über den ansonsten kahlen Kopf. »Der prächtige junge Mann kommt auf Geheiß von Pfarrer Demurral und hat Anspruch auf Eure Gastfreundschaft.«

»Überlasst ihn mir, Mr Consitt. Ich werde dafür sorgen, dass er eine wunderbare Nacht verbringt, bevor er anfängt zu arbeiten.« Sie legte die Pfeife auf den Tisch und komplimentierte die beiden Männer mit einem Lächeln und einem Winken hinaus.

Nachdem sie sich verabschiedet hatten, schlurfte Mrs Landas mit einem weißgesichtigen Grinsen zur Tür und drückte sie fest ins Schloss. Als sie sich zu Raphah umdrehte, war sie wie umgewandelt. Ihr Lächeln war verschwunden und stattdessen brach nun ihr Zorn hervor. Ihre Brust hob sich und tiefe weiße Falten gruben sich in ihre Stirn. Sie schaute Raphah und den Jungen an und begann unvermittelt zu schreien.

»Glaubt nicht, dass ihr es hier leicht haben werdet. Du bist zum Arbeiten hier, mein Junge, und das wirst du auch.

Sobald du anfängst herumzutrödeln, heißt es ab in den Lagerraum.«

Sie zeigte auf eine schmale Holztür an der gegenüberliegenden Wand. Der Junge konnte nicht hören, was sie sagte, sah aber so aus, als wüsste er, worum es ging. Er wich ihr aus und versuchte sich hinter Raphah zu verstecken.

»Nur weil du taub und stumm bist, heißt das nicht, dass du mir ungeschoren davonkommst. Ich weiß, dass du nicht dumm bist, Junge, und dieses Mal läufst du mir nicht wieder davon.«

Damit griff sie nach dem Besen neben der Tür und schlug nach ihm, erwischte aber Raphah an der Schulter. Er stöhnte vor Schmerz und fasste mit den gefesselten Händen an die pochende Stelle.

Mrs Landas hielt abrupt inne. Sie ließ den Besen fallen, kam zu ihm und legte den Arm um ihn.

»Du bist verletzt. Was haben sie mit dir gemacht?« Wieder hatte sich ihre Stimme verändert. Jetzt klang sie freundlich, warm, fast zärtlich. Die Wut war verflogen. »Lass mich mal sehen, mein Kleiner.«

Sie zog ihm die Jacke von der Schulter, knöpfte sein Hemd auf und versuchte auch das herunterzuziehen. »Das lassen wir erst mal so«, meinte sie dann aber. »Ich muss ein feuchtes Tuch holen; das Hemd klebt an der Wunde fest.«

Ihr Atem roch nach billigem Gin und Tabak. Sie hatte ungleichmäßige gelbe Zähne und die angemalten Lippen waren trocken und aufgesprungen. Sie half Raphah zu einem

Stuhl und bedeutete dem Jungen ein feuchtes Tuch und den Eimer neben dem Fenster zu bringen.

Sie zog Raphahs Jacke so weit es ging herunter; die Handfesseln verhinderten, dass er sie ganz ausziehen konnte. Dann legte sie das feuchte Tuch auf das Hemd und löste den Stoff vorsichtig von der Wunde. »Das ist ein guter Stoff, sehr gut. Ich habe noch nie ein so fein gewebtes Tuch gesehen und auch noch nie ein so teures. Du musst ein sehr geschickter Dieb sein.«

»Ich bin kein Dieb, unser Schiff hat Schiffbruch erlitten«, erwiderte Raphah.

»Du kannst mir viel erzählen, aber wenn du hier bist, dann bestimmt nicht, weil du ein so guter Mensch warst. Jetzt lass mich mal sehen, was sie mit dir gemacht haben.«

Mrs Landas zog das Hemd weg. Auf Raphahs Schulter war tief eingebrannt und deutlich der Buchstabe D zu erkennen.

»Ach du liebe Güte! Er hat dir sein Brandzeichen aufgedrückt. Wann hat er dich denn gekauft?«, kreischte sie und es klang wie der Schrei einer Möwe. Sie war erschrocken, wie schlimm die Wunde aussah.

»Er hat mich nicht gekauft, wir haben wirklich Schiffbruch erlitten. Vor zwei Nächten, in einer Bucht ein kleines Stück südlich von hier. Ich bin kein Sklave.«

»Hier weiß jeder, dass du Demurrals Eigentum bist, wenn du dieses Zeichen trägst. Es ist sein Zeichen und niemand würde je bestreiten, dass du ihm gehörst. Du fängst besser gleich an wie ein Sklave zu denken, sonst wird das Leben nur noch schwerer für dich.«

Sie badete die Wunde mit einem feuchten Lappen und verband sie, so gut es ging, mit alten Stoffstreifen, die sie in der Küche zusammengesucht hatte.

Raphah wurde langsam klar, dass das Haus eine Art Herberge für die Bergarbeiter war und dass Mrs Landas das Ganze leitete. Während sie nach Verbandszeug suchte, genehmigte sie sich zwischendurch immer wieder einen großen Schluck Gin aus der grünen Flasche. Der taube Junge hatte sich aus dem Weg geräumt. Er saß zusammengekauert auf einem der Stockbetten und beobachtete alles mit runden Eulenaugen.

Sie verknotete den letzten Stoffstreifen und sah Raphah sehnsüchtig an. »Wenn ich doch nur einen Mann für mich allein hätte. Jemand, um den ich mich kümmern kann, wenn es nötig ist, und jemand, der sich um mich kümmert, wenn ich alt bin . . .« Ihre Oberlippe begann zu zittern. »Ich hab niemand – keine Menschenseele.« Sie schlug die Hände vors Gesicht und begann zu weinen. Doch ihre Stimmung änderte sich schneller als die Gezeiten. Als sie weitersprach, klang ihre Stimme wieder zornig. »Wenn er mich nicht hier sitzen gelassen hätte, hätte eine richtige Dame aus mir werden können. Dann hätte ich nicht zu jedem Saufkopf, der hier runterkommt und sein Vergnügen haben will, nett sein müssen.«

Sie hielt inne, lehnte sich zurück und hob die fast leere Ginflasche hoch. »Wenn ich das nicht hätte, wüsste ich nicht, was ich täte. Es ist der beste Freund, den man haben kann, wärmt das Herz, muntert dich auf und . . .«

»Wer ist er?«, unterbrach Raphah und wies auf den Jungen.

»Er ist niemand, hat keinen Namen – hat keine Stimme, kann dich nicht hören. Man kann ihn zum Ausfegen und Wäschetragen gebrauchen, aber er läuft immer wieder weg. Rennt immer wieder weg und wird immer wieder eingefangen.« Sie schaute zu dem Jungen hinüber. Raphah fiel auf, dass ihr Blick jetzt freundlich war, ohne allen Zorn, fast liebevoll.

»Wer sind seine Eltern?«

»Soviel ich weiß, hätte sein Vater einer von fünf Männern sein können. Seine Mutter war sehr beliebt bei den Männern, sie wollte sich immer verlieben, wusste aber nicht, in wen.« Sie wirkte fast verträumt, während sie das sagte.

»Dann kennt Ihr sie also?«

»Ich hab sie sehr gut gekannt, aber sie ist vor elf Jahren und fünf Monaten gestorben und seither ist er hier.« Wieder schaute sie zu dem Jungen hinüber. »Ich hab eine Schwäche für ihn. Die Hälfte der Zeit bringt er mich zur Weißglut, die andere Hälfte liebe ich ihn wie verrückt. Wenn er nur meine Stimme hören könnte.« Sie hielt inne und sah Raphah argwöhnisch an. »Was bist du für einer? Warum erzähle ich dir das alles? Komm, du musst dich ausruhen und ich muss mir neuen Gin besorgen.« Sie nahm die Flasche und goss die letzten Tropfen in ihre Tasse. »So leicht wie heute wirst du es hier nie mehr haben.« Sie wies auf die Wand. »Such dir ein Bett aus. Sie sind alle voller Flöhe. Je höher du kletterst, desto weniger beißen sie und desto besser kannst du schlafen.«

Sie half Raphah beim Aufstehen und beim Hinaufklettern auf eines der obersten Betten. Er legte sich auf seine unverletzte Schulter, den Kopf an das hölzerne Kopfteil gedrückt. Die Hände waren immer noch gefesselt. Das Stroh in der Matratze stach ihm in den Rücken und juckte.

So lag er auf der Seite und sah zu, wie Mrs Landas eine Mahlzeit zubereitete. Draußen wurde es langsam dunkel. Sie zündete die Lampen in der Küche an und stellte eine brennende Kerze ins Fenster. Der taube Junge folgte ihr auf Schritt und Tritt, brachte ihr Holz und Mehl. Sie ließ einen Kochlöffel fallen und er war sofort zur Stelle, hob ihn mit einem Lächeln auf und hielt ihn ihr hin wie eine Trophäe. Zärtlich schauten sie einander an, ohne zu wissen, dass sie beobachtet wurden. Mrs Landas strich ihm übers Haar und küsste ihn auf die Stirn.

Als der Schlaf Raphah in eine andere Welt rief, schloss er die Augen. Die Geräusche und Gerüche des Bergwerks verloren sich in der Weite des Traumlandes.

9.

Der Gehängte

Thomas erwachte aus seinen Träumen, als die Haustür zugeschlagen wurde. Das ganze Haus bebte wie bei einem leichten Erdstoß, die Kerzenflamme zitterte und der Becher auf dem Tischchen neben dem Bett wackelte. Dem Türenschlagen folgte der Klang einer Männerstimme; sie war kraftvoll und selbstbewusst und ließ auf einen derben Menschen schließen. Thomas hatte die Stimme schon einmal gehört und würde sie nie mehr vergessen. Es war Jacob Crane.

Er hörte, wie Crane sich in der Küche mit Reuben und Isabella unterhielt. Leise stand er auf und presste das Ohr auf den Boden, um zu hören, was geredet wurde. Kate schlief tief und fest weiter. Doch sosehr er sich auch anstrengte, er verstand nicht, worum es ging. Nur einzelne Wörter hörte er heraus: heute Abend . . . die Bucht . . . gehängt . . .

Dieses letzte Wort war es, das ihn aufhorchen ließ. Als kleiner Junge war er einmal mitgenommen worden nach

Whitby, um zuzusehen, wie Charles Mayhew gehängt wurde. Mayhew war ein Wegelagerer gewesen, den die Miliz geschnappt hatte, nachdem er eine Kutsche aus York ausgeraubt hatte. Die ganze Stadt hatte sich auf dem Pier versammelt, um sich den provisorischen Galgen anzuschauen und den Verurteilten. Thomas erinnerte sich, dass es ein heller Junimorgen gewesen war. Die Sonne hatte geschienen und der Geruch von Fisch und trocknenden Netzen hatte in der Luft gelegen.

Mayhew war schreiend aus dem Zollhaus geschleift worden, die Hände fest auf dem Rücken zusammengebunden. Man hatte ihn auf den Galgen gezerrt und ihm mit Gewalt die Schlinge über den Kopf gezogen. Thomas war von der Menge in die vorderste Reihe geschubst worden und dann hatte ein junger Trommler damit begonnen, einen monotonen Rhythmus zu schlagen. Die Menge war verstummt. Mayhew schrie und verfluchte den Henker und den Magistrat. Thomas hatte versucht sich wieder nach hinten durchzudrängeln, doch es war, als laufe er gegen eine Wand aus menschlichen Körpern. Bei jedem Trommelschlag hatte Thomas damit gerechnet, dass der Wegelagerer von der Plattform gestoßen und in den Tod gestürzt würde. Der Augenblick hatte eine Ewigkeit gedauert und die Trommelschläge glichen Kanonendonner.

Schließlich hatte Mayhew der Menge entgegengebrüllt: »Ihr werdet mich nicht los! Ich komme wieder und gehe bei jedem Einzelnen von euch um!« Er stierte den Magistrat an. »Und du . . . bevor der Hahn kräht . . . wirst du tot sein.«

Der Pfarrer hatte ihm noch zugerufen, er solle bereuen, doch bevor Mayhew ein weiteres Wort hatte sagen können, war er vom Galgen gestoßen worden. Bei dem Geräusch seines fallenden Körpers und dem Knacken des Knotens hatte die Menge entsetzt den Atem angehalten. Es war wie bei einer Welle, die an die Kaimauer kracht und Gischt aufstieben lässt. Die Menge verstummte und begann Sekunden später zu johlen.

Thomas hatte nur stumm dagestanden. Er hatte den Leichnam angeschaut und sich gefragt, wohin das Leben gegangen war. Was für eine Welt war das, wenn innerhalb eines Augenblicks alle Energie, alles, was das Leben ausmachte, ausgepustet werden konnte wie eine Kerze? Was ist das für ein grausamer Gott, hatte Thomas gedacht, der einem das Leben gibt, egal, wie schwer, und es einem dann von einem Augenblick zum nächsten wieder nimmt?

Kate riss ihn aus seinen Gedanken. Sie war aufgestanden und stupste ihn jetzt mit dem Fuß an, zog die Augenbrauen zusammen und schnitt eine Grimasse. Thomas legte einen Finger auf die Lippen und machte: »Schhhh.«

Er wies auf den Boden und gab ihr zu verstehen, dass er versuchte das Gespräch unten zu belauschen. Kate kniete sich neben ihn und drückte das Ohr an einen Spalt zwischen zwei Dielenbrettern. Die Unterhaltung unten ging weiter, sogar Bealda und Ephrig beteiligten sich jetzt daran. Kate hörte, wie Reuben ihren Namen nannte. Seine tiefe Stimme mit dem rollenden Akzent war besser zu verstehen als die der anderen. Da hörte Thomas schnelle Schritte die Treppe heraufpoltern. Die Zimmertür flog auf, Bealda stürmte herein und stolperte über die beiden am Boden knienden Gestalten.

Bealda begann auf eine unwiderstehliche Art zu lachen. Das Lachen begann im Bauch, stieg auf wie Lava und sprudelte als tiefe Gluckser aus seinem Mund. Er rappelte sich auf, packte Kate und Thomas immer noch lachend am Kragen und stellte auch sie auf die Beine.

»Mein Vater will unten mit euch reden«, sagte er. »Wir haben Besuch. Er will euch sehen. Er hat Nachricht von eurem Freund.«

Sie wussten, dass Bealda von Raphah sprach. Im Schlaf hatten sie ihn ganz vergessen. Jetzt kam die Erinnerung an die vergangene Nacht wieder. Thomas schaute zum Fenster. Der gemalte Baum rahmte vollkommene Dunkelheit ein. Es war Nacht. Er spürte, dass die Zeit des Friedens und der Sicherheit zu Ende ging, und kam sich vor wie jemand, der sich bei Ebbe auf einen Felsen gerettet hat und jetzt die Flut kommen sieht. Er wusste, dass sie Boggle Mill verlassen und sich Demurral stellen mussten.

Zögernd folgten sie Bealda nach unten.

Die Küche war in das wunderschöne bernsteinfarbene Licht mehrerer Kerzen gehüllt, die in ihren Haltern Kamin- und Fenstersims schmückten. Mit einem unguten Gefühl sah Thomas sich um. Da waren Reuben, Isabella, die Zwillinge und . . . Jacob Crane.

Crane saß dicht beim Kamin, vom Kopf bis zu den schmutzverkrusteten Stiefeln in tiefes Schwarz gehüllt. Er beugte sich vor und schaute Thomas und Kate aus seinen schmalen Augen durchdringend an. Thomas spürte, wie ein Kloß in seiner Kehle steckte, der das Schlucken schwer machte. Er wusste, dass Crane niemand ohne guten Grund ansprach. Jetzt saß er direkt vor ihm auf dem Eichenstuhl und beäugte ihn wie ein großer schwarzer Rabe, der nur darauf wartete, sich auf sein Aas zu stürzen.

Thomas nickte Crane zu, während Kate versuchte, sich hinter seinem Rücken zu verstecken.

Crane sprach als Erster. »Setzt euch, ihr zwei. Ich habe Nachricht von einem Freund von euch, der in größten Schwierigkeiten ist.« Crane betonte jedes Wort. Isabella stand auf und zog zwei Stühle vom Tisch zum Kamin, damit Thomas und Kate sich setzen konnten. Thomas starrte in die Glut; seine Augen sogen jeden Tropfen Licht auf.

»Ihr zwei habt euch mehr aufgeladen, als ihr tragen könnt, und euer Freund ist so gut wie tot.« Crane schlug die Hände zusammen und rieb die trockenen Handflächen aneinander. »Was ihr letzte Nacht getan habt, hätte einen armen Mann aus mir machen können.« Er schaute Thomas an.

»Wir haben doch nur versucht in die . . .«

Crane unterbrach ihn. »Ihr seid nur durch die unterirdischen Gänge gelaufen, in denen ich fünfzig Fässer Brandy und vierundzwanzig Kisten Tee gelagert hatte, alle frisch vom Schiff. Sie warteten nur darauf, weiterverkauft zu werden.« Er sprach immer lauter. »Demurral wusste nicht, dass das Zeug da unten war, bis er nach euch und eurem Freund gesucht hat. Ihr habt mich ein Vermögen gekostet. Zweihundert Pfund sind eine sehr hohe Lagergebühr für meinen Tee und meinen Brandy.« Er schaute Thomas böse an. Kate spürte, wie ihr Tränen in die Augen stiegen. Ihr Herz schlug schneller bei der Vorstellung, was Crane wohl mit ihnen machen würde.

Cranes schmales Gesicht verzog sich vor Wut. Es war, als besitze jeder Muskel ein Eigenleben. Er rieb die Hände immer schneller aneinander. Es gab ein Geräusch wie Holz, das an Sandstein reibt. »Nun, Thomas, was hast du anzubieten? Wie willst du es mir zurückzahlen?«

Thomas schluckte den Kloß in seiner Kehle hinunter. »Was ist mit unserem Freund? Lebt er?«

»Euer Freund ist so gut wie tot. Das hat mir Demurral heute Morgen selbst gesagt. Er hat ihn als seinen Sklave gebrandmarkt und ihm den Buchstaben D in die Schulter gebrannt. Der Junge wird Alaunschiefer abbauen, bis er umfällt, entweder vor Erschöpfung oder vom Galgen.«

Thomas wollte etwas erwidern, doch Reuben mischte sich ein. Seine Stimme wirkte gleich beruhigend. »Mr Crane hat einen Plan. Wir haben ihm alles erzählt, was wir von euch wissen, und er würde euch gern helfen.« Er schaute von Thomas zu Kate. »Er könnte Raphahs Leben retten und eures dazu.«

»Wer hat Euch von Raphah erzählt? Wir haben seinen Namen nicht genannt.« Thomas schaute Kate an.

»Ich habe Isabella alles gesagt«, gab sie zu. »Ich musste mit jemandem reden. Diese dunklen Krieger waren schuld. Sie haben mir solche Angst gemacht.« Kate begann zu weinen und wischte sich die Tränen mit dem Ärmel ihres Kleides ab. Isabella legte den Arm um sie und hielt sie fest.

»Ich habe keine Angst vor Demurrals Zauberkünsten«, sagte Crane verächtlich. »Er kann sämtliche Höllenhunde unter seiner Gewalt haben – und ich werde trotzdem nicht zulassen, dass sie mir mit meinem Brandy in die Quere kommen. Meinetwegen kann er dem Leibhaftigen selbst den Auftrag geben, mich aufzuhalten. Dann werden wir ja sehen, wie der mit einer Bleikugel und einem Entermesser im Leib umgeht.« Crane lachte. »Ich habe ein schnelles Schiff mit zwanzig Mann in der Bucht liegen. Von euch will ich nichts weiter, als dass ihr für mich den Köder für Demurral spielt. Dann hole ich euch euren Freund und was immer es ist, das er sucht. Ich will den Brandy, steuerfrei, und einen Teil des Geldes, das ich dem alten Hund in den letzten zehn Jahren bezahlt habe.«

»Glaub ihm kein Wort, Thomas. Mein Vater sagt, er ist ein Dieb und Mörder.« Kate wollte einen Schritt auf Crane zumachen, doch Isabella hielt sie zurück.

Crane zuckte nicht einmal mit der Wimper. Ruhig sprach er weiter. »Dein Vater, Kate Coglan, ist mit dem Gesetz so sehr in Konflikt wie ich. Er hat mir geholfen so viel Tee und Brandy zu schmuggeln, dass man damit sämtliche Lagerhäuser von Whitby füllen könnte. Er hat mehr Geld aus meiner Tasche bekommen, als du je erfahren wirst, und du bist davon ernährt und gekleidet worden, seit deine Mutter tot ist.«

»Lügner! Lügner! Mein Vater ist ein Steuereintreiber, er

arbeitet für den König. Er fängt Schmuggler. Nie im Leben würde er mit einem Dieb und Mörder gemeinsame Sache machen. Er ist ein Ehrenmann, aber was das bedeutet, werdet Ihr nie wissen.«

Crane sah Reuben an und nickte in Richtung Tür. Reuben stand auf, ging durch die Küche und öffnete die Tür weit. Kalte Nachtluft strömte herein. Die Kerzen flackerten und schienen weniger hell zu brennen. Es war, als sauge die Dunkelheit draußen all das Licht aus der Hütte heraus.

Reuben redete leise mit jemandem. Kate erkannte die Umrisse eines Mannes. Als dieser näher kam, sah sie, dass er schmutziges braunes Ölzeug trug und einen mit Walöl eingelassenen Hut, der im Kerzenlicht glänzte. Er bückte sich, um durch die niedrige Tür zu passen, und betrat die Hütte. Regenwasser tropfte von seinem Mantel. Als er aufsah und den Hut abnahm, zuckte Kate zusammen. Sie schaute in die Augen ihres Vaters.

»Ich glaube nicht, dass ich euch vorstellen muss. Kate Coglan, ich hoffe, du erkennst deinen Vater auch bei diesem schwachen Licht. Kommt her, Mr Coglan, und setzt euch ... Höchstwahrscheinlich will sie Euch jetzt beschimpfen oder gegen die Schienbeine treten, weil Ihr sie all die Jahre hinters Licht geführt habt. Aber ich denke, sie ist alt genug, um die Wahrheit über Euch und mich zu erfahren.«

Ungläubig starrte Kate ihren Vater an. Sie schluckte heftig, um nicht mehr weinen zu müssen, und drückte sich die Fingernägel in die Handfläche.

»Er kennt dich! Er kennt deinen Namen«, schrie sie ihren

Vater an. »Du hast mir gesagt, er sei ein Dieb und dass du ihn am liebsten tot sehen würdest.«

»Wer, glaubst du wohl, hat dich all die Jahre über ernährt? Die Zollbehörde war es nicht. Wenn Jacob Crane nicht gewesen wäre, säßen wir schon längst auf der Straße.«

»Wenn du nicht so viel trinken würdest, hätten wir genug zu essen gehabt, ohne dass du hättest lügen, betrügen und stehlen müssen, Vater.«

»Wenn dein Bruder nicht gestorben wäre und dann auch noch deine Mutter, hätte ich nie mit dem Trinken oder Schmuggeln angefangen. Doch keiner von uns kann ändern, was in der Vergangenheit war, Kate. Und wie ich gehört habe, hast du dich ganz schön in die Nesseln gesetzt. Es wird nicht mehr lang dauern, bis Demurral es aus eurem Freund herausprügelt, wer noch dabei war, und dann seid ihr beide reif für den Strick. Ich will nicht, dass eines meiner Kinder auf Beacon Hill am Galgen baumelt.«

Er ging auf Kate zu und streckte ihr beide Hände hin. Kate sah, dass sie zitterten. Er versuchte ein Lächeln, doch es wirkte verzerrt und unsicher. Es war viele Jahre her, seit er zum letzten Mal das Bedürfnis gehabt hatte, jemanden anzulächeln. Ein Stirnrunzeln und ein scharfes Wort waren die einzigen Liebesbeweise gewesen, zu denen er sich hatte durchringen können. Das und die Tränen, die er aus seiner im Gin schwimmenden Seele gepresst hatte, wenn er mal wieder betrunken in Melancholie versunken war und um seine Frau geweint hatte.

Leise sagte er: »Ich hab dich lieb, Kate.«

»Wenn du mich lieb hättest, hättest du mich nicht angelogen.« Ihr barscher Ton verbarg ihre wahren Gefühle. Sie wollte zu ihm laufen, ihm die Arme um den Hals werfen und alles wieder gut werden lassen. Doch ihr Zorn schien sie an den Boden zu nageln. Sie biss sich auf die Lippe, damit dieser Schmerz sie alles andere vergessen ließ.

»Jeder lügt einmal, Kate. Das gehört zum Leben. Du hättest mit der Wahrheit nicht umgehen können. Ein Kind in ein Geheimnis einzuweihen und es zu bitten, es für sich zu behalten, ist wie der Versuch, einen Schmetterling über den Winter zu bringen.«

»Aber du hättest mich nicht anlügen müssen. Ich bin deine Tochter, ich hätte dir helfen können. Du wolltest dich nur voll laufen lassen, und wenn du angeblich bei der Arbeit warst, hast du in Wirklichkeit Jacob Crane geholfen.«

Crane stand auf und kam zu ihr herüber. Es war das erste Mal, dass sie ihn aus der Nähe sah. Er war groß und hager. Ein weißer Kragen lugte aus seiner schwarzen Jacke mit den Silberknöpfen. Das blonde Haar fiel ihm in die Stirn. Auf seiner rechten Wange klaffte ein langer Schnitt, der frisch mit Salz eingerieben worden war.

»Heute Abend ist nicht der richtige Zeitpunkt, um in der Vergangenheit zu wühlen.« Er schaute von Kate zu Thomas und legte beiden eine kräftige Hand auf die Schulter. »Ihr zwei habt eine Menge zu verantworten und noch vor Morgengrauen habt ihr vielleicht die Chance, es wieder gutzumachen.« Er hielt kurz inne. »Oder wir sind beim Morgengrauen alle miteinander tot.«

10.

Der Dunamez

Raphah traute seinen Augen nicht. Er war in einem dunklen, fast leeren Raum eingeschlafen, als nur Mrs Landas und der Junge herumgehuscht waren und die Kerzen angezündet hatten. Und plötzlich war er in einem hell erleuchteten, verräucherten Armenhaus, das vom Radau der am Tisch versammelten Gesellschaft erfüllt war.

Als er so vom obersten Stockbett herunterschaute, war das fast, als sei er ein Theaterbesucher. Da unten saß eine Ansammlung von Menschen, wie es auf der ganzen Welt keine zerlumptere gab. Die Männer, Frauen und Kinder, die sich da zusammendrängten, waren von Kopf bis Fuß mit dem roten Staub bedeckt, der über dem gesamten Bergwerk lag. Sie machten einen solchen Lärm, dass es von den Wänden widerhallte. Auf dem Tisch stapelten sich die leeren Teller und im Kamin brannte ein großes Feuer, vor dem die Kinder spielten. Ein Geruch nach Kartoffeln und Steckrüben und ausgekochten Schafsknochen lag in der Luft, und was von dem Essen übrig war, klebte in dem großen Topf, der auf dem Herd stand und dampfte und blubberte wie ein Vulkankrater.

Raphah sah, dass es eine Art Tischordnung gab. Die älteren und am wenigsten zerlumpten Männer saßen am hinteren Tischende beim Feuer. Mrs Landas thronte an der Stirnseite, rauchte eine frisch gestopfte Pfeife und trank Gin und wässriges Bier aus einem großen Becher. Sie sah aus wie eine Königin, die Hof hielt.

Rechts von Mrs Landas saß ein großer, korpulenter Mann in einer zerrissenen Jacke und einem zerschlissenen Hemd. Um den Hals hatte er sich lose ein rotes Tuch gebunden. Er hatte ein kräftiges Kinn und tief liegende Augen und lächelte kein einziges Mal. Mit finsterer Miene hatte er sich auf seinem Stuhl zurückgelehnt und hörte zu, was um ihn herum geredet wurde.

»Kannst du uns heute Abend die Karten legen, Mary?«, fragte er Mrs Landas nach einiger Zeit. Er öffnete kaum den Mund beim Sprechen. »Es wäre gut, zu wissen, was die Zukunft uns bringt.«

Mrs Landas nickte der jungen Frau zu, die links von ihr saß. Die zog eine Schublade am Tisch auf und holte ein kleines, in ein blaues Seidentuch eingewickeltes Päckchen heraus. Mrs Landas schlug das Tuch auseinander und nahm einen Stapel bebilderter Spielkarten in die Hand.

Es wurde still im Zimmer, als sie langsam und geschickt die Karten mischte. Sie schaute sich um und lächelte jeden Einzelnen, der an dem langen Tisch saß, an.

»Wer soll es heute Abend sein?«, fragte sie. Sie bemühte sich in einem feierlichen, ernsten Ton zu sprechen. »Was werden uns die Karten über unser Leben sagen?«

Mehrere der älteren Kinder riefen ihr etwas zu und versuchten auf sich aufmerksam zu machen. Mrs Landas schüttelte den Kopf, um ihnen zu bedeuten, dass sie nicht dran waren. Mit enttäuschten Gesichtern wandten sie sich wieder ab.

»Leg sie für Demurral – wir wollen sehen, was die Karten ihm zu sagen haben. Seine Zukunft ist schließlich auch unsere Zukunft«, sagte ein Mann, der nicht weit von ihr weg saß, und klopfte seine Pfeife an der Stiefelsohle aus.

Ein Frau meinte: »Ich komme hier nicht raus, bevor ich ihm nicht alles zurückgezahlt habe, was ich ihm schulde. Sag es uns, Mary. Was ihm heute geschieht, verfolgt uns morgen. Wenn seine Zukunft rosig ist, erlässt er mir vielleicht die Miete für sieben Jahre und die Zinsen für den Kredit, den er mir gegeben hat.«

Sämtliche Leute im Saal schuldeten Demurral Geld. Wenn sie ihre Schulden nicht mehr bezahlen konnten, kamen sie ins Bergwerk, um dort täglich viele Stunden für geringen Lohn zu schuften. Doch mit jedem Jahr, das sie dort arbeiteten, schien ihr Schuldenberg weiterzuwachsen. Demurral berechnete ihnen Unterkunft und Verpflegung, das Essen für die Kinder und sogar die Geräte, mit denen sie den Alaunschiefer aus seinen Steinbrüchen holten.

»Gut, gut, dann soll es heute Demurral sein«, sagte Mrs Landas laut und klopfte mit den Karten auf den Tisch. Das war das Zeichen für den taubstummen Jungen, die Kerzen auf dem Fenstersims und dem Kamin auszublasen. Er drehte die Lampen herunter und der Raum versank in einem Dämmerlicht. Der Schein des Feuers bildete eine orangefarbene Aura um Mrs Landas.

»Ihr müsst euch alle auf den Pfarrer konzentrieren und euch sein Gesicht vorstellen, dann werde ich den Geist der Karten bitten zu uns zu sprechen.«

Da sie das Kaminfeuer im Rücken hatte, konnten diejenigen, die ihr gegenübersaßen, kaum ihr Gesicht erkennen. Eine kleine, flackernde Kerze ließ den Eindruck entstehen, als verändere es sich andauernd. Sie legte die Karten auf den Tisch und zog ihren Schal übers Haar.

»Ihr konzentriert euch nicht genug, es kommt nichts durch. Wie soll ich in Trance fallen, wenn ihr euch nicht richtig konzentriert? Wir müssen uns schon Mühe geben, wenn wir die Tür zur Zukunft aufstoßen wollen.« Mrs Landas sprach rasch, mit geschlossenen Augen, und die Muskeln in ihrem Gesicht zuckten. »Geist . . . spriiiich . . . zuuuu . . . miiir . . .«

Sie quiekte beim Sprechen und versuchte den Eindruck zu erwecken, als gehöre ihre Stimme einer anderen Person. Aus der Dunkelheit kamen drei laute, kräftige Klopfzeichen. Alle am Tisch zuckten zusammen. Eine Frau trank einen Schluck Wein, eine andere griff erschrocken nach dem Arm ihres Nachbarn. Die Kinder kauerten sich beim Feuer zusammen und hofften so den dunklen Kräften zu entkommen.

Mrs Landas öffnete, sichtlich geschockt über diese unvermutete Antwort aus der Geisterwelt, ein Auge und blickte sich um. »Wer bist du? Willst du mit uns sprechen?«, fragte sie zaghaft mit der Stimme eines kleinen Mädchens.

Der Mann neben ihr schüttelte sich. Er war offensichtlich tief beeindruckt. Wieder kam ein Klopfen, nur einmal, aber viel lauter als zuvor. Die Leute am Tisch rückten zusammen.

»Wir wollen wissen, was mit Pfarrer Demurral geschieht. Wirst du es uns sagen?«

Beim nächsten, noch stärkeren Klopfen, zuckten alle, einschließlich Mrs Landas, vor Schreck zusammen. Ihre Stimme sprang eine Oktave höher. Das hatte es noch nie gegeben. Kein echter Geist hatte je angeklopft.

Mrs Landas breitete die Karten vor sich aus, zog aufs Geratewohl einige heraus und drehte sie nacheinander um.

»Das ist der Ort, wo er sich aufhält; er lässt auf ein Leben im Himmel oder in der Hölle schließen«, sagte sie bei der ersten Karte. Sie zeigte das Bild eines Mannes, der wie ein Priester gekleidet war und mit einem goldenen Kelch in den Händen an einem Altar stand.

»Oh!«, rief sie. »Das ist Demurral, der Zauberer. Die Geister sprechen immer durch diese Karte von ihm. Jetzt wollen wir sehen, was ihn erwartet.«

Während sie die nächste Karte umdrehte, sagte sie: »Hier ist alles, was dir entgegenkommt, Schwert oder Sturm, Liebe oder Ehre.«

Auf der Karte war das Bild eines Turmes, der vom Blitz

getroffen wurde und von dessen Zinnen ein Mann fiel. Ohne etwas Konkretes dazu zu sagen, drehte sie weitere Karten um und legte sie im Kreis um die anderen. Sie murmelte nur bei jeder Karte vor sich hin und sah immer besorgter aus.

»Was ist los, Mary? Erzähl uns, was sie sagen.« Der Mann neben ihr zog an ihrem Schal. Er wollte etwas hören.

Sie drehte die letzte Karte um. Sie zeigte ein zusammengekrümmtes Skelett, umgeben von blutroten Flammen.

Mrs Landas schluckte die Tränen hinunter, die in ihr aufstiegen. Zitternd vor Angst, hoffte sie, dass das, was die Karten offenbarten, nie wahr werden würde.

»Was ist, Mary? Du kannst nicht einfach dasitzen und schweigen. Sag etwas!«

Sie holte tief Luft und begann langsam: »Die Karten sprechen von einer Macht, die über diesen Ort kommt. Viele werden sterben, wenn sie nicht aufgehalten wird. Es wird eine Katastrophe geben, das Land wird ins Meer stürzen und der Teufel selbst wird unter uns wandeln. Jeder Einzelne von uns ist in großer Gefahr.«

»Nur wenn ihr es zulasst!«, rief eine Stimme aus der Dunkelheit.

Alle schauten in die Richtung, aus der die Stimme gekommen war. Wer hatte es gewagt, den Zauber der Sitzung zu brechen?

Raphah ließ die Beine über den Rand seines Bettes baumeln. »Glaubt ihr wirklich an die Macht dieser Bildkarten? Es gibt eine viel größere Macht als die, die hinter dem Fallen der Würfel oder dem Aufdecken von Karten steht.« Er kletterte vom Bett und kam zum Tisch. »Ihr seid alle auf etwas hereingefallen, das ihr gehört habt. Ihr glaubt an Geister, wenn in Wirklichkeit nur jemand an den Bettkasten klopft. Keiner von euch wendet sich an den, der euch für immer frei machen kann.«

»Wer bist du, dass du von Freiheit reden kannst? Ein Junge, und dazu noch ein Sklave, will uns etwas über die Freiheit erzählen – was weißt denn du davon?«, sagte der Mann neben Mrs Landas.

»Was unterscheidet euch von mir? Ich bin schwarz und ihr seid weiß. Wir sind uns in vielem gleich, aber ihr werdet von mehr Dingen beherrscht, als ich es jemals sein werde. Ich mag Ketten an meinen Händen haben, aber nicht einmal Demurral kann die Seele desjenigen in Ketten legen, der Riathamus nachfolgt.«

Der Mann war um eine Erwiderung nicht verlegen. »Du nimmst den Mund recht voll für einen Sklaven. Wir wissen, wie dein Leben aussehen wird – oder das, was dir noch davon bleibt.«

Alles lachte.

»Meine Seele liegt in den Händen desjenigen, der mich hierher gesandt hat. Er hat einen Plan für mein Leben, er will, dass es mir gut geht, und nicht, dass ich zu Schaden komme. Er will, dass ich Hoffnung habe und eine Zukunft. Diese Karten wollen euch mit ihren Lügen umgarnen.«

Raphah beugte sich über den Tisch und nahm die Karten an sich. Mrs Landas sprang auf und wollte ihm das Päckchen wieder wegnehmen. Er hielt es hoch. »Diese Karten sind des Teufels und sie werden euch an einen Ort führen, von dem es kein Entrinnen gibt.«

»Wen nennst du hier des Teufels? Ich verbinde deine Wunden, gebe dir zu essen, heiße dich in meinem Haus willkommen, lasse dich schlafen, wenn du arbeiten solltest, und du nennst mich des Teufels«, fauchte Mrs Landas ihn an. »Die Karten sind wertvoll, sie haben mich mehr als einen Jahreslohn gekostet. Nimm deine schmutzigen Hände weg.«

Sie wollte sie ihm entreißen, doch Raphah hielt sie so, dass sie sie nicht zu fassen bekam. Mrs Landas war mehr als aufgebracht. In ihrer Welt hatte sie immer Recht und hörte auf niemanden außer auf Demurral. Noch nie zuvor hatte man das, was sie tat, in dieser Form in Frage gestellt. Insgeheim hatte Mrs Landas die Karten immer für ein spannendes Spiel gehalten, mit dem sie die Leute unterhalten und sich selbst wichtig machen konnte – sah es doch so aus, als besitze sie ein Wissen, über das die anderen nicht verfügten. Jetzt hatte jemand behauptet, die Bilder seien des Teufels. Sie schaute die Karten in Raphahs Hand an und war sich mit einem Mal nicht mehr sicher, ob sie sie wiederhaben wollte. Sie schienen ihren Glanz irgendwie verloren zu haben. Mrs Landas wusste nicht einmal, ob sie sie noch berühren wollte. Sie hatten ihre Unschuld verloren, waren nicht mehr das alte Gesellschaftsspiel, das ihre Mutter ihr beigebracht hatte. Heller Zorn stieg in ihr auf. Raphah hatte etwas an sich, das ihr jede Fassung raubte. Er wirkte so selbstsicher, voll innerer Zuversicht. Er war von einer sichtbaren Lauterkeit, einer Reinheit der Seele, die in seinen Augen glänzte.

»Und von was für einem Hoffnungsbringer redest du?«, fragte sie Raphah schnippisch. »Kann er uns das Leben leichter machen, uns hier rausholen? Kann er Demurral dazu bringen, dass wir uns nicht mehr zu Tode schuften müssen, zu wenig zu Essen bekommen und nicht bezahlt werden?« Bei jeder Frage bohrte Mrs Landas ihm ihren Finger in die Brust. »Wer ist dieser ›eine‹, von dem du sprichst? Können wir ihn sehen?«

»Er steht hinter Euch, Mrs Landas.« Raphah hob eine Augenbraue, als er das sagte. Mrs Landas fuhr herum. »Nein, er ist überall. Ihr könnt ihn nicht sehen, aber er kennt die Geheimnisse eures Herzens.«

»Wer bist du? Woher kommst du?«, fragte Mrs Landas wütend über so viel Dreistigkeit.

Raphah schaute in die erwartungsvollen Gesichter ringsum. Der ganze Raum schien auf eine Antwort von ihm zu warten.

»Das ist nicht von Bedeutung. Heute Abend wird der, der mich gesandt hat, euch etwas zeigen, das euer Leben für immer verändern wird.« Er trat auf Mrs Landas zu und hielt ihr die Karten hin.

»Und was ist, wenn wir uns gar nicht ändern wollen?«

»Dann wird er euch die Augen öffnen, damit ihr den Dunghaufen seht, in dem eure Seele steckt.« Er stupste sie mit dem Finger an. »Wacht auf. Steht auf von den Toten und lasst das Licht in eure Dunkelheit scheinen.«

Der taubstumme Junge stieß Raphah von ihr weg. Raphah ergriff ihn bei den Schultern und drückte ihn in Mrs Landas' Arme.

»Haltet Euren Sohn fest, Mrs. Landas. Ihr werdet ihn bald zurückbekommen.« Damit legte er dem Jungen beide Hände auf den Kopf. Bevor Mrs Landas etwas sagen konnte, begann Raphah in einer Sprache zu sprechen, die sie nicht verstand.

»Abba-shekinah, El Shammah, soatzettay-isthi hugiez.«

Er sprach mit lauter Stimme. Die Männer und Frauen waren alle vor ihm zurückgewichen. Die Kraft seiner Worte flößte ihnen Angst ein.

Da geschah etwas Eigenartiges und Erschreckendes. Es war, als beginne das ganze Haus zu beben. Die Kinder flüchteten sich unter den Tisch, während die Männer sich verständnislos ansahen. Ein lautes Knacken ließ alle herumfahren. Die schwere hölzerne Eingangstür bog sich nach innen. Mit einem Krachen flog sie auf und prallte gegen die Wand. Weiße und silberne Blitze zuckten herein und schwirrten durch den Raum. Mit einem lauten Knall, der dem Schuss aus einer Muskete glich, schlugen sie in die Wände und die Decke ein. Ein feiner goldener Nebel erfüllte den Raum.

Raphah, der von dem Spektakel, das um ihn herum stattfand, nichts mitzubekommen schien, wiederholte die seltsamen Worte ein ums andere Mal. Der taubstumme Junge begann zu zittern, jeder seiner Muskeln schien zu zucken. Mrs Landas stieß ihn von sich, warf sich auf den Boden, vergrub das Gesicht in den Händen und flehte Raphah an dem Ganzen ein Ende zu bereiten.

Inzwischen lagen alle auf dem Boden und hatten die Hände vors Gesicht geschlagen, um die Augen vor der unglaublichen Helligkeit des goldenen Lichts zu schützen, das jetzt jeden Winkel erfüllte. Es war, als drücke das Gewicht des hellen Scheins sie zu Boden. Jedes Nebeltröpfchen schien mehr zu wiegen als Gold. Niemand konnte sich rühren; die Glieder waren schwer wie Blei. Doch alle waren erfüllt von dem Frieden, den der goldene Nebel mit sich brachte.

Ein plötzlicher Schrei des taubstummen Jungen durchbrach die Stille. In seinem ganzen Leben hatte er noch keinen Ton von sich gegeben, doch jetzt begann er zu jauchzen und zu fiepen wie ein junger Hund. Er brüllte aus voller Kehle und hielt sich dann die Ohren zu, um den Lärm, den sein eigenes Geschrei verursachte, zu lindern.

Sein hohes, ansteckendes Lachen riss Mrs Landas aus ihrer Starre. Der Junge hüpfte auf und ab und im Kreis herum und lachte und kreischte und konnte sich an seiner eigenen Stimme nicht satt hören. Mrs Landas schaute ihn an und begann plötzlich zu weinen. Dann streckte sie die Arme nach ihm aus und nannte ihn zum ersten Mal bei seinem Namen.

»John, komm her, komm zu mir ... Komm zu deiner Mutter.«

Ein Weinkrampf schüttelte sie, als John lächelnd das Wort »Mutter« auszusprechen versuchte. Er lief in ihre Arme und sie weinten beide, John vor ausgelassener Freude und Mrs Landas aus Dankbarkeit darüber, dass sie frei war ihn wieder zu lieben.

Sie wusste zwar nicht, was gerade geschehen war, doch eines wusste sie genau: dass sie nie mehr aufhören würde, ihren Sohn zu lieben. Jahrelang hatte sie das Gefühl gehabt, ein Herz aus Stein zu haben, das unfähig war etwas zu empfinden. In den letzten Minuten war das alles anders geworden. Sie fühlte sich lebendig, spürte ihr Herz wieder schlagen und statt ständiger Verzweiflung eine große Freude in ihr aufsteigen.

So schnell, wie der goldene Nebel gekommen war, verschwand er auch wieder. Die Kinder krochen unter dem Tisch hervor und die Männer und Frauen rappelten sich vom Boden hoch. Sie alle starrten Raphah, John und Mrs Landas an, die zusammen vor dem hell leuchtenden Kaminfeuer standen. Niemand wagte etwas zu sagen.

»Woher wusstest du es?«, fragte Mrs Landas Raphah, während sie John übers Haar strich. »Woher hast du gewusst, dass er mein Sohn ist?«

»Es stand in deinen Augen geschrieben, Mary. Augen sind die Fenster zur Seele. Nicht einmal dein Hass auf diesen Ort konnte verhindern, dass diese Liebe durchschien.« Er wischte ihr eine Träne von der Wange. »Hier ist der Mensch, den du dir so sehr gewünscht hast. Er kann dich hören und wird bald auch mit dir reden können. Er wird dein Reichtum sein.«

Mrs Landas nahm Raphah die Wahrsagekarten aus der Hand. »Ich glaube nicht, dass ich sie je wieder benutzen möchte«, sagte sie und warf die Karten mitsamt der seidenen Umhüllung ins Feuer. Die Karten verteilten sich in den Flammen, aber eine stieg mit der heißen Luft aus dem lodernden Inferno auf, als habe eine unsichtbare Hand sie herausgezogen. Sie flatterte aus dem Kamin und fiel mit der Bildseite nach unten auf den gemauerten Herd.

Raphah nahm sie auf. Er lachte, als er sie herumzeigte.

»Nicht einmal dieser Zauberer wird das nächste Mal seinem Schicksal so leicht entkommen.« Er zerknüllte die Karte in der Hand und warf sie in die Flammen zurück.

Niemand sah die kleine dunkle Gestalt durch die offene Tür in den Raum huschen. Sie hatte das Äußere eines Mannes mit schmalem blassem Gesicht und einem breiten Mund voll krummer Zähne. Sie sah aus wie ein Schatten. An manchen Stellen war ihr Körper von fester Substanz, an anderen fast transparent. Mit langen Schritten ging die Gestalt durch den Raum, wobei sie Raphah nicht aus den Augen ließ.

Der Mann mit dem roten Halstuch hatte sich ans Tischende gesetzt. Er wusste nicht, wie er das Gesehene einschätzen sollte, und fühlte sich ziemlich mitgenommen von allem, was er erlebt hatte. Mit einem Schulterruckeln schlüpfte das seltsame Schattenwesen in den Körper des Mannes hinein. Der Mann keuchte und schloss die Augen. Er wusste nicht, wie ihm geschah, und war unfähig, um Hilfe zu rufen. Er hatte das Gefühl, zu ertrinken, als das Wesen seine Seele umschloss. Er spürte es in seinem Kopf und schmeckte seinen schalen Atem, als es durch seinen Mund atmete. Er öffnete die Augen und jetzt war es das Wesen, das durch sie hindurch die Welt betrachtete. Jetzt war es im Stande, jeden Gedanken und jede Handlung des Körpers, den es in Besitz genommen hatte, zu kontrollieren. Es wartete nur auf den günstigsten Augenblick, Raphahs Leben ein Ende zu setzen. Auf dem Tisch lag ein Schnitzmesser. Mit der Hand des Mannes nahm das Wesen das Messer und steckte es in seine Jackentasche.

11.

Glocke, Buch und Kerze

Jacob Crane hämmerte mit der behandschuhten Faust an die Tür des Pfarrhauses. Es war Mitternacht und im Hof krähte ein junger Hahn den Vollmond an, der blutrot über dem Meer stand.

Das Hämmern dröhnte durch die leere Eingangshalle und die Flure des Hauses, bis es endlich an Beadles Ohr drang. Der war im Halbschlaf über dem Küchentisch zusammengesunken und lag mit dem Gesicht in einer dicken Scheibe dunklem Brot mit Butter, das er eigentlich essen wollte, um etliche Krüge warmes Bier damit aufzusaugen, die er den Abend über getrunken hatte. Beadle trank gern, nicht nur wenn er Durst hatte, sondern auch weil er die Wirkung des Gebräus spüren wollte, das den Schmerz dieser Welt so schön linderte. Im Lauf der Jahre war er ein geschickter Bierbrauer geworden. Er stellte sein eigenes Bier her, in das er Kräuter mischte, die er an einem geheimen

Platz am Mühlbach pflückte. Er trocknete die Blätter und manchmal auch die Blüten und vermischte sie mit Malz, wildem Hopfen, Hefe und einem dicken Klacks Honig.

An diesem Abend hatte er allerdings zwei Fehler gemacht. Zum einen hatte er Bier getrunken, das noch gärte. Zum anderen hatte er dem Gebräu zu viel Baldrian beigemischt. So konnte er kaum die Augen offen halten; die Wirkung des Baldrians zog ihm die Lider immer wieder herunter und gab ihm das Gefühl, bis in alle Ewigkeit im Halbschlaf gefangen zu sein.

Doch während dies eine Gefühl lähmte, drängte das andere. Das gärende Bier brachte seinen Magen bald zum Explodieren. Als er jetzt irgendwo im Hintergrund das Klopfen an der Tür hörte, suchten sich halb verdaute Schlucke Bier ihren Weg zurück in die Welt. Beadle rülpste, und das so laut, dass die ganze Küche davon widerhallte. Er versuchte den Kopf zu heben, da ihm bewusst wurde, dass er auf das Klopfen, das immer nachdrücklicher wurde, irgendwie reagieren musste.

Er fuhr sich mit der Brotscheibe über die Stirn, weil er glaubte, es sei ein weicher, feuchter Waschlappen. Brotkrumen blieben an seiner Haut kleben, doch er war sich dessen weder bewusst, noch kümmerte es ihn, wie er aussah. Immer wieder musste er an die wunderschönen weißen Blüten des Baldrian denken. Als er im Halbschlaf versuchte sich hochzuhieven, sah er nur die kleine Pflanze vor sich, die er an einem Sommertag gepflückt hatte und in deren Wurzelballen er als Entgelt für den Grünen Mann einen Viertelpenny gesteckt hatte. Er brummte vor sich hin.

Tagsüber trank Beadle wenig, da zog er den Tee vor, den er seinem Herrn klaute. Er wartete bis mindestens sechs Uhr, bevor er den Hahn an dem großen Holzfass öffnete und seinen Becher ein ums andere Mal bis zum Überfließen füllte.

Das Bier erlaubte ihm zu träumen, jemand zu sein, der er in Wirklichkeit nie sein konnte. Es gab ihm die Freiheit, sich eigene Gedanken zu machen. Das glaubte er zumindest, obwohl er feststellte, dass er immer mehr von dem Gebräu brauchte, um diesen paradiesischen Zustand zu erreichen. Beim Trinken wurde er ein wichtiger Mann, einer, der mehr aus seinem Leben machte als einen launischen Pfarrer zu bedienen. Im wirklichen Leben wurde er dadurch allerdings nur noch unzufriedener mit sich und seinem Dasein.

Jetzt klebte der Geschmack von Hefe und Malz bitter an seinem Gaumen. Beadle wankte aus der Küche und versuchte in einer geraden Linie den Flur entlangzugehen. Doch er fiel einmal gegen die eine Wand und dann wieder gegen die andere, schwankte im Zickzack zur Haustür und hielt sich im Vorbeigehen an jedem Türrahmen fest. Der große goldene Rabe über der Tür starrte auf ihn herunter. Beadle war sich in seinem Rausch sicher, das der Vogel sich bewegte, seine Federn sträubte und ein Auge öffnete. Er legte die Hand auf den großen Türknauf und drehte daran. In dem Moment wurde die Tür mit Macht aufgestoßen und er wäre fast an die Wand gedrückt worden. Die kalte Nachtluft drang ins Haus. Unter der Tür stand im Kerzenschein Jacob Crane.

»Wo ist dein Herr?«, fragte Crane in einem Ton, der eine sofortige Antwort verlangte.

Beadle schaute ihn verständnislos an. »Mein Herr?« Schwankend stand er da und schwieg, als müsse er überlegen. Dann lallte er: »Ich glaub, er ist im Bett. Er könnte aber auch weggegangen sein. Oder er könnte . . .«

Crane beugte sich zu Beadle hinunter, bis sein Gesicht nur um Haaresbreite von dem des anderen entfernt war. »Hol ihn. *Jetzt!*«, brüllte er.

Beadle versuchte den Blick auf die Spitze von Jacob Cranes langer Nase zu richten. Mit dem, was dann kam, hätte Crane nie gerechnet. Beadle rülpste ihm nämlich eine laute, lange und übel riechende Antwort direkt die Nasenlöcher hinauf. Der Gestank ließ Crane angeekelt zurückweichen. Seine Retourkutsche ließ trotzdem nicht lange auf sich warten. Eine behandschuhte Hand schoss vor und verpasste Beadle eine so kräftige Ohrfeige, dass er über den Flur schlitterte und in einem hohen, hölzernen Kleiderständer landete, der über ihm zusammenbrach.

»Du Schwein«, sagte Crane angewidert.

»Tut mir Leid, Mr Crane, es ist das Bier. Irgendwie kann ich's nicht unten behalten.« Beadle rülpste noch einmal, um zu beweisen, dass es keine Absicht gewesen war. »Ich kann nicht aufhören . . . Es ist das Bier . . . Manchmal erwischt es mich einfach.«

»Dann würde ich vorschlagen, dass du es nicht trinkst.«

Die Stimme kam vom obersten Treppenabsatz. Da stand Demurral in einem schwarzen Morgenrock und einer roten Schlafmütze. »Beadle, bring Mr Crane ins Arbeitszimmer. Ich komme sofort. Und bring uns einen Sherry.«

Beadle stand auf und versuchte sich zu erinnern, welches die Tür zum Arbeitszimmer war. Er sah alles verschwommen und irgendwie waren sie so alle gleich. Crane sah ihm seine Verwirrung an und öffnete die richtige Tür. Er nahm die Kerze vom Flur und betrat das Zimmer. Beadle ließ er draußen in der Dunkelheit stehen.

Crane trat ans Fenster und zog die Vorhänge zurück. Das weiße Licht des Vollmondes strömte herein und verlieh allem einen quecksilbrigen Glanz. Er stellte die Kerze auf den großen, runden Tisch in der Mitte des Zimmers und setzte sich in den Sessel beim Kamin.

Demurral ließ nicht lang auf sich warten. Er warf einen Kiefernklotz in die Glut und fragte: »Und welchem Umstand verdanke ich diesen nächtlichen Besuch von Jacob Crane?«

»Geld, der Sprache des Lebens«, erwiderte Crane.

»Aber ich habe einen Armutseid geleistet. Welches Interesse sollte ich an Geld haben?« Demurral lächelte, als er dies sagte, und legte den Kopf schief.

»Nun, wenn das so ist, sollte es mein Anliegen erleichtern. Ich habe eine Schiffsladung Brandy in Eurem Keller liegen und Ihr verlangt für eine Nacht Miete.« Mit unbewegter Miene schaute er Demurral an. »Ich wünsche nicht zu zahlen. Als Ausgleich für die kostenlose Unterbringung meiner Ware bin ich bereit Euch etwas zu geben, das Ihr gern haben wollt.« Crane zog seine Handschuhe aus und legte sie ordentlich auf den Oberschenkeln zusammen. Ein paar Augenblicke lang schauten die Männer sich schweigend an.

Dann fragte Demurral: »Was könnte ich schon wollen? Ich habe alles, was ich begehre.«

»Begehren. Ein merkwürdiges Wort aus dem Mund eines Pfarrers. Unbefriedigtes Verlangen, lustvolle Freude über einen neu erworbenen Besitz. Beschwört alle möglichen Dinge herauf, an die ein Pfarrer nicht denken sollte. Nicht unbedingt ein Wort für einen Mann der Kirche.« Er spielte mit seinen Handschuhen. »Wenn ich Euch sagen würde, dass ich zwei Leute habe, die Euch von einer Eurer Begierden befreien wollten – wie viel wären sie Euch wert?«

»Diebstahl bleibt Diebstahl. Sie müssten vor den Richter und für ihr Verbrechen geradestehen.« Demurral rückte seinen Stuhl näher an Cranes Sessel. »Schließlich hatten sie vor etwas sehr Wertvolles zu stehlen. Etwas, für das ich gutes Geld bezahlt habe. Da ist es doch gewiss Eure Pflicht als braver Bürger, sie ohne Gegenleistung zu überstellen.«

Mit einem Satz sprang Crane auf, zog seinen Dolch und drückte Demurral die lange, scharfe Klinge an den Hals.

»Ich bin nicht hier, um irgendwelche Spielchen mit Euch zu spielen, Pfarrer. Wollt Ihr für sie bezahlen oder soll ich sie laufen lassen? Ihr habt einen, ich habe die anderen zwei. Für dreihundert Pfund könnt Ihr sie alle haben. Ich glaube nicht, dass sie den Gerichtshof auch nur eine Sekunde lang von innen sehen werden, Ihr könnt also mit ihnen tun und lassen, was Ihr wollt.« Er strich mit der flachen Seite der Klinge über Demurrals Hals. »Wie ich höre, nehmt Ihr die jungen Dinger gern mit hinauf in Euren Turm.« Er unterbrach sich und wies zum Fenster. »Und wie ich sehe, wurde eine ganze Menge gegraben in Eurem Garten, obwohl es nichts anzupflanzen gibt in dieser Jahreszeit ... Aber es kommt vermutlich darauf an, was für eine Art junger Pflänzchen man unter die Erde bringt.« Er führte die Dolchspitze unter Demurrals Kinn und drückte sie leicht in sein Fleisch.

»Dreihundert Pfund sind in Ordnung. Ich sage Beadle Bescheid, dass er Euch das Geld holt. Wann kann ich meine neuen Gäste in Empfang nehmen?« Demurral presste die Worte zwischen den Zähnen heraus. Er wagte nicht sich zu bewegen.

Crane steckte den Dolch zurück in die Scheide, die im Futter seines Mantels verborgen war. »Ich bringe sie in einer Stunde hierher. Im Gegenzug erwarte ich, dass das Geld bereitliegt. Irgendwelche Tricks und Ihr gesellt Euch zu Euren kleinen Sämlingen. Verstanden?«

»Mr Crane, ich würde nie jemanden betrügen wollen, der unser königliches Englisch so vielsinnig einsetzen kann.«

»Wollt Ihr mir nicht sagen, was es ist, um dessentwillen sie bereit waren ihr junges Leben aufs Spiel zu setzen?« Crane ließ den Blick auf der Suche nach etwas Wertvollem durch den Raum wandern.

»Es ist nichts Besonderes, eine Figur, die ein Weltreisender mir mitgebracht hat. Eine Reliquie ohne wirklichen Wert, es sei denn für einen gläubigen Menschen wie mich.« Demurral zögerte und sah Crane misstrauisch an.

»Auch ich bin ein weit gereister Mann. Einen solchen Gegenstand zu sehen wäre von großem Interesse für mich.« Crane griff in seine Manteltasche und legte die Hand um den Dolchgriff. Er lächelte Demurral an.

»Das verstehe ich«, sagte Demurral rasch. »Ich glaube nicht, dass es etwas schaden kann, Euch zu zeigen, worum es bei dieser kleinen Verrücktheit geht. Beadle«, rief er in Richtung Tür, »kannst du die Kiste aus meinem Zimmer bringen? Unser Gast würde gern sehen, worum so viel Getue gemacht wird.«

Beadle hatte die ganze Zeit im Flur auf dem Boden gesessen und das Gebräu und den Sturz zu verarbeiten versucht. Dass Demurral ihm aufgetragen hatte Sherry zu bringen, hatte er vergessen. Er hatte auch vergessen, wo er war. Er versuchte sich aufzurappeln und auf seine wackeligen, sehr tauben Beine zu kommen. In seinem Rausch wusste er nicht mehr, ob er geantwortet hatte oder nicht.

»Beadle, du Trunkenbold, steh auf und bring die Kiste. Mein Gast wartet«, brüllte Demurral so laut, dass es im ganzen Haus dröhnte.

Die Männer hörten, wie Beadle die Treppe hinaufstolperte und den langen Flur zu Demurrals Zimmer entlangeilte. Lautes Rumsen sagte ihnen, wie oft Beadle hinfiel, über einen Teppich, über ein loses Brett im Boden oder über seine eigenen tauben Füße stolperte.

»Er hat eine kleine Schwäche«, meinte Demurral und

schaute zur Decke. Oben polterte es gerade wieder. »Er trinkt gerne. Aber er hat so wenig Freude im Leben, dass es mir schwer fallen würde, wenn ich ihm die versagen müsste.«

»Und was ist Eure Freude, Pfarrer? Geld? Reichtum? Macht?«

»Nichts von alledem. Ich bin ein Mann der kleinen Freuden und versuche den Willen desjenigen zu tun, der mich gesandt hat.«

»Dann stimmt es gar nicht, dass Ihr ein Lügner und Betrüger seid und sogar ein Mörder, wie einige behaupten?« Crane lachte, als er das sagte.

Demurral wusste nicht, ob der Schmuggler sich über ihn lustig machte oder ob er es ernst meinte. Jacob Crane hatte von den Jahren auf See ein feuriges Temperament. Mit vierzehn war er in die Marine gepresst worden. Er hatte des Königs Schilling genommen und war im Bauch eines Marinekutters mit Kurs auf Indien aufgewacht. Mit vierundzwanzig hatte er heimlich abgeheuert und verdiente seither seinen Lebensunterhalt als Schmuggler und Pirat.

Beadle kam mit dem länglichen schwarzen Lederkoffer herein und hievte ihn auf den Tisch in der Mitte des Raumes. Demurral stand auf und zündete eine weitere Kerze an. Er packte zuerst den Akazienstab und die schwarze Hand aus. Schließlich brachte er den Keruvim zum Vorschein.

Crane betrachtete die kleine, geflügelte Figur, die im Mondlicht leuchtete. »Was habt Ihr denn dafür bezahlt, Vikar?«, fragte er scheinbar beiläufig.

»Nicht allzu viel. Diese Eingeborenenkunst hat keinen echten Wert. Für mich ist sie von ... äh ... religiösem Interesse.« Demurral hob den Keruvim hoch.

»Was macht Ihr denn mit so etwas?«

»Glaubt Ihr an die Geisterwelt, Mr Crane?« Demurral schaute ihm direkt in die Augen und fuhr dann in gedämpftem Ton fort: »Eine Welt voller Kräfte, von denen wir nur träumen können?«

»Ich glaube nicht, dass der Stein eines Weisen oder die Zauberkunststückchen einer Betrügerin uns in dieser unserer Welt irgendwie nützen können. Wir leben in einer modernen Welt. Religion ist etwas für die Schwachen und Ungebildeten«, erwiderte Crane unumwunden. »Was ich im Leben erreicht habe, habe ich durch meiner eigenen Hände Arbeit erreicht und durch das Blut derer, die mir im Weg standen. Da ist kein Platz für Gott oder abergläubischen Hokuspokus.« Er trat näher, um den Keruvim genauer zu betrachten; die feinen, in das Gold eingeritzten Details und die Perlmuttaugen faszinierten ihn.

Demurral ging nicht auf Cranes Bemerkungen ein. »Denkt doch an eine Welt, in der wir nicht die mächtigsten Wesen sind, in der die Gesetze von Zeit und Raum nicht gelten. Ein Ort, wo Macht und Kontrolle mehr bedeuten als Liebe und Barmherzigkeit.« Er drehte den Keruvim langsam in den Händen. »Stellt Euch vor, Ihr hättet mehr Macht als Gott, könntet die Elemente beherrschen, den Wind, das Meer und selbst den Aufgang der Sonne beeinflussen. Stellt Euch vor, was das für eine Macht wäre ... was für eine Befriedigung . . . jeden vernichten zu können, der einem jemals irgendetwas getan hat. Die perfekte Rache – und derjenige wüsste nicht einmal, dass Ihr dahinter steckt.« Demurral legte die Figur in den Koffer zurück. »Auch ich würde mich nie mit einem Stein zufrieden geben, der Dinge in Gold verwandeln kann, oder mit den Zaubersprüchen einer Hexe. Das Einzige, womit ich mich zufrieden geben würde, wäre die Allmacht Gottes.«

Demurral legte auch den Stab und die schwarze Hand in den Koffer und schloss den Deckel. Dann setzte er sich wieder in den Sessel beim Feuer.

»Dann seid Ihr ja recht bescheiden, Pfarrer. Ich dachte, die Geistlichkeit sollte dem Allmächtigen dienen und nicht umgekehrt.«

»Das hängt davon ab, wie lange er allmächtig ist; er kann seine Macht ja vielleicht auch verlieren.« Demurral rieb sich die Hände und trat mit dem Fuß gegen den schwelenden Holzklotz im Kamin. Funken stoben auf und es zischte, als feuchtes Holz sich mit glühend heißer Asche vermischte.

»Ihr seid ganz schön mutig so von Eurem Gott zu reden, Demurral. Aber glaubt Ihr tatsächlich an eine Geisterwelt, an Gespenster und Dämonen?« Crane trat ans Fenster und schaute übers Meer nach Baytown hinüber. Die Lichter in den Fischerhütten flackerten in der Dunkelheit. In der Bucht sah er die Masten seines eigenen Schiffes, die sich vor den Klippen abhoben. »Es müsste ein Wunder geschehen, wenn ich an etwas anderes glauben sollte als an die Macht des Schwertes oder der Muskete. Nichts kann Blei schneller in Gold verwandeln als sie.« Er drehte sich um und schaute zu Demurral hinüber, der jetzt mit einem Messinghaken im Feuer stocherte.

»Mit meiner Hilfe, Mr Crane, könntet Ihr der reichste Mann auf der Welt werden. Ihr müsstet nicht mehr zur See fahren, Euer Leben nicht mehr riskieren. Ihr könntet Euch zurücklehnen und die Reichtümer der Welt genießen.« Demurral trat ebenfalls ans Fenster und stellte sich neben Crane. »Schaut her, all das könnte Euch gehören, und alles, was Ihr dafür tun müsstet, wäre für mich arbeiten.«

»Mir war nicht klar, dass Euch das ganze Land gehört. Ich dachte, es sei Eigentum des Königs unter Gott.« Crane trat einen Schritt zur Seite, da Demurral jetzt unangenehm dicht neben ihm stand. Der Pfarrer schien vor Aufregung fast zu vibrieren, als stünde ein wundervolles Ereignis bevor, von dem nur er etwas wusste.

»Die Dinge ändern sich, Mr Crane, die Dinge ändern sich. Wenn Ihr möchtet, werdet Ihr davon heute Nacht Zeuge. Bringt mir die beiden Diebe, das wird der Anfang sein. Kommt mit zum Turm und ich zeige Euch etwas, das Eure Meinung auf immer ändern wird.« Demurral sah Crane direkt in die Augen. »Ihr hattet Recht, als Ihr sagtet, dass das Blut derer, die einem im Weg stehen, oft alles bringt, was man begehrt. Hat nicht ein Rabbi einmal gesagt, dass der Mann, der sein Leben liebt, es verlieren wird, und der Mann, der sein Leben in dieser Welt hasst, es auf ewig behalten wird?« Er hielt kurz inne und eine unangenehme Stille trat ein. »Liebt Ihr Euer Leben, Mr Crane?«

12.

Die Azimuth

Obadiah Demurral, Jacob Crane und Beadle traten von der Treppe auf die große Steinplatte, die ganz oben auf dem Turm des Pfarrhauses eine Art Treppenabsatz bildete. Demurral zog Crane am Ärmel seiner Jacke und schob Beadle durch die Tür. Sie betraten einen geräumigen, runden Saal mit schmalen, bleiverglasten Fenstern in den Mauerschlitzen. Der Mond schimmerte durch die Scheiben und warf grünes und blaues Licht auf die Wände. In der Mitte des Raumes stand in einem auf den Boden gemalten Kreis ein Holztisch. Rechts und links davon waren zwei steinerne Säulen, die bis zur Decke reichten. Auf dem Tisch lag eine Decke aus Leinen und an jedem Ende stand ein Kerzenleuchter. Die Kupferplatten, mit denen das Turmdach gedeckt war, klapperten im Wind.

»Willkommen in meinem Heiligtum, Mr Crane. Hier sind wesentlich mehr Kräfte versammelt als in jeder Kirche.« Demurral ließ den Blick durch den Raum gleiten. Er gab Crane ein Zeichen, näher zu treten. »Habt keine Angst, hier gibt es nichts, das Euch schaden könnte . . . Nun, noch nicht.«

Crane schwieg. Das Gefühl wachsender Unruhe behielt er für sich. Er trat in den Kreis und stellte sich neben den Tisch.

»Bitte berührt den Tisch nicht – heilige Hände, nur heilige Hände.« Demurral schien plötzlich ganz aufgeregt. Einfach nur in dem Raum zu sein bereitete ihm schon eine besondere Wonne.

»Und wozu ist dieser Raum jetzt gut? Ich dachte, Ihr feiert nur in der Kirche Messen?« Jacob Crane schaute sich um. Es gab Hinweise auf religiöse Handlungen: der Altar, der Kreis und ein sechszackiger Stern, der mit blauer Farbe an die Wand gemalt worden war.

»Die Kirche ist ein Ort, wo man einem Gott, der längst nicht mehr zuhört, Worte ohne Inhalt vorbetet«, erwiderte Demurral. »Hier ist der Ort, wo die Antworten liegen. In jedem von uns wartet ein Gott darauf, in die Freiheit entlassen zu werden. Alles, was wir brauchen, ist der Schlüssel zur Macht.« Er strich mit dem Handrücken über das Tuch auf dem Altar und schaute Crane erwartungsvoll an.

Crane steckte die Hand in die Tasche und umfasste den Griff seines Dolches. Er spürte das kalte Metall in seiner heißen, feuchten Handfläche. In den 32 Jahren seines Lebens hatte Jacob Crane vieles gesehen und viele Menschen getötet. Aber Demurral hatte etwas an sich, das ihm eine Gänsehaut über den Rücken laufen ließ. Crane hatte vor kaum etwas Angst, doch in der Gegenwart dieses Mannes verkrampfte sich sein Magen. Am liebsten hätte er ihn auf der Stelle umgebracht.

»Was betet Ihr eigentlich an? Euch selbst oder etwas anderes?«, stieß er hervor.

»Ein Gott muss es wert sein, dass man ihn anbetet. Ich persönlich war nie der Meinung, dass unser Gott alle unsere menschlichen Erwartungen erfüllen kann. Wir bitten ihn, dass er gesund macht, und die Menschen sterben. Wir bitten ihn um Frieden und bekommen doch nur Leid. Er sagt, wir sollen unsere Feinde lieben, und dabei können wir nicht einmal uns selbst richtig lieben. Er nimmt uns alle Freude am Leben, ohne dass wir sicher sein können, ob wir wirklich ins Paradies kommen, wenn wir sterben.«

Demurral zog keuchend die Luft ein und warf das lange weiße Haar zurück. Dann fasste er sich wieder und schaute Beadle an. »Ich war fast mein ganzes Leben lang Diener des Allmächtigen, habe für ihn gelitten, ließ mich für ihn verlachen und habe alles für ihn aufgegeben. Und was hat er für mich getan? Als ich hierher kam, fand ich etwas anderes ... Oder sollte ich besser sagen: Etwas anderes fand mich?«

»Was immer Ihr gefunden habt, Ihr könnt es für Euch behalten. Wenn Ihr wollt, dass ich die Kinder hierher bringe, soll es so sein. Aber seht zu, dass mein Geld bereitliegt, wenn ich wiederkomme«, sagte Crane. Ihm war klar, dass es weder gut noch richtig war, was Demurral tat, und dass es nicht Gott war, dem er nachfolgte. Er drehte sich um und wollte gehen. Den Griff seines Messers hielt er weiter umklammert. Das Ganze konnte sich immer noch als Falle herausstellen.

»Nicht so eilig, Mr Crane. Ich dachte, ich könnte Euch etwas zeigen, das Eure Meinung bezüglich der Wunder ändern könnte. Ihr seid ein Mann von dieser Welt, ein Mann, der Beweise braucht. Macht mir die Freude und erlaubt mir, dass ich Euch zeige, wie die Welt wirklich ist.«

Er gab Beadle, der reglos an der Wand gestanden hatte, ein Zeichen, worauf dieser eine große Holzkiste unter einem der schmalen Fenster öffnete. Die Metallscharniere knarrten und grüner Staub schien aufzusteigen. Beadle griff tief in die Kiste und kippte dabei fast vornüber. Seine dünnen Beine bemühten sich Kontakt mit dem Boden zu halten. Als er sich wieder aufrichten wollte, verlor er das Gleichgewicht und setzte sich unsanft auf den Hintern, einen großen blauen Stein dicht an den Körper gepresst. Er rappelte sich wieder auf, trug den Stein zum Altar und legte ihn vorsichtig auf das weiße Tuch.

Demurral lächelte vergnügt. Er legte beide Hände auf den Stein und murmelte etwas.

Der Stein spaltete sich in zwei gleiche Hälften. Demurral hob die obere Hälfte ab und enthüllte zwei Männerfäuste, die in die Steinhälften eingeschnitten und so poliert worden waren, dass sie wie Silber glänzten. Ganz langsam legte er seine eigenen Hände in die Vertiefungen des Steins. Sie passten genau. Er sprach:

»Stein, der uns hörte, doch Antwort nicht gab,
Hör jetzt mein Rufen nach dem Kinde, das starb.

Komm herbei in lodernden Flammen,
Kind Azimuth, ich ruf deinen Namen.«

Demurral senkte den Kopf und blickte auf seine Hände. Ein plötzlicher Windstoß fegte unter der Eichentür hindurch in das Turmzimmer und blies ihnen den Staub vom Boden um die Füße. Der Staub bildete eine dichte Windhose vor dem Altar. Silberne, grüne und rote Blitze leuchteten aus dem Inneren dieses ständig wachsenden Tornados. Vor ihren Augen erschien ein junges Mädchen, zuerst die bloßen weißen Füße, dann der Saum eines grünen Kleides, dann der Rest ihres Körpers und der Kopf, als würde sie Zelle um Zelle zusammengefügt.

Crane wollte seinen Augen nicht trauen. Er drückte sich so dicht wie möglich an die Wand. Demurral presste weiter die Hände in die Steinhälften und starrte auf das Phantom, das vor ihm Gestalt annahm, wobei er ununterbrochen in einer fremden Sprache vor sich hin murmelte.

Auch Crane wandte den Blick nicht ab. Das Mädchen war ungefähr ein Meter fünfzig groß, hatte langes blondes Haar und eine sehr helle Haut. Das grüne Kleid wurde in der Taille von einem goldenen Gürtel zusammengehalten und auf dem Kopf trug sie eine Krone aus Misteln und den dunklen Früchten der Tollkirsche. Sie hatte tiefschwarze, blicklose Augen. Es waren die Augen einer Blinden, die zwar offen sind, aber nicht wissen, was sie sehen. Ihr Gesicht kam Crane seltsam bekannt vor. Er hatte das Gefühl, das Mädchen schon irgendwo gesehen zu haben.

»Seht Ihr, Crane, jetzt zeigen Euch eure eigenen Augen eine andere Welt. Könnt Ihr das leugnen?«

Demurral schaute Crane an, dann wieder das Mädchen. »Dieses Geister-Kind kann in die Zukunft schauen. Sie ist eine Azimuth, eine, die zwischen Leben und Tod gefangen ist, zwischen Vergangenheit und Gegenwart. Sie ist die Einzige, der ich trauen kann. Eine Azimuth kann nicht lügen.«

Crane fiel auf, dass Demurrals Hände in den Steinkuhlen zitterten. Er antwortete nicht; er versuchte die Wirklichkeit nicht aus den Augen zu verlieren, spürte aber eine dunkle Ahnung in sich aufsteigen. Seine Hand schloss sich noch fester um den Messergriff. Er schaute von Demurral zu Beadle und wieder zu dem Mädchen.

Demurral begann erneut zu sprechen: »Azimuth, ich rufe dich auf die Wahrheit zu sagen. Was wird heute Nacht noch geschehen?«

Es folgte ein langes Schweigen. Der Wind rüttelte immer heftiger an dem Kupferdach, das klapperte und ächzte.

Crane überlegte fieberhaft, wer das Mädchen war. Sein Instinkt sagte ihm, dass er sie kannte oder zumindest wusste, wer sie war, bevor sie in eine Azimuth verwandelt wurde. Schweißperlen rannen ihm über die Stirn. Er spürte sein Herz hämmern und sein Blut durch die Adern rauschen.

Da begann das Mädchen zu reden. Sie sprach leise, ihre Stimme klang wie raschelndes Pergament. »Es wird so sein, wie Ihr es wünscht. Sie werden hierher kommen. Die drei, die Ihr sucht, werden wieder zusammen sein.« Die Azimuth stand reglos da. Sie hatte die Handflächen wie zum Gebet leicht aufeinander gelegt.

»Und was ist mit Crane – kann ich ihm trauen?«, fragte Demurral vorsichtig.

»Eine solche Frage wird Euch den Hals kosten, Demurral«, mischte Crane sich wütend ein. »Ich lasse mich von Eurer Hexerei nicht so beeindrucken, dass ich nicht noch in der Lage wäre, Euren Kopf vom Rumpf zu trennen.« Er machte einen Schritt auf den Tisch zu und zog seinen Dolch.

Die Azimuth streckte die Hand aus, als wollte sie ihn aufhalten. »Er ist ein Mann mit aufrichtigem Herzen und wird seine Absicht nicht ändern. Er wird sie hierher bringen und den Ort mit dem verlassen, um dessentwillen er gekommen ist.« Sie wandte Crane das Gesicht zu. Ihre starren Augen schauten in seine. »Dein Leben ändert sich. Dein Herzenswunsch wird sich erfüllen.«

Crane war jetzt ganz sicher, dass er schon einmal in diese Augen geschaut hatte, und zwar vor nicht allzu langer Zeit. Vor Angst lief es ihm eiskalt über den Rücken. Er wusste nicht, ob er ein Gespenst vor sich hatte oder eine Halluzination. Und da fiel es ihm wieder ein. Vor einem halben Jahr hatte er sein Schiff in Baytown auf Strand gesetzt, um den Rumpf reparieren zu lassen. Ein Mädchen hatte der Mannschaft einen Korb voll Fische gebracht. Sie hieß Hester Moss und er erinnerte sich an ihre Augen und das Haar und das gewinnende Lächeln. Die Azimuth war dieses Mädchen. Sie war in den Klippen verschwunden, ihr Leichnam war nie gefunden worden. Crane begann zu begreifen, wie sie ums Leben gekommen sein musste.

»Gebt dem Kind seine verdiente Ruhe, Demurral. Schickt sie in ihr Grab und gönnt ihr ihren Frieden.«

»Ihr versteht nicht, Mr Crane. Eine Azimuth ist etwas sehr Seltenes, nicht jedes Kind eignet sich dafür. Sein Geist muss den Horizont überspannen. Es waren viele Kinder nötig, bis ich das richtige gefunden hatte. Eines, das zur rechten Zeit am rechten Ort gestorben war.« Demurral redete so nüchtern, als ginge es um etwas Alltägliches und nicht um Mord.

»Ihr meint, ein Kind, das *Ihr* zur rechten Stunde am rechten Ort getötet habt. Damit es in Eure so genannte Magie passt. Ermordet, um Euer Sklave zu sein. Ihr gewährt dem Mädchen nicht einmal die Gnade, in Frieden zu sterben.«

»Wie kommt Ihr darauf, dass ich sie umgebracht habe? Menschen können sterben, ohne dass jemand ihnen dazu verhilft.«

Crane stürzte sich auf Demurral, packte ihn am Hals und drückte ihn gegen die Wand. »Ich bin drauf und dran, Euch zu erlauben, dass Ihr ihr Gesellschaft leistet! Zur Hölle mit dem Geld!« Mit der freien Hand drückte er ihm das Messer an die Wange. »Versprecht mir eines, Vikar. Wenn das hier vorbei ist, lasst Ihr sie gehen und setzt einen Grabstein auf ihr Grab.«

Demurral brachte kein Wort heraus. Er rang nach Luft. Zum Zeichen seines Einverständnisses nickte er. Dann tippte er leicht auf Cranes Hand, damit dieser ihn losließ. Er tat es und der Pfarrer sank keuchend zu Boden. Crane drehte sich zu der Azimuth um. Ihr Gestalt gewordener Geist begann sich vor seinen Augen aufzulösen. Sie streckte die Hände aus, versuchte sich an diesem Leben festzuklammern.

»Hester«, rief er, »ich setze dich frei. Er wird für das, was er dir angetan hat, bezahlen.«

Der Wind wirbelte den Staub durcheinander und ihr Bild verschwand so schnell, wie es erschienen war.

Demurral rutschte auf dem Boden zum Altartisch und hielt sich den Hals. Crane stand in der Tür, den Dolch in der Hand. Angewidert schaute er auf den Pfarrer und seinen Diener, der neben der Holzkiste kauerte.

»Ich bin in einer Stunde mit den Kindern zurück. Dann will ich das Geld.« Er drehte sich um und verließ den Raum, kam aber noch einmal wieder. »Noch etwas. Wenn einer von euch beiden irgendwelche Tricks versucht, zünden meine Männer das Haus an, während ihr drin seid. Wenn ihr den Steuereintreibern Bescheid sagt, komme ich zurück und sorge dafür, dass ihr am nächsten Baum aufgeknüpft, in kleine Stücke geschnitten und den Krähen gefüttert werdet.« Cranes Dolchklinge glänzte im Kerzenlicht. »Nichts würde mir mehr Freude bereiten. Zwingt mich nicht dazu.«

Damit stürmte er die Wendeltreppe hinunter. Seine Schritte auf den Steinstufen wurden als Echo von den Turmwänden zurückgeworfen.

Demurral zog sich am Altartisch auf die Beine. Er hörte die schwere Holztür am Fuß der Treppe zuschlagen. Beadle kauerte immer noch zitternd neben der Kiste und hatte das Gesicht jetzt in den Händen vergraben.

»Steh auf! Steh auf! Er hätte mich umbringen können und du liegst auf dem Boden und kannst dich vor Angst nicht rühren.« Demurral riss eine brennende Kerze aus dem Halter und warf sie nach Beadle. Dann packte er den Halter, schwang ihn durch die Luft wie ein Schwert und schlug damit auf Beadle ein.

»Dass das nicht noch einmal passiert!«, brüllte er und versetzte Beadles Hinterteil den nächsten Hieb. »Das nächste Mal beschützt du mich, anstatt dich wie ein Hosenscheißer zu verstecken.« Er traf ihn hart in den Rücken. Beadle schrie auf und bat seinen Herrn, er möge aufhören. Das war ein Fehler.

Demurral begann wild mit dem Kerzenhalter um sich zu schlagen, wobei er mal die Wand traf, mal den Altar und mal Beadle. Er hielt den Leuchter mit beiden Händen umklammert und kreischte vor Wut, bis er zusammenbrach. Minutenlang saß er reglos auf dem Boden und starrte mit leerem Blick auf die Muster, die die Bleiglasfenster an die Wand warfen.

»Geh, hol den Jungen und bring ihn hierher. In einer Stunde kommt Crane zurück. Wollen mal sehen, wie viel Schmerz er bis dahin aushalten kann.« Demurral schrieb mit dem Finger etwas in den Staub auf dem Boden.

»Aber Crane hat doch gesagt . . .«, wandte Beadle zaghaft ein. Er hatte sich noch nicht ganz von den Schlägen erholt.

»Was dieser Schmuggler sagt, kümmert mich nicht. Ich

bin der Meister, nicht er. Und jetzt tu, was ich dir gesagt habe.« Er warf den Kerzenhalter nach Beadle und traf ihn an die Brust. »Beweg dein dickes Hinterteil und tu es endlich!«

»Soll ich auch das Geld bringen?«

Demurral überlegte einen Augenblick. »Nein, das Geld brauchen wir nicht. Darum kümmern sich schon die Varrigal. Das Totenhemd hat keine Taschen und in der Hölle kann man nichts ausgeben.« Er lachte schrill. »Und jetzt verschwinde, Beadle, bevor ich dich in die Hölle vorausschicke, damit du ihm den Weg zeigen kannst.«

13.

TEMPORA MUTANTUR – DIE ZEITEN ÄNDERN SICH

Mitternacht kam mit feuchter Kälte, die sich über das gesamte Bergwerksgelände legte. Der nass-kalte Nebel drückte sich auch ins Armenhaus, wo alles schlief. Die älteren Kinder hatten ein Bett für sich allein, die jüngeren schliefen Kopf an Fuß in den unteren Betten. Die Männer und Frauen hatten sich hingelegt, wo sie Platz gefunden hatten, in ihren Kleidern und ungewaschen. Mrs Landas schlief in dem Bett, das dem Kamin am nächsten stand; ein zerschlissener blauer Samtvorhang trennte sie vom Rest des Raumes. Ein dickes Talglicht auf dem langen Tisch verbreitete ein schwaches Licht, während die Glut im Kamin die nach Schweiß riechende Luft nicht so schnell abkühlen ließ.

Raphah döste vor sich hin und dachte an zu Hause. Schnarchgeräusche und das Wimmern der kleinen Kinder ließen ihn, obwohl er müde war, nicht einschlafen. Die Brandwunde an seiner Schulter schmerzte und sein Herz war schwer vor Heimweh. Draußen hörte er den Wind durch den Wald heulen und die Wellen donnernd an den Fuß der Klippen schlagen.

Er versuchte zu träumen, seine Gedanken wegzulocken von diesem Ort, an dem er gefangen war, und von einer Zukunft, die mehr als ungewiss schien. Er betete zu Riathamus, dass er ihn herausholen und ihm erlauben möge seine Heimat wieder zu sehen. Fast ein Jahr war es schon her, dass er sein Dorf verlassen hatte. Seine letzte Nacht dort hatte er unter dem Sternenhimmel verbracht; ein warmer Wind war von der Wüste her durch den Wald gestrichen und hatte Wolkenfetzen über den Nachthimmel gefegt. Die Frauen hatten ihn mit Psalmen in den Schlaf gesungen und das Feuer hatte fast im Takt dazu geknistert und gezischt.

Raphah erlaubte sich gefährliche Gedanken an seine Heimat, Gedanken, von denen er wusste, dass sie Tränen mit sich bringen würden. Er fühlte sich einsam; sehnte sich nach der Berührung eines Freundes und der warmen Stimme Afrikas. Raphah wusste, dass er wegen seiner Hautfarbe hier immer ein Fremder bleiben würde. Die Menschen in diesem Land waren arm an Leib und Seele. Sie hatten miterlebt, wie ein tauber Junge wieder hörte, und konnten doch nicht glauben. Es war, als seien sie selbst taub und blind gegenüber den Zeichen, die sie gesehen hatten, oder als sei ihnen der Unglaube angehext worden. Lieber vertrauten sie Wahrsagekarten und dem Geplapper einer alten Frau als Riathamus, dem lebendigen Herrn. Sie schienen glücklich zu sein, wenn sie in ihrer Armut verharren konnten. Traurig schloss Raphah die Augen und überließ sich seinen Träumen.

Zu dieser Zeit erwachte der Mann, der von dem Dunamez besessen war. Eine ganze Stunde lang hatte er seine Gedanken nun schon mit einem Wesen aus einer anderen Welt geteilt. Er war in eine Ecke seines Seins gedrängt worden, wo er hilflos zusehen musste, wie die Vorstellungen des Dunamez sein Gehirn überfluteten. Er hatte Szenen miterlebt aus jedem einzelnen Leben, das der Dunamez zu Grunde gerichtet hatte. Das Schatten-Wesen war eine Kreatur des Todes, eine, die sich an menschlichem Leid ergötzte, eine, die von Leben zu Leben zog, um sie in Besitz zu nehmen und Macht darüber auszuüben, um ihre Opfer in den Irrsinn zu treiben und an den Rand des Todes.

Zurzeit war ihr hilfloses Opfer Samuel Blythe, Bauer und verschuldeter Bergarbeiter in den Alaunwerken von Raventhorpe. Bei jeder neuen Szene, die ihm der Dunamez aufzwang, lief es Blythe kalt über den Rücken. Sie waren weit schlimmer als die Alpträume, die er als Kind gehabt hatte – es war, als teile er nicht nur die Gedanken des Geistes, der ihn jetzt beherrschte, sondern auch die jedes Lebens, das dieser zerstört hatte.

Blythe kämpfte mit aller Kraft darum, wieder er selbst zu sein. Er wollte um Hilfe rufen, wusste jedoch nicht, welchen Namen er anrufen sollte. Der Dunamez flüsterte ihm jedes Mal, wenn er um seinen Verstand rang, etwas zu. Er kannte seinen Namen. Er kannte seine größten Ängste.

»Hör mir zu, Samuel«, flüsterte er. »Tu, was ich sage, wehre dich nicht dagegen, dann ist es bald vorbei. Vielleicht lasse ich dich sogar am Leben.«

Blythe spürte die Stimme in seinem Körper; sie ließ jeden seiner Nerven vibrieren. Er wollte etwas erwidern, hatte jedoch nicht einmal mehr die Kontrolle über seinen Kehlkopf.

»Ich werde für dich sprechen«, wisperte die Kreatur. »Lass mich nur machen. Du hast schließlich nichts zu verlieren und alles zu gewinnen.«

Der Dunamez holte ihn auch aus seinen Träumen und öffnet ihm die Augen. Unter der Macht des Wesens schlug Blythe die Decke zurück, stand auf und ging zum Kamin. Er wärmte sich am Feuer und lugte dann hinter den Vorhang. Mrs Landas schlief.

»Feuer, Feuer«, murmelte das Wesen. »Es ist viele Jahre her, dass ich die Wärme eines Feuers gespürt habe. Ihr Menschen habt so viel, wofür ihr dankbar sein könnt; Körper, die gewärmt und berührt werden können und vor Aufregung kribbeln. Für mich ist das Leben kalt und einsam. Wenn ich doch nur einmal die warme Umarmung eines anderen Wesens spüren könnte.« Der Dunamez berührte mit Blythes Hand Mrs Landas' Wange. »Ach, meine Liebste, wie schön du bist.«

Das zärtliche Flüstern hörte abrupt auf, als er den schlafenden Raphah entdeckte. Blythe spürte den plötzlichen Wechsel der Gefühle. Vergessen war das Verlangen nach Mrs Landas; er spürte nur noch den glühenden Hass des Wesens und begann zu zittern. Die Gedanken der Kreatur überschlugen sich fast in seinem Kopf. Er wollte schreien, wurde jedoch gestoppt, noch bevor er einen Laut herausbringen konnte. Mordgelüste stiegen in ihm auf.

Der Dunamez sprach ihn erneut an: »Wenn du das für mich tust, Samuel, werde ich dich so schnell, wie ich gekommen bin, wieder verlassen. Nimm das Messer und töte ihn. Er ist keiner von euch, er ist ein Fremder. Er verdient den Tod und du wirst ihn töten.«

Blythe konnte sich nicht wehren. Er hatte keine Kontrolle über sich. Er fühlte sich hilflos wie ein Zeuge einer großen Tragödie. Er ging zum Tisch, zog von dort einen Stuhl an die Bettenreihe, stellt sich darauf und zog das Messer aus der Tasche. Er schaute sich im Zimmer um. Alle schliefen tief und fest. Jetzt gab niemand mehr auch nur das leisestes Geräusch von sich. Es war kein normaler Schlaf; es war, als stünden sie alle kurz vor dem Tod.

Er hob die Hand über den Kopf, unfähig sich der Macht des Dunamez zu widersetzen. Jetzt war es so weit. Die Zeit war gekommen.

»Töte ihn jetzt . . . Sie werden nie vermuten . . .«

Blythe wollte schreiend davonlaufen. Er war ein Bauer, dem seine eigene Dummheit zum Fallstrick geworden war und der nun mit 70 Pfund bei Demurral in der Kreide stand. Doch in zehn Monaten war er wieder ein freier Mann. Falls er dem Dunamez gehorchte, würde er jedoch zum Mörder. Er sah auf Raphah herunter, dessen weiche schwarze Haut im Licht der Kerze schimmerte. Blythe wusste nicht, weshalb Raphah sterben sollte.

»Tu es jetzt.« Die Stimme in seinem Kopf wurde lauter. »Tu es, bevor ich dich zwinge ... Tu einmal im Leben etwas, auf das du stolz sein kannst; bisher hast du immer nur versagt, versage jetzt nicht auch.«

Blythe spürte, wie die Kreatur seinen Arm nach unten zwingen wollte; er sollte die Klinge in Raphah stoßen. Er kämpfte dagegen an, versteifte sich – und hatte das Gefühl, als breche der Wille des Dunamez seinen Arm in der Mitte auseinander.

»Lass los, Samuel, lass los. Tu, was ich sage.« Die unnachgiebige Stimme in seinem Kopf übertönte alles andere.

Plötzlich flog mit lautem Krachen die Tür auf. Mrs Landas schreckte aus ihrem unruhigen Schlaf. Sie saß kerzengerade im Bett, dann zog sie den Vorhang zurück und sprang heraus. Der Dunamez warf Blythe zu Boden.

Consitt und Skerry standen in ihren dreckigen Stiefeln und Dreispitzen in der Tür. Sie sahen erbärmlich aus in der feuchten Kälte der vierten Stunde. Consitt kam sofort zur Sache – ohne ein Lächeln oder einen Willkommensgruß. »Er will den schwarzen Jungen im Turm haben, jetzt sofort.«

Mrs Landas versuchte ihre Frisur in Ordnung zu bringen, während sie zu Raphahs Bett ging. Raphah war inzwischen wach. »Tut ihm nichts, sonst kriegt Ihr ihn nicht. Ich habe ihm eine Menge zu verdanken. Er hat mein Leben verändert und ich lasse nicht zu, dass Ihr ihn hart anfasst.«

Ihre laute Stimme weckte den ganzen Raum auf. Gesichter tauchten unter schmutzigen Decken auf, verschlafene Augen starrten ins Dämmerlicht.

»Es ist mir egal, ob er Euch in die Königin von Saba verwandelt hat. Demurral will ihn haben, und was Demurral will, bekommt Demurral auch.« Consitt trat zu den Betten. Er stieß Blythe beiseite, der sich inzwischen aufgerappelt hatte und zur Tür ging. »Bleib hier, Sam, es könnte sein, dass ich dich brauche. Du kannst zum Turm mitkommen, falls er versucht abzuhauen. Und wenn er es tut, hast du meine Erlaubnis, ihn in ein gutes Versteck zu bringen.«

Blythe versuchte weiterzugehen, doch der Dunamez zwang ihn stehen zu bleiben.

Consitt langte in seinen Gehrock und zog einen kurzen, knotigen Knüppel hervor. »Aufwachen, aufwachen, mein kleiner Matrose. Dein Herr und Meister will dich sehen.« Er drohte Raphah mit dem Knüppel. »Und keine Tricks, sonst müssen wir dich jedes Mal zusammenschlagen, wenn du einen Schritt vom Weg abweichst.« Er ließ den Knüppel in seine Handfläche klatschen und schaute Raphah unter der Krempe seines Dreispitzes hervor an.

»Keine Schläge, Mr Consitt, keine Schläge. Wenn Ihr den Jungen schlagt, bekommt Ihr es mit mir zu tun.« Mrs Landas drohte ihm mit ihrem langen, dürren Finger.

»Und Euch wird Demurral hier rauswerfen, wenn Ihr Euch quer stellt«, erwiderte Consitt und ging an ihr vorbei. »Komm runter vom Bett, Junge. Wir machen dir die Fesseln ab.« Es gab ein dumpfes Geräusch, als er mit dem Knüppel an den Bettpfosten schlug.

»Komm her, Sam, hilf mir den Bengel aus dem Nest zu holen.«

Blythe konnte nichts sagen. Das Wesen drückte ihm die Kehle zu. Er nickte nur und kam sich dabei vor wie eine Marionette in den Händen eines ungeschickten Puppenspielers.

Raphah kletterte derweil mit Mühe vom Bett. Die Brandwunde schmerzte bei jeder Bewegung, der Verband spannte und die dick aufgetragene Nesselsalbe juckte auf der Haut.

Sein Blick blieb an Blythe hängen. Er schaute ihm in die Augen, sah weg und schaute wieder hin. Mit gerunzelter Stirn betrachtete er ihn von oben bis unten, als suche er nach einem verborgenen Geheimnis.

Nachdem Consitt ihm die Fesseln abgenommen hatte, führten die drei Männer ihn hinaus in die Nacht. Raphah hatte sich an die Wärme und den bescheidenen Komfort im Armenhaus gewöhnt. Das Bett hatte zwar vor Flöhen nur so gewimmelt, aber es war einigermaßen bequem gewesen. Jetzt stapfte er durch die Dunkelheit und die Kälte drang ihm bis auf die Knochen.

Sie stiegen den Hügel hinauf und folgten dabei dem schmalen, gewundenen Pfad, der zum Pfarrhaus führte. Der Vollmond jagte schwarze Wolkenfetzen über den Himmel.

Weit draußen auf See hing am Nordhorizont ein helles rot-gelbes Leuchten am Himmel, als stünde das Meer in Flammen. Blythe hielt Raphah an der Schulter fest und schob ihn den Hügel hinauf. Skerry ging voraus. Er murmelte vor sich hin und verfluchte den Tag, an dem er Demurral kennen gelernt hatte. Weit hinter ihnen kam Consitt, der alle paar Schritte keuchend stehen blieb und aufs Meer hinausschaute.

»Es ist immer noch da, Skerry. Sieht aus wie ein Sonnenaufgang, ist aber zu weit im Norden und zu früh.«

Skerry blieb stehen und schaute ebenfalls aufs Meer. »Das ist jetzt schon seit zwei Tagen und Nächten so. Sieht so aus, als würde das Meer brennen. Fast hell genug zum Lesen.« Er drehte sich um und ging langsam weiter.

»Da gibt's nur ein Problem, Skerry – du bist zu blöd zum Lesen!« Consitt lachte vor sich hin, als auch er mit pfeifendem Atem weiterging.

Blythe sagte immer noch nichts. Raphah wandte den Blick nicht von ihm. Er wusste, dass eine dunkle Macht den Mann in ihrer Gewalt hatte. Er hatte schon viele Menschen gesehen, die zugelassen hatten, dass ihr Leben von einem bösen Geist zerstört wurde. Er erkannte es an ihren Augen, dass sie besessen waren.

»Du kannst ihn nicht immer in deiner Gewalt haben«, sagte er leise zu Blythe. »Eines Tages wirst du ihn gehen lassen müssen. Er lebt schließlich nicht ewig.« Der Dunamez antwortete nicht darauf. »Wie heißt du, Geist? Sag mir deinen Namen.«

Blythe drehte Raphah zu sich um; Auge in Auge standen die beiden jetzt. Er schaute den Hügel hinauf. Skerry war weit vorn, er hatte schon fast die Kuppe erreicht. Consitt war fast hundert Meter hinter ihnen. Beide waren zu weit entfernt, um dazwischenzugehen – jetzt war *die* Gelegenheit. Der Dunamez sprach mit Blythes Stimme; der spürte, wie die Laute in seiner Kehle vibrierten, konnte aber das, was er sagte, nicht beeinflussen.

»Du kannst mich nicht aufhalten, Junge«, knurrte der Dunamez. »Ich bin dir lange genug gefolgt und heute Nacht werde ich die Gelegenheit ergreifen und dein Licht ein für alle Mal ausblasen.« Er zog die Jacke über Raphahs Schulter fester zusammen.

»Wenigstens traust du dich zu reden. Dämonen haben in der Regel Angst, sich zu offenbaren. Was für eine Art Geist oder Fürst der Dunkelheit bist du? Oder bist du nur ein Kadesch, das Schoßhündchen irgendeiner Hexe?« Raphah schaute dem Geist direkt in die Augen, die ihn aus Blythes Gesicht heraus anstarrten. »Was macht dich so sicher, dass ich nicht den Namen des Höchsten anrufen werde? Weißt du nicht, dass er dann eine ganze Schar Seruvim schicken wird, um dich zu zerstören?« Er wartete auf eine Erwiderung, doch der Geist antwortete nicht. »Ich weiß, wer du bist, Dunamez . . . Jetzt lass mich los, bevor ich den geheimen Namen anrufe, vor dem selbst du dich beugen musst. Vielleicht lässt er dich sogar am Leben.«

Blythe spürte, wie der Geist an seinen Eingeweiden zerrte, als er sich in seinem Körper wand. Seine Hand flog von Raphahs Schulter, fuhr in seine Tasche und umklammerte den Griff des Messers. Er stieß Raphah von sich, dann zog er das Messer mit Schwung heraus. Er erwischte Raphah an der Wange, warf sich auf ihn und versuchte ihm das Messer in die Brust zu stoßen.

Raphah packte seinen Arm, die Klinge war nur Zentimeter von seinem Gesicht entfernt.

»Hast du tatsächlich geglaubt, du könntest mich mit Worten aufhalten, Junge?«, zischte der Dunamez. »Um mich in diesem Körper aufzuhalten, braucht es mehr. Mit diesen Armen könnte ich ein totes Rind vom Boden aufheben und bald werde ich einen toten kuschitischen Priester aufheben und ihn ins Meer schleudern.« Der Dunamez zitterte vor Anstrengung, als er versuchte Blythes Hand weiter herunterzudrücken. »Ich will dein Blut an dieser Klinge sehen, und wenn du tot bist, tanze ich auf deinem Grab.«

»Im . . . Namen . . . Riathamus' . . . befehle ich dir auszufahren«, rief Raphah so laut er konnte. Die Worte hallten über das Bergwerk, hinein in den Wald und wurden vom Wind übers Meer getrieben. Blythe sprang auf und stolperte über den Weg. Skerry drehte sich um und kam den Hügel heruntergerannt. Consitt keuchte den Abhang herauf, so schnell seine dicken, schmerzenden Beine ihn trugen. Ein gellender Schrei ertönte, als der Dunamez aus Blythe herausgerissen wurde und seinen früheren Wirt wie ein Stück Abfall von sich stieß. Der Dämon stand, in Ketten aus Licht gebunden, vor Raphah. Die Ketten legten sich immer enger um ihn, sodass er sich bald nicht mehr rühren konnte. Blythe legte einen Arm über die Augen, um den Anblick nicht länger ertragen zu müssen. Skerry konnte einfach nicht glauben, was er sah.

Raphah stand auf und schaute auf die erbärmliche Kreatur hinunter, die jetzt vor ihm kauerte. Sie sah aus schmalen Augen zu ihm auf und versuchte zu lächeln. Die Zähne in ihrem Mund waren krumm und schief.

»Hab Erbarmen mit mir, ich wollte dir nichts tun«, flehte sie. »Wenn du es mir erlaubst, verschwinde ich von hier, ohne irgendetwas anzurichten. Lass mich gehen, damit ich jemand suchen kann, der mich durchs Leben trägt.«

»Mit welchem Recht bist du überhaupt auf dieser Welt? Hast du diesem Mann die Gelegenheit gegeben, Nein zu sagen?« Raphah zeigte dabei auf Blythe.

Der Dämon wand sich in den Fesseln aus Licht. »Er ist ein Mensch, er hat keine Rechte. Die Menschen haben Riathamus den Rücken zugekehrt, genau wie ich. Wir fielen vom Himmel – ihr wurdet aus dem Garten geworfen . . . hereingelegt von einer Schlange.« Der Dunamez lachte, keuchte dabei aber und schnappte nach Luft. »Was wisst ihr Menschen schon vom Leben? Dreimal zwanzig Jahre und noch einmal zehn, und was dann? Die meisten von euch landen doch in der Gehenna, der Schattenwüste, in der die undankbaren Seelen wohnen.« Er unterbrach sich und schaute hinüber zu Skerry, der wie versteinert dastand.

»Lass mich in *ihn* fahren. Was könnte ich in einem Körper wie diesem anrichten? Er könnte ein bisschen Hirn gebrauchen. Ich könnte ihm zu einem Leben verhelfen, wie er es nie gekannt hat.«

Raphah hob die Hand. »Schweig, Dämon. Du wärst doch nie zufrieden. Deshalb wurdet ihr aus dem Himmel vertrieben. Ihr wolltet wie Gott sein und Riathamus seine Macht stehlen. Und ihr heckt immer neue Pläne aus und versteckt euch hinter jedem Elend, das ihr über die Menschen auf dieser Welt bringt.« Der Dunamez zuckte bei jedem Wort zusammen. »Du erinnerst die Rechtschaffenen an ihre Vergangenheit. Jetzt ist es Zeit, dass du deine Zukunft erfährst.«

Blythe schlug die Hände vors Gesicht und verbarg sich hinter einem Busch, während Skerry sich in das hohe Gras am Wegrand kauerte.

Mit erhobener Stimme rief Raphah: »Durch die Macht des Höchsten befehle ich dir zu gehen und die Qualen zu erdulden, die dir dort, wo du hingehörst, bestimmt sind. *Geh!*«

Gold- und Silberfäden legten sich um dem Dämon und wirbelten ihn herum. Sein Körper nahm eine tiefschwarze Färbung an, das schmale weiße Gesicht wurde von einem dunklen Nebel umhüllt. Der Dämon schrie und sammelte seine ganze Kraft, um seine Fesseln zu sprengen. Dann blitzte es und er war verschwunden. Die Nacht war schwarz und still wie zuvor.

Blythe und Skerry waren sprachlos und noch zu erschrocken, um aus ihren Verstecken zu kommen. Ein Stück weit den Hügel hinunter lugte Consitt hinter einem Felsen vor.

»Töte uns nicht«, rief er ängstlich. »Wir tun dir nichts. Wenn du uns gehen lässt, verschwinden wir sofort.«

Raphah setzte sich auf einen Stein am Wegrand und begann zu lachen. »Wovor habt ihr Angst? Heute Morgen hättet ihr mich am liebsten getreten und geschlagen und durch den Dreck gezogen. Jetzt zittert ihr wie Kinder nach einem Alptraum.« Er winkte Consitt, er solle hinter dem Felsen hervorkommen. »Komm, bring mich zu Demurral, ich habe bei dem krummen Hund noch etwas zu erledigen. Er hat etwas, das mir gehört, und das werde ich mir jetzt zurückholen.«

Blythe setzte sich auf und schaute Raphah an. »Bist du ein Geist wie der, der von mir Besitz ergriffen hat?«, fragte er leise. Er traute sich vor Angst kaum zu sprechen.

»Kann ein Geist einen anderen austreiben? Kann eine Armee gegen sich selbst kämpfen?«

»Durch welche Macht vollbringst du dann solche Dinge? Was bist du für ein Wesen?«

»Ein Mann wie ihr«, erwiderte Raphah. »Ich besitze keine besonderen Kräfte, kann weder zaubern noch hexen.«

»Wie hast du es dann gemacht? Woher wusstest du, was du tun musst? Dieses Ding wollte dich umbringen – wie hast du es vernichtet?«

»Durch die Kraft Riathamus' – des einzig wahren Herrn. Kennt ihr ihn nicht?« Raphah sah es den Männern an, dass sie abergläubisch waren und von der Wahrheit wenig wussten.

»Wie können wir einen Herrn kennen, der so fremd ist wie du? Weshalb sollte dieser Riathamus sich für einen wie mich interessieren? Ich bin nur ein einfacher Bauer.« Blythe unterbrach sich und wartete, bis Skerry aus dem Graben gekrochen war. »Wir waren beide Bauern und wir haben alles an Demurral verloren. Die Pacht stieg und stieg und keiner von uns konnte sie mehr bezahlen. Jetzt sind wir Gefangene unserer Schulden, Türsteher im Armenhaus.« Wieder sah er zu Skerry hinüber, in der Hoffnung, er würde etwas sagen. Als nichts kam, fuhr er fort: »Weshalb sollte dieser Riathamus Leute wie uns kennen wollen? Sicher ist er etwas für die Reichen in teuren Kleidern und großen Häusern. Etwas für die Sonntagsheiligen, die in der Kirche auf den vorderen Bänken sitzen, während wir uns mit den hinteren begnügen müssen, wo man weder etwas sehen noch hören kann. Warum sollte dein Herr uns haben wollen?«

»Vielleicht genau aus diesem Grund. Habt ihr nie daran gedacht, dass er euch lieben könnte? Habt ihr nie übers Meer geschaut und euch über die Schöpfung gewundert? Oder glaubt ihr etwa, die ganze Welt sei eine Art Zufall?« Raphah streckte Blythe die Hand entgegen, um ihm aufzuhelfen.

»Das mag vielleicht auf dein Land zutreffen«, meinte dieser, »aber hier . . .« Er sah zu Boden. »Ich habe über dies alles nachgedacht, doch dann sah ich den Dreck an meinen Stiefeln, sah die Schafe auf der Weide verhungern, die Pacht, die ich nicht bezahlen konnte, und erkannte, dass es im Leben nur zwei Dinge gibt, die sicher sind: der Tod und die Abgaben, die wir Demurral entrichten. Und ist er nicht auch ein Diener des Herrn? Er ist der Pfarrer, er ist derjenige, der uns den rechten Weg zeigen soll, aber alles, was er getan hat, war, uns ins Armenhaus zu bringen.«

Blythe setzte sich neben Raphah auf den Stein und beide schauten aufs Meer hinaus. Skerry stand hinter ihnen und wusste nicht, was er tun sollte, während Consitt die letzten Meter des steilen Wegs heraufkeuchte.

Raphah legte Blythe den Arm um die Schultern. »Was immer der Mann ist, ein Diener des Herrn ist er nicht. Er folgt jemandem nach, aber es ist nicht Riathamus. Er ist ein Dieb und Lügner. Und er wird für alles, was er getan hat, zur Rechenschaft gezogen.«

Jetzt meldete sich Skerry mit zittriger Stimme: »Du bist doch noch so jung, woher willst du das alles wissen?«

Raphah lächelte. »Riathamus zu kennen bedeutet Weisheit besitzen und das Wissen um ihn hilft verstehen. Das ist alles, was man zum Leben braucht.«

»Aber wie können wir ihn kennen lernen?«

»Schaut euch um und sagt mir, was ihr seht.«

Skerry fürchtete, hereingelegt zu werden. »Ich sehe den Himmel, das Meer . . .«

»Nein, sagt mir, was ihr wirklich seht.«

Skerry schaute sich um. »Da sind Dunkelheit und Licht.«

»Und noch etwas anderes«, sagte Raphah lächelnd. »Riathamus steht an der Tür deines Lebens und klopft an. Wenn du seine Stimme hörst und ihm antwortest, tritt er in dein Leben und bleibt für immer bei dir. Er kann euch aus all eurer Armut herausholen, euch frei machen, damit ihr die Menschen sein könnt, als die ihr gedacht wart, und nicht die sein müsst, zu denen ihr geworden seid.«

Inzwischen hatte auch Consitt sie erreicht. Seine Beine trugen ihn kaum noch und sein Gesicht war rot und verquollen.

Raphah schaute ihn an. »Ich möchte, dass ihr mich zu Demurral bringt. Sagt ihm nicht, was ihr gesehen habt. Wenn ihr mich abgeliefert habt, möchte ich, dass ihr diesen Ort verlasst. Ihr werdet freie Männer sein. Geht und fangt ein neues Leben an. Entdeckt Riathamus für euch.« Er schaute Blythe an. »Du hast das Böse kennen gelernt und warst von ihm besessen. Durch die Kraft des Höchsten bist du frei geworden. Denke daran: Wen er frei macht, der ist wahrhaft frei.«

Ein Wind kam auf und blies durch das Heidekraut am Wegrand. Die Männer schauten sich an und dann Raphah und sie wussten nicht, was sie tun sollten.

»Bringt mich jetzt zu Demurral. Die Zeichen am Himmel sagen mir, dass es bald Zeit ist.«

Raphah ging ihnen voraus den Hügel hinauf, durch die Dunkelheit des Wäldchens, über den Rasen vor dem Pfarrhaus und vorbei an drei frischen Gräbern.

14.

Der brennende Mann

Manche Menschen sind von Natur aus mutig. Thomas und Kate gehörten nicht zu dieser Sorte. Zusammen waren sie die sechs Meilen von Boggle Mill zu einer Lichtung im Wald westlich von Stoup Hill gestapft. Mitten auf der Lichtung war zwischen hohen Grasbüscheln ein alter Steinkreis zu erkennen. Die einzelnen Steine sahen aus wie verschrumpelte Fingerspitzen, die aus der Erde herausragten. Im Mondlicht warfen sie graue Schatten auf das Heidekraut, das hier in Büscheln wuchs.

Isabella hatte Kate einen langen schwarzen Umhang gegeben. Kate zog ihn eng um sich und rückte näher an Thomas heran. Ein kalter Wind blies vom Meer herauf und brachte den Geruch von Salz und Tang mit. Crane hatte ihnen gesagt, sie sollten hier warten, bis er käme; dann würde er sie zu ihrem Freund führen.

Kate war immer noch wütend auf ihren Vater, weil er mit Jacob Crane zusammengearbeitet und ihm jahrelang geholfen hatte Schmuggelware ins Land zu bringen. Sie fragte sich, ob im Lauf der Nacht wohl noch mehr Lügen aufgedeckt würden – ob noch weitere Überraschungen auf sie warteten. Sie hatte alles Vertrauen in ihren Vater verloren, und nicht nur in ihn, in die Menschen allgemein. Das Leben mit ihrem Vater war wegen seiner Trinkerei nie einfach gewesen. Betrunken bekam er beim geringsten Anlass einen Wutanfall, tobte und brüllte, um dann tränenüberströmt zusammenzubrechen. Jahrelang hatte sie geglaubt, es sei ihre Schuld, sie sei in irgendeiner Weise dafür verantwortlich. Kate hatte es ihm nie recht machen können, hatte nie Kind sein können, nie unbeschwert spielen. Ihr Los war das Kochen und Saubermachen gewesen, das Nähen und Flicken. Er erwartete, dass sie Mutter und Dienstmädchen in einem war, doch nie einfach nur Tochter.

In dieser Nacht nun hatte Kate erfahren, dass er ein Doppelleben geführt hatte, und erkannt, dass es der Tod ihrer Mutter gewesen war, der ihn langsam vergiftet hatte. »Ich bin nicht schuld, ich bin nicht schuld«, sagte sie sich immer wieder, während sie daran dachte, wie sehr ihr Vater sie getäuscht hatte.

Die Bäume schüttelten ihre Zweige, als eine frische Brise hindurchfuhr. Kate suchte in der Dunkelheit nach einem Zeichen von Crane und seinen Männern. Es dauerte nicht lang, da hörte sie Hufgetrappel. Thomas lächelte ihr aufmunternd zu. Er legte den Arm um sie und zog sie zu sich heran.

»Egal, was passiert, Kate, ich bleibe bei dir. Weißt du …

im Wald hatte ich einen Traum. Ich begegnete einem Mann.« Er unterbrach sich und überlegte. »Eigentlich war es kein gewöhnlicher Mann – ich glaube, es war Gott. Er hat mit mir gesprochen und mein Name erschien in einem Buch. Vor meinen Augen wurde er hineingeschrieben. Er sagte mir, er sei ein König, und wenn ich an ihn glaube, brauche ich den Tod nicht zu fürchten. Was meinst du wohl, was das alles bedeutet?«

Kate konnte zunächst nicht antworten. Sie spürte, wie ihr die Kehle eng wurde und die Tränen aufstiegen. »Warum wurden wir in diese ganze Sache hineingezogen?«, brach es schließlich aus ihr heraus. »Wir hätten wissen müssen, dass etwas Schlimmes passiert.« Sie hatte auf keinen Fall weinen wollen. Doch eine Mischung aus Wut und Angst, ein Gefühl der Hilflosigkeit und böse Vorahnungen verdichteten sich in ihr zu der unerklärlichen Gewissheit, einer Katastrophe entgegenzugehen.

Thomas und Kate warteten darauf, dass die Pferde die Lichtung erreichten. Plötzlich war dumpfes Donnergrollen zu hören. Der Boden unter ihren Füßen bebte. Ein Pferd wieherte auf der anderen Seite der Lichtung, dann sahen sie einen von Cranes Männern aus dem Wald herausreiten. Er lenkte sein Pferd in die Mitte des Steinkreises, hielt es an und schaute sich um.

»Kommt her«, rief er mit belegter Stimme, als er Kate und Thomas entdeckte. »Kommt her, damit ich euch besser sehen kann.«

Thomas löste sich aus der Dunkelheit und gab Kate ein

Zeichen, dicht hinter ihm zu bleiben. Er traute Crane und seinen Männern nicht.

»Wo ist Jacob Crane?«, fragte er den Mann.

»Er wird gleich hier sein. Er musste zuerst euren Freund holen, danach kümmert er sich um euch.«

»Was ist, wenn wir unsere Meinung ändern? Wenn wir weglaufen und unseren Freund selber suchen?«

»Und was ist, wenn ich euch hier und jetzt mit diesem Entermesser die Kehle durchschneide, Thomas?« Crane trat aus seinem Versteck hinter einem großen Stein heraus, keinen Meter von der Stelle, an der sie standen. Sie zuckten erschrocken zusammen.

»Ich warte hier schon eine ganze Weile auf dich, Martin. Was hat dich aufgehalten? Hast du im Gasthaus den Ausgang nicht gefunden?« Crane wartete nicht auf Antwort, sondern wandte sich gleich an Kate und Thomas. »Und was ist mit euch? Habt ihr jetzt schon ans Weglaufen gedacht? Ich dachte, ihr wärt bereit zu kämpfen. Wolltet ihr nicht euren Freund finden und die Welt retten?« Crane feuerte eine Frage nach der anderen ab, ohne eine Antwort hören zu wollen.

»Ich habe euren Freund gefunden, aber wenn ihr ihn wiederhaben wollt, müsst ihr tun, was ich euch sage.« Er schaute sie ernst an. »Auch wenn es euch schwer fällt, ihr müsst mir vertrauen, egal, was passiert.«

»Woher wissen wir, dass wir Euch trauen können?«, fragte Thomas.

»Nun, man kann nie mit Sicherheit wissen, was ein anderer tun wird. Ich kann euch nur sagen, dass man frische Köder braucht, wenn man eine Ratte fangen will. Aber der Fänger sollte die Falle immer gut beobachten.« Er wandte sich an den Mann auf dem Pferd. »Nimm zehn unserer Männer und geh voraus zum Pfarrhaus. Stellt euch im Garten beim Turm auf. Ich will, dass eine Muskete ständig auf die Tür zum Turm gerichtet ist. Lasst euch nicht sehen. Ich komme mit den beiden und dem Rest der Mannschaft nach.« Damit klopfte Crane dem Pferd mit der flachen Hand auf das Hinterteil. Martin wendete es und ritt in langsamem Galopp über die Lichtung in den Wald. Das Trappeln weiterer Pferde erfüllte die Nacht. Reiter kamen aus ihren Verstecken und ritten nun auf dem schmalen Pfad durch den Wald und das Moor zum Pfarrhaus.

»Und jetzt zu euch. Schon mal zu zweit auf einem Pferd geritten?« Crane ging Richtung Waldrand. »Ich habe eine Stute für euch, ohne Sattel, das heißt, ihr müsst euch gut festhalten. Sie hat den Teufel im Leib, seid also auf der Hut. Sie wirft euch ab, wenn sie kann. Sie ist das einzige Pferd, das wir in Reserve haben – oder sollte ich besser sagen: das wir aus Molly Rickets Stall stehlen konnten?«

Thomas und Kate folgten Crane vorsichtig. Die großen Steinbrocken kauerten bleich im Licht des Mondes. Kate schaute sich um; jedes Geräusch aus dem Wald machte ihr Angst. In jedem dunklen Schatten vermutete sie eine der rotäugigen Kreaturen, die sie in der Nacht zuvor angegriffen hatten.

»Was ist das für ein Platz?«, fragte sie. »Ich durfte nie

hierher kommen. Mir wurde immer gesagt, dass hier die Toten wohnen.«

Crane lachte. »Eine Geschichte, um euch von den Sachen fern zu halten, die die Freihändler hier versteckt haben. Aber was den Steinkreis angeht: Einige Leute behaupten, der Platz sei eine riesige Uhr, die den Lauf des Universums anzeigt, andere halten ihn für einen Ort, an dem ein längst ausgestorbenes Volk seinen Göttern gehuldigt hat.« Sein Ton wurde ernster. »Bis heute hätte ich solche Dinge nie ernst genommen, aber jetzt bin ich mir nicht mehr so sicher.«

Am Rand der Lichtung waren zwei Pferde an einen Baum gebunden. Crane stieß einen langen, schrillen Pfiff aus und wartete. Aus dem Wald kam ein Pfiff als Antwort.

»Das sind meine Männer. Sie mögen keinen festen Boden unter den Füßen; beim Kämpfen sind ihnen Decksplanken lieber. Wollen wir hoffen, dass sie es heute Nacht nicht müssen.«

Crane half Thomas und Kate auf die Stute und schwang sich dann elegant auf den Rücken des anderen Pferdes. Thomas hielt die Zügel fest umklammert und Kate legte ihm die Arme um die Taille.

Crane drückte seinem Pferd leicht die Absätze in die Seiten. »Reitet zum Pfarrhaus, egal, was passiert. Wenn wir getrennt werden, treffen wir uns dort wieder.«

Langsam gingen die beiden Pferde mit ihren Reitern in den Wald hinein. Cranes Männer gesellten sich einer nach dem anderen zu ihnen, während sie dem gewundenen Pfad hinauf zum Moor folgten.

Jacob Crane hatte ziemlich bald das Gefühl, dass irgendetwas nicht stimmte. Die Reiterprozession hatte den Wald noch nicht hinter sich, da spürte er immer deutlicher, dass sie beobachtet wurden. Er hatte sich oft gerühmt, dem Steuereintreiber und dem Kapitän der Dragoner immer einen Schritt voraus zu sein, und war in der Tat in all den Jahren als Schmuggler noch nie geschnappt worden. Es war oft knapp gewesen, doch gefasst hatte man ihn nie. Das lag nicht immer daran, dass er ein guter Reiter, Seemann oder Kämpfer war, sondern es lag vor allem an seinem wachen Instinkt. Crane hatte einen sechsten Sinn für die richtigen Argumente, für die Macht des Geldes und eine Kiste Brandy zur rechten Zeit. Er wusste, dass Drohungen oftmals dasselbe bewirken wie Taten und dass sein Ruf als Mörder meist ausreichte, um ihm zu beschaffen, was er wollte.

Jetzt wusste er eines genau: Sie waren nicht allein im Wald. Er hatte sich noch nie für ängstlich gehalten, doch in dieser Nacht im Wald wuchs seine Beklommenheit mit jedem Meter, den sie ritten. Es war eine unangenehme, nagende Ahnung, dass etwas im Busch war, eine wachsende Sorge, die an Angst grenzte. Auch die Pferde wurden nervös. Eines nach dem anderen scheuten sie, warfen den Kopf hin und her, zuckten mit den Ohren und schnaubten in die Nacht.

Thomas und Kate war klar, dass ihre Stute sie am liebsten abgeworfen hätte, damit sie vor den lauernden Schatten der Dunkelheit schneller davonlaufen konnte. Kate klammerte sich fester an Thomas. Der wiederum zog mit aller

Kraft an den Zügeln, bis der Kopf der Stute fast seine Brust berührte. Doch die Stute zog dagegen, scheute und tänzelte herum, zitterte und schnaubte vor Aufregung.

»Was ist los, Thomas?«, fragte Kate leise.

»Irgendetwas liegt in der Luft, das spüren die Tiere«, erwiderte Thomas. »Sie haben Angst.«

Jacob Crane drehte sich im Sattel um. Auch er sprach leise: »Schaut immer stur geradeaus. Wir werden verfolgt. Fünf von ihnen sind links von uns und etwa sieben rechts. Ich denke, sie warten auf eine günstige Gelegenheit für einen Angriff. Wenn sie sich hier auskennen, warten sie, bis wir zur nächsten Lichtung kommen.« Er griff nach dem Zaumzeug ihrer Stute. »Ich halte sie eine Weile fest. Ich will nicht, dass ihr mir ausgerechnet jetzt davonlauft.«

»Was sollen wir tun, Mr Crane?«, fragte Thomas.

»Hast du das alte Schwert noch, das du mit zu Reuben gebracht hast?«

»Er hat es mir zurückgegeben, als wir gingen.«

»Dann schlage ich vor, dass du es griffbereit hältst. Beschütze das Mädchen und pass auf deine Deckung auf. Schlage mit aller Kraft zu, damit sie keine zweite Chance haben. Und denk daran, Junge: Entweder du oder sie.«

»Wer folgt uns überhaupt?«, fragte Kate.

»Es können die Männer vom Zoll sein, die Dragoner oder etwas, das sich Demurral für uns ausgedacht hat. Wer immer sie sind, sie wissen, wie man sich fast geräuschlos fortbewegt. Sie sind in unserer Nähe, seit wir den Steinkreis verlassen haben.«

Thomas und Kate spürten, dass Crane die Männer vom Zoll oder die Dragoner nur mit aufgezählt hatte, damit sie nicht den Mut verloren. Aber weder auf die einen noch die anderen hätten die Pferde derart ängstlich reagiert.

Der Wald wurde lichter, je näher sie ans Moor kamen. Aus der schweren schwarzen Erde ragten dick mit Moos überzogene Felsbrocken. Verkümmerte Bäume streckten ihre knorrigen Äste über das dichter werdende Heidekraut. Der Weg fiel zu einer kleinen Schlucht hin ab. Auf der gegenüberliegenden Seite war ein Wäldchen. Hinter einem Felsbrocken am Rand stand reglos eine große, einsame Gestalt, eingerahmt vom Licht des Vollmonds.

Thomas sah sie zuerst und riss instinktiv die Zügel zurück. Die Stute zog wieder mit aller Macht dagegen, doch Crane hatte ihren Zaum fest im Griff.

»Keine Angst, ich hab ihn auch gesehen«, flüsterte er.

»Wer ist es?«, fragte Thomas.

»Nun, es sind weder die Männer vom Zoll noch die Dragoner. Die würden sich nie so hinstellen. Er muss über zwei Meter groß sein.«

»Was machen wir jetzt?«, flüsterte Kate voller Angst.

»Warten, bis ich das Kommando gebe. Dann reitet ihr wie der Teufel. Und nicht anhalten! Wenn ihr abgeworfen werdet, steht ihr auf und rennt. Martin wird am Turm auf euch warten. Haltet euch an ihn. Martin könnt ihr vertrauen, er ist ein guter Mensch.«

Crane sprach im festen Ton und weder Thomas noch Kate konnten etwas darauf erwidern. Kate klammerte sich so fest an Thomas, dass es schon wehtat. Sie wollte nur eines: dass alles aufhörte. Doch in diesem Moment zerbarst die Gestalt am gegenüberliegenden Rand der Schlucht und helle orangefarbene Flammen schlugen hoch in die Luft. Stroh, Stofffetzen und Weidenruten schossen aus den Flammen und fielen als glühende Asche zu Boden.

»Es ist nur eine Strohpuppe. Jemand will uns Angst einjagen«, beruhigte sie Crane, zuckte aber im nächsten Moment erschrocken zusammen. »Schnell, lauft«, rief er, als der erste Pfeil über sie wegflog und an einem Felsen dicht neben ihnen wie Glas zersplitterte. Dann flog ein zweiter durch die Luft. Er kam von hinten, traf einen Baum und zerfiel zu Staub. Dann noch einer und noch einer. Bald war die Luft erfüllt von feurigen Glasrauten, die aus allen Richtungen über ihre Köpfe hinwegschossen.

»Sie wollen uns in die Schlucht zwingen – es ist nur Deckungsfeuer, sie wollen euch nicht treffen.« Crane ließ den Zaum der Stute los. »Auf geht's, lauf, du Teufel!«, brüllte er dem Pferd zu. Das Tier warf den Kopf zurück und schnaubte wild. Seine Hufe gruben sich in die weiche Erde, dann stob es los und stürmte mit Thomas und Kate auf die Schlucht zu.

Die Strohpuppe auf der anderen Seite loderte weiter und verstreute orangefarbene und rote Blitze. Das Hochmoor wirkte wie eine andere Welt, beschienen vom silbernen Glanz des Mondes und gesprenkelt von den dunklen Schatten, die Bäume und Steine warfen. Luft und Erde, Feuer und Wasser wirkten einen so kräftigen Zauber, dass alles völlig unwirklich schien.

Kate klammerte sich an Thomas. Der Wind fuhr in ihren Umhang und bauschte ihn hinter ihr auf. Das Pferd galoppierte den schmalen Pfad entlang, der in die Schlucht hinunterführte. Thomas gelang es nur mit Mühe, die Zügel in der Hand zu behalten, als die Stute in der Dunkelheit der Schlucht blind über herabgefallene Äste und Büschel von Heidekraut sprang, vom Weg abkam und in Panik durchs Gestrüpp stob. Sie verfing sich im Gewirr von Farn und Stechginster, und als sie mit den Hinterbeinen ausschlug, um sich zu befreien, warf sie Thomas und Kate ab.

Thomas rappelte sich rasch wieder auf, zog das kurze Schwert aus seinem Gürtel und hieb auf das Gestrüpp ein, um die Beine des Pferdes zu befreien. Bald hatte er es geschafft, die Stute galoppierte den steilen Abhang wieder hinauf und ließ sie allein in der Schlucht zurück.

Erschöpft sank Thomas neben Kate auf den Boden. Die hatte sich schützend in ihren schwarzen Umhang gehüllt. Die Stille schien eine Ewigkeit zu dauern und auf dem Grund der Schlucht war es stockdunkel. Keiner rührte sich, keiner sprach. Thomas war außer Atem; in seinem Kopf überschlugen sich die Gedanken. Als er sich bereit erklärt hatte, Raphah zu helfen, hatte er dies aus Rachsucht getan. Nicht aus Gutmütigkeit oder weil jemand in Not war. Er begriff jetzt, dass er immer nur eines gewollt hatte: sich an Demurral rächen. Doch er spürte, dass sich in ihm etwas verändert hatte und sich weiter veränderte, etwas, das sich nicht mehr aufhalten ließ, das wuchs wie Senfsamen.

Er stach mit der Schwertspitze in den Boden. »Wir müssen weiter. Wenn wir hier bleiben, schnappen sie uns vielleicht, wer immer sie sind. Und ich habe keine Lust, noch einmal aus dem Hinterhalt angegriffen zu werden.«

Thomas begann zu lachen und wusste nicht, weshalb. Er spürte nur, wie das Lachen wuchs und wuchs, bis es ihn schüttelte. Während er lachte, begann er über sich zu lachen, weil er so lachte. Es fühlte sich einfach gut an. Eine überwältigende Freude stieg in ihm auf. Er versuchte sie zurückzuhalten, nicht herauszulassen, doch die Freude war so machtvoll, dass er fast platzte. Er ließ sich in den Farn fallen. Vor seinem geistigen Auge sah er jetzt den König, der ihn anlächelte. Und da wusste er, dass sie nichts zu fürchten hatten, egal, was passierte.

Mitten im Lachen versuchte er zu sprechen. »Kate, wir müssen weiter.«

»Freut mich, dass du das alles für so lustig hältst – gejagt zu werden, bis wir vor Angst halb tot sind, dann von einem Pferd abgeworfen zu werden, das auch noch davonläuft. Sehr komisch. Worüber lachst du als Nächstes?« Kate war wütend. Es war ihr liebstes Gefühl.

»Ich weiß nicht, warum ich lache. Ich kann nichts dafür. Ich weiß nur, dass alles gut wird. Das ist alles, was mir in den Sinn kommt. Für die, die den König kennen, wird alles gut . . . So hieß es im Traum.«

»Wird dieser Traum uns das Leben retten?«, wollte sie wissen.

»Ich glaube, ja, Kate. Ich glaube, ja.« Er hielt kurz inne und fuhr dann fort: »Seit ich Raphah getroffen habe und diesen Traum hatte, weiß ich, dass die Welt, in der wir leben, anders ist, als ich dachte. Als sei ich blind gewesen und könnte plötzlich sehen. Ich habe in meinem Leben nur an mich gedacht: was ich hatte, was ich tun wollte . . .« Der Wind fuhr durch den Farn. »Jetzt weiß ich, dass sich nicht alles nur um mich dreht, dass das Leben mehr ist. Ich habe Raphah versprochen ihm zu helfen, etwas von Demurral zurückzuholen. Ich weiß nicht, weshalb das so wichtig ist, aber ich weiß, dass es wichtig ist. Es ist etwas, für das sich zu leben lohnt. Zum ersten Mal in meinem Leben habe ich etwas gefunden, an das ich glauben kann, etwas, das voller Hoffnung und Wahrheit ist.«

»Aber was passiert jetzt, Thomas? Als ich mit dir gekommen bin, habe ich mir das alles ganz anders vorgestellt. Ich dachte, wir würden ins Pfarramt einbrechen, und damit hätte es sich dann.« Sie stand auf und schüttelte den Umhang ab. »Ich bin nicht wegen Raphah mitgekommen oder wegen dem, was er zurückholen will, ich bin mitgekommen, weil . . .« Sie verstummte und senkte den Kopf.

»Warum, Kate?«

»Es spielt jetzt keine Rolle. Ich glaube, ich habe den Grund verloren, als ich abdrückte und dieses Ding erschoss.«

Thomas schaute Kate an. In der Dunkelheit konnte er kaum ihr Gesicht erkennen. Er streckte die Hand aus und berührte sie leicht an der Wange. Ihr Lächeln sah er nicht.

»Wir müssen gehen, Kate. Ich weiß nicht, ob sie noch hinter uns her sind oder wo Crane steckt. So, wie ich ihn kenne, hat er sie ganz allein fertig gemacht. Wir gehen jetzt bis ans Ende der Schlucht und dann weiter zum Pfarrhaus. Dort werden wir sehen, ob wir Martin wirklich trauen können.«

Kate drückte seine Hand. »Geh schon voraus. Ich muss noch etwas erledigen, dann komme ich nach.«

»Ich lasse dich nicht allein hier im Dunkeln. Ich warte gleich da vorn.« Thomas ging ein paar Schritte den Weg hinunter.

Kate hob den Umhang vom Boden auf, klopfte den Schmutz ab und wartete.

Kurze Zeit später tauchte ein einzelner Varrigal am Rand der Schlucht auf. Er suchte die Dunkelheit mit Blicken ab. Seine glühend roten Augen sahen bei Tag wie bei Nacht gleich gut; schwärzeste Dunkelheit war für sie wie strahlender Sonnenschein. Unten in der Schlucht sah er zwischen zwei Bäumen eine Gestalt in einem Umhang kauern. Sie schien zu beten. Der Varrigal spannte die Sehne seiner Armbrust, legte einen silbrigen Glaspfeil ein, hob die Waffe und zielte. Er betätigte den Drücker und der Bolzen schoss durch die Nacht.

Es gab ein dumpfes Geräusch, als der Bolzen sich in den Rücken seines Opfers bohrte. Der Varrigal schnaufte zufrieden und stapfte den steilen Abhang hinunter. Der zerknitterte Umhang verhüllte zwischen zwei Stechpalmenbäumen eine leblose Gestalt. Der Varrigal hob sein Schwert; es durchschnitt den Stoff und senkte sich in sein Opfer. Trockenes Gras und Farn quollen aus dem Riss. Kate war gegangen, nachdem sie den Umhang über den Stamm einer umgestürzten Weide gelegt und mit Gras und Farn ausgestopft hatte.

15.

Das Wunder

Es waren noch zwei Stunden bis Sonnenaufgang und schon verbreiteten sich die Neuigkeiten der Nacht wie ein Lauffeuer in den Hütten der Bergarbeiter und in den Alaunbrüchen.

Die Geschichte von dem Wunder wurde wieder und wieder erzählt, weitergegeben von Mann zu Frau, von Haus zu Haus. Man sprach darüber im Hof vor dem Siedehaus und bei den Zersetzungsgruben. Männer standen beieinander und erzählten sich, dass der taube Junge hören und sprechen könne. Mrs Landas musste es jedem erzählen, den sie traf. Stolz zeigte sie den Jungen herum wie eine Trophäe und erzählte allen, dass dieser prächtige junge Mann ihr Sohn war. Sie hatte sich das Bleiweiß und den Schönheitsfleck vom Gesicht gewaschen und das Haar gekämmt und schien ein neuer Mensch zu sein. Es gab keinen Gin zum Frühstück und keine Pfeife. Sie hatte sogar versucht den braunen Belag von ihren Zähnen zu reiben. Für Mrs Landas bedeutete der neue Tag den Beginn eines neuen Lebens – eines Lebens, das sie mit ihrem Sohn verbringen wollte.

»Du kannst ruhig sagen, dass ich spinne«, sagte sie in ihrer kehligen Stimme zu dem Mädchen aus der Hütte neben dem Armenhaus, »aber ich fühle mich zehn Jahre jünger. Seit der schwarze Junge meinen John gesund gemacht hat, kann ich einfach nicht mehr aufhören mich zu freuen. Du solltest ihn kennen lernen, er ist ein echter Gentleman, ein halber Engel. Was er sagt, gibt dir das Gefühl, innerlich rein zu sein.«

Sie schaute hinauf zum Pfarrhaus weit oberhalb des Bergwerks. Dunkelrote Gewitterwolken brauten sich wie ein Gebirge am Himmel zusammen. Das gleißende Licht am Horizont beleuchtete die Vorderseite des Pfarrhauses. Jede einzelne der vielen Fensterscheiben spiegelte den orangeroten Schein wider. Das Haus schien sich gegen das aufkommende Unwetter zu wappnen. Wie der Turmbau zu Babel ragte Demurrals Turm in den Himmel.

Mrs Landas trocknete sich die Hände an der Schürze und sagte zu dem Mädchen: »Ich weiß nicht, was Demurral von dem Jungen will. Ich hoffe nur, dass er ihm nichts antut. Zu viele Kinder sind schon dort hinaufgegangen und nicht wieder zurückgekommen.« Sie betrachtete die Wolkenberge. »Ich glaube die Geschichte nicht, dass sie alle zur Marine gegangen sind oder zum Arbeiten nach London. Demurral hat etwas mit ihnen gemacht. Ich bete, dass ich den Jungen wieder sehe.«

Das Mädchen ging in die Hütte und schloss die Tür hinter

sich. Die ersten Regentropfen fielen aus dem finsteren Himmel.

Raphah und die drei Männer suchten unter einer großen Eibe, von der aus man die Tür zum Turm sehen konnte, Schutz vor dem Regen. Consitt lehnte sich an den Stamm; ihm war nicht wohl in seiner Haut.

»Du musst nicht. Du musst da nicht rein, Junge«, sagte er. »Du kannst weglaufen und deine Freunde suchen.« Er schaute die anderen beiden Männer an. »Wir haben uns überlegt . . . Nach dem, was heute Nacht passiert ist, sind wir nicht mehr so sicher, ob es richtig ist, was wir tun. Wir wollen dich nicht dem Pfarrer ausliefern. Wir wollen, dass du gehst, und zwar jetzt. Du kannst in Whitby auf ein Schiff gehen – es bringt dich zu jedem beliebigen Ort der Welt. Auf jeden Fall bringt es dich von hier weg.«

Die anderen beiden nickten zustimmend.

»Ich laufe nicht weg und ich gehe nicht, bevor ich das nicht mitnehmen kann, weswegen ich gekommen bin. Es ist mehr wert als Gold.« Raphah wies auf die Tür zum Turm. »Was immer da drin geschehen wird, Riathamus ist bei mir. Außerdem kann ich gar nicht weglaufen. Es steht nicht mehr in meiner Macht.«

Mit diesen Worten trat Raphah aus dem Schutz der Eibe. Der Regen prasselte wie Hagel aus dem purpurfarbenen Himmel. Er lief zur Tür, packte den dicken Ringgriff aus Messing und drehte ihn nach rechts. Er spürte, wie die Schlossfalle sich hob und die Eichentür aufsprang.

Langsam und vorsichtig stieg er die von Kerzen erleuchtete Steintreppe hinauf. Oben angekommen, stand er erneut vor einer Eichentür. Dahinter hörte er Demurral und Beadle reden. Er zögerte nur eine Sekunde, dann hob er die Hand, um anzuklopfen. Er wollte ihnen zeigen, dass er keine Angst hatte, dass sie weder Bitterkeit noch Zorn in ihm wachrufen konnten, egal, was sie taten. Raphah wusste, dass er in großer Gefahr war. Doch er musste diese Sache zu Ende bringen. Hinter der Tür lag die Antwort auf alle Fragen, die er sich selbst gestellt hatte. Viele Meilen war er über Land und Meer gereist, um an diesen Ort und zu diesen Menschen zu gelangen. Dies war das Versprechen, das er seinem Vater Abraham auf den Stufen des Tempels gegeben hatte. Dass er nicht mit leeren Händen zurückkehren würde.

Raphah spürte sein Blut durch die Adern jagen. Die Schweißperlen auf seiner Stirn vermischten sich mit den Regentropfen, die ihm aus den schwarzen, geölten Locken rannen. Er überlegte, wie er den Raum betreten sollte. Was erwartete ihn? Was würde geschehen?

Ganz langsam legte er die erhobene Hand auf den Türgriff und drückte ihn dann rasch hinunter. Schwaden von beißendem Rauch schlugen ihm entgegen. Es roch nach Myrrhe und Fäulnis. Der Rauch reizte seine Augen und ließ ihn einen Schritt zurückweichen. Im Dämmerlicht sah er Demurral am Altar stehen. Er trug ein langes weißes Gewand; um die Taille hatte er eine dicke schwarze Kordel geknotet. Das Haar war zu einem Pferdeschwanz zurückgebunden, was seine Gesichtszüge noch strenger erscheinen ließ. Neben dem Altar stand der Akazienstab mit der Steinhand und in der Mitte des Altars der Keruvim. Seine Perlmuttaugen leuchteten im Licht der Altarkerzen. An der Wand standen drei hochlehnige Holzstühle mit Goldkordeln über den Armlehnen.

Beadle huschte durch den Raum. In der einen Hand hielt er eine goldene Schale mit frisch geschnittenen Kräutern, in der anderen eine kleine goldene Sichel. Die beiden Männer hielten inne und starrten Raphah an, wie er im dichten Rauch in der Tür stand. Beadle ließ vor Schreck die kleine Sichel fallen.

»Ihr wünscht mich zu sehen?« Raphah bemühte sich seiner Stimme einen festen Klang zu geben. Demurral traute seinen Augen nicht. Er suchte im Dämmerlicht des Treppenabsatzes nach seinen Männern.

»Wo sind . . .?«, begann er.

»Eure Männer stehen draußen im Schutz der Eibe und überlegen, was sie mit dem Rest ihres Lebens anfangen sollen. Sie verlassen diesen Ort heute. Ich habe ihnen ihre Freiheit zurückgegeben. Was sie Euch schuldeten, ist zur Gänze bezahlt, Demurral.« Raphah spürte eine Kraft in sich aufsteigen, die seine Angst rasch verdrängte.

»Was gibt dir das Recht, Leuten die Freiheit zu schenken? Sie haben dir nichts geschuldet, mir dagegen alles«, zischte Demurral wütend. »Alles Feiglinge. Wenn ich mit dir fertig bin, hole ich sie an den Haaren wieder zurück. Bring ihn her, Beadle.« Beadle zögerte. Unsicher schaute er von Raphah zu Demurral. »Steh nicht dumm herum, du Schwachkopf. Bring ihn her!«

»Bleib, wo du bist, Beadle. Du brauchst seinen Befehlen nicht mehr zu gehorchen. Auch du kannst ein freier Mann sein. Was glaubst du, worin die Macht besteht, die er über dich hat?« Raphah trat ins Zimmer und ging zum Altar.

»Hör nicht auf ihn, Beadle, er will dich hereinlegen.«

»Was wisst Ihr schon, Demurral. Ihr hört, aber Ihr versteht nicht. Ihr seht und seid doch blind. Ihr seid so sehr um Euch besorgt, dass Ihr Euer Herz gegenüber den Bedürfnissen der Menschen verhärtet habt. Ich bin als freier Mann hierher gekommen, nicht als Sklave, und ich werde mit dem Keruvim wieder gehen. Gebt ihn mir jetzt.«

Demurral und Beadle schauten sich an und begannen zu lachen. Die Eichentür flog plötzlich zu und der beißende Rauch hüllte Raphah vollständig ein.

»Du bist mutig, aber dumm. Hast du gedacht, ich wüsste nicht, wer du wirklich bist? Gebra Nebura hat mir gesagt, dass die Keruvim nicht getrennt existieren können. Es hat lange gedauert, bis ich begriff, dass einer aus Gold sein kann und der andere aus Fleisch und Blut. Hat Gott nicht einen merkwürdigen Sinn für Humor?«

Demurral nahm den goldenen Keruvim vom Altar. »Das ist mein Lebenswerk. Alles, wovon ich je geträumt habe, halte ich hier in Händen.« Den Blick wieder auf Raphah gerichtet, sprach er weiter: »Du bist der Keruvim, auf den ich gewartet habe. Ihr beide zusammen gebt mir die Kraft, die Elemente zu beherrschen. Das Meer und der Himmel werden meinen Befehlen folgen. Ich kann Dürre über ein Land bringen und Überschwemmung über ein anderes. Ich kann eine ganze Schiffsflotte im Meer versenken. Überlege doch, was diese Macht bedeutet! Ich werde der reichste Mann der Welt sein. Könige und Fürsten werden sich vor mir verneigen. Die Macht der Keruvim wird an den Meistbietenden verkauft.« Demurrals Stimme überschlug sich vor Aufregung. »Und weißt du, was mich am meisten freut? Deinem Gott bleibt nichts anderes übrig, als auf seinem Thron die Hände in den Schoß zu legen; er kann nur noch zuschauen und weinen.«

Er drückte den Keruvim an die Brust. »Hat Gott noch nicht begriffen, dass er nichts mehr zu melden hat? Die Leute haben ihn satt, sie haben ihn vergessen. Geld . . . Macht . . . die schwarzen Künste. Das sind die neuen Götter und ich halte den Schlüssel zu ihrem Königreich in Händen.«

Raphah wartete, bis Demurral fertig war. Aus den Augenwinkeln heraus beobachtete er Beadle, der die goldene Sichel vom Boden aufgehoben hatte.

»Glaubt Ihr wirklich, dass das alles ist, was die Leute vom Leben erwarten? Es macht Euch nicht unsterblich. Ihr könnt diese Dinge nicht mit ins Grab nehmen.«

»Tod. Der Freund des alten Mannes«, meinte Demurral herablassend. »Du bist dümmer, als ich dachte. Es wird keinen Tod mehr geben. Mit der Macht der Keruvim brauche ich keine Angst mehr zu haben, einmal vor Gott stehen zu müssen. Der innere Gott ist weit größer als der äußere. Das ist eine Erkenntnis des neuen Zeitalters. Ich werde Mächte befehligen, von denen du wenig weißt, und du wirst mich nicht aufhalten können.« Damit griff Demurral unter den Altar. Er brachte eine große Pistole zum Vorschein und entsicherte sie mit einem lauten Klicken.

»Ich denke, die bringt dich dazu, mir zu gehorchen.« Demurral lachte und nickte dem unterwürfig dreinschauenden Beadle zu.

Der humpelte zu Raphah, fasste ihn vorsichtig am Arm und führte ihn zu den drei Stühlen. Er stieß Raphah auf den mittleren und band hastig seine Handgelenke und Füße mit den goldenen Kordeln fest. Sie pressten Raphahs Glieder gegen das harte Holz.

Unten schlug die Turmtür zu und man hörte schwere Schritte die Treppe heraufstapfen. Demurral wandte sich an Beadle. »Schau nach, wer es ist. Wir wollen nicht gestört werden«, befahl er barsch.

Beadle humpelte zur Tür und wollte gerade nach der Klinke greifen, da flog sie auf und drückte Beadle an die Wand. Jacob Crane betrat das Zimmer. Demurral schien überrascht ihn zu sehen. Sein Blick fiel auf einen größer werdenden Blutfleck an Cranes Schulter und Oberarm, doch er sagte nichts.

Crane sah Raphah an. »Das ist jetzt also der Grund für den ganzen Ärger. Ein Ägypter, dem Aussehen nach. Lasst die Finger von ihm, Demurral. Sich an so einem zu vergreifen bringt Unglück.« Crane machte einen Schritt auf Demurral zu.

»Das Glück ist ein Geschenk des Teufels. Und der hier ist nicht der helle Morgenstern. Wo sind die anderen zwei?«, wollte Demurral wissen.

»Ich bin wegen dem Geld gekommen. Die Kinder sind unten.« Crane sprach wie einer, der keinen Widerspruch duldet.

»Wir haben ein kleines Problem, Mr Crane. Ihr werdet warten müssen.« Demurral wies auf den am Stuhl festgebundenen Raphah. »Er hat uns die ganze Zeit über in Anspruch genommen. Beadle wird mit Euch ins Haus gehen und das Geld holen. Bringt die Kinder herauf. Ihr Freund wartet und ich auch.«

»Lasst es Euch nicht einfallen, mich betrügen zu wollen, Vikar. Wenn ich ein falsches Spiel wittere, schneide ich Eurem Diener ein Lächeln ins Gesicht, das von einem Ohr zum anderen reicht.« Crane fuhr sich unmissverständlich mit der Hand über die Kehle.

Demurral zielte mit der Pistole auf ihn. »Was hält mich davon ab, Euch jetzt zu töten und das Geld zu behalten?«

»Nur zu, drückt ab. Dann werden meine Leute das Fass voller Schießpulver, das unten an der Tür steht, anzünden und Euch und den Turm in die nächste Welt befördern.« Crane lächelte. »Dann werden wir ja sehen, ob es dort tatsächlich einen Gott gibt.« Als er sich zu Beadle umdrehte, zuckte er zusammen und hielt sich die Schulter. »Komm, du lahme Schnecke, steh auf und kriech die Treppe hinunter. Bei dem Gestank hier wird mir noch schlecht.« Er wandte sich wieder an Demurral. »Sobald ich das Geld habe, schicke ich die Kinder herauf. Was Ihr mit ihnen macht, ist Eure Sache.«

Beadle zog sich am Türgriff hoch und folgte Crane die Treppe hinunter und aus dem Turm.

Raphah sah, wie Demurral die obere Hälfte des Azimuth-Steins abhob. Er legte die beiden Hälften nebeneinander.

»Sehr bald werde ich alles besitzen, was ich mir je gewünscht habe, mein dunkler Freund. Wenn deine Freunde kommen, sind alle Voraussetzungen erfüllt.« Er lächelte zynisch.

»Sie haben Euch nichts getan. Weshalb müsst Ihr sie mit hineinziehen? Bin ich nicht genug?«, fragte Raphah.

»Genug? Man kann nie genug haben. Drei Herzen sind immer besser als eines. Hast du noch nicht begriffen, dass es hier um ein Opfer geht? Damit kennt sich doch selbst dein Gott aus. Ein passendes Opfer und die Sünden sind dir vergeben. War es nicht so?«

»Es war mehr, als Ihr jemals zu tun bereit wärt«, erwiderte Raphah.

»Ich kenne mich aus mit Opfern. Mein Leben lang habe ich mir Dinge versagt und dies und jenes aufgegeben. Jetzt bin ich dran.«

Als er dies sagte, ging die Tür auf. Crane schob zuerst Beadle ins Turmzimmer, dann Kate und Thomas. Zwei seiner Männer stellten sich in die Tür.

»Hier habt Ihr sie, Pfarrer. Alle beide und in bester Verfassung. Macht mit ihnen, was Ihr wollt.« Er schob sie in seine Richtung.

»Ich mag Männer, die Wort halten«, meinte Demurral.

»Wort halten?«, kreischte Kate. »Er ist ein Lügner und Betrüger!«

»Binde sie an die Stühle und wirf die Leute hier hinaus. Wir haben zu tun«, sagte Demurral zu Beadle. Dann richtete er die Pistole auf Crane. »Keine Tricks, Mr Crane. Ich kann genauso gut mit so etwas umgehen wie Ihr.«

»Ich sagte doch: Sie gehören Euch, Vikar. Macht mit ihnen, was Ihr wollt. Ich habe mein Geld und mein Schiff liegt bereit zum Auslaufen.«

Crane drehte sich kurz um und machte seinen Männern ein Zeichen, die Tür freizugeben. Dann ging er rückwärts hinaus, den Blick auf Demurral und die Pistole gerichtet.

»Tut mir Leid, meine jungen Freunde, aber Geschäft ist Geschäft und das Leben ist nichts als Schall und Rauch und in eurem Fall nicht einmal einen anständigen Batzen wert. Nur dreißig Silberstücke.« Er lächelte Kate zu, als er den Raum verließ. Ein letztes Donnergrollen ließ den Turm erzittern.

»Wie das passt«, sagte Demurral zu Beadle. »Ich mag Unwetter. Sie lassen das Herz schneller schlagen. Bereite sie auf das Ritual vor.«

In diesem Augenblick traf der erste Sonnenstrahl die schmalen Fenster und erfüllte den Raum mit buntem Licht.

Beadle schrie erschrocken auf. »Es ist zu spät, Herr. Wir haben die Zeit verpasst, es ist Morgen.«

»Noch eine Nacht, dann fehlt uns der Mond«, fauchte Demurral Beadle an. »Binde sie gut fest. Bereite alles vor, wir kommen heute Abend wieder. Die Sache ist es sicher wert, noch einen Tag zu warten.« Demurral zog sein langes weißes Gewand aus und legte es über den Altar. »Vergiss nicht, die Tür abzuschließen, wenn du fertig bist. Sie können einen Tag ohne Essen auskommen – da, wo sie hingehen, ist es egal, ob sie dick oder dünn sind.« Er ging hinaus und überließ es Beadle, den Keruvim wieder in die Mitte des Altars zu stellen und die Kerzen auszublasen.

Danach blieb Beadle vor Kate stehen und betrachtete die weichen Linien ihres Gesichts. Er beugte sich vor und streichelte ihre Wange. »Du bist so hübsch, es ist schade um dich. Alles, was hätte sein können, alles, was du noch hättest tun können, wird vorbei sein, wenn die Sonne morgen früh aufgeht.«

»Lass sie in Ruhe, du Missgeburt«, schrie Thomas. »Wenn du sie noch einmal anfasst, rupfe ich dir sämtliche Warzen aus dem Gesicht . . .« Er riss an den Schnüren, die ihn an den Stuhl fesselten. Sie schienen sich bei jeder Bewegung fester zuzuziehen.

»Ich mache mit ihr, was ich will«, schnaubte Beadle. »Und mit dir mache ich heute Abend ebenfalls, was ich will. Warte, bis der Mond aufgeht, dann wirst du sehen, was er für dich bereithält.«

»Hör nicht auf das, was er sagt, Kate. Sie werden es nicht wagen, uns etwas zu tun.« Thomas versuchte seiner Stimme einen festen Klang zu geben. An Beadle gewandt, sagte er: »Sobald ihr Vater davon erfährt, sind wir hier weg.«

»Ihr Vater hat Demurral jahrelang aus der Hand gefressen. Wer, glaubst du, hält die Fäden hier in der Hand? An einem Tag ist er Gerichtsherr, am nächsten Priester und in der Nacht kontrolliert er seit Jahren das Schmuggelgeschäft. Der Vikar hat die Macht hier, nicht dein Vater, Kate. Wenn Demurral nicht wäre, säßest du auch im Armenhaus und würdest Alaunschiefer aus dem Bergwerk schaufeln.« Ohne Vorwarnung schlug Beadle Thomas mit dem Handrücken ins Gesicht. »Und was dich angeht . . . das Beste, was einem Barrick passieren kann, ist, dass er bei der Geburt ertränkt wird. Allerdings – sie schaffen es meist, sich selber zu ertränken, noch bevor sie vierzig sind.« Er lachte über seinen eigenen Witz. Thomas hatte Mühe, seine Wut im Zaum zu halten.

»Lass ihn, Thomas«, sagte Raphah leise. »Seine Zunge wird ihm noch zum Verhängnis werden. Es ist, als schaufle der Zornige glühende Kohlen auf sein Haupt. Aber jetzt gibt es Wichtigeres als Beadles Zorn.«

»Das stimmt, Thomas, hör auf deinen dunkelhäutigen Freund. Möglicherweise sind es die letzten Worte, die du auf dieser Welt hörst.« Beadle nahm die Kerze vom Altar und ging zur Tür. Neben der Tür stand eine kleine Holzkiste mit einem Messingschloss. Im Deckel waren mehrere kleine Löcher. Beadle trat über die Schwelle und hob mit dem Fuß den Deckel von der Kiste. Was immer darin war, zischte ungehalten.

»Vielleicht sorgt das für ein bisschen Unterhaltung, während ich weg bin. Sie hassen Gesellschaft, und besonders die von Kindern.« Beadle gab der Kiste noch einen Tritt und drei Vipern schauten über den Rand. Ihre Zungen schnellten hin und her und die Köpfe gingen auf und nieder. Beadle schloss rasch die Tür hinter sich.

Von draußen rief er noch: »Adieu, meine Freunde, wenn es dunkel wird, bringe ich das Licht zurück.«

Plötzlich schien es kalt zu werden im Turmzimmer. Der Rauch der verbrannten Myrrhe und der Talgkerzen hing wie eine Dunstglocke in der Luft. Die aufgehende Sonne brachte noch nicht genügend Licht, sodass es ohne die Kerzen ziemlich düster war. Ein Schatten ging in den anderen über und verlieh dem Zimmer fast den Anschein eines alten Königsgrabes. Die Schlangen zischten in ihrer Kiste. Gelegentlich hob eine den Kopf über den Rand, doch weiter gingen sie nicht.

Thomas starrte auf den Rauch, der über dem Altar hing. Er erinnerte ihn an die Irrlichter, die zur Mittsommernacht über dem See tanzten. In Gedanken war er in einer anderen Jahreszeit, in einer Zeit, in der man Wärme auf dem Gesicht spürte und die Kälte einem nicht den Rücken hinaufkroch und die Fingerspitzen taub werden ließ. Er erinnerte sich, wie er bis spät in die Nacht mit Kate geschwommen war und die Libellen beobachtet hatte, die über die glatte Wasseroberfläche hüpften und auf den Lilien landeten.

Stundenlang hatten sie am Ufer gesessen und zugeschaut, wie die Fische nach den Brotkügelchen schnappten, die Kate zwischen den Handflächen gerollt hatte. Sie hatten über Mr Farrell gesprochen, den Kapitän der Dragoner, der zwölf Schmuggler in einer Nacht gefasst hatte. Sie hatten ihre geheimsten Gefühle miteinander geteilt und Thomas hatte das alles für selbstverständlich genommen. Er hatte sich für unsterblich gehalten, doch jetzt, wo er hoch oben im Turm an einen Stuhl gefesselt war und auf die Rückkehr Demurrals wartete, war der Gedanke an den Tod unvermeidlich.

Der Anblick des Todes war Thomas nicht fremd. Er hatte die Leichen vieler Seeleute gesehen, die in der Bucht an Land gespült worden waren. Der Tod besuchte Baytown jeden Tag. Er kam nach Krankheit und Gebrechen, nach Unwetter und tragischen Unglücksfällen.

Jetzt begriff er, wie kostbar das Leben war. Jedes Atemholen wurde ihm bewusst, jeder einzelne Schlag seines Herzens. Er schaute Kate an. Sie hatte die Augen geschlossen und den Kopf gesenkt. Eine Träne rollte ihr über die Wange. Dann drehte er sich zu Raphah um. Der starrte auf das Licht, das immer heller durch das bunte Glas der Fenster drang, und murmelte lautlos vor sich hin. Thomas sah nur, wie er ununterbrochen und in immer gleichem Rhythmus die Lippen bewegte. Er wusste nicht, was er sagen sollte. Er wusste nur, dass er die Stille durchbrechen und irgendein Geräusch von sich geben musste. Hilflosigkeit und Hoffnungslosigkeit erfüllten sein Herz. Er hatte das Gefühl, als hätten sich alle Mächte der Welt gegen ihn verschworen.

»Was werden sie mit uns machen?«, fragte er.

»Sie werden uns umbringen«, erwiderte Raphah ruhig.

»Warum?« Thomas brachte das Wort kaum heraus. Seine Kehle war plötzlich wie ausgetrocknet.

»Warum haben die Menschen sich gegenseitig umgebracht, seit sie das Paradies verließen? Warum hat Kain Abel getötet? Es gibt Menschen, die haben es von Geburt an in ihrem Herzen, andere lernen es durch bittere Erfahrung und Wut.«

»Warum wir?«, fragte Thomas weiter.

»Im Grunde geht es nicht um uns, es geht um mich. Er will mich, nicht euch. Ihr solltet nicht hier sein und ich hätte euch nie um eure Hilfe bitten dürfen. Ich hätte allein kommen müssen. Euer Blut wird an meinen Händen kleben.«

»Aber er kann uns nicht umbringen – die Leute werden es herausbekommen«, rief Kate unter Tränen.

Raphah wandte sich ihr zu. »Wir sind nicht die Ersten und wir werden nicht die Letzten sein. Dieser Mann wird nie aufhören. Er will die Welt beherrschen, will sie mit Hilfe eines vergessenen Zaubers regieren, der ihn am Ende vernichten wird. Erst dann wird er erkennen, welche Macht in Wahrheit hinter allem steht.« Er schwieg einen Augenblick. »Bis dahin kann es allerdings zu spät sein.«

»Aber ich will nicht sterben. Sterben ist etwas für alte Leute . . . und für Dumme«, erwiderte Kate heftig. »Überlass Demurral das, was er will . . . dann lässt er uns frei.«

»Demurral will mich. Er will mich tot. Mit meinem Tod wächst seine Macht. So, wie wir jetzt an diese Stühle gefesselt sind, sind wir auch im Tod an ihn gefesselt. Unsere Seelen werden keine Ruhe finden. Er wird uns rufen und wir werden gehorchen müssen. Wir werden Gefangene zwischen Leben und Tod sein.«

»Ich glaube nicht an solche Sachen«, meinte Kate wütend. »Das Leben ist nur das, was man sieht. Wie kann er etwas gefangen nehmen, was gar nicht da ist?«

»Ob du es glaubst oder nicht, du kannst nichts daran ändern, dass jeder von uns aus Körper, Seele und Geist besteht. Du kannst dich dagegen wehren, so viel du willst, Kate, aber in dir wohnt ein Geist und er ist ewig. Riathamus hat dich erschaffen, um in dieser Welt zu leben und danach in eine andere hinüberzugehen. Das ist die Wahrheit und die Wahrheit wird dich frei machen.« Er schrie jetzt fast. »Fürchte nicht das, was den Körper bedroht, aber fürchte den, der deine Seele vernichten kann.« Raphah versuchte die Handgelenke zu bewegen und schaute dabei hinüber zu der Kiste neben der Tür. »Eine Schlange hat die Menschheit in die Hölle gebracht; vielleicht helfen ihr drei, den Weg ins Paradies zu finden.«

16.

Die Hexe vom Weissen Moor

Crane saß auf seinem Pferd und sah Beadle nach, wie er vom Turm über den Kiesweg zur Hintertür des Pfarrhauses ging. Von seinem Versteck im Wald aus konnte er die Straße nach Whitby überblicken. 300 Meter tiefer sah er sein Schiff, das in der Bucht lag, und die Alaunwerke.

Die letzten Regentropfen trommelten auf die wenigen Blätter, die sich noch an die Äste der Bäume klammerten. Crane schlug den Mantelkragen hoch, holte einen Regenhut aus der Satteltasche und zog ihn tief ins Gesicht. In der Satteltasche lagen auch ein Fernglas und ein grüner Samtbeutel mit den dreißig Silberstücken, die er von Beadle in Empfang genommen hatte. Die großen Münzen zeichneten sich unter dem Stoff ab. Er nahm den Beutel in die Hand, spürte sein Gewicht und rieb die Münzen aneinander. Geld für nichts.

Sein Blick ging immer wieder hinauf zu dem Zimmer

oben im Turm. Im Licht des frühen Morgens sah er, dass eine schmale Mauer, die als Strebepfeiler diente, den Turm mit dem Pfarrhaus verband. Das Kegeldach des Turms war mit dicken Kupferplatten gedeckt, die mit den Jahren von der Seeluft grün geworden waren. Die Balkenenden waren mit Metall verkleidet und sahen aus wie die Punkte auf einem Kompass. Tatsächlich zeigten sie in die vier Himmelsrichtungen: Norden, Süden, Osten und Westen. Aus der Turmspitze ragte eine lange Metallstange, an der ein Eisenband befestigt war, das unter dem Dachvorsprung endete.

Draußen über dem Meer färbte sich der Himmel golden, als sich die Sonne über den Horizont schob und die dunklen Gewitterwolken anleuchtete, die über die Wellen jagten. Noch sprangen die Sonnenstrahlen von einer Wolke zur nächsten und brachen sich über dem aufgewühlten Wasser. Das seltsame bernsteinfarbene, grüne und rote Glühen im Norden war heller geworden und überzog den Himmel vom Horizont bis zum Zenit wie eine brennende Wolke. Es war, als sei der Himmel zweigeteilt.

Crane folgte der Linie, an der Himmel und Meer zusammentrafen, mit den Augen. Er suchte nach einer Erklärung für diese seltsame Wolke, fand jedoch keine. Er hatte schon viele merkwürdige Dinge in seinem Leben gesehen, doch dies überstieg alles, was er bisher erlebt hatte. Er wusste, dass es sich um kein normales Naturereignis handelte, sondern dass eine Kraft dahinter steckte, die sich bald zu erkennen geben würde.

In seinem Versteck musste Crane immer wieder an die

vergangene Nacht denken. Die Erscheinung der Azimuth verfolgte ihn. Er sah ihr Gesicht, die flehenden Augen, in denen sich der Wunsch spiegelte, eine Welt festhalten zu können, die für sie verloren war. Das Erlebnis hatte ihn, der doch nie an Übersinnliches geglaubt hatte, zutiefst erschüttert. Es hatte einen Samen in ihn gelegt, der in der Zwischenzeit gewachsen war und sich wie strangulierendes Efeu um seine Seele gelegt hatte.

Crane war sich bewusst, dass in seinem Hass auf Demurral auch eine Spur von Faszination und Bewunderung lag. Es waren Demurrals unersättliche Gier, sein geheimes Wissen und sein Wunsch nach Macht, die in Crane fast so etwas wie Eifersucht weckten. Crane mochte das Gefühl nicht; es bedeutete, dass er sich nicht unter Kontrolle hatte. Und für ihn gab es nur eine Art und Weise, mit einem Problem umzugehen, und die hieß es loszuwerden, egal, wie.

Von klein auf hatte Crane nur Geld gewollt. Schon als Junge hatte er gesehen, was Reichtum bewirkt, und hatte andere um diese Segnungen beneidet. Er hatte zugesehen, wie Männer um Geld gekämpft hatten und für Geld gestorben waren und wegen Geld selbst die betrogen hatten, die ihnen am nächsten standen. Irgendwie war es Demurral nun gelungen, alles, was Crane sich wünschte, in seinen Besitz zu bekommen. Crane hätte nichts lieber getan, als ihm die Kehle durchzuschneiden und seinen gesamten Besitz an sich zu bringen. Demurrals Angebot, ihm die Welt zu Füßen zu legen, ging ihm nicht aus dem Kopf. Was, wenn tatsächlich etwas daran wäre? Wenn dieser Mann ihm geben könnte, wonach er sich sehnte? Kein Salzwasser mehr auf der Haut und keine schlaflosen Nächte, weil man bei hohem Seegang aus der Koje geworfen wurde. All das könnte sich ändern, doch zu welchem Preis?

Crane kämpfte mit dem Gedanken, mit Demurral zusammenzuarbeiten, zu tun, was er wollte. Seine eigene Gier kämpfte gegen sein Wissen um das, was gut und richtig war. Crane war immer sein eigener Herr gewesen, hatte nie gern Befehle entgegengenommen, sich immer von seinem Temperament leiten lassen und sich nie gescheut, ein Argument mit kaltem Stahl aus der Welt zu schaffen. Wollte er sich mit Demurral verbünden, musste er all das hintanstellen und etwas tun, wozu er – das wusste er genau – nicht in der Lage war: vertrauen.

Wieder tauchten die Augen der Azimuth vor ihm auf und er hörte ihre flehende Stimme, hörte sie von jenseits des Grabes rufen.

Von seinem Versteck aus sah er den gepflegten Garten auf der Vorderseite des Pfarrhauses, die kleinen, von niederen Hecken eingefassten Beete. Innerhalb der Einfassung am hintersten Ende erkannte er drei frisch ausgehobene, flache Gruben. Er schaute noch einmal zum Turm, dann auf sein Schiff. Dann pfiff er das Signal. Der Wind trug die Antwort aus dem Wald zu ihm herüber. Mehrere seiner Männer kamen zwischen den Bäumen hervor. Martin bemerkte das Blut, das durch Cranes Mantelstoff sickerte. »Was ist passiert, Captain? Hat eins von diesen Dingern Euch erwischt?«

»Allerdings, Martin. Ist glatt von hinten nach vorn durchgeschlagen. Brennt wie Feuer.« Crane unterbrach sich. »Fehlt jemand?«

»Kirkby und Randall sind nicht wiedergekommen. Scheint so, als hätten sie versucht aufzuhalten, was immer hinter Euch her war. Seither wurden sie nicht mehr gesehen.« Martin wies auf das Hochmoor über dem Wald.

»Wie viele Leute wären nötig, um das Pfarrhaus leer zu räumen und die Sachen aufs Schiff zu schaffen?«, fragte Crane.

»Ich glaube nicht, dass die Jungs sich das trauen, Captain. Nach dem, was sie letzte Nacht gesehen haben, reden sie nur noch von Hexerei. Sie sagen, es sei die Alte Nan gewesen, die in Gestalt eines Hasen hinter Euch hergejagt wäre.« Martin schaute die anderen Männer an, die ängstlich schwiegen.

»Wie oft soll ich euch noch sagen, dass ihr von der Alten Nan nichts zu fürchten habt und auf das Geschwätz vom Wechselbalg nichts geben sollt!«, schimpfte Crane. »Habt ihr etwa Angst vor einem Karnickel?«

»Irgendetwas war letzte Nacht da oben, Captain, wir haben es alle gesehen.« Martin schaute Crane an. »Die Strohpuppe hat gebrannt und dann kamen diese Dinger geflogen. Das war keine Einbildung und kein Aberglaube, Captain.«

»Wenn du so weitermachst, überzeugst du mich noch, Martin.« Hinter dem Spott verbarg Crane seine wahren Gefühle. »Jetzt ist es Morgen, und was in der Nacht war, ist vorbei. Wir müssen Geld verdienen und ein Schiff nach Holland bringen. Sieh zu, dass die Jungs etwas zu essen bekommen. Kirkby und Randall werden wir dem Moor überlassen müssen. Sie kannten das Risiko, als sie sich uns anschlossen – wir trinken einen Krug auf sie, wenn wir in Holland sind.«

»Da ist noch etwas«, sagte Martin. »Drei neue Männer wollen bei uns mitmachen. Sie kommen vom Bergwerk, sagen sie. Wir haben sie aufgegabelt, als sie vor dem Unwetter Schutz gesucht haben. Sie behaupten, der Fremde hätte ihnen die Freiheit geschenkt. Erzählen alle möglichen Geschichten über Demurral. Sie wollten sogar den Turm stürmen und den Jungen befreien. Was sollen wir mit ihnen machen?« Martin musste fast lachen, als er es erzählte. Skerry, Consitt und Blythe, die hinter ihm gestanden hatten, wichen verunsichert noch weiter zurück.

Crane antwortete nicht. Er hatte nur mit halbem Ohr zugehört, da er eine Kompanie Reiter entdeckt hatte, die den schmalen Pfad zum Pfarrhaus hinuntergaloppierten. Die Sonne ließ die blank polierten Knöpfe und Schulterstücke der weinroten Jacken aufleuchten. Die Männer trugen dazu weiße Hosen und ihre Schwerter und Schnallen rasselten im Rhythmus der zwanzig grauen Pferde. Zwei Längen vor ihnen galoppierte ein großer Rappe. Sein Reiter trug dieselbe Uniform, hatte jedoch ein kurzes Cape über eine Schulter gebunden und sich eine lange Muskete auf den Rücken geschnallt. Er trug einen Hut mit halber Krempe und einer schwarzen Feder, die im Wind wehte.

»Ist es . . .?«, fragte Martin in gedämpftem Ton.

»Es ist eine unerledigte Sache, das ist es.« Crane legte den Finger an die Wunde auf seiner Wange.

»Warum sollte Captain Farrell mit dem Pfarrer frühstücken wollen?«, fragte Martin weiter.

»Und ausgerechnet dann, wenn ich unter ihren Füßen eine Ladung Schmuggelware liegen habe«, ergänzte Crane. »Zwanzig Mann zu Pferd, allesamt herausgeputzt, und unser Schiff liegt zweihundert Meter vor Baytown . . . Was er wohl von Demurral will?«

»Vielleicht Vergebung für seine Sünden?« Martin trat näher an den Waldrand. »Vielleicht soll der Pfarrer bei Gott ein gutes Wort für ihn einlegen, damit er ihm vergibt, dass er Euch in Wyke Woods die Wange aufgeschlitzt hat.«

»Bei Farrell braucht es mehr als die Bitten eines Pfarrers, damit er Vergebung erlangt. Solange ich diese Schramme habe, werde ich immer daran denken, was er mir schuldet. Ein glücklicher Hieb und jetzt brüstet er sich vor Gott und der Welt, dass er mich in einem Schwertkampf besiegt hat. Ich hätte ihn auf der Stelle töten sollen, dann wäre die Sache erledigt gewesen. Ein Dragoner mehr oder weniger macht keinen großen Unterschied.« Crane ließ die Männer, die sich dem Pfarrhaus näherten, nicht aus den Augen.

»Ich glaube nicht, dass wir genügend Leute haben, um es mit ihnen aufzunehmen, Martin«, fuhr er fort. »Außerdem kämpfe ich nicht gern bei Tageslicht. Ich mag ihre Gesichter nicht sehen, wenn ich ihnen mein Schwert in den Leib renne. Bei Nacht ist es besser – und wesentlich dramatischer.« Er lachte.

Captain Farrell ritt in den Pfarrhof und band sein Pferd an eine Geländerstange am Fuß des Turms. Beadle kam aus dem Haus geeilt, hieß ihn willkommen und bat ihn herein. Die übrigen Männer saßen ebenfalls ab, banden ihre Pferde fest und gingen in die Scheune. In diesem Augenblick lösten sich alle Überlegungen Cranes, mit Demurral gemeinsame Sache zu machen, in Luft auf.

»Martin, lass mir zwei Männer hier. Ich will, dass ihr ablegt. Ihr segelt über die Bucht, und wenn ihr in Stellung seid, feuert ihr die Kanone auf das Pfarrhaus ab. Danach dreht ihr nach Norden ab und ankert hinter Ness Point. Da sieht er euch nicht. Warte drei Stunden, und wenn ich bis dahin nicht bei euch bin, segelt ihr nach Whitby.« Crane nahm eine Pistole aus dem Gürtel und überprüfte das Pulver.

»Was habt Ihr vor, Captain?«, fragte Martin.

»Ich weiß noch nicht. Aber eines kann ich dir versprechen: Bis Mitternacht sind Farrell und Demurral unter der Erde und teilen sich eines der Gräber, das Demurral ausheben ließ.« Er wies aufs Pfarrhaus. »Er weiß zu viel, als dass man ihn einfach hier lassen könnte. Er mag ein Zauberer sein oder auch nicht, jedenfalls wird seine Zauberkunst ihm nicht das Leben retten. Dazu braucht es mehr.« Er wies auf Skerry, der immer noch einige Schritte hinter Martin stand. »Komm du mal her. Und jetzt sag mir, was an dem Jungen aus Afrika so Besonderes ist.«

Skerry schaute zuerst Consitt an, dann Blythe. Beide

schwiegen. Crane anzuschauen traute er sich nicht – er kannte dessen Ruf und Temperament. Stockend antwortete er: »Er ist anders. Er kann Sachen machen und Sachen sagen, die die Leute verändern. Er ist ein Heiler. Es ist gerade so, als könnte er uns in den Kopf schauen.«

»Dann ist er also ein Hexer?«

»Nein, Captain, er ist kein Hexer, die sind alle verderbt, sagt er. Er mag keine Wahrsagekarten und keine Séancen. Das hat er Mary Landas auf den Kopf zu gesagt, jawohl.« Skerry bohrte seine Stiefelspitze in den Boden. »Er hat den tauben Jungen im Bergwerk geheilt und einen hässlichen Geist aus Blythe rausgekriegt.«

»Das stimmt«, bestätigte Blythe. »Das Ding hatte mich völlig in der Gewalt, es wollte, dass ich den Jungen umbringe. Aber der hat ihm dann befohlen auszufahren und da war ich wieder frei.«

»Ist denn die ganze Welt verrückt geworden?«, fragte Crane und drehte sich wieder zu Martin um. »Bis gestern Nacht dachte ich, Geister seien nette Erfindungen, um die Leute von unserer Schmuggelware fern zu halten. Jetzt sind plötzlich überall, wo ich hinkomme, Erscheinungen, Gespenster und ganze Teufelsgeschwader. Als Nächstes erzählt ihr mir noch, dass ihr jetzt alle an Gott glaubt, damit er euch beschützt.«

»Nun ja, Captain«, meinte Martin gedehnt, »ein paar von uns haben sich überlegt, dass wir gern mal den Pfarrer von Whitby predigen hören würden. Wir haben gehört, dass Mr Wesley bald zurückkommt.«

»Wesley!«, rief Crane. »Gib dem Mann nur eine winzige Chance und er schafft es, dass du dich von Weibern, Alkohol und vom Schmuggeln lossagst. Als er das letzte Mal in Baytown war, ist mir die halbe Mannschaft davongelaufen. Du hast nicht mehr alle Tassen im Schrank, Martin. Du bist der Letzte, dem ich irgendwelche religiösen Anwandlungen zugetraut hätte. Hoffen wir, dass sie so schnell, wie sie gekommen sind, auch wieder verschwinden. Und jetzt fort mit euch, ihr habt ein Schiff klarzumachen. Ich gehe nach Beastcliff und statte Demurral durch den Tunnel einen Besuch ab. Ich habe dem alten Reuben versprochen, dass ich die Kinder zurückbringe, und einmal im Leben will ich ein Versprechen halten. Ich nehme Skerry und Blythe mit. Sie kennen das Bergwerk und den Jungen. Und wer weiß: Vielleicht macht er ja auch aus mir einen anderen Menschen!« Crane verzog das Gesicht zu einer Grimasse.

Martin rief die Männer zu sich und verschwand mit ihnen im Schutz des Waldes. Jacob Crane behielt das Pfarrhaus im Auge, während Skerry und Blythe sich auf einen umgestürzten Baumstamm setzten und auf seine Kommandos warteten. Sie brauchten nicht lange zu warten.

Crane holte das Fernglas aus der Satteltasche. Mit ihm konnte er bis in Demurrals Arbeitszimmer schauen. Hinter dem Erkerfenster saßen Demurral und Captain Farrell an einem kleinen Tisch, Farrell mit dem Rücken zum Fenster. Die langen Locken seiner gepuderten Perücke fielen ihm über die Schulter. Es war unübersehbar, dass Demurral eindringlich auf ihn einredete und dabei aufgeregt mit den Händen herumfuchtelte.

»Ihr kennt die Alaunwerke gut?«, fragte Crane, ohne sich zu Skerry und Blythe umzudrehen.

»Gut genug. Wir sind schon . . . zu lange dort«, antwortete Blythe.

»Kennt ihr sie so gut, dass ihr ein Fass Schießpulver organisieren könnt?«

»Nichts leichter als das«, meinte Skerry. »Ich denke, dass im Lager bei der Zersetzungsgrube welche stehen.«

»Ich brauche ein Fass Schießpulver, ein Stück Lunte und etwas zu essen, egal, was. Lasst euch nicht erwischen. Wir treffen uns in zwei Stunden in Beastcliff wieder. Und jetzt fort mit euch.«

Vom Rücken seines Pferdes aus beobachtete Crane weiter das Pfarrhaus und verfolgte die Unterhaltung, die Demurral mit Farrell führte. Dass es dabei nicht leise zuging, war offensichtlich. Da wurde mit Fingern gezeigt und mit Fäusten auf den Tisch geschlagen. Dann stand Demurral auf, schob seinen Stuhl zurück, beugte sich über den Tisch zu Farrell hinunter und zupfte an dessen Cape. Als Farrell ihn von sich stieß, setzte er sich wieder und schüttelte den Kopf. Sie stritten sich, doch worüber, konnte Crane nicht einmal ahnen. Er rieb sich die Augen – er war müde, doch der Schmerz in seiner Schulter und die Bewegungen seines Pferdes hielten ihn wach.

Irgendwann sagte ihm ein unangenehmes Gefühl im Magen, dass er nicht allein im Wald war. Sein Pferd, das bisher ruhig an Gras und Buschwerk geknabbert hatte, stand jetzt mit zurückgelegten Ohren und geblähten Nüstern da. Crane sah sich um. Der Wald war erfüllt von den üblichen Geräuschen eines Morgens. Auf der Wiese weiter unten, zwischen Wald und Bergwerk, sah er Skerry und Blythe. Sie folgten einer Hecke, die zum Bach hinunterführte. Ein gutes Stück weiter rechts war der abschüssige Weg, auf dem die Pferde leere Wagen zum Steinbruch heraufzogen, wo der Alaunschiefer abgebaut wurde. Die voll beladenen Wagen ließ man dann vorsichtig wieder zum Werk hinunterrollen.

Cranes Pferd schnaubte nervös und scharrte mit den Hufen. Crane schaute sich wieder um und legte die Hand auf seine Pistole. Um nach Beastcliff zu kommen, musste er die Straße nach Süden nehmen, die durch Staintondale führte und dann bei Bell Hill zurück zum Meer. Er brauchte dafür ungefähr eine Stunde. Dort konnte er das Pferd stehen lassen und den schmalen Ziegenpfad zu dem Landstück hinunterklettern, das vor langer Zeit von den Klippen abgebrochen war und jetzt gut hundert Meter tiefer ein unwirtliches, von Ginstergestrüpp überwuchertes Plateau bildete.

Kaum jemand traute sich dorthin. Dafür kursierten zu viele Geschichten von Leuten, die nicht mehr zurückgekommen waren, und von ihren Geistern, die den schmalen Pfad zwischen Land und Meer bevölkerten. Beastcliff hatte seinem Namen immer alle Ehre gemacht. Es hatte die Legende von den Thulak hervorgebracht, Wesen, die nur darauf warteten, Unglück und Chaos über die Menschen zu bringen.

Das Alleinsein machte Crane ganz gegen seine Art zunehmend zu schaffen. Sein Gefühl, beobachtet zu werden, wurde stärker. Er drückte seinem Pferd leicht die Absätze in die Seiten und wendete es, um den Pfad wieder hinauf und dann weiter nach White Moor zu reiten. Er fühlte sich erleichtert, als er aus dem dunklen Wald heraus und ins helle Sonnenlicht hineintrabte. Das Unwetter war weiter nach Süden gezogen. Er sah, dass in der Ferne heftige Regengüsse niedergingen und Hagelkörner auf die Burgruine herunterprasselten, die etliche Meilen südlich oberhalb einer Bucht gelegen war.

Mit einem Schulterzucken versuchte er das ungute Gefühl, das er im Wald gehabt hatte, abzuschütteln. Er probierte zu lachen, um auch den letzten Rest von Angst loszuwerden.

White Moor war ein kahles Stück Land, auf dem zwischen den Moorflächen und den Steinen lediglich ein paar Schafe weideten. Crane ritt zu den Überresten der Strohpuppe. Die Erde ringsum war verbrannt. Ein paar Weidenzweige lagen noch unversehrt auf dem Boden. Bei Tag sah der Ort ganz anders aus als in der Nacht. Er durchsuchte das Tal, wo der Angriff stattgefunden hatte, und führte sein Pferd am Zügel, während er im Gras nach Splittern der Glasrauten Ausschau hielt.

Er fand etliche Rautensplitter. In der Sonne sahen sie aus wie Diamanten aus Glas. Dann hatte sich der Überfall also tatsächlich zugetragen und war keine Einbildung oder Halluzination gewesen. Die Wunde an seinem Oberarm und die Glassplitter um die Felsen herum waren die Beweise, die er brauchte.

Crane hob mehrere der vielfarbigen Scherben auf; sie enthielten alle Schattierungen von Grün, Rot und Kobalt bis zu Violett. Er hatte noch nichts von Menschenhand Geschaffenes gesehen, das sich mit dieser faszinierenden Schönheit hätte messen können, und steckte ein paar Splitter ein.

Plötzlich hörte er hinter einer Steinpyramide jemanden singen. Er sah niemanden, doch die Frauenstimme war nicht zu überhören. Sie sang ein trauriges Klagelied, in dem sie ihr totes Kind beweinte. Neben der Steinpyramide stand ein verkrüppelter Baum ohne Blätter; die Zweige waren abgestorben. Er war mannshoch und an jedem Ast hingen Zettel mit Nachrichten. Tierformen, die aus trockenem Brot geschnitzt worden waren, lagen zwischen den am Stamm aufgeschichteten Steinen. Die Zweige waren mit Bändern geschmückt und auf Pergament geschriebene Namen hingen wie Gebete daran. In der morgendlichen Brise schlugen sie gegen die trockene Rinde.

Das Singen wurde lauter, doch die Frau sah Crane immer noch nicht. Er folgte der Stimme in eine Schlucht hinunter und auf der anderen Seite wieder hinauf und da sah er sie auf einem Felsen sitzen, der wie ein riesiger Fingerknöchel aus dem Moor ragte. Er verstand nicht, weshalb er sie nicht schon früher entdeckt hatte. Der Felsen war zu sehen gewesen, seit er aus dem Wald herausgekommen war.

Die Frau sang und stützte dabei den Kopf in die Hände. Ihr rotes Haar fiel über ihr Gesicht. Sie war angezogen wie eine Fischverkäuferin – der Schal über ihren Schultern bedeckte ein einfaches, langes Kleid, über dem sie eine Schürze aus Sackleinen trug.

Crane ging zu ihr und stellte sich vor sie hin. Ihm fielen die rauen Hände und die abgebrochenen Nägel auf, als sie einzelne Haarsträhnen durch die Finger gleiten ließ. Sie wiederholte inzwischen in einem monotonen Singsang immer wieder dieselben Worte. »Sie ist weg und kommt nicht mehr, hat uns verlassen, kommt nie mehr her.«

»Wer ist weg, gute Frau? Warum seid Ihr allein hier draußen?«, fragte Crane.

»Sie ist weg, ließ mich zurück, mit ihr nahm man mir mein Glück«, sang die Frau als Antwort.

»Schaut mich an, gute Frau, vielleicht kann ich Euch helfen und wir finden sie.«

Die Frau schüttelte heftig den Kopf und riss an ihren Haaren, doch sie schaute nicht auf.

»Sie ist weg und verschwunden, wird nie mehr gefunden.« Sie hatte die Stimme erhoben und schrie jetzt fast. »Ich wandre durchs Moor, bis sie wiederkommt, zurück in mein Haus, wo ein Feuer brennt.«

Crane griff nach ihrer Hand und zwang sie ihn anzuschauen. Sie wehrte sich zunächst, dann stand sie auf und stieß ihn zurück.

»Lass mich allein«, sagte sie. »Du kommst hierher und sagst mir, was ich tun soll, während um dich herum Kreaturen fliegen, die nach deiner Seele trachten. Während ich mit dir spreche, ist schon eine da, die nach deinem Herz gelüstet.«

Die Frau schaute Crane mit weißen Augen an.

»Frau, Ihr seid ja blind. Wie wollt Ihr diese Kreaturen sehen?«

»Man braucht keine Augen, um den Tod zu sehen, und keine Lippen, um von ihm zu sprechen. Und jetzt lass mich allein. Ich möchte für mein Mädchen singen. Vielleicht kommt sie vorbei. Ich darf sie nicht verpassen.« Damit begann die Frau wieder zu singen. Es klang wie das Klagen des Windes in einer Winternacht.

»Hört mir zu, Frau, wen sucht Ihr denn? Vielleicht kann ich Euch helfen. Ich habe Augen, die diese Welt sehen können.« Crane hob ihren Kopf, da er ihr Gesicht noch einmal sehen wollte.

»Du wirst mehr brauchen als Augen, die diese Welt sehen können. Sie müssen auch die nächste sehen und die dahinter.« Sie streckte die Hand aus und berührte seine Wange, fuhr mit dem Finger die Wunde entlang, die Farrells Schwert hinterlassen hatte. ». . . du bist es, vom Stahl gezeichnet und vom Teufel getrieben, hartherzig und starrsinnig . . . an diesem Ort, in meinem Moor, bei meinem Baum. Captain Jacob Crane, ruhe in Frieden.« Während sie sprach, fuhr sie ihm ganz sacht mit der Hand übers Gesicht.

»Redet mir nicht vom Tod, solange noch Atem in mir ist«,

rief Crane schroff. »Ich bin noch höchst lebendig und beabsichtige es auch zu bleiben.«

»Wie lange kannst du noch kämpfen gegen die Dinge, die du nicht siehst? Wie lange werden sie dir folgen, bevor sie dich kriegen? Gib mir das Glas von dem Pfeil, lege es in meine Hand.«

Sie streckte ihm die offene Hand hin. Crane holte die Glasscherben aus seiner Tasche und legte sie hinein. Ihre Haut sah aus wie gegerbtes Leder. Sie schloss die Finger um die Scherben und rieb sie in der Faust aneinander.

»Jetzt schau her, Captain Crane.« Sie öffnete die Faust, und die Scherben waren verschwunden. Nur roter Staub war noch übrig.

Die Frau streckte die Hand aus. »Pass auf, mein schönes Kind, pass auf«, sang sie und blies das pulverisierte Glas in seine Richtung. Schützend hob er die Hände vors Gesicht. Die Staubkörnchen prallten an seinen Handrücken ab, umschwirrten ihn und wechselten dabei ständig Form und Farbe. Schließlich wurden sie zu einem schwarzen Wesen, das krächzend um seinen Kopf flatterte. Crane versuchte es mit der behandschuhten Hand zu vertreiben.

»Lass ihn, Captain Crane, der Vogel tut dir nichts. Er ist nur echt, wenn du es willst.«

Crane hörte auf mit der Faust in der Luft herumzufuchteln. Der Vogel flog hoch hinauf, ließ sich vom Wind tragen und wiegen.

»Über welche Macht verfügt Ihr, dass Ihr so etwas tun könnt?«, fragte Crane die Frau. »Warum quält Ihr mich so?«

»Du quälst dich selber, Jacob. Du bist nie zufrieden mit dem, was du hast oder was du bist. Dein Herz ist ruhelos und du hast keine Freunde. Liebe ist ein Wort, das du nie verstanden hast, und doch liegt tief in dir verborgen ein Same der Hoffnung, ein winziges Korn, das darauf wartet, dass es wachsen kann.« Sie tätschelte seine Schulter. »Du musst nur eines: lernen. Geh zur Rudda-Kreuzung auf dem Rigg, dort wirst du deine Zukunft sehen.«

»Welche bösen Kräfte wirken in Euch? Ich sollte Euch als Hexe auf der Stelle töten.«

»Das wäre nicht gut für dich, Jacob Crane. Schau doch den Himmel an – siehst du nicht, dass die Zeit bald gekommen ist? Die Welt wird sich verändern. Was in der Dunkelheit verborgen war, wird jedem offenbar. Die Menschen werden zu diesem Baum zurückkehren und die Kraft entdecken, die in ihnen steckt.«

Die Frau begann wieder zu singen und um ihr Kind zu klagen.

»Weshalb redet Ihr in Rätseln? Sagt mir, wer Euer Herr ist«, verlangte Crane. Er streckte die Hände nach ihr aus und wollte sie schütteln, doch sie war verschwunden. Vergeblich schaute er sich nach ihr um. Er war ganz allein im Moor. Dann hörte er erneut ihre Stimme; bei der Steinpyramide rief sie nach ihrem Kind. Er rannte zurück und sah sie hinuntergehen zum Rigg. Mit sicheren Schritten ging sie zwischen den Steinen hindurch und ihr Schal und das rote Haar wehten hinter ihr her. Die schwarze Krähe flog um sie herum, stieg hoch in die Luft und ließ sich wieder zur Erde fallen, auf und ab folgte sie der Melodie ihres Liedes. Dann verschwand die Frau hinter den Vogelbeerbäumen, die die Grenze zum War Dyke bildeten.

17.

Der Keruvim

Captain Farrell mochte es gar nicht, wenn man ihn anschrie. Er war ein Mann des Militärs, bei dem Ordnung herrschen musste. Vorzugsweise seine Ordnung. Er hatte sich so viele Beleidigungen von Demurral angehört, wie er an einem Morgen verkraften konnte, und seine Geduld neigte sich dem Ende zu.

»Ihr haltet mich offensichtlich für vollkommen unfähig, Vikar, aber ich beherrsche meinen Beruf, und wie ich einen Schurken wie Jacob Crane zu fangen habe ist das Letzte, was Ihr mir beibringen müsst. Schließlich war ich es, der ihn letzte Woche im Wald an den Rand des Todes befördert hat.«

»Ja«, sagte Demurral. »Ich habe den Kratzer auf seiner Wange gesehen.«

»Kratzer? Der Mann war halb tot, als ich mit ihm fertig war.«

»Nun, wenn das halb tot ist, können wir alle hoffen. Er ist

lebendiger als Ihr und ich zusammen, und das gefällt mir gar nicht. Ich habe Euch gut dafür bezahlt, dass Ihr ihn umbringt, aber Ihr habt den Auftrag nicht ausgeführt. Sagt mir nur eines: Werdet Ihr es bald tun oder soll ich mir jemand anderen suchen?«

»Weshalb die Eile? Solche Dinge brauchen ihre Zeit. Wie einen guten Wein sollte man so eine Tat genießen, nicht hinunterstürzen«, meinte Farrell. Inzwischen war er ausgesprochen wütend.

»Warten? Das schlagt Ihr mir vor? Ich kann nicht länger warten. Ich will, dass er noch heute stirbt und sein Schiff in die Luft fliegt. Jede Woche einmal sehe ich es drüben bei Baytown liegen. Und seine Männer schleppen tonnenweise Schmuggelware von Bord. Merkt Ihr denn nicht, dass er Euch und mich um unser einträgliches Geschäft bringt? Ihr werdet dafür bezahlt, dass Ihr dem Schmuggel Einhalt gebietet, und nicht, dass Ihr zuseht, wie er ungehindert weitergeht.«

»Dann müsste ich mich selbst einsperren – und Euch natürlich auch.« Farrell hielt sich für ausgesprochen schlau.

»Macht Euch nicht lächerlich. Bringt man Euch bei der Armee denn überhaupt nichts bei?« Demurral holte Luft. »Ihr und ich, wir haben geschäftlich miteinander zu tun. Das Geschäft ist der Schmuggel und wir müssen die Konkurrenz ausschalten.« Er seufzte genervt, als Farrell ein Staubkörnchen von seiner roten Uniformjacke schnippte und seinen langen Schnurrbart in Form strich.

»Ich bitte Euch, Captain Farrell, tut mir einen Gefallen:

Bringt ihn um. Wie Ihr es macht, ist mir gleich, meinetwegen könnt Ihr ihn zu Tode langweilen, aber ich will, dass er stirbt. Stoßt ihn von den Klippen, lasst ihn von einer Schafherde überrennen, tut irgendetwas, aber bitte BRINGT IHN UM!«, brüllte Demurral. Beadle, der draußen vor der Tür stand, hielt sich die Ohren zu.

»Ich dachte, Ihr könntet das auch, Vikar. Schließlich erzählt Ihr mir ständig von Eurer Macht und Euren Zauberkräften. Dann müsst Ihr doch einen Zauberspruch kennen, der zu dem gewünschten Ergebnis führt. Gibt es keinen Dämon des Todes, den Ihr anrufen könnt und der ihm einen solchen Schreck einjagt, dass er zur Hölle fährt? Auf diese Art wären meine Dragoner aus der Sache heraus. Blut auf der Uniform ist nicht besonders nett, wie Ihr wisst.« Farrell lächelte Demurral an.

»Ihr ... Ihr seid ein Geck und ein Weichling, ein eingebildeter Schnösel, nicht besser als irgendeine käufliche alte Hexe. Ich wollte, dass jemand diese eine Sache für mich erledigt, und ich dachte, Ihr wärt der richtige Mann dafür. Man setzt keine Magie ein bei Problemen, die man auch mit den eigenen Händen lösen kann. Magie ist etwas Besonderes, wunderschön und einzigartig. Zaubern ist dasselbe wie ein schönes Bild malen. Man will keine Farbe vergeuden.«

Farrell schaute hinaus aufs Meer. Cranes Schiff lag tief unten in der Bucht nicht weit vom Ufer, ein herrlicher Anblick in der Morgensonne.

»Was liegt für mich drin?«, fragte er. »Ich weiß, dass hinter dem, was hier vor sich geht, mehr steckt als die Schmuggelei. Was habt Ihr vor?« Farrell hob eine Augenbraue bei dieser Frage. Er wusste, dass ihm etwas verschwiegen wurde, und tief in seinem Herzen war er auch nicht gern Soldat. Er vermisste das Leben als Mitglied der feinen Londoner Gesellschaft. Hier im Norden Englands schien er tausende von Meilen entfernt zu sein von den Dingen, die er kannte und liebte und zu denen er so bald als möglich zurückkehren wollte. Sein Vater hatte ihm das Offizierspatent gekauft, um ihn vor den Konsequenzen einer missglückten Liebesaffäre zu bewahren. Es sollte nur vorübergehend sein, um für die Familie das Gesicht zu wahren. Er könne bald wieder zurückkommen, hatte es damals geheißen. Jetzt, elf Jahre später, saß er immer noch hier oben im Norden auf einer Felsnase, die in den Ozean ragte, jagte Schmuggler, brüllte Befehle und patrouillierte über die schmutzigen Straßen zwischen Baytown und Whitby. In seinen Augen war das kein Leben für einen Gentleman.

»Wenn ich Euch eine Geschichte erzählen würde, eine erfundene Geschichte, könntet Ihr die für Euch behalten und sie keiner Menschenseele jemals weitererzählen?«, fragte Demurral.

Farrell fühlte sich geschmeichelt. Er antwortete nicht sofort. Er sah sich im Zimmer um, um sich Zeit zum Nachdenken zu geben. »Wenn es eine wahre Geschichte wäre, würde ich Euer Vertrauen nicht enttäuschen«, sagte er schließlich. »Wenn es Weibergewäsch ist, warum soll ich es dann für mich behalten?«

»Weil es eine Geschichte ist, die von Macht erzählt, mit

lebendigen Worten, die in unserem Leben Wurzeln schlagen können. Worte, die das Wesen der Welt verändern können. Jede Silbe wirkt wie ein Pfeil, der das Herz durchdringen kann.« Demurral zog sich einen Stuhl zu Farrell heran. »Jedes Mal wenn diese Geschichte erzählt wird, werden die Pfeile losgeschickt, um ihr Werk in der Welt zu verrichten. Wir können sie nicht kontrollieren und sie können auch nicht auf ein bestimmtes Ziel gerichtet werden, sondern finden es von allein. Sie treffen immer.«

Farrell nickte als Aufforderung zum Weitersprechen.

»Ich kann davon ausgehen, dass Ihr mein Geheimnis wahrt, Captain?«, fragte Demurral.

»Ihr habt mein Wort. Ich behalte es für mich. Aber was würde passieren, wenn ich es weitersage?«

»Dann wird die Kreatur, die ich Eurer Meinung nach auf Crane loslassen soll, Euch in der Dunkelheit aufsuchen und die Kehle ausreißen, während Ihr noch atmet.« Demurral lächelte freundlich.

Farrell hob die Hand und fuhr sich über den Nacken. »Dann schweige ich lieber.«

»Gut. Die Geschichte brennt in mir. Ihr seid der Einzige, dem ich zu erzählen wage, was bald geschehen wird. Die Entscheidung, ob es der Wahrheit entspricht, überlasse ich Euch.« Er beugte sich zu Farrell hinüber und bedeutete ihm, ebenfalls näher zu kommen. »Stellt Euch zwei Armeen vor, die sich im Kampf gegenüberstehen, eine stärker als die andere. Die schwächere Armee hat einen General, der sein Pferd gegen einen Esel eintauscht. Dennoch kämpfen seine

Truppen tapfer und stehen kurz vor einem Sieg über die stärkere Armee. Da wird der General überraschend gefangen genommen. Man bringt ihn vom Schlachtfeld, tötet ihn und lässt seine Leiche liegen. Das Kriegsglück wendet sich, die schwächere Armee wird besiegt und flieht. Wie Schafe ohne Hirte werden sie in alle Winde zerstreut.«

»Und weiter?«

»Viele Jahre später gehen Gerüchte um, dass der General lebt, dass irgendein mächtiger Zauber ihn wieder zum Leben erweckt hat und die Schlacht weitergeführt werden soll. Nun stellt Ihr fest, dass Ihr eine Waffe besitzt, die ihn aufhalten kann. Mit dieser Waffe werdet ihr gar Kommandant der stärksten Armee, die die Welt je gesehen hat. Ihr habt Macht über Wind und Meer. Mit einem Wort könnt Ihr die Zeit anhalten. Die Waffe ist so mächtig, dass selbst Gott sich vor Euch verbeugt und alle seine Engel zu Euren Füßen niederknien. Was würdet Ihr tun?«

Farrell steckte ein nervöses Lachen im Hals, doch er spürte, dass dies kein Witz war und auch keine Hexengeschichte. Er suchte in Demurrals Miene nach einem Hinweis auf ihren Wahrheitsgehalt. »Ich würde . . . ich würde . . . ich wüsste nicht, was ich tun sollte, und bete zu Gott, dass so etwas nie passiert. Habt Ihr denn eine solche Waffe?«, fragte er den Pfarrer. Dabei war er sich nicht sicher, ob er sich mit einer solchen Frage lächerlich machte oder nicht.

»Ihr seid ein Mann der Armee, Captain Farrell – gibt es eine solche Waffe?«, konterte Demurral.

»Wenn es sie gäbe, wäre sie alles Gold der Welt wert. Mit

einer solchen Waffe könnte keine Armee Euch aufhalten. Ich glaube nicht, dass Ihr Märchen erzählt. Gibt es sie?« Farrell hob wieder eine Augenbraue. Was für eine Antwort würde er zu hören bekommen?

»Es gibt sie und sie ist hier . . . im Turm. Ich habe sie einmal ausprobiert – mit unvorstellbarem Ergebnis. Sie zerschmetterte ein Schiff am Ufer und brach es in der Mitte entzwei, wie ein Kind einen Zweig zerbricht. Ihr müsst Euch das einmal vorstellen: Man kann sie in der Hand halten und doch hat sie so viel Macht, dass der gesamte Kosmos ihr gehorchen muss.« Demurral schnalzte vor Erregung mit der Zunge.

»Wie soll so etwas gehen?«, fragte Farrell.

»Noch verstehe ich es nicht ganz. Es ist eine Sache des Glaubens. Ich kann es mir nur so vorstellen, dass sie eine vergessene Kraft in eine Form bringt, die man seit tausenden von Jahren nicht mehr gesehen hat. Der Keruvim kam seit der Zeit Moses nicht mehr zum Einsatz.«

»Und Ihr habt ihn hier?«

»Ja. Ich nehme an, Ihr wollt ihn sehen?«

»Ich würde gern wissen, was Ihr mit ihm vorhabt.«

»Mein lieber Freund, ich werde damit machen, was ich will, wann ich es will und mit wem ich es will. Ich könnte allerdings einen Mann wie Euch an meiner Seite gebrauchen. Jeder General braucht einen Hauptmann.«

»Und jeder Hauptmann muss bezahlt werden«, erwiderte Farrell.

»Das ist doch Nebensache. Welches Land würdet Ihr gerne regieren?« Demurral schien es ernst zu meinen. Er war sehr aufgeregt und sah aus wie ein kleiner Junge, der den Hauptgewinn gezogen hatte. Er musste sich jemandem mitteilen; musste jemandem zeigen, wie wichtig er war, und Farrell kam einem Freund noch am nächsten. Demurral war unfähig anderen mit Wärme zu begegnen und er wusste es. Seine Kälte bewahrte ihn vor unnötigen Komplikationen im Leben. Beziehungen fand er zu anstrengend, sie verlangten zu viel. Dafür hatte er keine Geduld. Als kleiner Junge hatte er einmal eine zahme Maus gehabt, die er in einer Holzkiste gehalten hatte. Ein paar Tage lang hatte er mit ihr gespielt und dem winzigen Tierchen erlaubt an seinem Arm hinaufzulaufen und unter seine Kleider zu schlüpfen. Dann wurde es ihm langweilig. Er schloss den Deckel der Kiste und vergrub sie im Garten. Keinen einzigen Gedanken verschwendete er mehr an die Maus oder daran, wie sie gestorben sein musste. Je älter er wurde, desto leichter fiel es ihm, das Leiden anderer zu ignorieren und sogar selbst Leid zuzufügen.

»Wer weiß noch von der Waffe?«, erkundigte sich Farrell.

»Der Einzige, der zählt, ist Jacob Crane und selbst der kennt ihren wahren Wert nicht. Crane glaubt an gar nichts. Er ist ein hartherziger Gauner, der seinen eigenen Vater verkaufen würde, wenn er einen hätte. Sobald er aus dem Weg geräumt ist, können wir schalten und walten, wie es uns gefällt.«

»Da ist nur noch eine Kleinigkeit, die mich beschäftigt.« Farrell genierte sich Demurral die Frage zu stellen, doch etwas drängte ihn dazu. »Was hält Euch davon ab, mich zu töten, sobald Ihr diese Macht habt?«

»Nichts. Absolut nichts. Ihr werdet mir vertrauen müssen.« Demurral holte eine Taschenuhr aus seiner Weste. »Im Turm sitzen ein paar Leute, die ich Euch gern vorstellen würde. Sie wollten den Keruvim stehlen und warten jetzt auf ihre Strafe. Ich kann Euch dort auch etwas zeigen, das Euch verstehen hilft, welche Macht mir tatsächlich zur Verfügung steht.«

18.

Latet anguis in herba – Die Schlange lauert im Grase

Die Schlangen lagen zusammengeringelt in der offenen Kiste neben der Tür des Turmzimmers. Der eisige Wind, der unter der Tür durchblies, hielt sie in fast vollständiger Starre. Nur gelegentlich hob eine den Kopf über den Rand und ließ die lange Zunge hin und her schnellen.

Kate, Thomas und Raphah hatten laut überlegt, was Demurral wohl mit ihnen machen würde, wenn er wiederkam. Dann hatten sie geschwiegen, sich vollständig in sich zurückgezogen und ihre ganz persönliche Angst bekämpft.

Kate versuchte die Stricke an ihren Handgelenken zu lockern, doch es ging nicht. Ihr Zorn auf Demurral wuchs. Trotz ihrer Hilflosigkeit war sie entschlossen sich von ihm nicht unterkriegen zu lassen. Ihr Zorn war es, der den Entschluss reifen ließ, zu fliehen – entweder das oder Demurral in den letzten Augenblicken ihres Lebens einen schweren, schmerzhaften und lange spürbaren Schlag zuzufügen.

Sie überlegte, was sie tun könnte. Die einzigen Gegenstände im Raum, die man als Waffe verwenden konnte, waren die Kerzenhalter. Doch dann fiel ihr etwas anderes ein: Als Crane sie verraten und hier abgeliefert hatte, waren sie nicht durchsucht worden. Thomas hatte immer noch das Varrigal-Schwert hinten in seinem Gürtel stecken. In all der Aufregung hatten Demurral und Beadle es übersehen. Kate stellte sich vor, wie sie ihre Hände aus den Fesseln löste, zu Thomas hinübergriff, das Schwert hervorzog und die tödlichen Hiebe gegen den Zauberer und seinen Lehrling führte.

Sie zerrte an den goldenen Kordeln an ihren Handgelenken, doch sie zogen sich nur noch enger zu und schnitten ihr in die Haut. Es war, als wüssten die Schnüre, was sie dachte, und legten sich bei jedem neuen Fluchtgedanken fester um ihre Arme. Sie musste einsehen, dass ihr Traum vom Entkommen wohl nur ein Traum war.

Thomas konnte nicht mehr länger schweigen. Zwei Stunden hatte er jetzt zugehört, wie Raphah vor sich hin gemurmelt hatte, ohne dass er etwas verstanden hätte oder wüsste, worum es ging. Thomas fühlte sich verantwortlich für das, was passiert war. Er hätte wissen müssen, dass Jacob Crane nicht zu trauen war. Nachdem sie aus dem Tal geflohen waren, hätte er Kate direkt nach Hause bringen müssen und nicht auf Crane warten dürfen. Er kam sich unendlich dumm vor und die Gefangenschaft war seine Strafe.

Die beste Möglichkeit, lebendig wieder herauszukommen, war in seinen Augen die, mit Demurral zu verhandeln, ihn anzuflehen, ihnen die Freiheit zu schenken. Konnte der

Pfarrer denn wirklich jemanden umbringen, den er kannte? Thomas lehnte sich auf seinem Stuhl zurück. Seine Hände waren taub von den engen Schnüren. Er musste sich eingestehen, dass Demurral eine noch dunklere, gewalttätigere Seite hatte, als er sich hätte vorstellen können – eine Seite, die die Welt normalerweise nicht zu sehen bekam. Thomas begann zu verzweifeln. Er hatte niemanden, den er zu Hilfe rufen konnte, niemand, der kommen und ihn retten konnte. Er hoffte nur, dass sein Traum sich erfüllen würde und er keine Angst vor dem Tod haben musste. Und dass er, wenn er an den König glaubte, das ewige Leben haben würde.

Raphah hatte die ganze Zeit über mit einem vertrauensvollen Lächeln auf die Wand geschaut und sich ganz auf Riathamus konzentriert. Jetzt wurde ihm bewusst, dass sowohl Kate als auch Thomas ihn ansahen und seinen Worten lauschten.

»Gelobt sei deine Stärke, Riathamus,
der du meine Arme zum Krieg rüstest und meine Hände kämpfen lehrst.
Mein Heil und meine feste Burg;
Mein Hort und mein Erlöser,
Mein Schild und der Eine, dem ich vertraue.
Du besiegst meine Feinde vor mir . . .«

Raphah unterbrach sich und schaute die beiden an. »Bevor ihr fragt: Es ist ein Lied an Riathamus, es ist aus seinem Buch. Ich bete, rede mit ihm; dadurch lerne ich seinen Willen kennen.«

»Was sagt dieser Riathamus denn? Dass wir alle sterben

werden?«, fragte Kate spitz. »Wenn das alles ist, kannst du das Beten auch bleiben lassen. Dann kannst du genauso gut zu der Wand sprechen oder in die Luft. Dein Herr hat uns hierher gebracht. Kannst du mir sagen, wann er uns wieder rausholt?«

»Hast du je versucht mit ihm zu reden oder lässt du dich immer nur von deinem Zorn leiten?«, fragte Raphah zurück.

»Ich habe schon oft mit Gott gesprochen, aber er hört mir nie zu«, erklärte Kate wütend. »Als meine Mutter starb, habe ich jeden Tag zu ihm gebetet, dass er sie mir zurückbringt, aber nichts ist passiert. Wenn er Gott ist, warum ist er dann schwerhörig? Oder kümmert er sich um Leute wie mich nicht?«

»Er liebt dich mehr, als du es je wissen wirst. Aber Glaube beginnt mit einem Annehmen. Du nimmst dich so an, wie du bist, mit allen deinen Schwächen. Dann wirst du die Größe und Majestät von Riathamus erleben. In unserer Schwäche erkennen wir seine Stärke und in unserer Armut seinen Reichtum. Er ist das mächtigste Wesen der ganzen Schöpfung.« Raphah schenkte ihnen ein strahlendes Lächeln.

»Warum musst du dann mit uns sterben, wenn dein Gott so mächtig ist?«, wollte Kate wissen.

»Viele, die bedeutender waren als ich, haben ihr Leben für ihn gegeben«, sagte Raphah ruhig. »Wir müssen alle sterben; dem Tod entkommen wir nicht. Viel wichtiger ist aber, dass wir wissen, wohin wir gehen, wenn wir die Seelenbrücke überschreiten.« Raphah merkte, dass Kate Mühe hatte, ihn zu verstehen. Ihre Augen sprühten immer noch vor Zorn.

»Worte!«, rief sie. »Nichts als leere Worte, die doch nicht helfen. Ich will nicht sterben, nicht hier und überhaupt nicht. Ich will alt werden und einschlafen und nicht mehr aufwachen. Dann weiß ich nicht, was passiert ist und wo ich bin. Wie willst du beweisen, dass es Riathamus wirklich gibt?«

»Du musst glauben. Du brauchst nur ein winziges Körnchen Glauben. Etwas, worauf du vertrauen kannst. Du hast zu lange gelitten, dein Schmerz macht dich blind. Lass ihn los. Lass den, der Frieden bringen kann, dich heilen.«

»Wie kann ich an etwas glauben, über das ich nichts weiß?« Kate begann zu weinen. »Ich habe Angst, solche Angst! Ich will nur, dass es aufhört.«

In Thomas krampfte sich alles zusammen, so sehr litt er mit Kate. Sie hatten so viel gemeinsam erlebt, jetzt würden sie gemeinsam in den Tod gehen. Auch er wollte schreien, dass alles aufhören möge. Wollte sie in den Arm nehmen und beschützen, wie sie ihn immer beschützt hatte. Sie war immer so stark gewesen. Sie hatte ihn ermutigt durchzuhalten, hatte ihm Kleider und Essen gebracht, als er in der Höhle am Strand gelebt hatte, und hatte seinen Lebenswillen jeden Tag neu angestachelt. Als sein Vater gestorben war, hatte Kate ihn in den Armen gehalten und ihn getröstet, obwohl sie selbst noch ein Kind gewesen war. Sie hatte ihm die Angst vor dem Alleinsein genommen, den Schmerz und die Trauer, die ihn überwältigt hatten. Sie war alles für ihn gewesen und nun weinte sie neben ihm und er musste zusehen, wie ihre Tränen auf den Boden tropften.

Thomas wusste, dass auch er bald anfangen würde zu weinen. Der Kloß in seinem Hals wuchs, er konnte kaum noch schlucken und seine Augen brannten. Er holte tief Luft und versuchte die Tränen zurückzuhalten, doch das machte alles nur noch schlimmer. Er begann jämmerlich zu schluchzen. Heiße Tränen liefen ihm über die Wangen und Panik breitete sich in ihm aus. Die Schlangen in der Kiste regten sich und zischten.

»Mein Herr, mein Schild und der Eine, dem ich vertraue. Rette uns durch die Kraft deines Wortes!«, rief er plötzlich. Er wusste selbst nicht, woher die Worte gekommen waren, doch er hoffte, dass der König aus seinen Träumen ihn hörte, dass er lebendig war in dieser Welt und nicht nur in seiner Einbildung existierte.

Von einer Sekunde zur nächsten überkam ihn ein kraftvolles, wunderbares Gefühl des Friedens. Seine Tränen versiegten und die Angst verschwand. Vor seinem geistigen Auge sah er, wie der König ihn anlächelte.

Über seinem Kopf hörte er das vertraute Kreischen der Möwen. Doch plötzlich lag etwas Wildes in ihrem Rufen und Schreien, das ihm eiskalte Schauer über den Rücken jagte. Nur einmal hatte er die Vögel bisher so schreien hören. Da war er mit seinem Vater aufs Meer hinausgefahren und hatte beobachtet, wie ein riesiger, bedrohlich wirkender Schwarm Seevögel sich auf einen kleinen, halb toten Wal gestürzt hatte. Jetzt sah er durch die schmalen Fensterschlitze die Silhouetten hunderter von Seevögeln wild durcheinander flattern. Ihr Kreischen wurde immer lauter und bald umkreisten sie den Turm in solchen Scharen, dass kaum noch Licht hereindrang. Man hörte sie auf dem Kupferdach landen, mit den Füßen scharren und mit den Schnäbeln auf das Metall hacken.

»Mein Vater sagte immer, Möwen seien die Seelen ertrunkener Fischer, die an den Ort zurückkehren, von dem aus sie hinausgefahren sind«, sagte Thomas.

»Mein Vater sagte, dass wir zu Riathamus kommen, wenn wir sterben, dass diejenigen, die behaupten, man könnte in dieses Leben zurückkehren, sich nur selbst etwas vormachen, und die, die ihnen zuhören, genauso«, erwiderte Raphah bestimmt.

In der Ferne war jetzt die Alarmglocke des Bergwerks zu hören. Das tiefe DONG ... DONG ... DONG kündigte Unheil an. Es rief alle Bergarbeiter dazu auf, ins Pfarrhaus zu laufen und sich dort in Sicherheit zu bringen.

Immer mehr Vögel landeten auf dem Turmdach; es klang wie das Kratzen tausender gefangener Ratten.

Kate schaute ängstlich zum Fenster. »Was haben sie nur?«

Da hörten sie ein tiefes Grollen. Zuerst klang es wie entfernter Donner. Er brachte den Turm zum Beben. Der Keruvim und die Kerzenhalter auf dem Altar wackelten. Die Schlangenköpfe verschwanden in der Kiste, als die Stühle über den Boden rutschten.

Mit jedem neuen Beben fielen weiße Kalkschauer von der Decke. Die Seevögel erhoben sich wie eine gewaltige, kreischende Wolke in die Luft. Die Deckenbalken hoben sich kurz von den Auflagesteinen, als sich die Mauern des Turms sichtbar verschoben.

»Ein Erdbeben!«, rief Thomas.

Kate sah sich um. Sie war sicher, dass eine Stimme ihren Namen gerufen hatte.

»Riathamus hat dein Flehen gehört und lässt die Erde in seinem Zorn beben. Das Meer wird sich in seiner Wut erheben«, sagte Raphah. »Die Vögel wussten, was passieren würde, bevor wir es gespürt haben. Wir müssen hier weg, ehe der Turm zusammenbricht.«

Kate hörte als Erste die Schritte, die sich mühsam den Turm heraufschleppten. »Pssst. Es kommt jemand«, sagte sie leise.

Da öffnete Beadle auch schon die Tür und betrat das Turmzimmer. Sein erster Blick ging zu den Schlangen in der Kiste. Er war in heller Panik. Kate ergriff die Gelegenheit.

»Was gibt's, Beadle? Hat dein Herr dich geschickt, damit du sein schmutziges Geschäft für ihn verrichtest?«

»Ich soll ihm den Keruvim bringen. Hier ist er nicht sicher, sagte er. Die Klippen bei North Cheek und halb Baytown sind ins Meer gestürzt.« Beadle wollte keinen Augenblick zu lang im Turm bleiben.

»Dann nimm uns mit«, sagte Kate. »Er will doch nicht, dass wir sterben, wenn das Ding hier zusammenbricht. Er hat doch sicher andere Pläne mit uns.«

»Von euch hat er nichts gesagt. Ich soll nur die Statue bringen, und das mach ich auch«, schnauzte er sie an.

»Aber er erwartet bestimmt, dass du uns mitbringst. Raphah muss bis heute Abend am Leben bleiben, damit er mit der Zeremonie beginnen kann«, sagte sie rasch.

Beadle überlegte. Ratlos blickte er die drei an und man sah ihm an, dass er hin- und hergerissen war.

»Wenn ich euch losbinden würde ... einen nach dem anderen ...« Er überlegte wieder. »Was hält euch dann davon ab, zu fliehen?«

Kate warf Raphah und Thomas einen kurzen Blick zu; ihre Augen sagten ihnen, dass sie das Reden übernehmen würde.

»Wir bringen das jetzt zu Ende, egal, was passiert«, sagte sie. »Aber wie fühlst du dich eigentlich bei der ganzen Sache, Beadle? Du bist ein guter Mensch, mein Vater hat immer eine hohe Meinung von dir gehabt. Es kann dir doch nicht gefallen, was Demurral vorhat, oder?«

Beadle schaute sie an und sah die Herzlichkeit in ihren Augen. »Manchmal kenne ich mich selbst nicht mehr«, bekannte er. »Es ist, als ob etwas von mir Besitz ergreift. Dann mache ich einfach alles, was er von mir verlangt. Ohne ihn hätte ich kein Dach über dem Kopf und keine Arbeit.«

»Du könntest eine Menge mehr haben – ohne ihn.« Kate wollte ihn ganz bewusst aufstacheln, aber die Unterhaltung wurde durch einen weiteren Erdstoß unterbrochen, der den Turm zum Beben brachte. Von der Decke und von den Wänden rieselte Kalk. Beadle griff rasch nach dem Keruvim und humpelte damit zur Tür.

»Du kannst uns doch nicht hier lassen!«, rief Kate. »Der Turm könnte einstürzen!«

Beadle blieb stehen. Er legte den Keruvim auf den Boden, drehte sich um und ging zu Raphah.

»Ich nehme an, sie hat Recht. Der Pfarrer hätte bestimmt keine gute Meinung von mir, wenn es euch alle erwischen würde. Ich verlange nur eines von euch: dass ihr mir nichts tut. Verstanden?« Damit begann er die goldenen Kordeln aufzuknüpfen. Die Knoten widersetzten sich seinen Fingern, als wollten sie ihn vor den zukünftigen Ereignissen warnen.

Zuerst band er Raphah los, dann Kate, dann Thomas. Und da merkte er, dass er einen Fehler gemacht hatte. Kate griff Thomas beherzt unter die Jacke und zog das kleine Varrigal-Schwert hervor, das Beadle übersehen hatte. Sie fuchtelte ihm mit der Klinge vor dem Gesicht herum und er sah, dass es mit Blut befleckt war. Mit erhobenen Händen sprang er zum Altar zurück.

»Bitte nicht töten. Ich mache alles, was ihr wollt – nur lasst mich am Leben«, schrie er. »Ich helfe euch bei der Flucht, ich kann euch einen Weg zeigen.«

»Wir brauchen deine Hilfe nicht«, sagte Kate. »Raphah, was machen wir mit ihm?«

Die Antwort kam mit dem nächsten Erdstoß. »Wir können ihn nicht hier lassen. Sonst ergeht es ihm, wie es uns ergangen wäre. Wir schulden ihm zumindest das Leben.« Raphah packte Beadle am Kragen. »Du hast mich als Sklave gebrandmarkt, du hast im Auftrag deines Herrn dafür gesorgt, dass Männer mich geschlagen und eingesperrt haben.« Er hielt inne und sah Beadle direkt an. »Ich vergebe dir, was du mir angetan hast. Es soll nicht zwischen uns stehen.«

Beadle wusste nichts darauf zu sagen. Er ließ den Kopf hängen und sah zu Boden.

»Nimm die Schlangen mit, sie scheinen dich zu kennen«, befahl Raphah und schob Beadle zur Tür. »Trag die Kiste. Dann wissen wir, wo du deine Hände hast, und vielleicht kommen uns die Tiere ja noch gelegen. Ich nehme den Keruvim. Demurral hat sich schon ausgemalt, was er alles mit ihm machen wollte, doch welche Kräfte er tatsächlich besitzt, kann er sich nicht einmal vorstellen.«

Kate konnte ihre Gefühle kaum im Zaum halten. Sie zitterte vor Aufregung, als sie Beadle mit dem Schwert in Schach hielt. Sie sah Thomas an. »Er hat geantwortet. Du hast es vielleicht für Donner gehalten, aber ich habe seine Stimme gehört. Er hat zu mir gesprochen.«

Ihre Augen füllten sich mit Tränen, aber jetzt waren es Freudentränen.

Raphah wusste, was in ihr vorging. Er legte ihr eine Hand auf die Schulter. »Wir haben es noch nicht überstanden. Ich weiß nicht, was Demurral mit dem Keruvim bereits angerichtet hat. Womöglich wurden Kreaturen und Kräfte freigesetzt, die ich aufhalten muss.« Er schaute von Kate zu Thomas. »Ihr könnt jetzt gehen oder ihr könnt es bis zum Ende mit mir durchstehen.« Auf ihren Gesichtern suchte er nach einer Antwort. Sie warfen sich einen kurzen Blick zu und sahen dann Raphah an.

»Wir kommen mit dir«, sagte Kate leise. »Wir sind genauso in die Sache verwickelt wie du.«

19.

Der goldene Rabe

Die Leiche des Wegelagerers schaukelte eineinhalb Meter über Jacob Cranes Kopf sacht hin und her. Die Schlinge hatte sich eng um seinen Hals gezogen und er hing da wie eine vergessene Marionette. Crane schaute hinauf zu der zerlumpten Gestalt. Sofort fielen ihm die neuen Stiefel auf, die der Mann trug. Er war einigermaßen überrascht, dass sie noch nicht gestohlen worden waren. Es waren die Stiefel eines Gentleman, schwarzes Leder mit silbernen Schnallen, in denen jetzt die Füße eines Toten steckten. Als er ihn genauer betrachtete, bemerkte er die unmissverständlichen Hinweise auf Pocken im Gesicht des Mannes: aufgedunsene Wangen, mit Blasen übersäte Haut. Das war auch die Antwort auf die Frage, weshalb er seine Stiefel noch trug. Niemand würde sich an der Leiche eines Mannes vergreifen, der die Pocken hatte. Crane wunderte sich, dass sie ihn trotz der allgemeinen Angst vor Ansteckung überhaupt gehängt hatten. Er dachte an die Worte der Frau aus dem

Moor. War hier, an der Rudda-Kreuzung, nun seine Antwort? Sah so seine Zukunft aus? Dass er entweder an Pocken sterben oder gehängt und dann im Herbstwind schaukeln würde, weil niemand ihn beerdigte und er keine Familie hatte, die um ihn trauerte?

»Und wie steht es mit dir?«, fragte er die Leiche. »Wer hat um dich geweint? Ob wir wohl im nächsten Leben Brüder sein werden?« Crane zog sein Pferd am Zügel hinter sich her Richtung Küste. »Friede sei mit dir, mein Freund. Wir sehen uns in der Hölle«, rief er dem schaukelnden Toten zum Abschied zu.

Erst nachdem er Uggle Wood hinter sich gelassen hatte, hielt Crane es für ungefährlich, wieder zu reiten. Gleich beim ersten Erdstoß war er abgesessen und hatte das Pferd am Zügel geführt. Er schaute nach Norden, wo die Wolkensäule immer größer wurde und sich wie ein Fächer nach Osten und Westen hin ausbreitete. Nach wie vor ging ein seltsames Glühen von ihr aus, das heller war als die Sonne, aber keine Wärme gab. Er sah auf die Erde und stellte fest, dass er zwei Schatten warf, einen nach Norden und einen nach Südwesten.

Es dauerte nicht lang, da konnte er von dem ausgetretenen Pfad aus Beastcliff sehen. Wieder hatte er das Gefühl, nicht allein zu sein, und schaute hinter sich. Er war sicher, dass er beobachtet wurde. Am Rand der Klippen führte ein schmaler Weg – zu schmal für ein Pferd – in vielen Windungen steil hinunter zum Plateau, wo er zwischen niederen Bäumen und Büschen endete. Man könnte eine ganze Armee dort verstecken oder eine Schiffsladung Brandy, dachte Crane.

Er warf sich die Satteltasche über die Schulter, ließ das Pferd am Rand der Klippen zurück und machte sich zu Fuß auf den Weg nach unten. Bald hatte er den Schutz der Bäume erreicht. Durch den Wald führte ein ausgetretener Trampelpfad. An mehreren Bäumen fielen ihm merkwürdige, tief in die Rinde eingeritzte Zeichen auf, die ihn beunruhigten. Er musste wieder daran denken, was die Frau aus dem Moor gesagt hatte. Das pockennarbige Gesicht des Gehängten hatte sich tief in sein Gedächtnis eingegraben. Er zog seine Pistole aus dem Gürtel und legte den Hahn zurück. Für ihn stand fest, dass irgendjemand ihm auf Schritt und Tritt folgte.

Er wollte nicht überrascht werden, weder von Mensch noch Tier oder irgendeiner anderen Kreatur. Jawohl, die Umstände hatten Jacob Crane gezwungen, seinen Horizont zu erweitern und eine ganz neue Welt von Wesen und Erscheinungen, die er sich nicht einmal vorstellen konnte, in sein Denken einzubeziehen.

Immer auf der Hut, folgte er dem Pfad durch den Wald. Das Blätterdach der Bäume schützte ihn. Als er durch die Äste nach oben schaute, sah er auf den Klippen einen Mann. Er blieb stehen und holte das Fernglas heraus. Seine Unruhe wuchs. Durch die Linse sah er einen Mann, nicht viel älter als er selbst, mit langem schwarzem Haar und einem kurzen Bart. Er war von Kopf bis Fuß in schwarzes Leder gekleidet und trug dazu ein weißes Spitzenhemd. Der

Mann blickte zu ihm herunter, lächelte und hob grüßend die Hand. Crane schaute noch einmal hin und der Mann war verschwunden.

Bald hatte Crane den Eingang zum Tunnel erreicht, der von den Klippen zum Pfarrhaus führte. Auf der Lichtung warteten schon Blythe und Skerry. Sie hatten eine Sturmlaterne und ein kleines Holzfass dabei. Schießpulver!

Crane eilte zu ihnen. »Gut gemacht, Jungs, das ist genau das, was wir brauchen! Es sollte reichen, um den alten Demurral aus dem Bett zu werfen. Falls er heute nicht schon genug durcheinander geschüttelt wurde.«

»Es war die Klippe bei North Cheek – komplett ins Meer gestürzt – und halb Baytown dazu«, erzählte Skerry.

»Was ist mit meinem Schiff?«

»Nach dem Erdrutsch, als alles noch in Bewegung war, schoss eine gewaltige Welle in die Bucht«, erwiderte Blythe. »Wir haben gesehen, wie sie Euer Schiff hochgehoben hat wie einen Korken und es dann wieder absetzte, als sei nichts geschehen. Das ganze Bergwerk hat gebebt. Man hätte meinen können, die Welt geht unter.«

»Vielleicht sind wir davon gar nicht mehr so weit entfernt, Jungs«, meinte Crane und griff nach dem Fass. »Gehen wir rein und bereiten wir dem alten Gauner die Überraschung seines Lebens – oder sollte ich besser sagen: seines Todes?«

Er betrat den Tunnel. Von der Decke tropfte das Wasser und die Wände waren mit einer dicken, feuchten Moosschicht bedeckt. Als alle drei ein paar Schritte gegangen waren, blieb Crane stehen und schaute zurück. Er wartete.

»Ist was, Captain?«, fragte Blythe.

»Ich warte nur. Ich glaube, irgendjemand interessiert sich für unseren Ausflug. Ich will wissen, ob ich verfolgt werde oder ob die Ereignisse der letzten beiden Tage mir langsam das Gehirn aufweichen.«

Sie standen im Schutz der Eibe, umgeben von dichtem Gebüsch. Kate hielt das Schwert so, dass die Spitze auf Beadle zeigte. Der hielt die Kiste mit den Schlangen auf Armeslänge von sich. Raphah und Thomas lugten durch die Büsche; sie suchten nach den Dragonern.

»Welchen Weg nehmen wir, Thomas?«, fragte Raphah. »Durchs Haus und den Tunnel oder den Pfad zum Bergwerk?«

Thomas überlegte ein paar Augenblicke. »Durchs Haus und den Tunnel. Da haben wir mehr Deckung. Allerdings müssen wir an Demurral vorbei.«

»Ich helfe euch«, erbot sich Beadle.

»Nein, Beadle«, sagte Kate bestimmt. »Ich glaube nicht, dass wir dir trauen können. Wir nehmen dich mit, und wenn wir sicher im Tunnel sind, lassen wir dich laufen. Und jetzt sei still, sonst schneid ich dir die Ohren ab und mach mir eine Geldbörse daraus.« Sie konnte wieder lachen, da sie spürte, dass sie neue Kräfte besaß. Jetzt, wo der Turm hinter ihnen lag, schien Rettung möglich. Kate dachte an ihr Zuhause hoch oben auf den Klippen von Baytown. Sie hätte gern gewusst, ob es noch da war und wie es ihrem Vater ging.

Raphah schaute zu der Wolke, die sich über den Himmel ausbreitete. »Wir haben nicht mehr viel Zeit, höchstens noch zwei Tage«, sagte er. »Demurral hat mit Hilfe des Keruvim etwas mit der Welt gemacht, ohne es überhaupt zu merken. Vielleicht hat er sogar die Glashan freigelassen. Wenn sie frei sind, werden sie uns bald finden.«

»Wer sind die Glashan?«, wollte Thomas wissen.

»Das sind Wesen, denen man besser nie begegnet. Sie sind so abgrundtief böse, dass du dir nicht einmal in deinen wildesten Träumen vorstellen kannst, was sie mit der Welt machen können. Vor Beginn der Zeit haben die Glashan sich gegen Riathamus aufgelehnt. Sie versuchten das Universum zu erobern, doch die Seruvim stellten sich ihnen in den Weg und viele kamen bei der Schlacht ums Leben. Ihr Anführer wurde auf die Erde verbannt. Seit dieser Zeit versucht er die Menschen. Die Macht der Glashan hat seit der Großen Gefangennahme, als Riathamus sie im Kampf auf dem Schädelberg besiegte, ein Ende. Ihr Anführer hieß Pyratheon; seit es die Keruvim gibt, wollte er sie haben. Meine Familie hat immer gut auf sie aufgepasst, bis einer der Unseren mitgeholfen hat die Statue hierher zu bringen und sie an Demurral verkauft hat. Es gibt zwei Keruvim auf der Welt, einer ist aus Gold, der andere aus Fleisch und Blut. Heute sind wir beide in eurer Mitte.«

»Deshalb will Demurral dich also töten?«, fragte Kate.

»Ja, und wenn ihm das gelingt, kämpfen die Glashan erneut gegen Riathamus. Dann hat die Große Gefangennahme ein Ende. Demurral hält den Keruvim für eine Art magischen Talisman, den er nach Lust und Laune benutzen kann. Pyratheon würde nie erlauben, dass er über ihn bestimmt. Demurral ist in größerer Gefahr, als er denkt.«

»Was passiert, wenn Demurral tatsächlich ausführt, was er vorhat?«, fragte Thomas.

»Es steht geschrieben, dass der Mond sich in Blut verwandeln wird. Der Himmel verdunkelt sich und die Erde wird von einem fallenden Stern getroffen, der die Meere vergiftet. Es wird Plagen geben auf der Erde, und Kriege und Erdbeben werden sämtliche Städte zerstören. Danach wird die Erde für tausend Jahre unter Pyratheons Herrschaft fallen. Es wäre für uns alle besser, wir würden sterben, als das miterleben zu müssen.« Raphah trat weiter in den Schatten der Eibe, da er nicht wollte, dass unerwünschte Ohren ihn hörten. Er machte den anderen ein Zeichen, näher zu kommen. »Demurral wird für seine Machtgier büßen; Pyratheon wird alles, was ihm zusteht, zurückverlangen. Er wird noch vor Ende des Vollmondes versuchen den Keruvim in seinen Besitz zu bekommen.«

»Wie können wir ihn aufhalten? Wir sind doch nur zu dritt?«, fragte Kate, die Beadle nicht aus den Augen ließ.

»In eurem Land feiert man doch ein Fest, das Samhain genannt wird; einige nennen den Abend vor Allerheiligen auch Halloween. In dieser Nacht ist das Tor, das die Glashan von dieser Welt fern hält, am durchlässigsten. Bis dahin muss ich aus dem Land sein und mit mir der zweite Keruvim. Pyratheons Macht ist begrenzt; er kann nicht an zwei Orten gleichzeitig sein. Er ist nicht allmächtig und abhängig vom Wirken seiner Anhänger; ihre Wahrsagekarten, Séancen und die ganze Hexerei sind Teil seiner falschen Versprechen. Die seinen Willen tun, werden mit ihm untergehen«, erklärte Raphah. Den Keruvim hielt er dabei fest an die Brust gedrückt.

»Dann müssen wir zusehen, dass wir dich nach Whitby bringen. Wir können heute Abend dort sein, dann kannst du gleich morgen früh auf ein Schiff gehen«, meinte Thomas. »Beeilen wir uns. Demurral wird nicht im Traum daran denken, dass wir über sein Haus in die Tunnel gelangen könnten. Von dort gehen wir zum Strand und bei Ebbe können wir dann weiter nach Baytown.«

Er wusste, dass dies leichter gesagt als getan war. In der Scheune, die sich zwischen der Eibe und der Hintertür des Pfarrhauses befand, hockten zwanzig Dragoner. Im Haus selbst saßen in einem der Zimmer, die von dem langen Flur abgingen, Demurral und Farrell. Über diesen Flur und an der Küche vorbei gelangte man in den Keller und von dort in die unterirdischen Gänge. Beadle war nicht zu trauen. Mit einem Schrei konnte er die Dragoner auf sich aufmerksam machen, und wenn er wartete, bis sie im Haus waren, brauchte er nur nach Demurral zu rufen. Dann gab es kein Entrinnen.

Thomas nahm Kate das Schwert aus den Hand und stupste Beadle damit an. »Ein Ton, und ich muss dir das hier in den Leib rennen. Hast du verstanden?« Er hoffte nur, dass seine Drohung ernst genug klang. »Ich tu's, Beadle, mein Leben hängt davon ab.«

Beadle schaute die drei an. Sie waren schmutzig und müde. Es war offensichtlich, dass Raphah die Wunde an seiner Schulter und der Schlag auf den Kopf zu schaffen machten. Beadle fühlte sich irgendwie verantwortlich. Er wusste, dass er zumindest teilweise schuld war an dem, was man dem Jungen angetan hatte. Das Gefühl behagte ihm nicht. Sein Blick blieb an Raphah hängen und er musste wieder daran denken, was der zu ihm gesagt hatte, kurz bevor sie den Turm verließen.

»Wie kannst du mir vergeben, wenn ich dir solche Schmerzen zugefügt habe?«, fragte er.

»Das gebietet Riathamus«, erwiderte Raphah.

»Aber ich kenne dich nicht und mag dich nicht. Ich wäre bereit gewesen, dir noch viel mehr anzutun. Wie kannst du da sagen, du vergibst mir?« Beadle bemühte sich leise zu sprechen. Die Warze auf seiner Nasenspitze zuckte nervös.

»Wenn ich dir nicht vergeben würde, würde ich mir selbst in den Rücken fallen. Bitterkeit frisst einen von innen her auf. Es wäre einfach, dich mein Leben lang zu hassen für das, was du mir angetan hast und antun wolltest. Aber was hätte ich davon? Damit würde ich mich auf eine Stufe mit dir und deinem Herrn stellen. Du hast zu lange nach Demurrals Pfeife getanzt, während er den Weg des Bösen ging. Du hast nichts getan, damit er umkehrt, und weil du ihm ein Komplize warst, hast auch du Blut an den Händen.«

Die Worte trafen Beadle wie eine Weidengerte. Er wusste nichts darauf zu sagen.

»Wie hättest du es gern, Beadle?«, fragte Thomas. »Wenn du Laut gibst, hast du die Klinge im Rücken.«

»Ich gebe euch mein Wort, was immer es in euren Augen wert ist, dass ich nicht rufe«, erwiderte Beadle.

»Wir können ihm nicht trauen«, flüsterte Kate. »Ich bin dafür, dass wir ihn an den Baum binden und verschwinden.«

»Ich kann nicht sagen, warum, aber ich würde ihn lieber mitnehmen«, meinte Raphah. »Wenn man uns im Haus entdeckt, können wir vielleicht sein Leben gegen unseres eintauschen.«

Thomas wollte etwas sagen, doch Beadle kam ihm zuvor. »Ich zeige euch den Weg zum Tunnel. Ich verspreche euch, dass ich euch eine Stunde Vorsprung lasse, bevor ich Demurral Bescheid sage. So lange brauche ich, bis ich von den Klippen zurückgelaufen bin, das steht fest.«

»Darauf gibst du uns dein Wort?«, fragte Raphah. »Dann nehmen wir dich mit. Zeig uns den Weg. Wenn du uns verrätst, wirst du Riathamus dafür Rechenschaft ablegen müssen.«

»Und die Klinge zu spüren bekommen«, flüsterte Thomas Beadle ins Ohr. »In deinen Augen bin ich vielleicht noch ein Junge, aber in den letzten beiden Nächten bin ich ein Mann geworden. *Er* hat dir vielleicht vergeben, Beadle, aber meine Handgelenke brennen noch von den Schnüren, mit denen du mich am Stuhl festgebunden hast.«

Zusammen verließen sie den Schutz der Eibe und der Büsche darum herum und gingen über den mit Kies bestreuten Weg zur Hintertür des Pfarrhauses. Von den Dragonern war nichts zu sehen, nur ihre Pferde ruhten sich in der Scheune aus. Beadle ging ein Stück voraus; er trug immer noch die Kiste mit den Schlangen. Thomas ging hinter ihm. Er hatte sich das Schwert in den Ärmel geschoben, damit er es, falls sie in Schwierigkeiten kamen, sofort ziehen konnte.

Beadle führte sie ins Haus. Bald waren sie in dem Flur, der zur Küche führte; von dort aus gelangte man zum Keller und schließlich zu den unterirdischen Gängen. Von Demurral keine Spur; im Haus war es totenstill. Die Köchin fluchte nicht in der Küche und es flogen keine Pfannen in den Spülstein. Das Haus war von einer gespenstischen Leere.

»Es ist keiner da«, flüsterte Beadle. »Sie sind wahrscheinlich draußen, um zu sehen, was das Erdbeben angerichtet hat.«

Es war beruhigend, zu wissen, dass niemand ihre Flucht behindern würde. Als die Klippe ins Meer gestürzt war, hatten sämtliche Arbeiter mit ihren Pferden das Bergwerk verlassen. Alle standen nun oben auf den Klippen und schauten auf die Geröllawine in der Bucht und auf die immer heller und größer werdende rote Wolke.

Der lange Flur stank nach verdorbenem Fisch und kaltem Fleisch. In regelmäßigen Abständen steckten Kerzenhalter in den feuchten Wänden; die Kerzen flackerten in einem schwachen Windzug. Durch das Fenster am Ende des Flurs drang das rote Leuchten der Wolke ins Haus. Es spiegelte sich in dem großen goldenen Wandspiegel und schimmerte auf den vergoldeten Flügeln des Raben. Beadle blieb kurz stehen und gab ihnen ein Zeichen, ganz still zu sein.

Fast ohne ein Geräusch zu machen, betraten sie die helle Eingangshalle. Die Tür zu Demurrals Arbeitszimmer war geschlossen. Weder in der Halle noch auf der Treppe zum ersten Stock war jemand zu sehen. Der goldene Rabe, der über der Vordertür Wache hielt, schaute auf sie herunter. Sie machten sich auf den langen Weg von der Eingangstür durch die Halle zur Küche.

Ein leises Grollen war zu hören, als ein weiterer Erdstoß das Haus erschütterte. Sie gingen schneller, obwohl sie weiche Knie bekommen hatten. Raphah schaute Thomas an. Dem stand die Angst ins Gesicht geschrieben. Kate biss sich nervös auf die Lippe.

Im nächsten Augenblick hörten sie das Poltern. Es kam von der Eingangstür her. Beadle war der Erste, der sich umdrehte. In seinen Augen spiegelte sich das blanke Entsetzen. Der goldene Rabe war von seinem Rahmen gefallen. Gerade rappelte er sich auf und schüttelte sich. Er war lebendig. Die grünen Augen in seinem goldenen Kopf schauten sie direkt an; der große goldene Schnabel hackte in die Luft. Er schlug mit den Flügeln, breitete sie aus und machte zwei gewaltige Schritte auf sie zu.

Wie auf Kommando rannten sie los. Beadle blieb wegen seines verkümmerten Beins bald zurück. Der goldene Rabe machte Anstalten, sich auf ihn zu stürzen, als wäre er ein Kaninchen auf dem Feld, das er sich schnappen und mit dem mächtigen goldenen Schnabel in Stücke reißen wollte.

»Lauft, ich versuche ihn aufzuhalten«, rief Beadle. Er warf dem Raben die Kiste mit den Schlangen vor die Füße. Die drei Vipern fielen heraus und wurden fast im selben Augenblick von dem Raben zerrissen. Beadle versuchte schneller zu laufen. Er öffnete sämtliche Türen zu beiden Seiten der Eingangshalle, um den Vogel am schnellen Vorwärtskommen zu hindern.

Der Rabe warf die Türen mit lautem Getöse wieder zu. Thomas blieb stehen und blickte sich um. Er sah Beadle um sein Leben rennen. Mit gezücktem Schwert lief er zu ihm.

»Sei nicht so dumm, Junge, rette deine eigene Haut!«, rief Beadle in panischer Angst, verschwand in der Küche und schmiss die Tür hinter sich zu. Der Rabe warf sich dagegen und kratzte mit seinen metallenen Krallen am Holz, dass die Splitter nur so durch die Halle flogen. Thomas hörte, wie Beadle von innen Stühle an die Tür schob. »Lauf in den Keller«, hörte Thomas ihn rufen. Der Lärm übertönte ihn fast.

Thomas konnte nicht weglaufen. Er wusste genau, dass es nur noch Sekunden dauern konnte, bis der Vogel die Tür zerstört hatte und Beadle in Stücke reißen würde.

»Komm und hol mich, du fettes Huhn«, rief Thomas ihm zu und schwenkte das Varrigal-Schwert über dem Kopf.

Der Rabe drehte sich um und schaute ihn an. Er war jetzt über einen Meter groß, und wenn er die Flügel ausbreitete, berührten die Spitzen beinahe die Flurwände rechts und links. Er stemmte die Krallen in den Holzfußboden, bereit sich auf Thomas zu stürzen.

Thomas bekam Panik. Raphah und Kate waren bereits in den Keller gelaufen. Er war ganz allein. Da hörte er die Stimme in seinem Herzen.

»Ich werde immer bei dir sein, bis ans Ende der Zeiten.« Es war die Stimme des Königs.

Der Rabe kam mit einer Schnelligkeit auf Thomas zu, die der von einem so großen Vogel nicht erwartet hatte. Unsicher machte er einen Schritt rückwärts. Er wusste nicht, wie er gegen eine solche Kreatur kämpfen sollte. Er schlug mit dem Schwert um sich, doch es prallte nur von den goldenen Federn ab. Der Vogel packte ihn mit dem Schnabel an der Jacke, hob ihn hoch und schüttelte ihn, dass er rechts und links gegen die Wand prallte. Als er gegen den Türrahmen gestoßen wurde, fiel ihm das Schwert aus den Händen. Der Rabe schleuderte ihn auf den Boden und hielt ihn mit seiner gewaltigen Kralle fest. Der scharfe Schnabel kam immer näher.

Halb bewusstlos, hörte Thomas den Singsang der Seruvim:

»Heilig, heilig, heilig, Herr der Heerscharen.

Himmel und Erde sind deines Ruhmes voll.«

Ein helles Licht umgab ihn. Er öffnete die Augen. Er stand, umgeben von Seruvim, am Fuß einer hohen, steinernen Treppe. Oben stand der König und schaute auf ihn herab.

»Möchtest du weiterkämpfen, Thomas, oder zu mir nach Hause kommen?« Die Stimme war freundlich und warm und erfüllte Thomas mit innerem Frieden. »Die Entscheidung liegt bei dir. Ich stand an der Tür deines Lebens und du bist meinem Ruf gefolgt. Jetzt kannst du kommen und dich an meinen Tisch setzen.«

Thomas spürte ein überwältigendes Verlangen, diese Welt zu verlassen und zum König zu gehen. Er schaute zurück und sah sich wieder im Pfarrhaus. Er konnte in sämtliche Räume sehen, als gäbe es keine Wände, und die Menschen, die er sah, schienen erstarrt, als habe jemand die Zeit angehalten. Es war, als schaue er in ein Puppenhaus. Der Rabe drückte ihn zu Boden, bereit auf ihn einzuhacken. Beadle stand an der Küchentür. Raphah und Kate warteten auf der Kellertreppe. Demurral, Captain Farrell und zwei Dragoner waren auf dem Weg vom Tunnel zurück in den Keller. Dorthin hatten sie sich bei dem Erdbeben geflüchtet.

Von seiner Treppe aus sah Thomas, dass Raphah und Kate Demurral unweigerlich in die Arme laufen würden. Der Rabe würde zuerst ihn töten und sich dann auf die beiden stürzen. Ihr einziger Ausweg trieb sie direkt in die Arme von Demurral, dem Captain und seinen Männern.

»Lasst mich zurückgehen und kämpfen; ich muss sie warnen. Wenn ich nicht zurückgehe, wird der Auftrag nicht erfüllt werden. Bitte, mein König, lasst mich auf die Erde zurück«, bat Thomas.

»Sehr schön. Geh, aber handle schnell. Du musst schneller sein als der Rabe. In seinem Herzen sitzt eine teuflische Kraft, die ihm das Leben geschenkt hat. Führe einen Hieb direkt in sein Herz – in meinem Namen.«

Damit verschwanden das helle Licht, die Seruvim und die Treppe. Thomas hatte wieder den Modergeruch der Halle in der Nase. Er schnappte sich das Varrigal-Schwert, das ihm aus der Hand gefallen war. Der Rabe sprang hoch, die Krallen ausgestreckt, bereit ihm die Brust aufzureißen.

»Im Namen des Königs ... Fort mit dir!«, schrie Thomas.

Als die Vogelkrallen sich in seine Schultern bohrten, stieß er der Kreatur das Schwert in die Brust. Es durchschnitt das Metallgefieder und traf mitten ins Herz des gewaltigen Tieres. Es stieß ein lang gezogenes, schrilles Krächzen aus, sein Griff lockerte sich, dann fiel es zur Seite. Das Metallgefieder begann vor Thomas' Augen blubbernd zu schmelzen, der Holzfußboden schmorte und die feuchten Wände dampften.

Thomas sah, wie die Kreatur sich in einen Mann verwandelte. Er hatte eine gebogene Nase, ein schneeweißes Gesicht und leuchtend rotes Haar. Er trug einen Uniformrock aus Leder, Kniehosen und Stiefel. Als er zur Seite fiel, sah Thomas, dass seine Zähne aus massivem Gold waren. Eine tiefblaue Flüssigkeit wurde aus seiner Brust gepumpt, bis sein Herz aufhörte zu schlagen. Kurz bevor er starb, schaute er Thomas durchdringend an. Seine Augen glichen denen einer Katze. Es war ein herausfordernder, hasserfüllter Blick.

»Thomas!«, schrie Raphah. »Was hast du getan?« Er kam zu ihm gelaufen und schaute auf die Leiche. »Es ist ein Glashan. Die Große Gefangennahme hat ein Ende. Wenn sie hier sind, ist auch Pyratheon nicht weit.«

In diesem Augenblick flog die Küchentür auf. Beadle kämpfte sich über Stühle, Töpfe und Pfannen, Besen und andere Gerätschaften, die er alle hinter der Tür aufgestapelt hatte.

»Du hast ihn getötet – und mir das Leben gerettet«, schluchzte er.

»Demurral und Farrell sind mit zwei Dragonern im Keller«, sagte Thomas. »Beadle, gibt es noch einen anderen Weg in den Tunnel?«

Beadle gab ihnen ein Zeichen, ihm in die Küche zu folgen. An der rückwärtigen Wand ruckelte er an dem neben der Tür zur Speisekammer eingelassenen Stein, auf dem die Speisen gekühlt wurden, und eine schmale, gerade mannshohe Tür öffnete sich. Dahinter sah man drei Steinstufen und dann nur noch Dunkelheit. Beadle nahm eine Laterne von einem Regal, zündete mit der Zunderbüchse den Docht an und drehte ihn nach oben, damit die Lampe möglichst hell brannte.

»Der Gang führt euch nach Beastcliff. Aber nehmt euch in Acht! Dort gibt es Wesen, die Demurral gehorchen. Lauft so schnell ihr könnt zum Strand.« Er schaute Raphah an, der den goldenen Keruvim an sich drückte. »Verlass unser Land und nimm das Ding mit; hier ist kein Platz dafür.«

»Komm mit, Beadle – du kannst mitkommen«, sagte Kate und zupfte ihn am Ärmel.

»Nein, ich bleibe und stelle mich Demurral. Außerdem muss ich die Geheimtür von außen schließen, ich kann also nicht mitkommen. Jetzt geht, er wird bald hier sein.«

Thomas nahm die Laterne in die eine, das Schwert in die andere Hand und betrat als Erster den Gang. Die anderen beiden folgten.

Beadle ruckelte am Kühlstein und die Tür fiel zu. Er fegte den Putz weg, der von der Wand gebröckelt war, und begann die Küche aufzuräumen. Die Füße des toten Glashan auf der Schwelle ignorierte er. Als er in der Halle Schritte hörte, wappnete er sich gegen das, was kommen würde.

20.

Pyratheon

Einen Augenblick lang herrschte vollkommene Stille. Nur das Tropf-tropf-tropf von der Tunneldecke war zu hören. Das Licht der Laterne beleuchtete die feuchten Wände und die Steinplatten auf dem leicht abschüssigen Boden.

Der Tunnel roch nach Meer, Salzwassertümpeln und totem Fisch, vermischt mit dem Geruch nach feuchter, frisch umgegrabener Erde. Jeder Schritt hallte von den Wänden wider und es war kalt wie der Tod. Thomas hielt die Lampe und das Schwert fest umklammert. Er wollte keine Überraschung erleben. Kate ging zwischen ihm und Raphah. Der hatte eine Hand auf ihre Schulter gelegt und schaute sich immer wieder um.

»Keiner sagt etwas«, flüsterte Thomas kaum hörbar. »In so einem Tunnel hört man jeden Ton meilenweit.« Das Echo seiner Worte klang wie Geistergeflüster.

Sie folgten ihm den Gang hinunter und hofften bei jeder Abzweigung, dass er die richtige Richtung einschlug. Er wusste nur, dass sie, solange sie abwärts gingen, entweder am Strand herauskommen würden oder in den Klippen. In den Klippen waren sie in Sicherheit. Wenn sie bei Flut am Strand herauskamen, waren sie so lange ohne Fluchtmöglichkeit im Tunnel gefangen, bis das Wasser sich zurückzog.

Thomas wusste nur zu gut, wie das war. Vor etlichen Jahren hatte die Flut ihm einmal am Strand unterhalb von Beastcliff den Heimweg abgeschnitten. Es war ihm gelungen, auf einen Felsvorsprung in den Klippen zu klettern und sich dort mehrere endlos lange Stunden festzuklammern, während es ihm so vorgekommen war, als wolle ihn jede einzelne Welle in die Tiefe ziehen.

An dem Tag hatte er den Tunnel entdeckt, der beim Pfarrhaus endete, und auch sein erstes Fässchen Brandy, das jemand zwischen den Felsen versteckt hatte. Seit der Zeit hatte er die Stelle regelmäßig bei Tag und Nacht besucht. Er war vom Strand aus zu einem Schiff hinausgerudert, das in Küstennähe ankerte, und wieder zurück. Dann war er mit Schatullen voll Tee, Seide und Arznei weit in den Tunnel hineingegangen. Bei dieser Arznei hatte es sich um eine grüne Flüssigkeit in dunklen Flaschen gehandelt, die nach toten Katzen roch. Sein Vater hatte gesagt, sie würde aus Wermut hergestellt und den Leuten den Verstand rauben. Thomas hatte gehört, dass es Demurrals Lieblingsgetränk war.

Jetzt hörte er weit unterhalb das Rauschen des Meeres. Sie blieben stehen und lauschten. Kate glaubte, das Geräusch von Stiefeln auf nassem Stein zu hören. Sie wagte nicht zu sprechen, sondern tippte Thomas nur auf die Schulter, zeigte auf ihre Füße und dann in den Tunnel.

Thomas nickte. Auch er hatte die Schritte weit weg in der Dunkelheit gehört. Er gab den anderen ein Zeichen, wenn möglich noch leiser zu gehen. Er hielt den Blick auf den Boden gerichtet, um nicht über etwas zu stolpern, das ein Geräusch machen könnte. Immer wieder dachte er an das Wesen, das er getötet hatte. Einerseits war er stolz darauf, andererseits machte es ihm Angst. Die Vision vom König, die er gehabt hatte, machte ihm zu schaffen. Alles erschien ihm so echt, als hätte er tatsächlich am Himmelstor gestanden. Es musste mehr gewesen sein als ein Traum. Wenn es die Glashan tatsächlich gab, würden noch mehr nachkommen. Er wusste jetzt, dass sie hinter Raphah und dem Keruvim her waren, und er fragte sich, ob seine Freundschaft zu Raphah seine Angst vor dem Tod überwinden könnte.

Das Klirren von Metall auf Stein und das Echo dieses Geräuschs, das durch den Tunnel hallte, ließ sie wie angenagelt stehen bleiben. Es gab keine Möglichkeit, sich zu verstecken. Was immer das Geräusch verursachte, kam auf sie zu. Bald konnten sie das Licht einer Sturmlaterne sehen, das von den feuchten Wänden zurückgeworfen wurde. Thomas drehte seine eigene Lampe rasch herunter, bis sie nur noch schwach glühte, und verbarg sie unter seiner Jacke. Sie standen in vollkommener Dunkelheit. Das Licht, das auf sie zukam, wurde dagegen immer heller. Das Wesen keuchte schwer atmend den steilen Weg durch den Tunnel herauf. Von Zeit zu Zeit hustete es.

Thomas hob sein Schwert und drückte sich an den unebenen Fels der Tunnelwand. Das Wesen kam geräuschvoll näher.

Kate hielt den Atem an. Was würden sie zu sehen bekommen? Sie presste sich an die Felswand, als hoffte sie einen Spalt zu finden, in dem sie verschwinden konnte. Raphah betete lautlos zu Riathamus.

Der Schein der Lampe kam ganz nah und schwenkte dann plötzlich nach rechts. Das Wesen war kurz vor ihnen in den Gang abgebogen, der zum Keller führte. Das Husten entfernte sich. In ihre Angst mischte sich unendliche Erleichterung.

Sie warteten eine Ewigkeit, wie es ihnen vorkam, bevor Thomas die Laterne unter seinem Mantel vorholte, den Docht wieder höher drehte und weiterging. Er wusste, dass das Tunnelende nicht mehr weit sein konnte und sie bei Beastcliff wieder frische Luft atmen konnten.

Ungefähr 100 Meter vor sich sahen sie einen kleinen Fleck Tageslicht. Dort war der Tunneleingang. Der rote Schein der Wolke verband sich mit dem goldenen Sonnenlicht zu einem wunderschönen Ockerton. Sie gingen schneller. Am liebsten wären sie dem Licht entgegengerannt. Raphah drückte den Keruvim an sich. Tief in seinem Inneren glaubte er daran, dass er eine Möglichkeit finden würde, ihn in den Tempel zurückzubringen. Er war so weit gereist und war hier in einem Land, das man ihm als zivilisiert beschrieben hatte, auf Feindseligkeit gestoßen, auf Hass und Ignoranz. Was er erlebt hatte, konnte nicht umsonst gewesen sein.

Plötzlich hörten sie hinter sich wieder das unterdrückte Husten. Raphah drehte sich um und sah voller Entsetzen das Licht einer Lampe näher kommen. Thomas schaute zum Tunneleingang. Gegen das helle Tageslicht zeichnete sich eine große Gestalt mit einem Schwert in der Hand ab. Sie saßen in der Falle.

Hinter sich hörten sie Männerstimmen näher kommen. Thomas schaute vor und zurück. Sie hatten keine Chance.

Kate packte ihn an der Schulter. »Was machen wir jetzt?«, fragte sie verzweifelt.

»Sie haben uns in der Hand«, erwiderte er. »Wir können entweder kämpfen oder gleich aufgeben.«

»Es gibt noch eine andere Möglichkeit.« Raphah holte den Keruvim unter seinem Mantel vor.

»Den kannst du wieder einstecken«, rief eine Stimme vom Tunneleingang her. »Ihr braucht die Hilfe von diesem Gott nicht.« Es war Jacob Crane.

Das Keuchen hinter ihnen wurde lauter. Skerry und Blythe tauchten auf. Blythe war völlig außer Atem und konnte kaum noch die Füße heben.

»Wir waren noch mal im Turm«, keuchte er. »Captain Crane wollte euch befreien, aber wie es aussieht, habt ihr das schon selbst bewerkstelligt.«

Gemeinsam gingen sie zum Ausgang, wo Crane wartete. Er lehnte am Felsen und hielt sich die schmerzende Schulter. Als er Kates wütendes Gesicht sah, wusste er, dass ihn gleich eine Breitseite hasserfüllter Worte treffen würde.

»Ihr habt uns im Stich gelassen«, schrie sie, »damit wir da oben im Turm sterben!«

»Ich habe euch dort oben abgeliefert, um Zeit zu schinden. Und das war mein Glück. Captain Farrell und seine Dragoner sind nämlich gekommen. Der alte Schluckspecht hat mich an Farrell verkauft. Wenn ich gewartet hätte, läge ich jetzt in Eisen und wäre auf dem Weg nach York zum Galgen.« Er zeigte auf seine Wange. »Ich habe mit Farrell noch ein Hühnchen zu rupfen. Ich hatte vor euch dort oben zu lassen bis heute Abend und euch dann zu holen. Ich habe meine Leute angewiesen von meinem Schiff aus eine Breitseite auf das Haus abzufeuern, und zwar genau dann, wenn der gute Vikar sich zum Abendessen an den Tisch setzt.«

»Es gibt etwas, das Ihr wissen müsst«, unterbrach ihn Raphah. »Demurral hat Kreaturen freigesetzt, die ebenfalls hinter dem Keruvim her sind.«

»Eine hat im Pfarrhaus versucht uns umzubringen«, warf Thomas ein.

»Und was sind das für Kreaturen? Ich habe in den vergangenen beiden Tagen vieles gesehen, das ich nicht verstehe.«

»Es sind Glashan, gefallene Seruvim und Anhänger von Pyratheon. Sie wollen den Keruvim und mich in ihren Besitz bringen und gegen Riathamus Krieg führen. Himmel und Erde sind in großer Gefahr. Demurral wird von ihnen benutzt; ich glaube, er weiß nicht einmal von ihrer Existenz«, erklärte Raphah.

»Und woher weiß ich, ob ich einen vor mir habe?«, fragte Crane. »Kann man sie töten?«

»Sie haben grüne Katzenaugen und können ihre Gestalt verändern. Manchmal sehen sie aus wie ganz gewöhnliche Menschen. Man erkennt sie dann nur an den Augen. Wer glaubt, kann sie vernichten, wer nicht glaubt, unterliegt ihnen.«

Crane zog seine Pistole aus dem Gürtel und zielte damit auf Raphah. »Kann ich ihnen eine Bleikugel verpassen und sie überleben? Kann ich sie mit dem Entermesser treffen, ohne dass sie bluten?«

»Ja, das könnt Ihr«, erwiderte Raphah. »Diese Waffen sind von dieser Welt. Ihr braucht etwas, das sehr viel stärker ist als von Menschenhand gefertigtes Blei oder Metall. Ihr braucht etwas, das nur Riathamus Euch geben kann und das man nicht sieht.«

»Ein sauberer Hieb in seinem Namen?«, fragte Thomas.

»Ja, in seinem Namen.«

»Das verstehe ich nicht«, meinte Crane. »Ich werde diese Glashan mit den Waffen bekämpfen, die ich kenne. Wenn das nicht ausreicht, sterbe ich. Du bekämpfst sie mit deinen Methoden, dann werden wir ja sehen, wer gewinnt.« Er senkte die Pistole und sah Raphah an. »Ich weiß, dass ich dir bei der Flucht helfen muss. Seit du hier bist, hat sich die Welt verändert. Vielleicht wird, wenn du weg bist, alles wieder so, wie es war, und ich kann wieder meinen Geschäften nachgehen.«

»Wenn wir die Glashan und Pyratheon nicht aufhalten,

wird es keine Welt mehr geben, in der Ihr Euren Geschäften nachgehen könnt. Ihr habt es noch nicht verstanden: Demurral hat die Tore geöffnet; die Große Gefangennahme ist zu Ende, die Glashan sind wieder frei. Sie werden diese Welt in Besitz nehmen und dann Riathamus angreifen.« Er schaute Crane und die anderen an. Es war ihnen anzusehen, dass sie nicht begriffen, was er zu sagen versuchte. »Es gibt zwei Welten – eine sichtbare und eine unsichtbare. In dieser Welt werden wir von der Zeit regiert, vom Aufgang der Sonne, von den Sternen und den Gezeiten. In der anderen stehen wir außerhalb der Zeit. Vergangenheit, Gegenwart und Zukunft sind ein und dasselbe. Ein Gebet heute kann ein Ereignis von gestern beeinflussen. Ein Fluch morgen kann einem Pfeil gleichen, der in die Vergangenheit fliegt. Doch Pyratheon möchte das alles über den Haufen werfen.«

»Genau das hat Demurral zu mir gesagt – und dass er über die Elemente herrschen will.« Crane presste eine Hand auf seine Wunde, die immer stärker pochte.

»Ihr seid verletzt«, sagte Raphah, »und müsst geheilt werden. Für den Kampf, der uns bevorsteht, braucht Ihr Eure ganze Kraft.«

»Was ich brauche, ist ein Krug Rum und ein weiches Bett«, brummte Crane.

Raphah ging nicht darauf ein, sondern legte die Hand auf Cranes Stirn. Er schloss die Augen und stand sekundenlang reglos da. Dann begann er leise vor sich hin zu murmeln. Crane spürte eine kraftvolle Wärme von Raphahs Hand ausgehen und durch seinen ganzen Körper strömen. Er begann zu zittern, als die Hitze jeden Nerv in ihm zum Glühen brachte. Er glaubte unter einem heißen Wasserfall zu stehen, der durch seinen Körper rauschte und jeden Gedanken rein wusch und jedes Verlangen beseitigte. Instinktiv legte er schützend eine Hand auf die Wunde – und stellte fest, dass sie nicht mehr schmerzte. Er zog Jacke und Hemd über die Schulter herunter und wollte sich die Verletzung anschauen, sah jedoch nur frische, heile Haut. Crane war es, als stehe die Welt Kopf. Er suchte nach einer Erklärung, fand jedoch keine und geriet in Panik. Der Wahnsinn war näher, als er gedacht hatte.

Diese höchst unangenehmen Gedanken wurden jedoch verscheucht, als plötzlich ein Luftzug durch den Tunnel fuhr. Weit weg hörten sie eine schwere Metalltür zuschlagen.

»Wir haben nur noch wenig Zeit«, sagte Raphah. »Jeder von euch hat etwas aus dieser anderen Welt gesehen. Jetzt müsst ihr entscheiden, auf welcher Seite ihr kämpfen wollt. Wer nicht für Riathamus ist, ist gegen ihn. In den Königreichen von Himmel und Hölle gibt es keine Neutralität.«

»Ich hätte nie gedacht, dass ich den Tag erlebe, an dem ich gefragt werde, ob ich für Gott kämpfe. Kann er seine Schlachten nicht selber schlagen?«, fragte Crane.

»Ihr müsst nicht glauben, dass er uns ohne Hilfe lässt. Er hat uns einen zur Seite gestellt, der mit uns kämpft im größten Getümmel. Er wird bei uns sein, und die Seruvim werden dort kämpfen, wo wir sie nicht sehen können.«

»Junge«, sagte Crane, »du bist entweder verrückt oder die Welt ist eine andere geworden. Noch vor zwei Tagen hätte ich dich ins Irrenhaus gebracht, wenn du so geredet hättest, doch jetzt bin ich überzeugt, dass etwas Wahres dran sein muss an dem, was du sagst. Wir können nur gegen das kämpfen, was wir sehen. Du musst uns das Unsichtbare zeigen, unsere Augen sind blind dafür und mein Herz hat sich gegen deinen Gott verhärtet. Zu lange habe ich nur gekämpft und gestohlen.«

Aus dem Tunnel kam das Geräusch marschierender Füße. Es wurde von den Wänden zurückgeworfen und vervielfachte sich, als ein Echo das nächste hervorrief.

»Dragoner«, sagte Crane. »Schnell, in den Wald!«

»Da sind die Varrigal«, protestierte Kate. »Ich geh da nicht rein.«

»Wer immer sie sind, sie können uns nicht aufhalten. Wir haben drei Pistolen, ein Fass voll Schießpulver und zwei Schwerter. Das reicht, um es mit zwanzig Dragonern aufzunehmen«, meinte Crane. »Und jetzt schnell in den Wald. Dort verstecken wir uns und bereiten denen, die uns folgen, eine nette Überraschung.«

Thomas war als Erster aus dem Tunnel und im Wald. Die Lichtung hatte etwas Frisches. Die Bäume standen schützend um sie herum und der Morgentau hing noch an den Grashalmen. Bei dem Stechpalmenstrauch blieb er stehen und schaute auf die freie Fläche. Es war niemand zu sehen. Er winkte den anderen ihm zu folgen.

Crane blieb beim Tunneleingang und drückte das Pulverfass zwischen frei liegende Baumwurzeln. Er nahm ein Stück Lunte, die mit Lampenöl getränkt und mit Eisenspänen und Schwarzpulver überzogen worden war, und führte sie vom Fass zu einem Baumstumpf mehrere Fuß über dem Tunneleingang.

Die Marschgeräusche kamen immer näher.

»Wir sind gleich da.« Crane kannte die Stimme. »Zieht eure Pistolen. Sie können da unten überall lauern.«

Crane lächelte. Captain Farrell, dachte er. Er wünschte, er könnte den Zeitpunkt der Explosion so genau bestimmen, dass der Tunnel direkt über seinem Kopf einstürzte. Er winkte den anderen, damit sie weitergingen. Thomas, Kate und Raphah liefen ein Stück den Weg entlang und versteckten sich im Farn. Sie sahen den Tunneleingang hinter dem Stechpalmenbusch und hörten die Männer näher kommen.

Kate war es, die die erste rote Uniformjacke hinter dem Busch auftauchen sah. Sie gehörte zu einem kleinen Mann, dessen Uniform schlecht saß. Er legte schützend eine Hand über die Augen, da die Sonne ihn blendete, und schaute sich nach allen Seiten um. Dann verschwand er wieder im Tunnel.

Jetzt kam Captain Farrell heraus. Die Feder auf seinem großen Hut wehte im Wind. In einer Hand hielt er eine Pistole, in der anderen einen Degen; die Klinge blitzte in der Sonne. Kate sah, wie Crane die Lunte in Brand steckte. Blaue Funken sprühten, es zischte und tiefblauer Rauch stieg auf.

Farrell drehte sich um, begriff aber nicht, was geschah. Die Lunte brannte schnell. Es dauerte nur wenige Sekunden, bis die Funken das Fass erreicht hatten. In dieser Zeit lief Crane zu einer dicken Eiche. Er presste sich an den Stamm, als die Explosion den Wald erschütterte.

Farrell wurde rückwärts in den Stechpalmenbusch geschleudert. Dann regnete es große Klumpen feuchter Erde auf ihn. Das gewaltige Donnern sandte Druckwellen aus, die an den Ästen der Bäume rissen und abgestorbene Farnwedel durch die Luft wirbelten.

Der Tunneleingang war vollkommen verschüttet. Es war nur noch ein Krater zu sehen, da, wo Erde und Schiefer implodiert waren.

Die Dragoner saßen im Tunnel fest. Sie konnten nur noch zum Pfarrhaus zurückgehen. Farrell lag allein im Busch. Seine ehemals leuchtend rote Uniform starrte vor Dreck und sein eleganter Hut mit der Feder schien verloren.

Crane trat aus seiner Deckung. Im Stamm der Eiche steckten Steine und Holzstücke, die bei der Explosion wie Geschosse durch die Luft geflogen waren. Mit Schwert und Pistole bewaffnet, ging er zu Farrell und schaute auf ihn hinunter. Farrell war noch halb benommen.

»Steht auf und ergebt Euch oder der Teufel soll Euch holen«, rief Crane. »Kein Glas Whisky für Euch, mein nobler Freund, und keine Hand, die Euch aufhilft.« Er ging drohend auf Farrell zu. Der versuchte auf die Beine zu kommen. »Bleibt, wo Ihr seid. Ich bin noch nicht fertig mit Euch. Ich hatte gehofft, dass Ihr bei der Explosion umkommen würdet. Jetzt muss ich das eben selber erledigen. Ihr könnt wählen – Pistole oder Schwert. Ich verspreche Euch, dass Ihr in jedem Fall sicher sterben werdet.«

»Nehmt mein Geld, aber lasst mir mein Leben«, stöhnte Farrell unter Schmerzen. »Ich gebe Euch mein Ehrenwort, dass ich Euch nicht folgen werde.«

»Ich nehme Euer Geld und Euer Leben. Jetzt wird nicht mehr gefeilscht. Ihr seid wegen dem Jungen gekommen und jetzt seid Ihr mir in die Hände gefallen.« Crane entsicherte die Pistole und drückte Farrell die Mündung an die Schläfe. »Sag dem guten Jacob Adieu. Das nächste Mal sehen wir uns in der Hölle wieder.« Er krümmte den Finger.

Eine Hand legte sich auf seine Schulter. Ärgerlich drehte er sich um.

Raphah stand hinter ihm und sagte: »Es gibt noch einen Weg, Captain Crane. Es muss nicht sein, dass er stirbt.«

»Halt dich da raus, Junge. Das hat nichts mit dir zu tun«, fuhr Crane ihn an. »Er stirbt jetzt, das ist nur recht und billig. Wenn ich ihn gehen lasse, glauben meine Männer, ich hätte den Verstand verloren, und jeder Einzelne von ihnen wird versuchen das Kommando zu übernehmen. Wenn ich ihn umbringe, wissen sie, dass ich ernst meine, was ich sage.«

»Dann würdet Ihr ihn also töten, um Euer Gesicht zu wahren? Welcher Mann tut so etwas?« Raphah legte die Hand auf die Pistole. »Wenn Ihr ihn umbringt, werden andere hinter Euch her sein. Die werdet Ihr dann auch umbringen müssen und immer so weiter, bis sie Euch umbringen.«

»Er ist ein Dragoner. Farrell wusste, worauf er sich einließ, als er des Königs Schilling nahm und in seinen Dienst trat. Er wusste, dass es eines Tages so enden könnte. Hat er denn an mich gedacht, als er versucht hat mir im Wald den Kopf abzuschlagen?«

»Ihr müsst Euch nicht so verhalten, wie er es erwartet. Ihr könnt Euch davon frei machen. Wenn Ihr ihm das Leben schenkt, heißt das nicht, dass Ihr schwach seid. Es zeigt, dass Eure Stärke auch Barmherzigkeit einschließt. Falls er mit Demurral unter einer Decke steckt, gibt es vielleicht noch einen anderen Weg, um zu erreichen, was Ihr wollt.«

»Blythe! Skerry!«, rief Crane. »Bindet ihn fest. Er ist noch benommen von der Explosion, er macht euch bestimmt keine Scherereien. Wir lassen ihn hier. Es wird nicht lange dauern, bis sie ihn finden.« Crane beugte sich zu Farrell hinunter und schaute ihm in die Augen. »Ich lasse Euch am Leben, aber wehe, Ihr erzählt wieder überall herum, dass Ihr mich fast gefangen genommen hättet. Dann bringe ich die Sache nämlich ganz schnell zu Ende. Aber Ihr könnt Eurem Meister sagen, dass die Messlatte jetzt höher liegt. Ich will die Hälfte von dem, was er den Leuten abgeknöpft hat, dann verschwinde ich für immer von hier. Sagt ihm, er soll es in Gold beim Wunschbaum im Weißen Moor hinterlegen, und zwar heute um Mitternacht. Wenn er versucht sich einen von meinen Leuten zu schnappen, lasse ich von meinem Schiff aus sein Haus bombardieren. Verstanden?« Crane nahm die Pistole von Farrells Kopf. »Bindet ihn an die Stechpalme und seht zu, dass er es hübsch ungemütlich hat.«

Blythe und Skerry zerrten Farrell auf die Knie und schleiften ihn dann über die Lichtung zu einer Stechpalme. Mit dem Rest der Lunte banden sie seine Arme an zwei der unteren Äste und seine Füße an den Stamm. Da hing er wie eine lebensgroße Puppe. Skerry fand den Hut des Captains, der jetzt allerdings ziemlich ramponiert war, setzte ihn Farrell auf den Kopf und zog ihn tief über die Augen, sodass er nichts sehen konnte. Danach machte Crane allen ein Zeichen, leise den Pfad zum Strand hinunterzugehen.

Nach wenigen Minuten standen sie an der Stelle, von wo aus man die Bucht überblicken konnte. Es war Ebbe und ein breiter Sandstreifen erstreckte sich bis weit in die Ferne. Sie sahen auch die Stelle, wo auf der gegenüberliegenden Seite der Bucht Teile der Klippen ins Wasser gestürzt waren. Es war, als habe ein Riese ein großes Stück Land abgebrochen und ins Meer geworfen. Zwischen Erde, Lehm und Felsbrocken lagen auf dem Strand verstreut die Trümmer der Häuser und Läden, die mit hinabgestürzt waren. Cranes Schiff lag in der Bucht vor Anker. Zwei Meilen Sand trennten sie davon. Das Schiff bedeutete für alle Sicherheit und für Raphah und den Keruvim die Flucht in die Freiheit.

»Wenn wir am Strand entlanggehen, kann Demurral uns die ganze Zeit beobachten«, gab Crane zu bedenken. »Wenn wir uns trennen, stehen die Chancen besser, dass wir es schaffen.« Er wandte sich an Thomas. »Du bringst

Kate und den Jungen zu Reuben von der Mühle. Ich gehe direkt zum Schiff. Martin müsste inzwischen dort sein. Um sechs Uhr stechen wir in See. Ich kann nicht auf euch warten.« Er zeigte auf einen tief gefurchten Weg, über den die Bergarbeiter das Alaun auf die Schiffe brachten, die bis dicht an den Strand kamen und es dann nach London schafften. »Geht da entlang. Meidet das Bergwerk und seht zu, dass ihr so schnell wie möglich zur Mühle kommt. Reuben bringt euch dann zum Schiff. Ich gehe mit meinen Leuten hier entlang. Wir sollten es in einer Stunde schaffen. Viel Glück.«

»Ich glaube nicht an Glück«, sagte Raphah. »Da bleibt zu viel dem Zufall überlassen.«

Damit gingen die drei rasch zu dem steilen Pfad, der vom Strand zum Wald hinaufführte. Als Thomas sich noch einmal umdrehte, sah er Crane und seine beiden Männer den Strand entlanggehen. Sie hielten sich so dicht wie möglich an den Klippen, damit Demurral und die Dragoner sie nicht sehen konnten.

Captain Farrell hing, an Händen und Füßen gefesselt, am Baum. Er spürte, dass jemand ganz in der Nähe war, doch der Hut hinderte ihn daran, etwas zu sehen. Er hörte einen Zweig knacken, spürte eine Hand auf seiner Schulter und warmen Atem an seiner Wange.

»Wer ist da?«, schrie er. Er war wütend auf sich selbst wegen der Gefangennahme und der damit verbundenen Demütigung.

»Ich bin's«, antwortete eine leise, weibliche Stimme. »Die du liebst und vor so langer Zeit verlassen hast. Endlich habe ich dich gefunden.«

»Elizabeth, bist du es?« Er wusste nicht, ob er träumte. »Wenn du es bist, nimm mir den Hut von den Augen, damit ich dein Gesicht sehen kann.«

»Wenn du es so willst«, sagte die Stimme und sie klang noch sanfter und lieblicher als vorher. Er spürte, wie lange, warme Finger seinen Nacken streichelten.

Dann wurde ihm der Hut vom Kopf gerissen, und er öffnete die Augen. Ein entsetzter, schriller Schrei entfuhr ihm. Vor ihm stand, ganz in schwarzes Leder gekleidet, ein Glashan. Sein langes weißes Haar und der Ziegenbart wehten im Wind.

»Oh, Captain Farrell«, sagte er mit der Stimme von Elizabeth, »wie schön dich zu sehen.« Der Glashan lachte. »Menschliche Wesen, menschlicher Dreck«, brummte er dann durch zusammengebissene goldene Zähne. »Was für ein Verfall. Schau dich doch an, zerrissen von Gier und Lust. Du bist so durcheinander, dass du nicht einmal dein eigenes Herz kennst. Du schuftest jeden Tag um Besitztümer, die keinerlei Bedeutung haben, und am Ende musst du sie alle zurücklassen, wenn der Tod dich küsst und in seine Arme schließt.«

Die Kreatur packte Farrell bei den Ohren und schaute ihn aus grünen Katzenaugen an. »Dich, mein Freund, werden wir für das gebrauchen, was du am besten kannst.« Sie schnippte mit den langen Fingern, worauf die kleine, gedrungene Gestalt eines Dunamez erschien. Er scharrte wie ein Wildschwein im Waldboden und sprang aufgeregt herum. »Ruhe, er gehört dir früh genug«, sagte der Glashan. »Wir wollen das, was wir tun, doch auch voll auskosten. Wir können Captain Farrell nicht drängen, er will alles mitbekommen.«

Damit trat der Glashan einen Schritt zurück und gab dem Dunamez ein Zeichen. Bevor Farrell schreien konnte, trat der Dunamez in seinen Körper und stellte ihm mit seinem heißen Atem die Luft ab.

21.

Die knorrige Eiche

Das Licht der Wolke drang bis weit in den Wald hinein und verlieh dem Laub auf dem Boden einen unheimlichen Schimmer. Es malte dunkle Schattenmuster auf den Waldboden und man hätte glauben können, es wetteifere mit der Sonne darum, wer die schwärzeren Schatten wirft.

Thomas, Kate und Raphah gingen den Pfad entlang; das Rascheln der Blätter unter ihren Füßen war das einzige Geräusch. Thomas hielt das Schwert in der Hand. Raphah drückte den Keruvim unter seinem Mantel fest an sich. Irgendwie hatte er das Gefühl, als sei seine Rückeroberung zu einfach gewesen – er war ihm ohne Kampf in die Hände gefallen; die Kräfte, die seine Macht an sich reißen wollten, hatten ihn freigegeben, ohne dass ein Tropfen Blut vergossen worden war.

Kate war auf der Hut; sie suchte zwischen den Bäumen nach dem geringsten Anzeichen der Wesen, die genau auf diesem Weg hinter ihnen her gewesen waren. Gerade gingen sie an dem Baum vorbei, an dem der Varrigal sie angegriffen hatte. Sie sah den Einschnitt in der Rinde von dem Schwerthieb, mit dem er Thomas hatte töten wollen, der jedoch daneben gegangen war. Der Baum begann bereits zu faulen; die Rinde war aufgeweicht und eine Flüssigkeit floss aus der Wunde. Ein übler Gestank hing in der Luft. Sie legten die Hand auf Mund und Nase und gingen rasch vorbei.

»Das hättest du sein können«, sagte Kate zu Thomas.

»Es muss an dem Metall liegen, aus dem das Schwert gemacht ist«, vermutete Thomas. Am liebsten hätte er die Waffe weggeworfen. Es erschien ihm irgendwie nicht richtig, sie zu tragen; es war, als besitze sie eine Kraft, mit der er nichts zu tun haben sollte.

»Es sind die Kreaturen, die das Böse in die Welt bringen«, sagte Raphah. »Wo Leben ist, bringen sie Tod, wo Wachstum ist, wird Verfall sein, und wo Licht ist, bringen sie Dunkelheit. Sie sind ein Spiegel Pyratheons. Sie können nur tun, was er will.«

»Aber Demurral glaubt doch, er habe Macht über sie?«, warf Thomas ein.

»Sie sind wie eine Art Leihgabe«, erklärte Raphah. »Er kann sie benutzen, aber sie gehören ihm nicht. Man lässt ihn in dem Glauben, er sei mächtig, wo er in Wirklichkeit selbst nur eine Marionette ist. Menschen, die sich solche Kräfte zu Nutze machen, verstehen nie, welche Energie tatsächlich dahinter steckt. Sie denken, sie seien die Herren, und werden doch bald Sklaven sein. Pyratheon gibt ihnen, was sie wollen – bis er sie will.«

»Aber ich dachte, Demurral folgt Gott nach«, sagte Kate. »Wie kann er das einfach vergessen?«

»Es ist so leicht. Viele Menschen sind anfangs auf dem rechten Weg, doch dann fressen sich Gier oder Neid in ihre Herzen und sie entfernen sich immer weiter von dem, was sie anfangs wollten. Macht war schon immer begehrter als Liebe, doch wahre Macht haben wir dann, wenn wir den finden, der uns die reine Liebe geben kann. Das muss unser größter Wunsch bleiben.«

Im Weitergehen dachte Thomas über das, was Raphah gesagt hatte, nach. Er wusste, dass er einer neuen Zukunft entgegenging. Ein Zurück in sein altes Leben gab es nicht mehr. Und sein neues Leben würde sich, egal, was passierte, nicht hier an diesem Ort abspielen. Als er übers Meer nach Baytown schaute, schien der Ausblick sich verändert zu haben. Er konnte nicht sagen, ob es an dem seltsamen Licht lag, das von der Wolke ausging, oder ob ihm die Augen geöffnet worden waren und er die Welt jetzt auf eine neue Art sah. Es machte ihn traurig und aufgeregt zugleich. Er hatte das Gefühl, sich zu verändern, zu wachsen und ein Mann zu werden. Er umklammerte das Schwert wieder fester und versuchte zu verstehen, was er gesehen hatte. Bei Tageslicht und an der frischen Luft war die Welt der Dunkelheit endlos weit weg und doch wusste er, dass auch hinter dem hellsten Licht die Kräfte und Mächte lauerten, die sie vernichten wollten und die nur auf eine Gelegenheit zum Zuschlagen warteten.

Der Weg fiel zu einem kleinen Tal hin ab. Eine knorrige

Eiche breitete ihre Äste aus wie das Dach einer gewaltigen gotischen Kathedrale.

Kate sah den Mann zuerst. Wie aus dem Nichts war er plötzlich da. Langsam, mit gesenktem Kopf ging er vor ihnen her.

In der rechten Hand hielt er einen langen Hirtenstab und über der Schulter hing eine Tasche aus Ziegenleder. Unter einem breitkrempigen Filzhut fielen ihm lange schwarze Locken bis über die Schultern und den schmutzigen grauen Gehrock mit den gelb abgesetzten Kanten, der ihm offensichtlich zu groß war.

Kate tippte Thomas auf die Schulter und zeigte auf den Mann. »Was machen wir jetzt?«, fragte sie leise.

Sie blieben stehen und drängten sich dicht aneinander. Raphah sprach als Erster. »Lasst uns einfach weitergehen. Er sieht aus wie ein Schäfer. Thomas, du hältst dein Schwert bereit. Wenn er etwas anderes ist als ein Mann, versetzt du ihm einen Hieb und wir laufen los. Kate, du bleibst immer vor uns.«

Der Mann war ebenfalls stehen geblieben und setzte sich nun auf einen umgestürzten Baumstamm, der über den Graben entlang des Weges gefallen war. Er nahm die Tasche von der Schulter und legte sie in seinen Schoß. Er hatte braune, wettergegerbte Haut. Mit der rechten Hand wischte er sich den Schweiß von der Stirn.

»Nicht so schüchtern«, rief er ihnen zu. »Ich mag es nur nicht, wenn jemand hinter mir hergeht, zumindest nicht in diesem Wald. Man weiß nie, wer etwas von einem will.«

Thomas versuchte das Schwert hinter seinem Rücken zu verstecken; der Mann sollte es nicht gleich sehen.

»Eines Tages wirst du es vielleicht brauchen, Junge. Vor mir brauchst du es nicht zu verstecken«, rief der Mann. »Kommt doch her und esst mit mir. Ich habe frisches Brot und gesalzenen Fisch – ihr könnt davon haben, so viel ihr wollt.«

Der Hunger war es, der Thomas dazu trieb, der Einladung zu folgen und die anderen zum Mitkommen aufzufordern. Aber sie waren auf der Hut. Kate lehnte sich an den Baum. Thomas blieb zwei Schritte davor stehen, das Schwert fest in der Hand.

»Sieht so aus, als hättet ihr drei Hunger«, meinte der Mann. »Hier, nehmt von dem Brot.«

Er nahm den Laib in seine großen, kräftigen Hände, brach ihn in der Mitte durch und halbierte dann die Hälften noch einmal. Er gab jedem ein Stück, das letzte behielt er für sich.

»Mögt ihr auch etwas Fisch? Er ist stark geräuchert und schmeckt nach Leder, aber er soll gesund sein.«

Er bot ihnen ein kleines Stück braunen, getrockneten Fisch an, der nach Eichenspänen roch. Thomas brach eine Hand voll davon ab und steckte sie gierig in den Mund. Zusammen mit dem Brot ergab es beim Kauen einen herrlich würzigen Brei, der nach verbranntem Holz, Hefe und Fisch schmeckte.

»Ihr seht alle hungrig aus, ihr müsst weit gegangen sein«, meinte der Mann und zu Raphah sagte er: »So, wie du aussiehst, bist du am weitesten gereist. Ich hätte nicht erwartet, einem wie dir hier zu begegnen.« Er wartete, dass Raphah etwas darauf erwiderte.

Der Mann hatte irgendetwas Vertrautes an sich, das Thomas unruhig machte. Er wusste, dass er ihn schon einmal gesehen hatte, konnte jedoch nicht sagen, wann oder wo. »Seid Ihr denn von hier?«, fragte er. »Ich kann mich nicht erinnern Euch schon einmal gesehen zu haben und trotzdem scheine ich Euch zu kennen.«

»Ich bin ein Schäfer und suche hier nach ein paar von meinen Schafen, die sich verirrt haben. Du hast mich schon gesehen. Du bist Thomas Barrick, dein Vater war Fischer. Und die junge Dame ist Kate Coglan, Tochter des Steuereintreibers. Ihr seht, ich kenne euch beide. Wohin geht ihr?«

»Wir gehen zu einem Freund«, erwiderte Thomas. Ihm war nicht entgangen, dass der Fremde seiner Frage ausgewichen war.

»Der einzige Freund, zu dem ich in diesem Wald gehen würde, ist Reuben von der Mühle. Er ist ein guter Freund von mir, ihm kann man vertrauen. Ich kenne Reuben, seit er in den Windeln lag«, sagte der Mann.

Kate betrachtete sein Gesicht. Er sah nicht älter aus als dreißig und hatte blaue Augen, die in dem dunklen, wettergegerbten Gesicht umso heller strahlten.

»Er ist doppelt so alt wie Ihr«, sagte sie. »Wie wollt Ihr ihn gekannt haben, als er noch in den Windeln lag?«

»Weißt du, Kate . . .« Der Mann machte eine kleine Pause.

»Es ist, wie deine Großmutter sagte, als dein Bruder starb. Nicht ein langes Leben und nicht das Gold der Könige machen einen Menschen reich, sondern die Liebe, die wir auf unserem Weg aufsammeln.«

Es war, als habe jemand Kate einen schweren Schlag versetzt. Jeden Abend vor dem Einschlafen hatte ihre Großmutter ihr diese Worte gesagt. Es waren auch ihre letzten Worte vor ihrem Tod gewesen. In vertraulicher Atmosphäre liebevoll geflüstert, hatten sie die Schatten der Nacht fern gehalten und Kate hatte sie immer wieder wie ein Gebet wiederholt. Der Fremde konnte sie unmöglich kennen. Für sie war es, als hätte er sie gestohlen, die kostbarsten Momente ihres Lebens belauscht. Und doch schwang in den Worten auch jetzt etwas von der Liebe mit, die ihr das Herz wärmte wie beim ersten Mal, als sie sie hörte.

»Woher wisst Ihr . . .?«, flüsterte sie.

Thomas und Raphah schauten Kate an, doch sie verstanden nicht, welche Bedeutung diese Worte für sie hatten.

»Wie soll es jetzt bei euch weitergehen?«, fragte der Mann. »Werdet ihr euch von Reuben helfen lassen?«

»Woher kennt Ihr Reuben?«, wollte Thomas wissen. »Ihr könnt unmöglich älter sein als er.«

»Ich weiß so viel von dem, was hier passiert. Man muss nur dem Wind lauschen oder still im Wald stehen, dann hört man die Stimmen. Für mich gibt es keine Geheimnisse; vor mir kann nichts verborgen bleiben.«

Thomas starrte den Mann an und wusste, dass er schon einmal in diese Augen geblickt hatte.

»Aber zu dir, Thomas. Wann willst du endlich schwimmen lernen? Du kannst dich nicht auf deinen Glücksbringer verlassen oder darauf, dass dich der Junge hier jedes Mal aus dem Wasser zieht, wenn du hineinfällst.«

Thomas schaute Raphah überrascht an. »In meiner Familie lernt keiner schwimmen. Man muss sich auf sein Boot verlassen können. Woher wisst Ihr überhaupt, dass Raphah mich aus dem Wasser gezogen hat? Habt Ihr mich vielleicht hineingestoßen?«, fragte er wütend.

»Du bist wie dein Urgroßvater, der hatte dasselbe hitzige Temperament. Wir lernten uns kennen, kurz bevor er starb. Er hat mich gerufen und ich war da ... Du bist ein ganz typischer Barrick.«

»Wie könnt Ihr kurz vor seinem Tod bei ihm gewesen sein? Er starb zehn Meilen vor der Küste in einem Sturm. Sie haben ihn nie gefunden. Nur das leere Boot brachten sie zurück.« Thomas war jetzt richtig wütend. Es sah so aus, als könnte dieser Mann einen beliebigen Augenblick aus dem Leben anderer Leute herausgreifen und den Betreffenden vor Augen stellen.

Raphah schaute den Mann nur stumm an. Auch er fand, dass er etwas Vertrautes an sich hatte, vielleicht war es sein Tonfall oder etwas, das er schon einmal gesehen hatte. Die dunkle Haut des Mannes sah aus, als sei sie, weil er jahrelang unter freiem Himmel gearbeitet hatte, von der Sonne verbrannt. Die vielen Fältchen um seine Augen sagten, dass er oft gelacht hatte. Genau genommen, war sein Gesicht ein einziges Lächeln.

Der Mann brach von seinem Brotviertel ein Stück ab und gab es Raphah. »Du scheinst noch Hunger zu haben und bist weit von zu Hause weg. Was immer dich hierher geführt hat, muss dir sehr wichtig sein.«

»Es ist wichtiger, als manche Leute je wissen oder begreifen werden«, erwiderte Raphah.

Der Mann lachte. »Du willst deinem Herrn mit Leib und Seele dienen, ja?« Und als Raphah seine Jacke über dem Keruvim zurechtzupfte, fragte er: »Was hast du da?«

»Nichts«, antwortete Raphah schroff und trat rasch einen Schritt zurück. »Nichts Wichtiges.« Ein Perlmuttauge des Keruvim blitzte in der Sonne auf.

»Ist es der Preis für deine Treue?«, fragte der Mann.

»Was ich dafür bekomme, ist noch viel mehr wert als das hier«, sagte Raphah und trat noch einen Schritt zurück.

»Hast du Angst, dass ich es dir wegnehme? Dass ich es dir entreiße wie ein gemeiner Dieb? Das gesamte Vieh auf tausend Hügeln gehört mir. Nicht einmal Salomon in seiner Pracht und Herrlichkeit war so reich, wie ich es bin.«

»Salomon?« Raphah war sich nicht sicher, ob er richtig gehört hatte.

»Ja, Salomon«, bestätigte der Mann. »Der große König, der Mann, der den Tempel baute, um das hineinzustellen, was du bei dir trägst.«

Raphah konnte sein Erstaunen nicht verbergen.

»Du hast von Salomon gehört, dein Volk stammt von ihm ab. Es ist deine Aufgabe, das, was du unter deiner Jacke verborgen hast, von der Welt fern zu halten. Dass du den Keruvim vor denen gerettet hast, die Böses damit vorhatten, hast du gut gemacht.«

Raphah, Thomas und Kate starrten den Mann an. Es war, als hätten alle drei plötzlich begriffen, dass sie vor jemandem standen, der mächtig und stark war und ihnen doch in der zerlumpten Kleidung eines Schäfers begegnete.

»Ihr seid . . .« Raphah hatte Mühe, zu sprechen.

»ICH BIN, DER ICH BIN. Mehr braucht ihr nicht zu wissen. Ihr müsst schnell hier weg. Geht nicht zur Mühle. Geht zu dem Hafen im Norden. Dort findet ihr oben auf den Klippen eine Kirche. Die sucht ihr auf. Es ist wichtig, dass ihr morgen vor Mitternacht dort seid. In der Stadt werdet ihr einen Mann treffen, der mich kennt, und dieser Mann wird euch auf ein Schiff bringen, das nach Frankreich fährt. Vertraut mir. Ich werde die Seruvim schicken, wenn es nötig ist.«

Das Stück Erde, auf dem der Mann stand, begann zu glühen, seine Kleidung veränderte sich, ein weiches Licht umgab ihn, und er lächelte.

»Ich werde immer bei euch sein bis ans Ende der Zeit«, sagte er. Goldenes Licht umwehte ihn wie Millionen feiner Haarsträhnen.

Plötzlich blies ein heftiger Wind vom Meer herauf. Die Bäume bogen sich und trockene Äste und Holzstücke flogen durch die Luft. Der Wind nahm das Laub vom Boden hoch und wirbelte es zu einer undurchdringlichen Masse aus Rot-, Braun- und Grüntönen auf. Die Blätter schlugen ihnen ins Gesicht und Thomas kauerte sich dicht an den Boden, während Raphah und Kate sich hinter dem umgestürzten Baumstamm verkrochen.

Das Geräusch knackender und brechender Zweige erfüllte die Luft. Holz krachte gegen Holz, als Äste an Baumstämme schlugen. In den Wipfeln der Bäume tanzten rote und blaue Feuerzungen, die aufloderten und sprühten, wann immer sie einen Zweig berührten. Das Tosen des Windes, die Flammen und das Krachen der Äste hatten etwas so unbändig Wildes, dass es ihnen den Atem nahm.

Thomas hob den Kopf und augenblicklich flogen ihm Erde und Rindenstückchen ins Gesicht. Er wollte den Mann anschauen, der jetzt vollkommen verändert im Auge des Sturms stand. Er sah nicht mehr aus wie ein Hirte. Seine Kleidung glänzte wie Silber und sein Gesicht strahlte wie die Sonne. Thomas musste die Augen bedecken, so hell war es. Im nächsten Augenblick war der Mann verschwunden. Nur die Tasche aus Ziegenleder lehnte am Baumstamm. Es herrschte vollkommene Stille, vollkommener Friede.

Raphah war der Erste, der sich aus seinem Versteck hervorwagte. Er wühlte sich aus dem Blätterhaufen und den Ästen, die auf ihn heruntergeprasselt waren. Auch Kate rappelte sich keuchend auf. Thomas lag noch am Boden, das Gesicht in die Erde gedrückt und die Hände auf den Ohren, um das Tosen des Windes nicht hören zu müssen. Langsam richtete er den Oberkörper auf und schaute Raphah und Kate an.

»War das . . .?« Er konnte die Frage nicht vollenden.

»Es war Riathamus, ich bin ganz sicher, dass er es war«, erwiderte Raphah mit zittriger Stimme.

»Woher willst du das wissen? Es hätte doch genauso gut eine von diesen Kreaturen sein können«, meinte Kate und zupfte sich Blätter aus dem Haar. »Wir hätten bei dem Sturm umkommen können. Und wo ist er jetzt? Bist du dir wirklich sicher, dass er es war?«

»Ich weiß es einfach, frag mich nicht, woher. Es war seine Stimme, etwas in seinen Augen ... Die Tatsache, dass er so viel über uns wusste.«

»Dann sollten wir tun, was er gesagt hat«, meinte Thomas und stand auf. »Whitby ist ein gutes Stück entfernt. In zwei Stunden wird es dunkel, bis dahin schaffen wir es nie.«

Kate hob die Ziegenfelltasche auf. Sie war aus einem Stück gearbeitet und ein breiter Lederriemen ging rund herum. Kate schaute hinein. Die Tasche roch nach frischem Gras und Sirup, Zimt und warmem Brot. Kate schloss die Augen, atmete den herrlichen Duft tief ein und lächelte.

»Was ist drin?«, wollte Thomas wissen.

Kate öffnete die Augen wieder und entdeckte noch einen kleinen Laib Brot, mehrere Stücke gesalzenen, in ein Tuch eingewickelten Fisch, zwei Goldmünzen und eine kleine silberne Flasche. Ganz unten fand sie noch zwei Steine. Als sie sie herausholte, sah sie, dass sie identisch waren. Sie hatten die Größe eines Gänseeis und waren vollkommen durchsichtig wie Glas. Die Oberfläche war glatt poliert und sie wogen weit mehr, als für die Größe normal gewesen wäre. Kate zeigte sie Raphah.

»Was ist das?«

Raphah nahm einen der Steine von ihrer flachen Hand und schaute ihn sich ganz genau an. »Ich habe so etwas noch nie gesehen«, bekannte er. »Aber wenn sie von Riathamus sind, haben sie sicher eine bestimmte Kraft in sich. Leg sie wieder in die Tasche – vielleicht werden wir beobachtet – ich habe kein gutes Gefühl, was den Ort hier betrifft.« Er schaute sich um und versuchte festzustellen, ob ihnen jemand gefolgt war. »Ich denke, wir sollten weitergehen. Welches ist der schnellste Weg?«

»Vom Wald aus können wir weiter hinaufsteigen zum Weißen Moor. Von dort kommen wir dann auf die Straße nach Whitby«, antwortete Kate. »Nach Baytown sollten wir besser nicht gehen. Dort kennen uns zu viele.«

»Was machen wir mit der Tasche?«, fragte Thomas.

»Wir nehmen sie mit. Da ist alles drin, was wir für unterwegs brauchen. Sie wurde uns aus einem bestimmten Grund gegeben und ich glaube, dass wir sehr bald wissen werden, welches dieser Grund ist.«

22.

Seirizzim

Im Licht der Kerze, die auf dem Küchentisch stand, versuchte Beadle die Schrammen und Blutergüsse auf seinem Gesicht mit einem feuchten Lappen zu kühlen, den die Köchin sonst zum Pfannensäubern benutzte. Bei jeder Berührung mit dem schmutzigen, fettigen Tuch fuhr ihm ein rasender Schmerz unter die Haut. Er war mehrere Minuten lang auf den Kopf geschlagen worden, mehrere endlose, qualvolle Minuten lang. Er war geschlagen worden als Strafe dafür, dass ihm die Gefangenen entwischt waren, und weil Demurral ein Ventil brauchte für seine Wut.

Beadle hatte sich einen großen Becher von seinem stärksten Bier ausgeschenkt. Es stand neben ihm wie gärende Suppe: dick, trübe und mit einer fast kompakten Schaumhaube. Er hob den Becher und führte ihn vorsichtig an die Lippen. Seine Nase versank im Schaum. Er atmete ein und trank gleichzeitig von dem warmen Bier. Es klebte an seinem Gaumen und in seiner Kehle, als er schluckte.

Seine Augen waren fast zugeschwollen. Er schaute auf und sah draußen in der Halle den Glashan liegen. Demurral stand hinter ihm und musste sich sichtlich beherrschen Beadle nicht erneut zu verprügeln. Er beließ es für den Augenblick bei Beschimpfungen.

»Wie konntest du sie nur laufen lassen, du Idiot! Ich hätte sie dringend gebraucht«, brüllte er. »Jetzt sind sie weg und den Keruvim haben sie auch mitgenommen. Es ist alles deine Schuld und du wirst es mir büßen, noch bevor der Tag um ist.« Wütend schaute er seinen Diener an. »Ich habe gute Lust, dich an seiner Stelle zu nehmen, dein Blut an Stelle von seinem. Was sagst du dazu?«

»Es wäre eine Erleichterung«, murmelte Beadle, aber so leise, dass Demurral ihn nicht verstehen konnte.

»Was? Was hast du gesagt?«

»Es wäre verständlich. Es tut mir sehr Leid.« Beadle hatte allen Mut verloren. Bei dem Gedanken, den Rest seines Lebens bei diesem Mann verbringen zu müssen, wurde ihm übel. Er wollte aufstehen und weglaufen, aber er wusste, dass er höchstens ein paar Schritte weit kommen könnte, bevor Demurral ihn einholen würde. Jetzt wünschte er, er wäre mit den anderen gegangen, weggegangen, um ein neues Leben anzufangen. Kate hatte gesagt, er hätte das Zeug, jemand anderer zu sein, jemand Besserer.

»Dann bring das Ding hier in den Keller«, bellte Demurral. »Ich will sehen, was es ist.«

Beadle stand auf und schleppte sich hinaus zu der Kreatur. Er packte sie an den Stiefeln und schleifte sie über den

Flur und die Kellertreppe hinunter. Er kümmerte sich nicht um die Geräusche, die sie machte, als er sie hinter sich herzog, und sah auch nicht, wie ihr Brustkorb sich sacht hob und senkte, als atme sie vorsichtig ein und aus. Er sah nicht, dass die Augenlider des Glashan flatterten und seine Finger zuckten.

Oben war Demurral auf dem Weg zur Vordertür, weil es geklopft hatte. Immer noch wütend, murmelte er vor sich hin und griff sich einen dicken Gehstock aus dem Ständer bei der Tür, um ihn demjenigen über den Kopf zu ziehen, der da so laut klopfte. Zufällig schaute er hoch und sah, dass der goldene Rabe fehlte.

»Ruhe, da draußen«, brüllte er. »Ich komm ja schon.«

Er öffnete die Tür und sah Captain Farrell draußen stehen, mit zerrissener Uniform und Brandwunden im Gesicht. Demurral sagte nichts. Farrell wankte an ihm vorbei ins Arbeitszimmer, wo er sich in den Sessel beim Kamin fallen ließ.

»Bringt mir etwas zu trinken . . . ich brauche etwas zu trinken.« Es war der Dunamez in Farrell, der das rief. »Ein Glas Whisky. Mindestens.«

Demurral ging hinaus und kam mit dem Whisky zurück. Farrell hob das Glas an die Lippen und stürzte die goldene Flüssigkeit hinunter.

»Das schmeckt gut!« Das Wesen versuchte Farrells Stimme nachzumachen. »Seit Jahren habe ich so etwas nicht mehr getrunken.« Es wischte mit dem Ärmel über Farrells Gesicht. »Setzt Euch, Vikar, ich habe eine Nachricht von einem, der mit Euch sprechen will.«

Demurral setzte sich in den Sessel gegenüber. »Wie ich höre, hat Euer Unfall Euer Londoner Benehmen kein bisschen gemildert. Selbstbewusst wie eh und je. Nach dem, was Eure Männer mir erzählt haben, dachte ich, Ihr wärt tot.«

»Das ist er auch bald«, erwiderte der Dunamez in seiner eigenen Stimme. »Und du genauso, wenn du mir nicht zuhörst. Du hast ein neues Erwachen in diese Welt gebracht und entweder bewusst oder aus Dummheit etwas Wunderbares geschehen lassen. Wir sind vom Zeitalter des Riathamus hinübergewechselt ins Zeitalter Pyratheons.«

»Farrell, redet keinen Unsinn. Was wisst Ihr von Pyratheon? Wer hat Euch von ihm erzählt?«

»Dein Freund kann nicht reden«, antwortete der Dunamez kichernd. »Er ist in seinem eigenen Kopf gefangen. Ich trage ihn wie einen Mantel, allerdings einen ziemlich schäbigen.«

»Dann sag mir, was du zu sagen hast, und fahre wieder aus«, befahl Demurral.

»Ausfahren? Du hörst dich fast an wie ein Pfarrer. Riathamus kenne ich, die Seruvim kenne ich, aber Demurral ist jemand, der nur wenig Macht hat, und das wenige wurde ihm von dem gegeben, der die Welt regiert. Du bist eine Marionette.« Der Dunamez lachte. »Ich bin gekommen, um den Keruvim zu holen. Ich soll ihn Pyratheon bringen. Wo ist er?«

Demurral überlegte blitzschnell. »Ganz in der Nähe«, erwiderte er. »Und in sicheren Händen.«

»Dann beschaff ihn mir und wir sind quitt. Es gibt da noch einige Freuden, die ich gern erleben würde. Das kann ich aber nur, wenn ich im Körper eines Menschen bin.«

Demurral stand auf und ging zum Fenster. Das Leuchten der Wolke über Baytown war heller denn je.

»So einfach ist es nicht. Der Keruvim ist nicht hier. Ich wollte nicht, dass er gestohlen wird, und brachte ihn deshalb zu Lord Finnesterre auf das Gut Stregoika. Er hat mir versprochen gut auf ihn aufzupassen. Morgen hole ich ihn wieder ab.« Demurral hoffte, dass man ihm die Lüge nicht ansah.

»Du holst ihn heute, und damit basta.« Der Dunamez fuhr in seiner Wut fast aus Farrell heraus. »Pyratheon wird heute Abend hier sein und ich wollte nicht der Mann sein, der ihn warten lässt.«

»Du bist kein Mann – was bist du eigentlich?«, fragte Demurral, um vom Keruvim abzulenken.

»Einer, der durch die Zeit wandert, nie stirbt, aber auch nie richtig lebt. Ich bin ein Geist, der die Annehmlichkeiten des Fleisches liebt. Es hat etwas Wunderbares, wenn man berühren kann, riechen und schmecken. Ihr Menschen wisst gar nicht, wie wunderbar ihr erschaffen seid, ihr nehmt alle diese Dinge für selbstverständlich. Ich kann sie nur erleben, wenn ich in einen von euch schlüpfe. Du kannst dir gar nicht vorstellen, wie langweilig ein Leben wie meines sonst sein kann.«

»Aber wie sieht es mit deinen Kräften aus? Was kannst du alles vollbringen?«

»Ist Macht das Einzige, woran du denkst? Die überlasse ich den anderen. Ich will nur eines: Die Wunder dieser Welt erleben, essen und trinken und mit anderen . . .« Der Dunamez unterbrach sich, drehte Farrells Kopf und lauschte. »Ich glaube, dein Diener ruft dich.«

»Ich höre nichts«, erwiderte Demurral.

»Er ist im Keller. Ich höre ihn schreien. Ich glaube, er stirbt«, meinte der Dunamez ungerührt.

Mit einem Satz war Demurral aus dem Zimmer. Das Wesen folgte ihm gemächlich. Aus dem Keller drangen gedämpfte Schreie. Es war tatsächlich Beadle. Demurral hämmerte an die verschlossene Tür.

»Lass mich rein, Mann. Was ist los?« Er erhielt keine Antwort. Hinter der Tür war nur ein Stöhnen zu hören.

Demurral trat gegen das Schloss und die Tür flog auf. Im Keller war es stockdunkel, aber er spürte, dass außer Beadle noch jemand da war, und zwar ganz in seiner Nähe.

»Komm raus, Mann, oder ich ziehe mein Schwert und erledige dich!«, rief Demurral und hoffte den unsichtbaren Eindringling mit der Drohung bluffen zu können.

Plötzlich kam ein Brandyfass durch die Dunkelheit geflogen. Es traf ihn mitten in die Brust, er stolperte rückwärts und fiel Farrells Dunamez direkt vor die Füße. Der sah ungerührt auf ihn herunter. »Ich an deiner Stelle würde da nicht reingehen. Du kannst jederzeit einen anderen Diener bekommen. Sie sind so leicht zu haben«, meinte er.

»Aber wenn er stirbt!« Demurral rappelte sich auf.

»Dann nimm wenigstens mein Schwert«, sagte das Wesen und gab ihm Farrells Waffe. »Pass auf, dass du dich nicht selbst verletzt«, fügte es sarkastisch hinzu.

Zögernd betrat Demurral den stockdunklen Keller. Zu seiner Linken hörte er Beadle schluchzen. Er wusste, dass vor ihm der Zugang zum Tunnel war und an den Wänden Kisten und Fässer mit Schmuggelware lagerten. Rechts hörte er plötzlich ein Geräusch, als kratze etwas mit scharfen Krallen an der Steinwand. Etwas Schwarzes schoss wie eine Katze aus der Ecke. Es hob Demurral an den Ohren hoch und schleuderte ihn zu Boden. Das Schwert glitt ihm aus der Hand und schlitterte über die Steinplatten.

Farrell sah von der Tür aus zu, wie das Wesen Demurral packte und ihn wieder auf die Füße stellte. Grüne Katzenaugen funkelten in der Dunkelheit. Demurral versuchte die Erscheinung wegzustoßen, doch die schleuderte ihn auf die Kellertreppe. Die Metalltür zum Tunnel ging auf und er hörte das Wesen durch den schmalen Gang davonlaufen.

Der Weg nach Whitby führte aus dem sicheren Wald in die ungeschützte Wildnis des Weißen Moors. Hier waren Kate, Thomas und Raphah den Elementen ausgesetzt. Mit gesenktem Kopf trotteten sie wie Schafe zwischen dem dichtem Heidekraut dahin. Die Nachmittagssonne neigte sich schon nach Westen hin, sodass die Wolke, die im Osten über dem Meer stand, noch heller zu leuchten schien.

Weit unten sahen sie Baytown liegen; die Flut überspülte Steine und Trümmer von dem Erdrutsch. Cranes Schiff in der Bucht war bereit zum Auslaufen. An jedem der drei

Masten hing eine Lampe wie ein Stern am schwarzen Himmel.

Plötzlich brach im Westen ein Unwetter los. Sekunden vorher war der Himmel noch wolkenlos gewesen, jetzt prasselten dicke weiße Hagelkörner, groß wie Hühnereier auf die Felsen und ins Heidekraut. Sie prallten von den Ästen ab und hüpften über den Weg. Thomas rutschte aus und fiel hin.

Kate und Raphah zogen ihn wieder hoch und brachten ihn in den Schutz eines überhängenden Felsens. Dort kauerten sie dicht nebeneinander und zogen sich die Mäntel über den Kopf. Das Unwetter wurde immer schlimmer.

»Wir können nicht weiter durchs Moor«, rief Kate. Das Heulen des Sturms und das Prasseln des Hagels übertönten ihre Stimme fast. »Da unten im Tal ist ein Haus, ich sehe die Lichter . . . wir könnten in der Scheune unterschlüpfen . . . bis Whitby schaffen wir es nie vor Sonnenuntergang.«

Zusammen liefen sie auf die Lichter zu. Thomas hatte ein ungutes Gefühl. Er war als Kind schon einmal in dem Haus gewesen, es gehörte Lord Finnesterre.

Der Himmel klarte auf und die Wolke leuchtete heller als der Mond, als sie die letzten Meter zum Tor von Gut Stregoika liefen. Es war ein wunderschönes, großes Haus mit sieben hohen Schornsteinen. Aus jedem stieg Rauch auf und im Fenster des Erkers, der auf den gepflegten Vorgarten ging, brannte eine rote Kerze. In der Mitte eines eingefassten Rasenstücks stand ein gewaltiger Stein, so hoch wie zwei Männer. Er sah aus wie eine alte Steinsäule, die Hinterlassenschaft eines längst vergessenen Volkes, deren Bedeutung niemand mehr kannte.

Das Haus war aus Naturstein gebaut und sah von der Seite aus, als seien von aufeinander folgenden Generationen drei Häuser aneinander gefügt worden. Es schien mit dem Reichtum seiner Bewohner gewachsen zu sein. Auf drei Seiten war es von Bäumen umgeben, nur nach Osten hin hatte man freie Sicht aufs Wasser und auf das Moor. Von der Eingangstür aus sah man das Pfarrhaus und fünf Meilen südlich die Alaunwerke. Der Vorgarten war mit Hagelkörnern übersät. Es herrschte gespenstische Stille, nicht einmal ein Vogel zwitscherte. Die Wolke leuchtete nicht mehr rot, sondern in einem schmutzigen Grün. Und im Süden, weit draußen über dem Meer, schaute der Vollmond über den Horizont. Während sie auf den Eingang zuliefen, zupfte Thomas Raphah am Ärmel.

»Ich weiß nicht, ob das richtig ist. Mein Vater hat mir alle möglichen Geschichten über dieses Haus erzählt. Es sei kein guter Ort, hat er gesagt.« Er wandte sich an Kate. »Du weißt das doch auch, Kate, oder?«

»Ich weiß nur, dass ich ein warmes Bett gebrauchen könnte. Wir fragen doch nur, ob wir im Stall übernachten können. Und morgen früh sind wir wieder weg«, erwiderte sie.

»Wir hätten Cranes Vorschlag folgen und zuerst zu Reuben und von dort aus aufs Schiff gehen sollen. Dann wäre jetzt alles vorbei und wir wären längst weg hier.« Thomas zweifelte inzwischen daran, ob Riathamus ihnen tatsächlich erschienen war. Er fragte sich, ob nicht ein Waldgeist ihnen ein Streich gespielt haben könnte oder sie alle denselben Traum gehabt hatten. »Ich habe kein gutes Gefühl, Kate. Wir warten am Tor – du kannst seine Lordschaft ja nach einem Platz in seinem Stall fragen.«

Thomas und Raphah gingen zum Tor. Raphah bückte sich bei dem gemauerten Torpfosten und schien etwas in eine Ritze zu schieben. Kate ging zu der mächtigen Eingangstür von Gut Stregoika. Sie war zweimal so hoch und viermal so breit wie Kate und mit großen schwarzen Nägeln gespickt, die tief ins Holz geschlagen worden waren. Die Türklinke war aus Messing und in der Mitte der Tür war auf Brusthöhe ein Türklopfer in Form eines Ziegenkopfes.

Kate ließ ihn dreimal an das Holz schlagen und wartete. Bald hörte sie jemand in schweren Stiefeln zur Tür kommen. Die Tür ging langsam auf und vor ihr stand ein Mann mit rotem Gesicht und weißem Backenbart und einem ausnehmend freundlichen Lächeln. Er trug modische Kniehosen, eine rote Jagdjacke und schwarze Reitstiefel.

»Meine Güte, was machst du denn bei diesem Wetter draußen?«, fragte er. Seine Stimme hatte einen warmen Klang. »Komm rein, du holst dir sonst noch den Tod.« Seine Augen glänzten im Kerzenlicht.

Kate stieg der Duft von Kaffee und Zimt in die Nase. Nur einmal hatte sie das gerochen, und zwar im »Griffin« am Marktplatz in Whitby. Ihr Vater hatte sie einen Schluck aus seinem Becher probieren lassen, während er sich mit dem Besitzer der Gastwirtschaft unterhalten hatte. Es hatte bitter und pudrig geschmeckt wie verbrannte Kekse. Damals hatte sie sich in diesen Duft verliebt. Er hatte sie von fernen Orten träumen lassen, war ihr aufregend, berauschend und vornehm erschienen. Kaffee war das Getränk der Reichen, der Gelehrten und Künstler und war sein Gewicht in Gold wert. Hier auf Gut Stregoika lud der Duft des Kaffees sie ein hereinzukommen. Er versprach Sicherheit und Bequemlichkeit und nahm ihr alle Angst. Sie schaute dem Mann in die Augen und wusste, dass sie endlich jemanden gefunden hatten, der ihnen helfen würde.

»Meine Freunde warten am Tor. Wir sind in großen Schwierigkeiten. Können wir bitte in Ihrem Stall übernachten?«, sprudelte sie, ohne zu überlegen, heraus. Sie ließ sich keine Zeit, darüber nachzudenken, warum die Tür nicht von einem Diener oder sonst einem Hausangestellten geöffnet worden war.

»Natürlich, mein liebes Kind, komm herein.« Dann rief er nach draußen: »Kommt herein und wärmt euch. Ich habe ein Feuer im Kamin und auch etwas zu essen.«

Seine Stimme klang freundlich und beruhigend. Von Westen her zogen dunkle Wolken über den Himmel, schoben sich auf die Feuerwolke zu und hüllten sie fast vollständig ein. Der Mond kämpfte vergeblich darum, der Welt sein Licht schenken zu dürfen. Bald überzog eine dicke dunkle Decke den Himmel. Widerwillig nickte Thomas Raphah zu und sie gingen zur Haustür. Der Mann begrüßte sie mit demselben freundlichen Lächeln wie Kate und schüttelte beiden die Hand.

»Willkommen auf Gut Stregoika. Dieses Haus gehört meiner Familie seit dreihundert Jahren. Meine Vorfahren kamen aus einem Land weit im Osten, einem Land mit vielen Bergen und Wäldern, und seither leben wir hier.« Er sprach schnell und an Raphah gewandt. Seine Stimme klang wie ein knarrendes Tor. »Auch wir waren einmal fremd hier, deshalb heißen wir Fremde auf unserer Schwelle immer herzlich willkommen.« Er schob sie in die große, einladend ausgestattete Halle. »Verzeiht, ich habe mich noch gar nicht vorgestellt. Ich bin Lord Finnesterre. Und wen haben wir hier?«

Kate stellte sich und die anderen beiden vor. Sie zitterte vor Kälte und auf dem Boden bildete sich eine eisige Lache von den schmelzenden Hagelkörnern.

»Schnell in die Küche, bevor wir alle davonschwimmen«, sagte der Lord. »Im Kamin ist ein Feuer und es gibt warmes Wasser zum Waschen.« Er sah Raphah an. »Ich habe noch nie jemanden wie dich getroffen. Du musst von weit her kommen und kannst bestimmt viel erzählen. Wenn ihr euch gewaschen und etwas gegessen habt, können wir uns ja zusammen ans Feuer setzen.«

Finnesterre führte sie in die Küche. Es war ein großer Raum mit einem mannshohen offenen Kamin, in dem ein helles Feuer brannte. Funken, Rauch und Flammen schossen den breiten Schornstein hinauf.

»Stellt euch ans Feuer, das wärmt euch durch«, sagte er.

Sie stellten sich so dicht davor, wie es möglich war, ohne dass ihre Kleider Feuer fingen. Als die Nässe verdunstete, sah es trotzdem so aus, als schwelten sie.

Thomas starrte in die Flammen, bis seine Haut spannte. Er hatte Hunger, sein Mund war ganz trocken und der Duft des Kaffees machte ihn fast schwindelig. Das Getränk blubberte geräuschvoll in dem schwarzen Kessel, der über den Flammen hing.

»Ich mag den Kaffee, wenn er richtig gekocht hat«, sagte Finnesterre. »Das verleiht ihm einen rauchigen Geschmack.«

Er eilte geschäftig hin und her, hantierte mit Töpfen und stellte Brot auf den Tisch. Und er schien es nicht zum ersten Mal zu machen, was für den Hausherrn eines solchen Anwesens doch sehr ungewöhnlich war. Die Küche war sauber, der Boden gekehrt und die Schränke ausgewaschen, obwohl keine Bediensteten zu sehen waren.

Die drei Gäste starrten stumm in die Flammen und jeder überlegte für sich, was gewesen war und was sie wohl noch erwartete. Kate träumte vor sich hin. Das Flackern der Flammen versetzte sie in eine andere Welt. Sie sah Häuser vor sich und Straßen, der Turm einer großen Kirche tauchte auf und verschwand wieder und an seine Stelle traten die Masten eines Segelschiffs. Sie hielt die kalten Hände über die Flammen und spürte plötzlich eine überwältigende Müdigkeit in sich aufsteigen.

»Kommt, setzt euch an den Tisch«, forderte Finnesterres freundliche Stimme sie auf. »Es ist nicht viel, aber es gibt euch wieder Kraft.«

Auf dem Tisch lagen ein frischer Laib Brot, Käse, Äpfel und kalter Braten. Der Lord stellte eine Kanne Kaffee und vier Becher dazu. Es war wie ein Ritual. Er rückte die Becher so zurecht, dass sie die Eckpunkte eines gleichmäßigen Vierecks bildeten, und goss dann ein. Der heiße Dampf stieg wirbelnd auf wie Schwaden aus dem Kochtopf einer Kräuterhexe. Im Licht der Kerzen wirkte er richtig gespenstisch, wie er so die Hände des Lords umschmeichelte.

»Ist das wirklich Kaffee?« Kate wollte ganz sicher gehen.

»Ja, meine Liebe. Ich muss zugeben, dass ich fast schon süchtig danach bin. Aber Kaffee, Schokolade und gelegentlich ein Glas Wein sind meine einzigen Sünden.«

»Sir, ich möchte nicht unhöflich sein«, sagte Raphah, »aber ich kann das nicht trinken. Das Getränk hat eine Wirkung, die ich mir nicht zumuten will.«

»Ein kluger Mann weiß, was ihm nicht gut tut«, erwiderte Finnesterre beflissen. »Aber er sollte seine Meinung anderen nie aufdrängen wollen.« Lächelnd schob er Thomas und Kate je einen Becher zu. »Ihr beide wollte sicher von diesem wunderbaren Elixier probieren. Habe ich Recht? Ihr könnt mir dabei ja erzählen, was euch nach Gut Stregoika geführt hat.«

Thomas nahm seinen Becher und lehnte sich zurück. Er hatte nie viel Worte gemacht, doch das Feuer und der heiße, bittere Kaffee brachten seine Gedanken auf Trab. Er fühlte sich wohl bei Finnesterre, fast wie zu Hause. Seine Angst war wie weggeblasen. Stattdessen hatte er jetzt das

Bedürfnis, alles, was geschehen war, jemandem mitzuteilen, von dem er dachte, er wollte es hören. Von Raphahs wachsender Unruhe spürte er nichts.

Die nächsten zehn Minuten verbrachte Thomas damit, dem Lord ihre sämtlichen Abenteuer zu erzählen, vom Einstieg in den Tunnel und dem Keruvim bis zu ihrer Flucht und dem Marsch über das Moor.

»Meine Güte!«, rief Finnesterre. »Wenn man bedenkt, dass das alles praktisch vor meiner Haustür passiert ist! Wo ist der Keruvim jetzt?«

»Ich habe ihn verloren«, mischte Raphah sich ein, bevor Thomas oder Kate antworten konnten. »Ich muss ihn im Moor verloren haben. Ich habe vorhin am Tor in meiner Jacke nachgeschaut, da war er weg. Gleich morgen früh müssen wir los und ihn suchen.«

»Davon hast du gar nichts gesagt«, wunderte sich Kate.

»Ich hatte noch keine Möglichkeit dazu.«

»Nun, ein solcher Gegenstand darf nicht lange verloren bleiben. Ihr wollt doch nicht, dass etwas so Mächtiges wieder in falsche Hände gerät.« Finnesterre klopfte Thomas auf den Rücken. »Du bist ein tapferer Junge, aber ihr solltet jetzt schlafen gehen. Von einem Bett im Stall will ich nichts hören. Ihr könnt die Dienstbotenkammer unter dem Dach haben. Ich wohne leider ganz allein hier. Niemand will lange bei mir bleiben, alle sagen, sie mögen das Haus nicht. Kommt, nehmt eine Kerze mit und das restliche Essen, dann zeige ich euch das Zimmer. Ich habe ein Feuer angezündet, damit ihr es warm habt . . .« Finnesterre biss sich auf die Lippe, als hätte er zu viel gesagt, stand auf und winkte ihnen ihm zu folgen.

Die Hintertreppe kam ihnen nach der warmen Küche eiskalt vor. Von jedem Treppenabsatz führte ein Gang zu den Zimmern auf diesem Stockwerk. In jeder Tür steckte ein Schlüssel. Finnesterre führte sie bis unters Dach. Der Wind rüttelte an den Ziegeln und blies in den schmalen, lang gestreckten Raum, in dem normalerweise die Dienstboten untergebracht waren. Vier Betten nahmen eine Hälfte des Zimmers fast vollständig ein und ließen nur noch wenig Platz zum Gehen. Ein bunter Teppich lag auf dem Dielenboden und in dem kleinen Kamin brannte ein Feuer.

»Fühlt euch wie zu Hause. Ich lasse euch jetzt allein, wir sehen uns morgen früh wieder. Und macht euch keine Gedanken, wenn ihr irgendwelche Geräusche hört. Draußen sind immer Füchse und Eulen und manchmal hören sie sich sehr menschlich an. Außerdem ächzt das Haus und stöhnt, aber das hat nichts zu bedeuten.« Er unterbrach sich und wirkte plötzlich besorgt. »Trotzdem solltet ihr vielleicht besser im Zimmer bleiben. Ich an eurer Stelle würde jedenfalls nicht über die Flure laufen. Ich möchte nicht, dass ein Unfall passiert.«

Damit verbeugte er sich leicht, verließ das Zimmer und schloss die Tür hinter sich. Sie warteten, bis sie seine Schritte auf der Treppe nicht mehr hörten.

Ungläubig betrachtete Thomas die Betten. In etwas so Wundervollem hatte er noch nie geschlafen. Die Leintücher waren weiß und gestärkt und bei den Decken wies nichts auf Läuse hin. Er ließ sich auf die Matratze fallen und wälzte sich in den weichen Federn. Es dauerte nicht lang, da waren Thomas und Kate im Reich der Träume. Raphah saß bei Kerzenlicht auf seinem Bett und wartete auf etwas, das unvermeidlich kommen musste.

23.

Lubbocks Trommel

Crane hievte sich an Deck der *Magenta*. Es herrschte so schwere See, dass er Mühe hatte, aufrecht zu stehen. Er hielt sich an der Reling fest und schaute sich um. Das Schiff war bereit zum Auslaufen. Die Mannschaft hängte sich an die Ziehtaue, beim Großsegel wurde die Kanone geladen und schussfertig gemacht. Der Wind fuhr in die Segel und das Schiff machte einen Satz nach vorn. Crane holte tief Luft. An Land fühlte er sich immer beengt, fast wie eingesperrt, doch auf dem Meer war er ein freier Mann. Er griff in seine Tasche, holte eine kleine Silbermünze heraus und warf sie für den Selkie ins Meer.

»Danke, dass hier alles gut ging«, murmelte er dabei und hoffte, dass der Meergeist das Schiff auch bewahren würde, bis er den nächsten Hafen anlief.

»Okay, Männer«, rief er. »Wir fahren in die Bucht und gehen so dicht wie möglich an die Klippen heran. Dann geben wir Feuer.«

Martin, der unter Deck gewesen war, kam herauf und begrüßte den Kapitän.

»Sind sie an Bord?«, fragte Crane.

»Keine Spur von ihnen, Kapitän. Zwei unserer Männer und Reuben haben auf sie gewartet, aber länger können wir nicht mehr warten. Wenn wir nicht mit der Flut auslaufen, müssen wir bis morgen früh hier bleiben.« Martin ging mit Crane zu dessen Kajüte.

»Ich hoffe nur, dass Demurral sie nicht geschnappt hat. In der Bucht legen wir an und geben dem alten Schluckspecht was, worüber er nachdenken kann«, sagte Crane. »Die drei werden ihren Weg allein finden müssen.«

Die *Magenta* hob und senkte sich mit jeder Welle. Der Wind in den Segeln trieb sie rasch hinaus in die Bucht. Crane sah weit über sich die Lichter des Pfarrhauses. Darunter im Bergwerk blies der Schornstein des Siedehauses seinen dunklen, beißenden Rauch in den Himmel.

Crane und Martin standen an der Kajütentür und schauten hinauf zum Pfarrhaus. Crane wusste, dass er sich mit dem, was er vorhatte, für alle Zeiten zum Geächteten machte. Er wusste, dass ihm der Strang sicher war, wenn er die Kanone abfeuerte. Dafür würde Farrell schon sorgen und Demurral würde dafür lügen wie gedruckt. Doch zu sehen, wie das Haus von den Klippen geblasen wurde, war es ihm wert, für den Rest seines Lebens das Land nicht mehr betreten zu dürfen. Es gab andere Häfen, andere Länder und vielleicht, nur vielleicht würde er finden, wonach er suchte.

Crane schaute sich an Deck um. Seine Männer schleppten Seile und brachten die Kanone in Position.

»Ich will Musik. Es gibt nichts Schöneres als ein Lied zum Anblick von Kanonenfeuer. Wo sind Lubbock und Fingus?«, rief er. »Schafft die beiden Vogelscheuchen her, ich will Musik.«

Lubbock und Fingus saßen auf einer Seilrolle, beide so betrunken, dass sie nichts von dem, was um sie herum geschah, mitbekamen. Lubbock trug einen breiten Lederriemen über der linken Schulter. Vor seinen Füßen stand eine große, mit Schweinsleder bezogene Trommel, die er einem Dragoner geklaut hatte. Auf Fingus' Schoß lag in einem schwarzen Samtbeutel eine Geige. Als die beiden ihre Namen hörten, sprangen sie unsicher auf die Füße.

Fingus war klein, hatte dünne Spinnenbeine und eine lange Nase. Er holte seine Geige und den Bogen aus dem Beutel, klemmte sich das Instrument unters Kinn und begann zu spielen. Lubbock nahm die Trommel und schlug den Rhythmus dazu, schneller und immer schneller. Ein paar Männer begannen zu klatschen, als Fingus anfing zu tanzen. Er wirbelte herum, stieß gegen die Kajütentür und fiel auf die Knie – und spielte trotzdem weiter. Als das Schiff hin und her schlingerte, rutschte er von einer Seite des Decks auf die andere – und spielte dennoch. Jetzt begannen ein paar Männer zu tanzen. Sie hakten sich unter und wirbelten sich gegenseitig herum. Crane behielt die Klippen und das Pfarrhaus immer im Blick. Zwei Delfine verließen neben dem Schiff den Schutz der Wellen und sprangen hoch in die Luft.

Lubbocks Trommel wurde immer lauter und Fingus ließ den Bogen immer schneller über die Saiten tanzen. Gischt spritzte aufs Deck und im Norden war wieder das Leuchten der Wolke zu sehen. Urplötzlich hörte die Musik auf.

»Fertig machen zum Feuern!«, rief Crane, als das Pfarrhaus in Reichweite der schweren Schiffskanone kam. Er wartete, bis die nächste Welle das Schiff hob. *»Feuer!«*

Pulverdampf hüllte das Deck ein. Eine leuchtend rote Flamme schoss aus der Kanone in die Nacht. Mit lautem Getöse flog die Kugel ihrem Ziel entgegen. Sie krachte ins Dach des Pfarrhauses und erschütterte es bis in die Grundmauern; graue Ziegel flogen durch die Luft.

»Feuer!«, rief Crane den Männern am zweiten Geschütz zu. Diese Kugel riss eine Ecke des Hauses ab.

Kurz darauf hörte man das Krachen von Musketen und sah oben auf den Klippen Mündungsfeuer aufblitzen. Musketenkugeln schlugen in die Takelung wie Hagelkörner.

»Auf die Schützen«, befahl Crane. Er wartete, bis das Schiff in der richtigen Position war. *»Feuer!«*

Die Kugel schoss wieder aus der ersten Kanone, die jetzt direkt auf die kleine Gruppe der Gewehrschützen auf den Klippen gerichtet war. Im Licht des Mondes und der Wolke sah Crane, dass sie ihr Ziel erreichte. Erdklumpen flogen in die Luft; das Schießen hörte auf.

»Fingus, spiel mir was Fröhliches, ich will feiern«, sagte Crane ruhig und betrat seine Kajüte. Die Mannschaft jubelte und Fingus fiedelte eine neue Melodie zum Rhythmus von Lubbocks Trommel.

Der Kanonendonner war im ganzen Tal zu hören. Raphah sprang vom Bett auf und lief zum Fenster. Oben auf den Klippen sah er das Pfarrhaus wie eine rote Kerze brennen.

Er weckte Thomas und Kate. »Schnell, Demurrals Haus brennt.«

Verschlafen wankten die beiden zum Fenster und schauten hinaus.

»Was ist passiert?«, wollte Kate wissen.

»Was auch immer, Demurral wird sich jedenfalls nicht darüber freuen. Er wird nach uns suchen und wir sind nicht weit genug weg für meinen Geschmack«, erwiderte Raphah.

»Seht mal, da.« Thomas zeigte hinunter in den Garten.

Eine lange Prozession schwarz verhüllter Gestalten mit Kapuzen über dem Kopf kam zwischen den Bäumen hervor, ging über den Rasen auf die Steinsäule zu und stellte sich im Kreis darum herum auf.

Oben blies Thomas die Kerze aus, dann trat er wieder zu den anderen ans Fenster. »Was gibt das?«, fragte er, als die Gestalten sich an den Händen fassten und gegen den Uhrzeigersinn um den Stein herumgingen.

»Es sind Hexer«, erwiderte Raphah. »Sie bewegen sich entgegen der Sonnenbahn und wollen eine Kraft wecken für irgendetwas Böses.«

»Woher willst du das wissen? Sie könnten doch alles Mögliche machen«, wandte Kate ein.

»Ich habe so etwas schon oft gesehen. Sie versuchen den Stein als Kraftquelle zu nutzen. Er steckt tief in der Erde und . . .«

»Was soll das bringen, wenn sie um einen Stein herumlaufen?«, unterbrach ihn Kate.

»Sie glauben, dadurch Kraft aus der Erde schöpfen und sie für sich nutzen zu können – und dabei benutzt Pyratheon die ganze Zeit über sie.«

Sie hörten, wie die Kapuzengestalten zu singen begannen und dabei immer schneller um den Stein herumgingen, bis aus ihrem Gehen ein Tanzen wurde. Das Singen wurde lauter, sie ließen sich los und drehten sich im Weiterziehen um sich selbst. Eine der Gestalten löste sich aus dem Kreis, nahm einen langen Stock, ging zum Stein und schlug darauf.

»Eins, der Wind, der im Westen entspringt,
Zwei, die Erde, die Leben uns bringt,
Drei, das Feuer, das den Atem uns nimmt,
Vier, das Wasser, das uns heilt,
Fünf, der Mond, der den Weg uns erhellt,
Sechs, die Sonne, die das Licht uns gebracht,
Sieben, der Meister, den wir rufen heut Nacht.«

Sieben Mal hatte die Gestalt mit dem Stock an den Stein geschlagen. Jetzt steckte sie ihn in den Boden und trat zurück. Der Stab setzte Knospen an, junge Triebe sprossen aus dem alten Holz. Vor ihren Augen wuchs ein Baum. Der Stamm bekam dicke Äste und die Äste frische grüne Blätter. Weiße Blüten öffneten sich, aus denen rasch kleine rote Äpfel wurden. Bis auf einen fielen alle Äpfel vom Baum und wurden von der Erde verschluckt. Der letzte Apfel hing an einem dünnen Zweig, den er tief nach unten zog. Die Gestalt schob die Kapuze vom Kopf. Es war Finnesterre.

Keiner der drei am Fenster brauchte seinen Namen auszusprechen. Kate und Thomas sahen sich nur an. Sie konnten es nicht fassen.

»Wir müssen so schnell wie möglich hier weg«, sagte Raphah. »Der Keruvim darf ihnen nicht in die Hände fallen und sie sind ihm näher, als sie denken.«

»Schaut euch das an!«, rief Thomas, als er sah, was unten im Garten geschah.

Immer mehr Gestalten zogen die Kapuzen ab. Demurral war unter ihnen und Farrell. Plötzlich ging von dem Stein ein leises Grollen aus, das die Erde ringsum erzittern ließ. Demurral lächelte Finnesterre zu. Nebel stieg aus dem Boden auf und bildete einen weißen Vorhang um den Kreis, der das Licht des Mondes reflektierte. Zwei Glashan kamen aus dem Wald, traten in den Kreis und stellten sich neben den Stein. Bald war die ganze Gesellschaft umhüllt von dem Nebel, der sich über den Garten gelegt hatte.

Neben dem Stein tat sich die Erde auf und eine ganze Kompanie Varrigal mit polierten Schilden, kurzen Schwertern und Schlangenhelmen marschierte heraus. Sie stellten sich um den Kreis der Hexer herum auf, als wollten sie diese vor einem noch unsichtbaren Feind schützen.

Demurral holte den Akazienstab und die schwarze Hand unter seinem Umhang hervor. Er hielt den Stab hoch und steckt ihn dann in die Erde. Sofort begann er weiß zu glühen.

»Beide Keruvim sind hier«, stellte er fest. »Wenn der Mond den Stein bescheint, ist es so weit.« Er schaute hinauf zu dem Raum unter dem Dach des Hauses. »Sie schlafen fest«, sagte er zu Finnesterre.

Noch während er das sagte, verstummten alle ringsum. Demurral drehte sich um und sah, wie die Phalanx der Varrigal sich teilte und eine große Gestalt mit leuchtend rotem Haar und einem Lederpanzer in den Kreis trat. Die Glashan fielen vor dem Mann auf die Knie und senkten die Köpfe. Sie wagten es nicht, in das makellos schöne Gesicht zu blicken.

Finnesterre und Demurral wussten nicht, was sie sagen sollten. Sie schauten den Mann an, wagten aber nicht ihn nach seinem Namen zu fragen. Es konnte fast nicht sein, dass er der war, für den sie ihn hielten.

»Dafür, dass ihr mich so dringend sprechen wolltet, seid ihr jetzt ziemlich wortkarg«, bemerkte der Mann. Seine Stimme klang überraschend warm und freundlich. »Ich bin immer bereit, denen zuzuhören, die mir nachfolgen, und ich . . . freue mich, euch kennen zu lernen.« Er lächelte. »Ihr braucht euch nicht vorzustellen. Ich kenne euch beide, ich habe euer Leben mit großem Interesse verfolgt und meine Helfer haben mir alles über euch und eure Wünsche erzählt. Wie ich hörte, bist du, Pfarrer Demurral, einmal einem anderen nachgefolgt . . .« Er schaute hinauf in den Himmel. »Ich würde gerne wissen, was Er jetzt denkt, so kurz bevor ihm all seine Macht genommen wird. Ich habe viele Leben lang auf diesen Augenblick gewartet . . . und seht . . . wir haben sogar einen Baum und den Apfel. Jetzt brauchen wir nur noch einen Adam und eine Eva und den

Keruvim. Dann ist das Ende der Menschheit und das Ende Gottes da, ein für alle Mal, und dieses Mal endgültig. Riathamus wird keine Möglichkeit mehr haben, dazwischen zu gehen.«

Die Stimme des Mannes war bei diesen letzten Worten tiefer und lauter geworden, Wut hatte mitgeschwungen und seine Miene hatte sich verzerrt wie im Schmerz. Im nächsten Augenblick war er wieder ruhig und gefasst.

»Gentlemen, es tut mir Leid. Erlaubt mir, dass ich mich vorstelle. Ich bin Pyratheon, das ist mein richtiger Name. Ich bin der, der hinter jeder Gottheit außer Ihm steht. Ich bin Pan, Baal, die Erdgöttin und was mir sonst noch für Namen einfallen, um euresgleichen dazu zu bringen, dass ihr mich anbetet. Man hat mir schon viele Namen gegeben, doch Pyratheon ist mir der liebste. Den Namen hat mir mein Vater gegeben.«

»Du – du bist anders, als wir erwartet haben«, bekannte Finnesterre leise.

Pyratheon lachte. »Was habt ihr erwartet? Ein gehörntes Ungeheuer mit Stachelschwanz und Schuppenpanzer? Ich hätte es mir denken können. Mein lieber Finnesterre, ich war einmal ein Seruvim, ich habe die Andachten im Himmel geleitet, ich saß zu Seinen Füßen. Meinst du, er würde einem hässlichen Wesen erlauben ihm zu dienen? Das Böse kam zu mir wie eine freudige Überraschung. Ich ergriff die Gelegenheit und wäre Riathamus nicht gewesen, stünde ich heute schon an seiner Stelle.« Er sah Demurral an. »Leider wirst du nicht alle Macht für dich allein haben, Demurral. Du hast das, was du begonnen hast, unterschätzt. Ich könnte den Lauf der Welt nie einem Menschen überlassen. Ihr lasst euch von Leidenschaften oder Mitleid leiten, und selbst die Schlimmsten unter euch haben dieses gefürchtete Fünkchen Liebe in sich, das die Herzen schmelzen lässt. Da ist etwas schief gelaufen bei eurer Erschaffung. Ohne die Fähigkeit, zu lieben, hättet ihr es weit bringen können. Leider ist keiner von euch so schlecht, dass er nicht erlöst werden könnte, deshalb kann man euch nicht trauen. Wenn ich mein Königreich errichte, wirst du den Platz einnehmen, der dir gebührt, und das bekommen, was einem Mann von deinem Stand zusteht.« Er schaute sich um. »Wo sind die drei?«

»Im Haus«, antwortete Finnesterre.

»Dann schlage ich vor, dass du sie holst, Lord Finnesterre.« Er überlegte kurz. »Nein, ich schicke die Glashan, sie machen nicht gerne Fehler oder lassen Leute entkommen.« Er gab den Glashan ein Zeichen, worauf sie aus dem Kreis traten und aufs Haus zu gingen.

Raphah sah die schwarzen Gestalten über den Rasen kommen; deutlich hoben sie sich vor dem weißen Nebel ab.

»Da unten ist Pyratheon, ich weiß es. Wir müssen weg – sie werden gleich hier sein. Wir können über die Treppe zur Küche gehen und von dort nach draußen.«

»Was ist, wenn sie uns kriegen?«, wollte Kate wissen.

»Dann kann das eintreten, was Pyratheon will. Aber Riathamus hat uns im Wald versprochen, dass er uns nie im

Stich lässt und uns die Seruvim schickt, wenn wir sie brauchen. Er weiß, was uns bevorsteht, wir müssen ihm vertrauen.«

Sie hörten, wie unten die Tür zufiel und schwere Schritte die Eingangshalle durchquerten.

»Nimm die Tasche und lauf!«, rief Thomas.

Kate schnappte sich die Ziegenfelltasche und alle drei liefen auf den Korridor und über die Treppe ein Stockwerk tiefer. Die Tür, die zum Flur auf diesem Stock führte, war abgeschlossen. Der Schlüssel fehlte. Entsetzt sahen sie, wie unten die Küchentür aufging, ein Glashan herauskam und im Halbdunkel zu ihnen heraufschaute.

»Wir sitzen in der Falle!«, rief Thomas, als ein zweiter Glashan heraustrat und zur Treppe ging. Ihm war, als würde sein Blut zu Eis. Der Atem stockte ihm, er wusste nicht, was er tun sollte. Verzweifelt schaute er Kate und Raphah an. Langsam kam der Glashan die Treppe herauf, die Hand im schwarzen Lederhandschuh ausgestreckt.

»Es muss einen anderen Weg nach draußen geben!« Instinktiv suchte Kate in der Tasche nach den beiden Kristallen.

»Zurück in die Dienstbotenkammer, schnell!«, rief Raphah.

So schnell sie konnten, liefen sie die Treppe wieder hinauf. Kate warf die Tür hinter ihnen zu und Thomas verbarrikadierte sie, indem er die Betten davor schob und Rahmen und Matratzen übereinander türmte. Vor die Betten rückten sie auch noch den Schrank; die Möbel waren ihr einziger Schutz vor den Glashan.

»Was jetzt?« Entgegen aller Wahrscheinlichkeit hoffte Thomas, dass es doch noch einen Ausweg gab.

»Frieden«, erwiderte Raphah ruhig. »Wir bitten Riathamus um seinen Frieden. Ich weiß, dass er ihn uns schenken und uns aus dieser schlimmen Lage heraushelfen wird. Setzt euch auf den Boden, schließt die Augen und denkt an ihn.«

Alle drei taten es. Kate hielt in jeder Hand einen Kristall. Die Glashan hämmerten gegen die Tür, doch die Barrikade hielt stand.

»Denkt an ihn«, sagte Raphah noch einmal. »Lasst ihn zu euch sprechen.«

Mitten im Chaos, während die Glashan versuchten die Tür aufzubrechen, konzentrierten sich die drei auf Riathamus. Trotz des Lärms und ihrer Angst waren Thomas und Kate bald an einem Ort vollkommener Ruhe. Seine Gegenwart umhüllte sie ganz. Die Furcht verschwand und stattdessen erfüllte eine feste Hoffnung ihre Herzen und Gedanken. Sie wollten gar nicht wissen, was geschah und warum; sie ließen es einfach zu, dass diese seltsame neue Erfahrung von ihnen Besitz ergriff und sie dorthin führte, wo sie sie haben wollte.

Kate hatte das Gefühl, als schmelze die harte Oberfläche der Kristalle in ihren Händen. Vor ihrem geistigen Auge sah sie die holzgetäfelte Wand der Dienstbotenkammer. Ihr Blick wurde auf ein Paneelenrechteck gelenkt, an dessen Rand ein Stück Holz überstand. Sie sah, wie das Paneel sich öffnete und dass dahinter eine Treppe lag.

»Ein Geheimgang!«, rief sie. »Wir können fliehen!«

Ihr Rufen brachte alle sehr schnell in die Gegenwart zurück. Im selben Moment barst die Tür und eine Hand mit einem schwarzen Handschuh griff nach allem, was sie zu fassen bekam. Eine zweite Hand durchbrach die Wand neben der Tür. Steinbrocken und Verputz polterten auf den Boden.

»Schnell«, drängte Kate, »ich weiß den Weg.« Sie sprang auf und schaute sich um. Und tatsächlich sah sie hinten unter der Schräge in der Holztäfelung das Feld mit dem Riegel an der Seite. Sie schob ihn zurück und das Paneel sprang auf. Vor ihnen lag ein dunkler Geheimgang, der früher als Versteck vor dem Steuereintreiber gedient hatte.

»Wir können da nicht rein«, protestierte Thomas. »Wir haben kein Licht.«

Wieder schlug eine Faust ein Loch in die Wand bei der Tür.

Kate hielt Raphah und Thomas die Kristalle hin. »Seht doch, sie leuchten. Damit finden wir unseren Weg.«

Hinter ihnen begann die Tür unter dem Angriff der Glashan nachzugeben. Das ganze Zimmer bebte; die Barrikade bewegte sich langsam auf sie zu, als die Tür aufgedrückt wurde.

»Los, sonst kriegen sie uns noch!«, rief Kate.

Ein letzter Tritt gegen die Tür und die Barrikade gab vollends nach. Die beiden Glashan sprangen über die Trümmer ins Zimmer und schaute sich um. Das Zimmer war leer. Die Kreaturen sahen sich an. Die größere kroch über den

Boden und schnüffelte, um die Spur der Flüchtigen aufnehmen zu können.

Im Licht der Kristalle war es nicht schwer, den Weg durch den schmalen Gang zu finden, der in die Außenwand des Hauses gebaut worden sein musste. Kate, Thomas und Raphah kamen an Türen vorbei und an in den Boden eingelassene Kammern, in denen Schmuggelware versteckt worden war. Immer tiefer ging es hinunter. Es wurde merklich kühler und irgendwann roch es intensiv nach feuchter Erde. Dann standen sie plötzlich in flachem Wasser und sahen Mondlicht durch die Decke des Tunnels scheinen. Sie befanden sich außerhalb des Hauses. In regelmäßigen Abständen waren Metallgitter in die Decke eingelassen und von oben waren Stimmen zu hören.

»Esst davon«, sagte Pyratheon gerade, »damit ich mit Bestimmtheit weiß, ob ihr für oder gegen mich seid.«

»Und was passiert dann mit uns?«, erkundigte sich Demurral ungewöhnlich vorsichtig.

»Es verhilft euch zu der Erkenntnis über die tatsächliche Beschaffenheit der Welt und bindet euch für immer an mich. Das habt ihr doch gewollt, nicht wahr? Du darfst als Zweiter abbeißen, Lord Finnesterre. Keine Angst, der Apfel verliert seine Kräfte nicht und er reicht für euch beide.« Pyratheon lächelte. »Sobald ihr von der Frucht des Baumes gegessen habt, gibt es kein Zurück mehr, und wenn die drei dann tot sind, kann der Sturm auf den Himmel beginnen.«

Demurral sah Finnesterre an. »Ich weiß nicht recht. Ich

bin nur ein Mensch und diese Dinge sind nicht von dieser Welt.« All sein Selbstvertrauen war plötzlich dahin. Zum ersten Mal in seinem Leben dachte er an die möglichen Folgen seines Tuns.

Finnesterre pflückte den Apfel und biss hinein. »Seht Ihr? Es ist nichts dabei. Warum macht Ihr Euch plötzlich solche Gedanken? Wir haben ihm unsere Seelen doch schon vor Jahren verkauft, Demurral. Jetzt ist nicht die Zeit für Angst und kalte Füße. Los, Mann, die Welt wartet.«

Er reichte Demurral den angebissenen Apfel, der dabei wieder rund und vollkommen wurde. Zögernd biss Demurral hinein. Als er einen Bissen nach dem anderen schluckte, veränderte sich die Welt um ihn herum plötzlich. Er hatte das Gefühl, immer größer zu werden. Die Bäume grüßten ihn flüsternd. Fast verstand er, was sie sagten. Jeder Zweig und jedes Blatt sahen aus, als sei es ein eigenständiges Wesen. Und alle strahlten sie in einem Glanz, wie er es nie zuvor gesehen hatte. Die Blätter waren nicht mehr nur langweilig grün, wie er immer angenommen hatte, sondern schimmerten im Mondlicht in Blau- und Rottönen. Er wünschte, er könnte verstehen, was sie sagten, denn er wusste genau, dass sie versuchten ihm etwas mitzuteilen, ihm ein längst vergessenes Geheimnis anzuvertrauen.

Eine Möwe lenkte seinen Blick von den Bäumen zum Himmel. Und da erkannte Demurral, wie klein er in Wirklichkeit war. Angesichts der Sterne fühlte er sich immer kleiner werden, war aber in völligem Einklang mit allem, was um ihn herum war. Er wünschte, er könnte die Zeit anhalten. Das war die Erfahrung, nach der er sich gesehnt hatte, jetzt war er seinem Gott nah und er wusste auch seinen Namen – Pyratheon.

Ein leichter Wind kam auf. Das Gras zu seinen Füßen begann sich im Rhythmus seines Atems zu biegen und wieder aufzurichten. Er hatte das Gefühl, langsam in die Ganzheit der Natur aufgenommen zu werden. Er sah sich unter den Anwesenden um und blickte jedem Einzelnen in die Augen. Und er sah ihr Leben vor sich ausgebreitet, die Lügen, die sie erzählten, sah sie als die Menschen, die sie tatsächlich waren. Er durchschaute ihre ganze, erbärmliche Wirklichkeit. Als er auf seine Hände blickte, schienen sie in einem silbrigen Licht zu leuchten.

»So ist es, wenn man lebendig ist«, sagte er. »So ist es, wenn man das Leben wirklich kennt.«

Finnesterre hatte sich ins Gras gekauert und weinte wie ein kleines Kind. Er sah nichts als kalte Dunkelheit. Er war allein; ein Junge von sechs Jahren allein in einem Zimmer ohne Licht. In seinem Kopf hörte er die Stimme seines Vaters: »Ein Schritt aus dem Bett und die Geister holen dich!« Er weinte und wünschte sich seine Mutter herbei. Bei ihr wäre er sicher vor allen Gefahren der Nacht. Doch er war gefangen in seiner Angst und durchlebte jeden schrecklichen Augenblick noch einmal. Als er da im Gras lag, hörte er die Stimmen seiner Vergangenheit. Sie sprachen in scharfen Worten von Dingen, die er nicht hören wollte. Er hielt sich die Ohren zu, hoffte, das Flüstern nicht mehr hören zu müssen. Da merkte er, dass die Stimmen in seinem Kopf waren und herauswollten. Die Stimme seines Vaters wurde immer lauter. »Und du willst ein Junge sein? Du benimmst dich wie ein Mädchen, siehst aus wie ein Mädchen. Ich wollte einen Sohn, keinen Stutzer. Ich wollte einen Erben und keinen Lackaffen, der nur nach seiner Mutter schreit.«

Es war, als hätten alle anderen um ihn herum diese Erfahrung mit ihm geteilt. Die Versammlung stand schweigend da und schaute von ihm zu Demurral.

»So ist der Baum«, sagte Pyratheon. »Dem einen bringt er Erleuchtung, dem anderen Furcht. Keine Angst, Finnesterre, es geht vorbei. Die Geister der Vergangenheit können dich nicht ewig heimsuchen.«

Die drei im Tunnel verhielten sich ganz still. Kate verbarg die Kristalle unter ihrem Mantel, damit ihr Licht sie nicht verriet. Langsam bewegten sie sich vorwärts, bis zu den Knöcheln im kalten Wasser. Der Tunnel wurde niedriger und schmaler. Sie konnten nur noch geduckt gehen und plötzlich hörte er ganz auf. Über ihren Köpfen war ein großer, rechteckiger Stein, wie eine Grabplatte. Stufen führten hinauf. Kate öffnete ihren Mantel, damit sie etwas sahen. Die Tunnelwände schienen mit roter Farbe angemalt worden zu sein. »Das könnte der Stein auf dem Weg zur Vordertür sein«, sagte sie. »Also nicht da, wo sie sind.« Sie ließ eine Hand an den Kanten der Steinplatte entlanggleiten und fand ein großes Scharnier. »Wenn wir den Stein hier hochdrücken, kommen wir raus«, sagte sie.

Thomas drückte, ein leise Klicken war zu hören, dann

ließ sich die Platte ganz leicht anheben. Raphah schaute durch den Spalt und sah die Versammlung immer noch an der Ecke des Hauses bei der Steinsäule stehen.

»Kommt«, flüsterte er. »Wir können es in den Wald schaffen, ohne dass sie uns sehen.«

Rasch kletterten die drei die Stufen hinauf und liefen Richtung Wald. Raphah kroch gebückt an der Mauer entlang zum Tor. Er wusste, dass Pyratheon nicht weit entfernt war. Rasch holte er den Keruvim aus seinem Versteck und rannte den anderen nach.

Demurrals Blick fiel zufällig auf den Akazienstab, der allen Glanz verloren hatte.

»Der Keruvim ist weg!«, rief er. »Schnell, ihnen nach!«

»Mein lieber Demurral, es wird noch viele Leben brauchen, bis du verstehst. Lass sie gehen, wir finden sie wieder. Hole die Azimuth, sie wird uns sagen, wo sie sind.«

24.

Vitae veritas – Des Lebens Wahrheit

Im Licht des frühen Morgens trotteten drei müde Gestalten das letzte Stück über das Hawsker Moor zum Rand der Klippen, die Whitby umgaben.

Sie waren mal schneller und mal langsamer gegangen, hatten sich in Gebüsch und Feldscheunen versteckt und geschlafen, wobei immer einer Wache hielt. Jetzt waren sie endlich am Ziel ihrer Reise angekommen. Mit dem Keruvim. Die Ängste der Nacht verschwanden mit dem Anbrechen des Morgens. Das helle Leuchten am Nordhimmel deutete als Einziges darauf hin, dass nicht alles so war, wie es sein sollte, und Pyratheon immer noch in dieser Welt war.

Im Hafen lagen unzählige Segelschiffe; einige waren größer als alles, was Thomas bisher gesehen hatte, andere so klein, dass er sich nicht vorstellen konnte, wie sie Baytown erreichen sollten, geschweige denn London oder den Kontinent. Dicht gedrängt, ankerten die Schiffe in sämtlichen Hafenbereichen. Im Dämmerlicht sahen sie aus wie angeschwemmte Baumstämme.

Rauch und der Geruch nach Heringen überzeugten die drei davon, dass sie tatsächlich fast am Ziel waren. Beides erinnerte sie auch daran, wie hungrig sie waren, und lenkte sie von der nagenden Angst ab, die sie die ganze Nacht über verfolgt hatte.

Die Kirche hoch oben auf den Klippen schaute auf die Stadt herunter. Dahinter hoben sich die Ruinen einer ehemaligen Abtei gegen den Himmel ab. Aus den Schornsteinen der Häuser unterhalb der Kirche stiegen dünne Rauchfahnen auf.

Thomas erkannte das Krankenhaus, in das seine Mutter nach dem Brand gebracht worden war. Er wusste nicht, ob sie noch am Leben war. Er hatte sie unter den Schutz eines anderen gestellt, der für sie da war, wenn er in seiner Schwachheit es nicht konnte. Er schaute auf das rote Ziegeldach hinunter und fragte sich, wie es ihr wohl ging, doch obwohl er ihr so nah war, war an einen Besuch nicht zu denken.

»Wenn wir es bis zur Kirche schaffen, treffen wir dort vielleicht den Mann, von dem Riathamus gesprochen hat«, meinte er. Sie hatten das Moor hinter sich gelassen und gingen jetzt dem steilen Eselspfad entlang.

»Ich glaube nicht, dass wir den Mann, den wir suchen, in einer Kirche finden. Nach meiner Erfahrung ist für die, die dort dienen, die Tasche wichtiger als die Seele und ihre eigene Vorstellung bedeutet ihnen mehr als die Worte Riathamus'«, erwiderte Raphah. »Derjenige, den wir suchen, wird uns finden, und er wird anders sein, als wir es erwarten. Wir müssen vorsichtig sein. Pyratheon wird uns nicht so einfach davonkommen lassen.«

Sie folgten dem schmalen, steil abfallenden Pfad durch die Klippen bis hinunter zum Marktplatz, wo sie in die Menge eintauchten. Die Gerüche überwältigten sie: überall Stände mit Fisch, frischem Fleisch und Brot. Die Straße zur Kirche war voller Menschen, die sich gegenseitig weiterschoben und aneinander vorbeidrängten.

Auf den letzten Metern zum »Griffin« hängte sich Kate an Thomas' Arm. Das Gasthausschild mit dem weißen Pferd und dem Greif über der Tür schwang im Wind sacht hin und her.

In der Gaststube setzten sie sich an einen Tisch beim Kamin. Sonst war fast niemand mehr da. Drei alte Männer saßen beim Ausgang und rauchten Tonpfeifen, die qualmten wie Schornsteine. Sie teilten sich einen Krug Bier und einen halben Laib Brot und schauten gelegentlich zu Raphah hinüber. Hinter dem Tresen schob eine dicke Frau Teller von einer Seite zu anderen und wieder zurück. An einer Wand war auf Straßenhöhe ein Fenster, das bis zu Decke reichte und den goldenen Schein der Wolke in die Gaststube brachte.

Die Frau schaute von ihren Tellern auf, kam an den Tisch und baute sich vor Raphah auf. »Kann ich euch was bringen oder seid ihr nur hier, um euch aufzuwärmen?«, fragte sie in scharfem Ton. »Solche wie du kommen hier normalerweise nicht rein und ihr könnt hier nicht einfach nur rumsitzen, ohne was zu bestellen. Also, was kann ich euch bringen?«

Raphah durchsuchte seine Taschen nach Geld, fand aber nicht die kleinste Münze. Kate steckte die Hand in die Ziegenledertasche, fand zwei große Münzen und warf sie, ohne hinzusehen, auf den Tisch. Die Frau starrte auf die goldenen 20-Shilling-Münzen und auch Thomas war wie gebannt von dem Schatz vor seinen Augen.

»Mein Freund ist Kaufmann, er kommt von weit her und wir wollen alle etwas zu essen«, sprudelte Kate heraus, nachdem sie sich von der Überraschung erholt hatte. Und so selbstbewusst, wie sie es selbst nicht für möglich gehalten hätte, fügte sie hinzu: »Wir nehmen Brot und Käse und drei Tassen von eurer besten Schokolade.« Als die Frau zum Tresen zurückgehen wollte, rief Kate sie noch einmal zurück. »Übrigens, ich habe noch nie jemand wie Euch gesehen. Woher seid Ihr?« Die Frau antwortete nicht, sondern verschwand rasch in der Küche.

Kate sah den Mann, der sie aus der hintersten Ecke heraus anlächelte, als Erste. Er trug einen französischen Hut, hatte sich auf seinem Stuhl nach hinten gelehnt und die Füße auf den Tisch gelegt. In der Hand hielt er ein Glas Rotwein. Als sie hereingekommen waren, hatte sie ihn nicht bemerkt und dabei war sie sicher, dass sie in die Ecke geschaut hatte, in der er jetzt saß. Da war sein Platz noch leer gewesen war. Hereingekommen war in der Zwischenzeit auch niemand. Sie schaute noch einmal hin. Der Mann war immer noch da und lächelte. Seine Augen sagten Kate, dass er reden wollte, dass er jeden Augenblick aufstehen und zu ihnen herüberkommen würde.

Der Mann sah sie an und lachte in sich hinein. Es war, als wüsste er, was sie dachte. Er schob sich den Hut aus der Stirn, stand auf und kam zu ihnen herüber, genau so, wie Kate es vor ihrem geistigen Auge gesehen hatte. Er ließ den Blick zwischen den Goldmünzen und der Ziegenledertasche hin und her wandern.

»Das ist eine schöne Tasche, die du da hast, junge Frau«, sagte er in bestem Englisch. »Ich kenne einen Mann, der einmal eine solche Tasche besaß. Er sagte mir, dass er sie im Wald zurückgelassen habe. Jetzt fragt er sich, wozu sie wohl benutzt würde.«

Thomas drehte sich nicht um. Er umklammerte das Schwert, das er unter seinem Mantel verborgen hatte. Der Mann legte ihm die Hand auf die Schulter. »Ich hoffe, es macht euch nichts aus, wenn ich mich zu euch setze. Whitby ist kein Ort für viel Geld und wenig Freunde und selbst ein Varrigal-Schwert kann euch nicht vor allem schützen.«

Thomas ließ das Schwert los und legte beide Hände auf den Tisch, wobei er versuchte die Münzen unter dem Mantelärmel verschwinden zu lassen. Der Mann zog sich einen Stuhl heran und setzte sich zwischen Kate und Thomas.

»Ich stehle nicht. Ich dachte nur, ich könnte mit euch zusammen frühstücken. Ich esse nicht gern allein, aber bis jetzt war mir die Gesellschaft . . .«, er wies mit dem Kopf auf die drei alten Männer in ihrer Tabakwolke, ». . . etwas zu aromatisch.« Er zog eine Grimasse und lachte.

»Wir sind auf der Reise«, sagte Raphah, »und suchen ein Schiff, das uns von hier wegbringt. Könnt ihr uns dabei helfen?«

»Auf der Reise? Wie interessant. Ich war auch einmal auf der Reise, habe viele Orte gesehen und viele verschiedene Menschen getroffen. Ich war sogar in dem Land, aus dem du kommst. Aber das ist lange her. Jetzt gehe ich nur noch dahin, wo ich wirklich muss. Ansonsten verbringe ich meine Zeit lieber mit nachdenken. Sich an die Vergangenheit zu erinnern ist etwas so Schönes. In der Erinnerung fallen einem oft Dinge auf, die man vorher übersehen hat. Es ist, als könnte unser Gedächtnis alles speichern, was man je gesehen, gerochen, geschmeckt und sogar gedacht hat. Aber im Alltag geht so viel von dem, was wir sind, verloren.« Er schwieg einen Augenblick und sah sich um. »Ich frage mich manchmal, ob wir, wenn wir mehrere Leben hätten, in der Lage wären, die Wahrheit herauszufinden, die *vitae veritas,* die uns sagt, weshalb wir alle hier sind. Oder ob wir diese Wahrheit auch in einer zufälligen Begegnung erfahren können.«

»Ihr scheint so viel über uns zu wissen und wir so wenig über Euch«, sagte Raphah. Er hatte die Hand fest auf dem Keruvim liegen, den er unter seinem Mantel verborgen hatte.

»Es tut mir Leid, aber der Gedanke an ein Frühstück in guter Gesellschaft hat mich ganz meine Manieren vergessen lassen. Ich bin . . .« Er suchte nach einem passenden Namen und fand ihn auf einem Schild über der Tür. »Abram Rickards. Ihr könnt mich Abram nennen.«

»Schön, Abram, dann esst bitte mit uns. Wir haben Geld, um das Frühstück zu bezahlen, und hatten schon lange nicht mehr das Vergnügen angenehmer Gesellschaft«, sagte Raphah. Er hatte das Gefühl, dass der Mann sie erst in Ruhe lassen würde, nachdem er gegessen hatte. Kate und Thomas wussten nicht, was sie sagen sollten. Dieser Mann wusste viel über ihr Leben, doch ob er von Riathamus kam, konnten sie nicht sagen. Er konnte genauso gut ein Feind sein, der sich bei ihnen einschmeicheln wollte, um sie dann an Demurral oder Pyratheon zu verraten.

Abram Rickards sah aus wie ein echter Gentleman, doch Thomas wusste, dass dies keine Garantie für seine Integrität war. Demurral sah auch aus wie ein Pfarrer und war doch so weit davon entfernt, ein guter Mensch zu sein, wie man das nur sein konnte. Abram setzte seinen Hut ab und legte ihn auf den Tisch. Die Frau kam aus der Küche und stellte das Essen vor sie hin. Dabei hielt sie den Blick stur auf den Boden gerichtet.

Abram nahm das Brot, brach es und gab jedem ein kleines Stück. »In Frankreich«, sagte er, »ist es gerade Mode, das Brot in die Schokolade zu tunken, damit es sich voll saugen kann.«

»Woher wisst Ihr so viel über uns, Abram?«, fragte Thomas.

»Im Grund weiß ich sehr wenig. Dass ich euch getroffen habe, ist reiner Zufall.«

»Weiß Euer Freund, der die Ziegenledertasche im Wald vergessen hat, wer sie gefunden hat?«

»Er sagte mir nur, was ich tun soll, wenn ich je eine solche Tasche sehen würde. Dann sollte ich den Träger fragen, wohin er ginge, und ihm bei allem helfen, was er vorhat«, erwiderte der Man ruhig.

»Hat Euer Freund Euch gesagt, wo Ihr den- oder diejenigen findet, die die Tasche bei sich haben?«

»Nein. Er sagte mir nur, ich sollte mich umsehen, wo jemand Hilfe bräuchte, Hilfe dabei, ein Schiff zu finden und sich vor bestimmten Dingen zu schützen.«

»Hat Euer Freund einen Namen?«, erkundigte sich Kate in der Hoffnung, ihm eine konkrete Antwort entlocken zu können.

»Er hat viele Namen, einige sind der Welt bekannt, andere kennt nur er. Sein Name spielt keine Rolle. Wichtig ist, dass man ihn kennt.«

Kate ließ nicht locker. »Und wie sprecht Ihr diesen Freund an?«

»Ich spreche jeden Tag mit ihm und habe seinen Namen, schon lange bevor ihr geboren wurdet, angerufen. *ICH BIN, Riathamus* oder einfach *Die Sehnsucht im Herzen* sind Namen für ihn.« Er hielt kurz inne. »Wir haben lange genug Katz und Maus gespielt. Ich weiß, dass ihr mir nicht traut, und nur die Zeit wird euch zeigen, wer ich bin. Er hat mich zu euch geschickt und jetzt bin ich hier. Ich habe euch einen Platz auf einem Schiff nach Frankreich reserviert. Ihr müsst alle das Land verlassen. Hier seid ihr nicht mehr sicher.« Er griff in seine Manteltasche und beugte sich vor. »Ich zeige euch jetzt etwas, damit ihr wisst, wer ich bin.« Er öffnete die Hand. Darin lag ein Kristallei wie die beiden, die sie in der Tasche gefunden hatten. »Jetzt versteht ihr alles, was ich euch gesagt habe. Wir müssen weg. Ich wohne in einem Haus ganz in der Nähe. Dahin kommt ihr zunächst einmal mit.«

Er warf fünf Penny auf den Tisch und sie standen alle auf. Kate legte die Goldmünzen wieder in die Tasche und hängte sie sich über die Schulter. Niemand hatte bemerkt, wie der Raum sich langsam mit Rauch gefüllt hatte. Zuerst war er wie Winternebel um ihre Beine gestrichen, jetzt reichte er ihnen schon bis an die Taille. Als sie zur Tür gingen, hob er sich wie ein Wolke. Die alten Männer waren schon nicht mehr zu sehen, so dicht war er.

»Schnell, raus mit euch«, rief Abram. »Das ist Drachenatem. Die Glashan sind da. Lauft!«

Er packte einen Stuhl und schlug damit in den Nebel. Der erste Schrei kam noch aus dem Dunst, dann sahen sie eine Gestalt, die sich von unten heraufringelte wie eine Schlange und ihnen den Weg zur Tür versperrte. Zwei weitere Köpfe tauchten aus dem Nebel auf, beide mit Katzenaugen.

»Du gehst nirgendwohin, Raphael, sie gehören uns«, sagte die erste Gestalt.

»Sie gehören Riathamus«, erwiderte Abram.

»Dann soll er doch kommen und sie selber holen, wenn er sich traut. Oder schickt er immer noch dich, damit du die Arbeit für ihn machst?«, höhnte die Gestalt.

Der Nebel glich inzwischen einer dicken schwarzen Decke. Kate sah nichts mehr und packte Thomas am Arm.

»Die Kristalle, Kate!«, rief Abram. »Wirf einen an die Wand.«

Rasch griff sie in die Tasche, holte einen der glatten Steine heraus und warf ihn so fest sie konnte gegen die Wand. Einem ohrenbetäubenden Krachen folgte ein blendend heller Blitz und ein donnerndes Dröhnen. Der ganze Raum bebte. Thomas, Kate und Raphah verloren den Boden unter den Füßen und wurden in die gegenüberliegende Zimmerecke geschleudert. Als sie wieder zu sich kamen, hatte sich der Nebel restlos aufgelöst und die Gestalten waren verschwunden.

Abram stand ungerührt an der Tür und lächelte. »Es hat wunderbar funktioniert, meine Liebe. Der Abaris-Kristall hat viele Verwendungsmöglichkeiten, es liegt an dir, sie alle herauszufinden.« Er sah Raphah an. »Bald wirst du die Glashan auch dann erkennen können, wenn sie verkleidet kommen. Aber ihr seht jetzt, wie wichtig es ist, dass ihr dieses Land verlasst. Pyratheon will euch töten, weil er dann noch mehr Macht hat.«

»Er hat Euch Raphael genannt – ich habe es genau gehört«, sagte Raphah.

»Was ist schon ein Name? Ich bin hier, um euch zu helfen, mehr braucht ihr nicht zu wissen. Ich habe noch einiges zu erledigen. Schnell, steht auf. Vielleicht sind noch andere hinter euch her, ich muss euch rasch in Sicherheit bringen.«

»Warum kann Riathamus nicht einfach kommen und dem allen ein Ende machen?«, fragte Kate, während sie sich aufrappelte.

»Seine Wege sind nicht unsre Wege und seine Gedanken sind nicht unsre Gedanken. Manchmal ist es uns einfach nicht möglich, zu verstehen, warum er so ist und warum er etwas tut. Ich kenne ihn schon so lange und selbst ich verstehe ihn zuweilen nicht. Ich weiß nur, dass er alles in der Hand hält, egal, wie dunkel oder schwer das Leben sein mag. In seinem Wort steht geschrieben, dass wir in dieser Welt das Leben wie in einem beschlagenen Spiegel sehen; wir sehen nur ein verschwommenes Bild von dem, was Leben wirklich bedeutet. Etwas anderes kennen wir nicht und deshalb setzen wir alle unsre Hoffnung in dieses Leben. Aber die, die ihm nachfolgen, erwartet ein besseres Leben. Jetzt müssen wir rasch gehen.« Abram half Thomas auf die Beine und schaute sich in der Gaststube um. Ein ängstliches Gesicht blickte hinter dem Tresen hervor. Entsetzt betrachtete die dicke Frau die Verwüstung.

Kate griff in die Tasche, holte die beiden Goldmünzen wieder heraus und legte sie vor sie hin. »Für alles, was passiert ist, und für Euer Schweigen. Sagt niemandem, was Ihr gesehen habt – es würde Euch ohnehin niemand glauben.«

Die Frau griff nach den Münzen und prüfte mit einem Biss, ob sie auch echt waren. Sie lächelte gequält und hoffte nur, dass ihre Gäste endlich gingen.

Draußen überflutete sie der Lärm der Straße: Kinder rannten herum, Leute riefen sich etwas zu, Karren rumpelten über das Kopfsteinpflaster. Vom Kai herauf schallten laute Rufe; die hohen Masten der Schiffe, die dort lagen, ragten weit über die Hütten hinaus. Etliche Frauen mit Körben voller Fisch eilten schimpfend vorbei. Sie verfluchten die Nacht und ihre verkommenen Männer, die betrunken nach Hause gekommen waren und den gesamten Fang in der Kneipe gelassen hatten. Kinder in Lumpen saßen bei einem Fischer und spielten mit Schnurresten und Tauenden, während er mit einem verhedderten Netz kämpfte. Ein Pfarrer in frommem Schwarz ging vorbei, sah Kate an und lächelte. Sie wusste nicht, wem sie noch trauen konnte. Das Leben war unvorhersehbar geworden.

Abram schob sie die Straße hinunter, vorbei an Schaufenstern und mitten durch die Menschenmassen, die sich hier zusammengefunden hatten, um zu kaufen und zu verkaufen, was nur möglich war.

»Es ist nicht mehr weit, gleich unterhalb der Kirchentreppe. Es ist das Haus eines Riathamus-Anhängers, ein guter Mensch, ihr könnt ihm vertrauen. Ich wohne schon einige Zeit bei ihm. Dort seid ihr sicher.« Abram klang zuversichtlich. Die drei spürten, wie seine Stimme ihre Herzen berührte und ihnen Hoffnung gab.

Kate sah ihn an und ihr fiel auf, dass er keine Falten im Gesicht hatte. Er war alt und wirkte doch so jung; und er war weise, obwohl seine Stimme etwas fast Kindliches hatte. Sie folgte ihm durch die Straße voller Menschen, ohne jemanden zu sehen. Sie konzentrierte sich ganz auf ihn, als wüsste sie, dass ihr nichts passieren konnte, solange sie den Blick nicht von ihm abwandte.

»Was hat der Abaris-Kristall eigentlich getan?«, fragte sie Abram.

»Darüber wissen die Menschen kaum Bescheid. Riathamus hat der Welt alles gegeben, was sie braucht. Eine Arznei für jede Krankheit mit den Bäumen und Pflanzen; die Süße des Honigs, um die Traurigkeit des Winters zu verscheuchen, bittere Nüsse, um bösartige Gewächse zu entfernen, und den Abaris-Kristall, um gefallene Seruvim dahin zurückzuschicken, wohin sie gehören.«

»Werden sie wiederkommen?«, wollte Raphah wissen.

»Irgendein Dummkopf wird sie wieder rufen. Seit Demurral den alten Zauber angewandt hat, stimmt es in den beiden Welten nicht mehr. Es gab eine Zeit, in der Seruvim und Menschen nur selten miteinander in Berührung kamen. Jetzt nähern sich die beiden Welten langsam einander an.« Abram wies auf die leuchtende Wolke. »Diese Wolke bildet eine Art Durchgang zwischen Himmel und Erde. Dunkle Gestalten haben ihren Weg auf die Erde gefunden und müssen aufgehalten werden. Riathamus bereitet eine Schlacht vor und ich muss dafür sorgen, dass ihr drei in Sicherheit seid.«

Sie kamen zu einem großen, dreistöckigen Backsteinhaus mit einer blauen Tür, zu der drei Stufen hinaufführten. Über der Tür hing ein Schild: Joab Mulberry, Öffentlicher Notar. Im Untergeschoss des Hauses hatte ein Schuhmacher seine Werkstatt. Gegenüber am Kai war eine Schänke, neben der eine schmale Gasse zum Meer hinunterführte.

Bevor sie das Haus betraten, sagte Abram noch einmal: »Ihr könnt dem alten Mulberry vertrauen, er ist eine gute Seele.« Dann gingen sie hinein.

Das Zimmer zur Straße hin hatte ein breites Fenster. Das Auffälligste darin war ein großer, mit Ordnern und Papieren übersäter Schreibtisch.

An diesem Schreibtisch saß Joab Mulberry und blickte ihnen entgegen. Seine Brille mit den kleinen, runden Gläsern war ihm auf die Nasenspitze gerutscht. Als er sich erhob, sah man erst, wie groß und dünn er war. Er trug einen makellosen blauen Anzug mit einer gelben Weste. Der kurz geschnittene graue Backenbart konnte das ansteckende Begrüßungslächeln nicht verbergen.

»Ihr drei seid also der Grund für den ganzen Aufruhr. Wenn ich daran denke, dass die halbe Engelschar nach euch gesucht hat! Und jetzt taucht ihr hier bei mir auf und mein guter Freund . . .« Er sah Abram an und wartete offenbar auf einen Namen.

»Abram hat sie hergebracht, Mr Mulberry, genau so, wie ich es angekündigt habe«, sagte Abram rasch.

»Gesund und munter, Abram? Sind sie gesund und munter?«, fragte Mulberry.

»Es gab nur ein kleines Problem, aber das Mädchen hat Abaris-Kristalle, die es gelöst haben.«

»Und einer unserer Freunde hier kommt direkt aus Afrika. Von dort kommt doch immer wieder etwas Neues. Und nun ist er hier in Whitby.« Mulberry lächelte Raphah zu. »Jetzt heißt es noch ein bisschen warten, bis euer Schiff heute Nacht ablegt. Ihr könnt euch oben alle ausruhen, bis es losgeht. Eine heilige Fracht, Mr Abram, eine heilige Fracht. Ich nehme an, Ihr begleitet sie?«

»Es ist noch lange hin bis Mitternacht, ich denke, sie sollten sich ausruhen.« An die drei gewandt, fuhr Abram fort: »Hier seid ihr sicher. Es wäre dumm von den Glashan oder den Varrigal, hierher zu kommen. Joab hat schon früher gegen sie gekämpft, er ist ein sehr tapferer Mann.«

»Ihr schmeichelt mir, Abram. Ich bin nur einer, der Riathamus nachfolgt, genau wie unsere jungen Freunde hier. Kann ich mal sehen, was du da hast, Junge?«, fragte er Raphah unvermittelt.

Der war überrascht. Er schaute Thomas und Kate an. Woher wusste der Mann von dem Keruvim? Widerstrebend zog er die goldene Statue unter seinem Mantel hervor und hielt sie so, das Mulberry sie sehen konnte.

»Das ist etwas Wunderschönes. Jetzt ist mir klar, weshalb sie dir die Statue abnehmen wollen.«

»Es geht den Leuten nicht um die Schönheit, sondern um die Macht«, erwiderte Raphah. »Sie glauben, sie bringt ihnen Reichtum und Glück. Aber sie bringt nur das, was in ihren Herzen ist. Ist einer schlecht, wird er Schlechtigkeit ernten, ist er gut, kommt Gutes aus ihr. Mein Volk hat sie beschützt seit der Zeit Mose. Wir dachten, wir seien weit genug weg von der Welt, und sie sei bei uns in Sicherheit, aber Habgier findet alles, was von Wert ist.« Er sah Mulberry an. »Viele

Menschen sind für diese Statue gestorben; auf der Suche nach ihr sind sie bis ans Ende der Welt gegangen. Und dann war es einer von uns, der uns schließlich verraten hat.«

Als die Haustür auf und zu ging und Schritte im Flur zu hören waren, steckte Raphah den Keruvim rasch wieder unter seinen Mantel. Ein Mann mittleren Alters in einer schäbigen Jacke kam herein. Er war unrasiert und schmutzig und knetete eine zusammengerollte Mütze zwischen den Händen.

»Tut mir Leid, Mr Mulberry, ich bin wegen der Stehlerei gekommen. Die kriegen mich bestimmt und dann geht's mir an den Kragen!«

Mulberry sah Abram an, als wollte er sagen: »Bring die drei jetzt weg.« Er wollte den unangemeldeten Besucher nicht in ihrer Anwesenheit abfertigen.

Abram stellte sich zwischen den Mann und seine drei Schützlinge. »Kommt, Freunde, wir haben Mr Mulberrys Zeit schon zu lange in Anspruch genommen. Wir wollen uns ein wenig frisch machen und später weiterreden.«

»Ich kenne dich«, sagte der Mann plötzlich, als Thomas an ihm vorbeiging. »Du bist Thomas Barrick, der Sündenesser aus Baytown. Es ist keine Stunde her, da hab ich deine Mutter im Krankenhaus gesehen. Wie die ausgesehen hat! Sie liegt im Sterben, möchte ich sagen. Schreit nach dir, will, dass du zu ihr kommst, weint wie ein kleines Kind. Und du weißt nichts Besseres zu tun, als dich in der Gesellschaft von Gentlemen herumzudrücken. Du bist mir vielleicht ein Sohn!«

»Was immer er ist, es geht Euch nichts an. Tragt Mulberry Euren Fall vor oder verschwindet.« Abrams Ton war jetzt ein ganz anderer. Man sah ihm an, dass er wütend war. Er wollte den Mann schon hinausschieben, doch Mulberry mischte sich ein. »Lasst ihn, Abram. Ich übernehme den Fall. Möglich, dass er nicht nur vor dem Galgen davonläuft.«

Das Zimmer, in das Abram die drei brachte, ging auf den Hafen. Die Worte des Mannes ließen Thomas nicht mehr los. Ständig musste er an seine Mutter denken. Er marschierte zwischen Fenster und Tür auf und ab und knabberte an seinen Fingernägeln. Er war ganz in ihrer Nähe, in zehn Minuten konnte er bei ihr sein, ihre Hand halten, ihre Stimme hören, da sein, wenn sie ihn am nötigsten brauchte. Er kam sich vor wie ein Gefangener in diesem Raum, aber einer, der nicht wusste, weshalb man ihn eingesperrt hatte. Um Mitternacht würde er das Land verlassen, sein ganzes bisheriges Leben hinter sich lassen und ein neues beginnen. Es war alles so schnell gegangen. Er fühlte sich als unfreiwilliger Teilnehmer einer außergewöhnlichen Schlacht, die um ihn herumtobte und sein ganzes Leben verändert hatte.

Er sah zu Raphah und Kate hinüber, die auf dem Bett saßen, leise miteinander redeten und gelegentlich lachten. Thomas hatte das Gefühl, seit den quälenden Worten des Mannes nicht mehr dazuzugehören. Er liebte seine Mutter, wusste aber nicht, ob sie noch lebte, und diese Ungewissheit beherrschte sein ganzes Denken.

Er hörte, wie Kate Raphah nach Afrika fragte. Sie schien

all die Veränderungen in ihrem Leben einfach zu akzeptieren. Es ärgerte ihn, dass sie bereit war das Land für immer zu verlassen und noch kein Wort über ihren Vater verloren hatte. Und er war wütend auf Raphah, der vielen Menschen Heilung bringen konnte und noch nicht ein einziges Mal angeboten hatte seine Mutter zu heilen.

Der Keruvim stand auf einem kleinen Tischchen neben der Tür. In seiner augenblicklichen Stimmung kam er Thomas vor wie ein arroganter, kleiner Abgott, der ohne Worte mit seinen Kräften prahlte. Thomas schaute aus dem Fenster auf die Straße. Da stand der Dieb und sah herauf. Ihre Blicke trafen sich. Der Mann machte Thomas ein Zeichen und ging in Richtung der Treppe, die hinaufführte zur Kirche. Nach ein paar Schritten drehte er sich um und winkte ihm mitzukommen.

Es war schon dunkel, als Abram mit einer Kerze und einem Tablett mit Tee und etwas zu essen ins Zimmer kam. Er lächelte Kate und Raphah zu. Dann wanderte sein Blick suchend durch den Raum. Thomas und der Keruvim waren verschwunden.

25.

Das Schwert von Mayence

Die kalte Abendluft prickelte auf Raphahs Gesicht, als er aus dem warmen Haus auf die Straße trat. Linker Hand führten 199 Steinstufen zur Kirche hinauf, die sich im silbernen Licht des Vollmondes vor dem Himmel abhob. Außer ihm war niemand auf der Straße. Alles war still, lediglich das sanfte Plätschern des Wassers am Ende der Gasse neben der Schänke war zu hören.

Er schlug den Mantelkragen hoch und klappte die Ärmelaufschläge über die Hände. Dann gab er Abram und Kate ein Zeichen, ihm zu folgen. Neben der Treppe verlief eine alte, ehemals gepflasterte Straße vom Hafen hinauf zur Abtei. Seitlich begrenzt wurde die Straße von einer hohen Mauer, in deren Schatten sie langsam den steilen Berg hinaufstiegen.

Die drei wussten nicht, ob sie beobachtet wurden oder was sie oben erwartete. Thomas war mit dem Keruvim verschwunden und Kate konnte sich nur vorstellen, dass er zum Krankenhaus gegangen war, das in einem Teil der ehemaligen Abtei untergebracht war. Dort hofften sie ihn und seine Mutter zu finden.

Abram ging voraus. Er hatte sich einen schwarzen Kasten in Form eines Kreuzes auf den Rücken geschnallt. Kate versuchte mit ihm Schritt zu halten, doch es war, als flöge er anstatt zu gehen. Seine Füße schienen kaum den Boden zu berühren und hinterließen keine Spuren in der Erde zwischen den Pflastersteinen.

Ungefähr auf halber Höhe sahen sie einen Mann stehen. Er rauchte Pfeife und hatte seine Mütze tief in die Stirn gezogen.

»Ein Glashan«, flüsterte Abram. »Ein Wachposten. Geht einfach weiter, wir sehen dann schon, ob er uns folgt.« Er nickte dem Mann im Vorbeigehen zu. Der Mann nickte ebenfalls, nahm aber die Pfeife nicht aus dem Mund und hielt den Blick gesenkt.

Die letzten Meter waren entsetzlich anstrengend für Kate und Raphah. Auf dem Gipfel angekommen, drehten sie sich um und schauten auf die Stadt hinunter. Alles war friedlich und wunderschön, doch die Dunkelheit verbarg Korruption und Schlechtigkeit, die in jeder Straße lauerten und ihnen jetzt in geringem Abstand folgten.

Rechts führte ein kurzes Stück Weg zum Eingang des Krankenhauses. Neben der Tür stand ein Kohlebecken, in dem ein flackerndes Feuer brannte und den Weg wies. Der Glashan blieb an der Mauer stehen und beobachtete, wie sie zum Eingang gingen. Die Tür ließ sich ohne weiteres öffnen und sie traten in die Eingangshalle. Eine einzelne Talgkerze begrüßte sie. Sie hörten, wie sich aus einem der angrenzenden Räume jemand näherte.

Eine große, hagere Frau mit unregelmäßigen Zähnen und einem dünnen Lächeln erschien und betrachtete sie eine Weile wortlos. »Zu spät für Besuche«, raunzte sie schließlich. »Hier sind lauter kranke Leute, die nicht gestört werden dürfen. Ein paar liegen im Sterben und wollen bestimmt nicht, dass solche wie ihr versuchen sie in dieser Welt festzuhalten.«

»Wir suchen unseren Freund«, sagte Raphah. »Vielleicht kennt Ihr ihn; seine Mutter wurde vor einiger Zeit aus Baytown hierher gebracht.«

»Die sind im letzten Zimmer beim Kamin«, erwiderte die Frau genauso unfreundlich wie vorher. »Sie macht es nicht mehr lang. Wenn ihr euch beeilt, lebt sie vielleicht noch. Aber bleibt nicht die ganze Nacht; ich will die Besucher bis Mitternacht raushaben und die Kranken unter der Decke.«

Wie eine kleine Trauergemeinde gingen sie leise an den Betten der Kranken und Sterbenden vorbei, zuerst Raphah, dann Kate, dann Abram. Neben den Betten stand jeweils ein kleiner Tisch mit einer Kerze darauf. Raphah schaute in jedes Bett. Die Patienten konnten sich unter den ordentlich gefalteten Decken, deren Ränder fest unter die Strohmatratzen gestopft waren, kaum rühren. Einige streckten ihnen die Hände entgegen, als sie vorbeigingen; sie wollten berührt werden.

»Beachtet sie einfach nicht«, rief die Frau ihnen nach. »Sie sind wie kleine Kinder. Wenn sie sich nur beeilen würden mit dem Sterben.«

Thomas saß schluchzend an einem Bett, die Hände wie zum Gebet gefaltet. Er drehte sich nicht um und schaute auch nicht auf, um sie zu begrüßen. Der Keruvim lag am Fußende des Bettes.

»Es hat nicht geklappt, Raphah. Ich habe ihn hergebracht, damit er sie heilt, aber es hat nicht geklappt. Es ist alles Lüge, er hat keine Macht und kennt keine Barmherzigkeit. Ich habe Riathamus angefleht, aber er ist so taub wie die Statue. Oder es ist ihm egal, ob sie stirbt.« Endlich drehte er sich um und schaute Raphah und die beiden anderen mit Tränen in den Augen an. »Sie ist alles, was ich habe, und jetzt soll auch sie mir noch genommen werden.«

Raphahs Blick ging zu dem kleinen Töpfchen mit Salz auf dem Tisch beim Bett. Daneben lagen ein Stück altes, eingeweichtes Brot und ein Kräuterzweig.

»Für den Fall, dass sie stirbt«, erklärte Thomas. »Ich tunke das Brot in das Salz und esse es mit den Kräutern. Dadurch nehme ich ihre Sünden auf mich. Sie kann die Welt sündenfrei verlassen und ihr Totenleben beginnen, ohne für das, was sie falsch gemacht hat, büßen zu müssen.« Er schluchzte. »Ich habe es schon hundert Mal gemacht, mit den Toten gegessen. Dann kann ich es auch für meine eigene Mutter machen. Ein paar tausend Sünden mehr machen bei mir keinen Unterschied. Wenn ich mal sterbe, bleibe ich ohnehin bis in alle Ewigkeit in der Hölle.«

»Lass es einfach sein«, sagte Raphah. »Es steht geschrieben, dass die Seelen der Gläubigen direkt zu Riathamus gehen. Was man dir da erzählt hat, haben Menschen sich ausgedacht. Mach dir nichts vor. Nach allem, was du gesehen hast, solltest du es inzwischen besser wissen.«

»Warum betest du nicht für sie, Raphah? Du betest doch sonst für alle, warum nicht für sie?«, rief Thomas.

Ein unangenehmes Schweigen folgte, nur unterbrochen durch den rasselnden Atem der Mutter. Sie streckte die Hand aus und berührte das Gesicht ihres Sohnes. Ihre Augen waren geschlossen, und wie sie so um Atem rang, glich sie einer Ertrinkenden, die nach einer rettenden Hand sucht.

»Tu doch etwas, Raphah . . . Abram, helft ihm . . . helft mir! Es ist meine Mutter – sie braucht euch. Wo ist euer Glaube jetzt?«, flehte Thomas.

Abram antwortete nicht. Er nahm den schwarzen Kasten von seinem Rücken, ließ den Verschluss aufspringen, klappte ihn auf und stellte ihn hinter sich an die Wand.

»Ich bete für sie«, sagte Raphah. »Aber die Krankheit kann trotzdem tödlich sein. Vielleicht ist es nicht sein Wille.«

»Dann ist es also in Ordnung, wenn man einen tauben Jungen heilt und einen Mörder, aber bei meiner Mutter ist es etwas anderes, wie? Ist sie's nicht wert? Oder sind nicht genügend Zuschauer da?«, meinte Thomas bitter.

Raphah sagte nichts darauf. Er beugte sich über das Bett und legte die Hand auf die Stirn der Mutter. Sie war erstaunlich kühl für jemanden, der vom Fieber geschüttelt wurde. Als er sie berührte, zog ihm ein seltsames Gefühl den Arm hinauf. Rasch zog er seine Hand zurück.

Thomas' Mutter begann röchelnd zu husten. Im Sterben umklammerte sie Thomas' Hand, drückte und knetete sie. Sie hob den Kopf und öffnete die tief in den Höhlen liegenden Augen, doch man sah nur das Weiße.

»Sie stirbt«, schluchzte er. »Kannst du ihr nicht um meinetwillen helfen? Ich dachte, du wärst mein Freund!«

Raphah antwortete nicht. Er sah zu Abram hinüber. Der schüttelte den Kopf und schaute dann zur Tür, als stimme etwas nicht.

Die Mutter zog Thomas zu sich herunter, als wollte sie ihm einen letzten Kuss geben, ein letztes Dankeschön für seine Treue. Er nahm ihren Kopf zwischen seine Hände, wollte noch einmal zärtlich sein zu der Frau, die ihm so viel Liebe geschenkt hatte. Sie öffnete den Mund für ein letztes Wort. Der Tod glättete die Falten, die das schwere Leben ihr ins Gesicht gegraben hatte. Dann lächelte sie ein letztes Mal, liebevoll und zärtlich.

Den Bruchteil einer Sekunde später biss sie ihm mit der Kraft eines Löwen in den Hals und zerkratzte ihm gleichzeitig mit ihren langen Fingernägeln das Gesicht. Ihre Augen glühten plötzlich grün wie die einer Katze, als sie sich aufrichtete und ihn zu Boden drückte.

»Glashan!«, rief Abram, holte rasch das lange, schmale Schwert aus dem Kasten und holte aus. Die Klinge rauchte, als sie durch die Luft sauste und fuhr dann tief in den Rücken des katzenäugigen Wesens.

Die Tür am anderen Ende des lang gestreckten Raumes flog auf und drei weitere dieser Wesen stürmten herein.

Thomas stand auf. Die Wunde an seinem Hals blutete. »Sie ist es gar nicht! Der Dieb hat mich hereingelegt und ich habe ihm geglaubt!«, rief er.

»Wir sitzen in der Falle!«, keuchte Kate entsetzt.

»Jetzt müsst ihr um euer Leben kämpfen«, rief Abram. »Kate, hast du den Abaris-Kristall?«

Sie schaute sich nach der Ziegenledertasche um und stellte fest, dass sie sie in der Sorge um Thomas im Haus vom Mr Mulberry vergessen hatte.

»Er ist bei Mr Mulberry . . . ich hab ihn vergessen . . .«

»Dann müssen wir mit dem kämpfen, was wir haben, und zusehen, dass wir zur Kirche kommen.« Er setzte die Schwertspitze auf den Fußboden. Die Waffe drang mühelos in den Stein. »Nun denn: Mit dem Schwert von Mayence, mit Varrigal-Eisen, dem Keruvim und den Herzen der Treuen möge dieser Kampf beginnen«, rief er und ließ die Waffe über seinem Kopf kreisen. »Kommt unter das Schwert, wir kämpfen wie ein Mann. Was immer ihr tut, bleibt in meiner Nähe. Wie immer es euch ergeht, haltet den Blick fest auf Riathamus gerichtet. Und jetzt kommt; wir schlagen uns zur Tür durch.«

Abram brüllte etwas in einer Sprache, die keiner verstand. Es klang wie der schrille Schrei eines Riesenvogels oder wie der Schrei des Leviathan, der aus den Tiefen des Meeres aufsteigt. Sie stürmten auf die Wand aus Glashan zu, die zwischen ihnen und der Freiheit stand. Abram ließ sein Schwert kreisen. Die Glashan kämpften mit langen, spitzen Stangen. Einer stürzte sich ohne alle Angst um sein Leben direkt in das Schwert, das seinen Körper mühelos durchbohrte. Ein anderer hieb mit einem langen Messer um sich. Es nahm Thomas den Atem, als die Klinge an seinem Gesicht vorbeisauste.

Das Kampfgetümmel war zuweilen so dicht, dass Kate fürchtete jeden Augenblick zu Boden zu gehen. Das Sirren des Schwertes von Mayence über ihrem Kopf und die Schreie gingen ihr durch und durch. Sie zitterte vor Angst. Doch Abram streckte die Glashan einen nach dem anderen nieder und sie erreichten unbeschadet die Tür.

»Lauft in die Kirche, zum Altarraum, dort kann euch nichts passieren. Ich komme nach«, fügte er hinzu, als aus den Körpern der Kranken und Sterbenden unvermutet weitere Glashan stiegen.

»Woher kommen sie?«, fragte Raphah entsetzt.

»Sie nutzen den Augenblick des Todes, um in diese Welt einzutreten. Aber jetzt schnell, lauft zum Altar!«

Sie liefen um ihr Leben. Thomas drückte eine Hand auf seine Wunde am Hals und Raphah auf seine Schulter, die mehr denn je brannte. Der Schmerz stand ihm ins Gesicht geschrieben. Kate trieb sie an, damit sie schneller liefen. Die Kampfgeräusche hinter ihnen wurden immer lauter. Die Schreie der Glashan erfüllten die Luft.

Die Kirchentür stand offen und die bunten Fenster leuchteten im Licht der Kerzen. Sie liefen zwischen den Reihen der Gräber von Heiligen und Sündern, Armen und Reichen hindurch zu der schweren Eichentür. Raphah schaute auf. Über der Tür war das Bild eines weißen Hirsches, den ein Pfeil durchbohrte. Der Hirsch trug eine Krone und um den Hals einen Kranz aus Stechpalmenzweigen. Von den dunklen Rändern des Bildes her streckten sich Hände nach ihm aus.

Kate schob Raphah und Thomas in die Kirche. Sie wandten sich nach rechts und gingen durch zwei Türen. Vor ihnen lag das lang gestreckte Seitenschiff. Die Kirchenbänke wurden von Kerzen beleuchtet. Am Ende stand etwas erhöht eine Kanzel mit hölzernem Baldachin. Eine einzelne rote Kerze beleuchtete das schwarze Gebetbuch, das aufgeschlagen auf einem Kissen lag.

Thomas lief es eiskalt über den Rücken. Das war der Raum aus seinem Traum, der Ort der Angst. Er konnte sich nicht mehr rühren. Es war, als hielte eine unsichtbare Kraft ihn fest. Er wollte etwas sagen, doch die Zunge klebte ihm am Gaumen. Kate schob ihn von hinten und er stolperte auf die Stufen zum Altarraum zu, die mit einem dicken roten Teppich belegt waren.

»Wir haben es fast geschafft. Komm, Thomas, bald sind wir in Sicherheit, im Altarraum können sie uns nichts tun!«

»Sie nicht – aber ich«, kam eine Stimme von der Kanzel. »Glashan und Varrigal mag das Betreten des heiligen Raumes verwehrt sein. Mir nicht.« Es war die Stimme Demurrals.

Alles war genau so, wie Thomas es vorhergesehen hatte. Er stand da wie festgewachsen.

»Gebt mir den Keruvim freiwillig und ich lasse euch gehen. Wenn ich ihn euch mit Gewalt abnehmen muss, sterbt ihr alle drei dabei, das kann ich euch versichern.« Langsam kam er die Kanzeltreppe herunter.

»In den Altarraum, schnell«, rief Raphah. »Ich sterbe lieber da, wo ich will, als dort, wo dieser Hund es will.«

»Gib ihm den Keruvim, Raphah«, bat Kate, während sie Thomas zu den Altarstufen zerrte, »dann lässt er uns gehen.«

Zu beiden Seiten der Treppe, die zum Altarraum hinaufführte, standen zwei Steinsäulen, auf denen eine Empore ruhte. Die Säulen trugen eine goldene Inschrift. Rechts war der Name »Boaz« zu lesen und links »Jachin«.

»Sag es ihm, Raphah«, flehte Kate, »sag ihm, dass er die Statue haben kann.« Sie zog Thomas mit aller Kraft weiter.

Raphah stand auf der obersten Stufe und schaute sich nach einer Fluchtmöglichkeit um. Links war eine niedere, verriegelte Tür, gerade groß genug, dass ein Mann durchschlüpfen konnte. Hinter ihm stand der hölzerne Altar im dunklen Chorraum. Dort waren sie sicher . . . Kate zog Thomas gerade auf die erste Stufe und plötzlich schienen die Ketten, die ihn gefesselt hatten, von ihm abzufallen. An dem heiligen Ort hatte Demurral keine Macht mehr über ihn. Alle drei hatten das Gefühl, die Grenze zu einer neuen Welt überschritten zu haben, einer Welt, in der Friede und Freiheit herrschten.

Thomas schüttelte sich und zog mit neu gewonnenem Mut das Varrigal-Schwert aus seinem Mantel. »Er wird uns angreifen«, erklärte er, »aber kriegen wird er mich nicht noch einmal.« Entschlossen stand er da und wartete auf Demurral.

»Du glaubst tatsächlich, dass mich ein Schwert aufhalten könnte?« Der Pfarrer stand vor der ersten Altarstufe.

»Keinen Schritt weiter«, warnte Thomas und hielt das Schwert kampfbereit vor sich. »Das hier ist ein heiliger Ort und nicht für Leute wie Euch.«

»Mutig! Gerade noch voller Angst und dann willst du es mit der ganzen Welt aufnehmen. Mal sehen, wie du dich dagegen wehren willst.« Demurral hob die Hand. Jede einzelne Kerze in der Kirche flackerte, als würde ihr Licht in ein dunkles Loch gezogen. Auf der Empore über der Tür tauchte plötzlich eine ganze Armee schwarz gekleideter Varrigal auf. Ihre roten Augen leuchteten.

»Schließt die Türen«, rief Demurral. »Sie kommen hier nicht lebend raus, und wenn wir bis Weihnachten warten.«

Er wedelte mit der Hand. »Überlegt es euch. Gebt mir den Keruvim.«

Ein Varrigal zielte mit seinem Pfeil direkt auf Thomas' Kopf. Thomas schaute auf und sah, wie die Kreatur den Bogen spannte.

»Ein Wort von mir und die Glasraute ist dein Tod. Dabei könnte ich jemand wie dich gut gebrauchen. Beadle hat seine besten Tage hinter sich – den überkommt gelegentlich schon das Mitleid. Du wärst für die Arbeit besser geeignet. Komm mit mir, folge mir nach.«

»Ich folge niemandem außer Riathamus.« Die Worte kamen Thomas ohne sein Zutun über die Lippen und trieben ihm Tränen in die Augen. »Wenn ich hier sterbe, sterbe ich wohl. Tut, was Ihr wollt, ich fürchte weder Euch noch den Tod.«

Demurral gab dem wartenden Varrigal fast unmerklich ein Zeichen. Die Glasraute sirrte durch die Luft. Die Zeit stand still. Thomas sah, wie das Geschoss auf ihn zu flog. Er lächelte. Nichts war zu hören außer dem Sirren der Raute.

Direkt über Demurral explodierte das Geschoss mitten im Flug. Kristallsplitter regneten auf ihn herab und klirrten auf den Steinboden.

»Seht Ihr«, rief Raphah, »das hier ist ein heiliger Ort. Pyratheon kann uns nichts anhaben.«

»Wer vom Teufel spricht . . .« Die Stimme kam aus der Dunkelheit um den Altar hinter ihm.

Raphah drehte sich um. Da stand Pyratheon. »Wie . . .?«, stammelte er.

»Du hast vergessen, dass ich einmal ein Engel war. Ich stand bei Gott. Auch wenn es mir hier nicht gefällt, kann ich es eine Zeit lang ertragen.« Pyratheon kam auf Raphah zu. »Du bist also Raphah, der Heiler und Beschützer des Keruvim. Eine große Aufgabe für einen, der so jung ist, so hübsch und so naiv. Gib ihn mir jetzt und höre mit dem Unsinn auf.« Pyratheon streckte die Hand aus, doch Raphah ließ sich nicht einschüchtern. »Leg dich nicht mit mir an, Junge, sonst stirbst du.«

»Dann sterbe ich eben«, erwiderte Raphah ruhig.

In einem Anfall von Wut schlug Pyratheon ihm mit der

Faust ins Gesicht. Der Schlag warf ihn rückwärts gegen die niedere Tür. Der Keruvim fiel ihm aus der Hand und kullerte Pyratheon vor die Füße. Raphah lag leblos auf dem kalten Boden. Er war einen wenig Aufsehen erregenden Tod gestorben. Sie sahen die goldene Aura über dem Körper, als seine Seele ihn verließ.

»Endlich, nach fünftausend Jahren gehört er mir.«

Pyratheon bückte sich nach der Statue. Thomas flog die sieben Stufen hinunter und stürzte sich auf ihn. Dabei stieß er das Schwert so tief er konnte in Pyratheons Körper. Sie gingen beide zu Boden. Demurral lief die Altarstufen hinauf und ergriff Kate. Pyratheon stand auf, das Schwert steckte in seiner Brust. Thomas packte ihn an den Beinen. Pyratheon bückte sich, hob ihn mühelos mit einer Hand hoch und hielt ihn auf Armeslänge von sich. Dann stieß er ihn Richtung Demurral.

»Nimm du ihn – er wird uns noch nützlich sein. Das Mädchen überlässt du den Glashan.«

Durch die Bleiglasfenster der Kirche drang das Licht vieler Fackeln. Die Tür vibrierte vom Marschschritt einer Hundertschaft.

»Zurück!«, kam der laute Befehl, dann hörte man das Zischen einer Kanone.

Die Explosion riss die Tür ein. Holzsplitter flogen durch die Luft; die Kugel war aus kürzester Entfernung abgefeuert worden.

Als die ersten Männer, brüllend und um sich schlagend, in die Kirche drängten, sprangen die Varrigal von der Empore. Jacob Crane betrat mit Schwert und Pistole bewaffnet die Kirche. Seine Männer kämpften um jeden Zentimeter des heiligen Bodens gegen einen Feind, wie sie noch keinen gesehen hatten.

Die Varrigal wichen einer nach dem anderen zurück. Eine Mauer aus Schwertern schob sie aus der Kirche.

Crane ging auf Demurral zu. Er hob die Pistole und zielte auf seinen Kopf. »Lass sie gehen«, befahl er, während er den Hahn zurücklegte.

Pyratheon lachte ungläubig. »Wer ist der Mann?«, wollte er wissen.

»Ein Schmuggler, ein Pirat, eine lästiger, kleiner Dieb«, erwiderte Demurral hasserfüllt.

Plötzlich war ein Surren zu hören, als das mechanische Schlagwerk der Kirchenuhr die Hämmer anhob, um sie zwölfmal gegen die größte Glocke zu schlagen. Es war Mitternacht.

»Du hast Zeit, bis der letzte Ton verklungen ist«, sagte Crane ruhig, »dann blase ich dir den Kopf von den Schultern.«

»So einfach ist es nicht«, meinte Pyratheon. »Du kannst ihn umbringen, wenn du willst. Er ist entbehrlich. Es gibt so viele habgierige Dummköpfe, einer mehr oder weniger macht keinen Unterschied für mich. Aber in einer Minute wird sich die Welt verändern, wie ich es mir in meinen wildesten Träumen nicht hätte vorstellen können.«

Der erste Ton erklang. Pyratheon hob den Keruvim hoch über seinen Kopf und schloss die Augen. Kate versuchte sich aus Demurrals Griff zu befreien; er hatte ihr die Hände um den Hals gelegt.

Der zweite und der dritte Ton erklangen. Cranes Männer hielten die Varrigal in Schach. Die wehrten sich nicht mehr. Stumm erwarteten sie den großen Augenblick.

Vier, fünf, sechs Glockenschläge hallten durch die Kirche und über die Dächer der Häuser in der Stadt. Pyratheon begann zu flüstern; seine Lippen bewegten sich langsam. Crane senkte die Pistole. Kate riss sich los und lief zu Raphah.

Die Kirche bebte, als der Keruvim in einem gleißenden Licht erstrahlte. Der Himmel klarte auf, es wurde Tag; die Sonne ging auf, sie ging unter und wieder auf. Die Gezeiten wechselten mit jedem Mond. Im Hafen strömten Ebbe und Flut ein und aus. Es war, als wirble die Erde immer schneller durchs Weltall. Bei jedem Glockenschlag wurde es Tag, Abend und Nacht. Sieben, acht, neun, zehn, elf Mal. Beim letzten Schlag wurde es still in der Kirche. Nur noch die entsetzten Schreie der Menschen in den Straßen der Stadt waren zu hören. Alles Licht war von der Erde verschwunden. Sonne, Mond und Sterne hatten den Himmel verlassen und eine eisige Kälte lag über dem Meer. »Es ist vollbracht«, sagte Pyratheon triumphierend. »Ich bin, ICH BIN!« Er lachte. »Riathamus ist tot.«

Er warf den Keruvim auf den Boden. Die goldene Statue schlitterte über die Steinfließen und blieb bei Raphahs Füßen liegen.

»Dann spielt es keine Rolle mehr, ob ich deinen Diener

umbringe«, rief Crane, den Finger am Abzug der Pistole. Der Schlagbolzen fiel. Man hörte ein leises, dumpfes Geräusch, die Kugel rollte aus dem Rohr und fiel auf den Boden.

»Alles ist anders geworden, die Gesetze mache jetzt ich. Der Sieger im Kampf auf dem Schädelberg ist jetzt der Verlierer.«

Das Universum verharrte in vollkommener Stille. Pyratheon blickte sich um; er wusste nicht, was er jetzt tun sollte. Er hatte so lange auf diesen Augenblick gewartet und war jetzt zutiefst traurig, dass alles vorüber war. Ein plötzlicher und unerwarteter Schmerz über den Verlust von Riathamus überfiel ihn.

Kates Schluchzen setzte dem magischen Augenblick ein Ende. Sie hielt die Hände ihres toten Freundes. »Es ist nicht vorbei, hörst du? Es ist nicht vorbei!«, sagte sie wieder und wieder und presste seine Hand an ihren Körper.

»Das Weinen eines Kindes. Das Erste, was ich in meiner neuen Welt höre, ist das Weinen eines Kindes. Wie anrührend«, sagte Pyratheon.

Kates Tränen tropften auf den Keruvim. Sie hob ihn auf und legte ihn in Raphahs Hände.

»Du hast ihn dein ganzes Leben lang gehabt, jetzt sollst du ihn auch im Tod haben«, sagte sie.

Plötzlich wurde die niedere Tür, die vom Chorraum auf den Kirchhof hinausführte, von einem Schwert durchschnitten. Es war das Schwert von Mayence. Abram drückte die beiden Türhälften zur Seite und betrat den Altarraum.

»Raphael!«, rief Pyratheon überrascht. »Du bist . . .«

». . . noch am Leben. Die Glashan haben mich länger als erwartet aufgehalten. Dieses Mal hast du dich etwas zu weit aus dem Fenster gelehnt, Seirizzim. Das wird Riathamus nicht gefallen.«

»Riathamus ist tot; der helle Morgenstern hat zum letzten Mal über dieser Welt gestrahlt. Knie vor mir nieder«, verlangte Pyratheon.

»Du machst dir doch selbst etwas vor. Das war weder die Zeit noch der Ort für die endgültige Zerstörung. Du hast versucht den Lauf der Zeit zu beeinflussen. Komm mit auf die Klippen, dann siehst du, was mit deiner Welt geschieht«, erwiderte Abram.

Er sah auf Raphah hinunter und redete mit ihm, als sei er noch am Leben. »Ich habe ein Geschenk. Für dich vom Meister. Er wusste, dass dies geschehen würde.«

Abram kniete sich neben Raphah und blies ihm seinen Atem ins Gesicht. »Empfange, was über dem Wasser schwebt«, sagte er und drückte ihm seinen Daumen auf die Stirn.

Als Kate sah, wie Leben und Wärme in den Körper zurückströmten, weinte sie noch mehr. Raphah schaute auf.

»Du hast mich in dem Augenblick zurückgeholt, als ich vor dem König stand. Ich dachte, meine Arbeit sei getan«, sagte er zu Abram.

»Der König ist tot! Hört mir denn keiner zu? *Tot!* Erledigt!«, kreischte Pyratheon.

Abram richtete die Schwertspitze auf seine Kehle. »Geh zu den Klippen und sieh dir deine Welt an«, befahl er.

Einer nach dem anderen verließen sie die Kirche. Raphah hielt den Keruvim fest umklammert, als er mit Kates Hilfe zwischen den Grabsteinen hindurchging. Hinter ihnen folgten Thomas, Demurral, Crane und Pyratheon. Die Dunkelheit war so vollkommen, dass es ihnen vorkam, als wateten sie durch schwarzes Wasser.

Blind tasteten sie sich von Grabstein zu Grabstein in die Richtung, aus der Abrams Stimme sie rief. Kein einziger Stern stand am Himmel. Die leuchtende Wolke war verschwunden und ebenso der Mond. Von der Stadt drangen die angstvollen Schreie der Leute zu ihnen herauf. Nacht lag über dem Land.

Abram stand am Rand der Klippen. Er leuchtete und war die einzige Lichtquelle, die sie hatten. Seine Kleider glänzten wie Gold, fast zu hell, um hinzuschauen.

»Siehst du«, sagte Pyratheon, »es ist genau so, wie ich es gesagt habe. Das Licht hat die Welt für immer verlassen. Mach niemanden glauben, dass Er noch am Leben ist.«

»Du machst dir selbst etwas vor. Die Wahrheit ist nicht in dir, Seirizzim. Sieh, folge dem Licht meiner Hand.«

In der Ferne erschien ein winziger Lichtfleck, nicht größer als ein Stecknadelkopf in der unendlichen Schwärze. Ein Punkt reinsten Lichts, der langsam größer wurde. Bald glühte der ganze Horizont vom Schein der aufgehenden Sonne.

»Siehst du, Seirizzim, du hast nur mit der Zeit gespielt. Der Keruvim hat dir nie wirklich gehört. Während Raphah tot war, hatte er keine Kraft. Du hättest ihn lebendig gebraucht, doch dein Zorn hat dir einen Strich durch die Rechnung gemacht. Ein Licht scheint in der Dunkelheit und die Dunkelheit wird es nie besiegen. Schau, er kommt, der helle Morgenstern bescheint die Erde und deine Tage sind gezählt.«

Abram hob das Schwert, um den Hieb gegen Pyratheon zu führen, doch der war verschwunden. Ebenso die Varrigal und Demurral. Während alle nach der aufgehenden Sonne geblickt hatten, waren sie im Schutz der Dunkelheit davongeschlichen.

»Ihr braucht nichts zu sagen, es ist alles neu«, sagte der Erzengel. »Bring diese Menschen aus dem Land. Mach schnell, denn Pyratheon wird es wieder versuchen und der Keruvim muss zurückgebracht werden. Geht jetzt.«

Nach diesen Worten wurde Abram vor ihren Augen verwandelt. Seine Kleider glühten im Glanz des Himmels, sein Haar war reines Gold. Ein einzelner Sonnenstrahl berührte seine Stirn, und im selben Augenblick war er verschwunden.

Die *Magenta* verließ den Hafen und glitt aufs offene Meer. Es wehte eine frische Brise und der Himmel war klar. Die drei Passagiere standen an Deck und schauten zurück zu den Klippen, zu den Ruinen der Abtei und der Kirche hoch über ihnen. Crane stand lächelnd hinter ihnen. Er wusste nicht, was sie erwartete, doch im Herzen war er ein neuer Mensch.

In der Ferne begann das Meer zu brodeln. Eine dichte

braune Nebelwand schob sich vom Horizont herüber. Zwischen den Schreien der Möwen hörte man leise das Singen der Selothen . . .

Nachwort

Die Menschen, Schauplätze und Erscheinungen, von denen im *Schattenbeschwörer* die Rede war, finden sich alle an der Küste von Yorkshire, der Grafschaft im Nordosten Englands. Die Landschaft dort ist geprägt von Klippen und Mooren, und Geschichte und Sagen wissen viel darüber zu berichten. Wer dem Pfad des *Schattenbeschwörers* von Wyke Woods nach Whitby folgt, wie es die Menschen jahrhundertelang getan haben, wird der Vergangenheit bald auf Schritt und Tritt begegnen.

Die Wyke Woods umgeben als dichter Waldgürtel die Bucht von Hayburn Wyke. Sämtliche Wege hinunter zu dem felsigen Strand sollen, so sagt man, von den Geistern der Schmuggler heimgesucht werden, die von den Steuereintreibern geschnappt und in York gehängt wurden. Wasser hört man fast überall: Meeresrauschen zwischen den Bäumen und das Plätschern des Flusses, der sich seinen Weg durch den Wald bahnt, bevor er sich über die Klippen stürzt.

Durch die Bucht geistern die Erinnerungen an jene gnadenlosen Strandräuber, die in ihrer Gier nach Geld Lichter anzündeten, sodass die Schiffe unachtsamer Seeleute am Ufer zerschellten. Wer aufmerksam lauscht, kann noch heute die Stimmen der Schmuggler und das Flüstern der Thulak hören.

Die North Road führt vorbei an dem jetzt zwischen Bäumen versteckten hohen Steinkreis und steigt dann rasch an. Am Weg liegt die Bell Hill Farm. Auf dem Gelände stand einst eine Kapelle, die von König Stephan ursprünglich den Tempelrittern überlassen wurde und dann an die Johanniter überging. Zu deren Pflichten gehörte es, jedem Reisenden Gastfreundschaft zu gewähren. Sie läuteten eine Glocke und bliesen ein Horn, um Vorbeikommenden den Weg zu ihrer Tür zu weisen. Heute steht an ihrer Stelle ein für die Grafschaft York typisches Bauernhaus und nur der Name erinnert noch an die gastfreundlichen Johanniter.

Die Straße führt weiter nach Rudda Gallows, wo manch einer als Abschreckung für andere an der Wegkreuzung an den Galgen geknüpft wurde, und dann nach Ravenscar, dem Dorf hoch oben auf den Klippen.

Hier beherrscht das Pfarrhaus den Horizont. Die lange Einfahrt mit den beiden Steinraben, die das Tor bewachen, bringt den Besucher zu dem georgianischen Bau, in dem heute das Raven Hall Hotel untergebracht ist. Von hier aus soll man einen der schönsten Ausblicke der Welt genießen können. Egal, zu welcher Jahreszeit man herkommt, das Herz geht einem auf beim Blick auf die Robin-Hood-Bucht und das Dorf Thorpe. Weshalb Obadiah Demurral das Haus unbedingt für sich haben wollte, ist nicht schwer zu verstehen.

Auf den Wiesen unterhalb war einst ein Alaunbergwerk und im Westen sind noch die tiefen Furchen der Alaunbrüche zu erkennen, die aussehen wie Wunden in der Erde. Und hoch oben liegen die Crags und White Moor. Es heißt, dass man im Moor nie einen Fremden nach dem Weg fragen darf. Es könnte sich um einen Boggle handeln, der einen unweigerlich in die falsche Richtung schickt. Das machen alle Boggle, besonders wenn sie wissen, dass jemand zur Boggle Mill möchte. Die Mühle steht weit unten im Tal, versteckt in einem Wald, der von einem Fluss durchschnitten wird. Nicht weit entfernt, donnern die Wellen der Nordsee an den Strand. Boggle Mill ist jetzt eine Jugendherberge, doch man braucht nicht sehr viel Phantasie, um sich vorzustellen, wie Reuben Wayfoot und seine Jungs in der Mühle gearbeitet und das Mehl gemahlen haben.

Mancher mag sich fragen, ob es Boggle tatsächlich gibt. Dazu kann ich nur sagen, dass in dieser Gegend jedes Dorf einen eigenen Boggle oder Hob hat. Manchmal helfen sie den Dorfbewohnern, arbeiten unentgeltlich auf den Feldern, heilen die Kranken oder hüten gar das Vieh. Aber wehe, man ärgert einen . . . dann zerschlagen sie die Teller, machen, dass die Kühe keine Milch mehr geben, die Frau von Tag zu Tag hässlicher wird und die Kinder nicht mehr gehorchen. Und will man ein Bier trinken, ist es garantiert sauer. Hobs sind nun mal Hobs und am besten überlässt man sie denen, die mit ihnen umzugehen wissen. Wenn man die Brücke bei der Boggle-Mühle überquert und aus den Augenwinkeln heraus zufällig einen sieht, grüßt man am besten lächelnd und legt einen Penny unter den Wegweiser nach Baytown.

Baytown ist wunderschön, obwohl so viel passiert ist in diesem Ort, einschließlich Mord, Schmuggel und Verrat. Vom Hafen zum Dorf hinauf verläuft ein Schmuggler-Tunnel, der für viele Häuser einen praktischen Fluchtweg darstellt oder ein sicheres Zwischenlager für Schmuggelware.

Die Straße nach Whitby führt die Klippen hinauf und über das Hawsker Moor. Es ist nicht ratsam, sich nachts allein dort aufzuhalten. Die knorrigen, windgepeitschten Bäume gelten als Finger der Hexen, die hier oben häufig verkehren.

Wer es schafft, unbehelligt in Whitby anzukommen und durch die schmalen Gässchen zur Church Street zu gelangen, kann sich eine Weile im Griffin Inn ausruhen. Das Essen dort wärmt das Herz und Gesellschaft gibt es immer genug. In dieser Straße nähert sich der *Schattenbeschwörer* seinem Ende. Schon Kate, Raphah und Thomas gingen über diese Pflastersteine an der alten Buchhandlung vorbei, vor welcher der rothaarige Buchhändler wartet und Kunden in seinen Laden lockt, damit sie sich an dem geschriebenen Wort freuen können.

Weiter geht's hinauf zur Kirche St. Mary, wo Hilda* und Caedmon** mit Liedern, Gedichten und dem Einstehen für ein friedliches Miteinander der Geschichte ihren Stempel aufdrückten.

Wer an Engel glaubt, ist hier am richtigen Ort. Ihm rate ich, sich in eine der Kirchenbänke mit den hohen Seiten- und Rückenlehnen zu setzen, die Augen zu schließen und der jahrhundertealten Verkündigung zu lauschen, die die Herzen so vieler Menschen erfüllt hat. Auf diesen Bänken haben die Leute den Tod eines geliebten Menschen beklagt, für neues Leben gedankt und dafür, dass zwei sich fanden. Etliche sollen hier in der Gesellschaft von Engeln gesessen haben, die als Fremde in diese Kirche kommen und der Welt ein Licht bringen, das immer stärker sein wird als die Dunkelheit.

Hier spielt der *Schattenbeschwörer* . . .

G. P. TAYLOR

---

* Hilda = Hilda von Whitby, Nichte des angelsächsischen Königs Edward. Sie gründete 657 das Doppelkloster Streaneshalch, die heutige Whitby Abbey, in der Mönche und Nonnen gemeinsam lebten.

** Caedmon = der heilige Caedmon, am 11.2.680 im Kloster Streaneshalch in Whitby gestorben. Er war der erste bekannte Dichter angelsächsischer Sprache.

Mary Hoffman

STRAVAGANZA

Stadt der Sterne

Kaum haben die Stravaganti, die Mitglieder der geheimen Bruderschaft von Zeitreisenden, den Übergang zwischen ihrer und Luciens Welt wieder stabilisieren können, da taucht eine neue Reisende auf: Georgia, über Nacht aus Luciens London nach Talia versetzt, findet sich unvermutet in Remora wieder, der mächtigsten Stadt des Landes. Hier regieren die gefährlichen Chimici – und hier bereitet man sich außerdem auf ein spektakuläres, jährlich stattfindendes Pferderennen vor. Jeder der zwölf Bezirke Remoras – benannt nach den zwölf Tierkreiszeichen – wird einen Reiter stellen. Aber Georgia wird sehr schnell klar, dass die Chimici das Rennen manipulieren wollen. Mehr als das: Eine üble Lektion für die eigens angereiste Herzogin von Bellezza und ihr Gefolge soll das Rennen werden!
Als der Reiter des Widder-Bezirks, den die Herzogin unterstützt, entführt wird, scheint nur noch Georgia die Ehre Bellezzas retten zu können. Aber nun wird das Oberhaupt der Chimici höchstpersönlich auf sie und ihr Geheimnis aufmerksam. In dem Pferderennen geht es bald um sehr viel mehr als nur um Sieg oder Niederlage …

424 Seiten. Gebunden. Ab 12.

Arena